噬

罪

者

HATE THE SIN,
LOVE THE SINNER

**Hate the sin,
love the sinner.**

*-- Mohandas Karamchand Gandhi*

鄙視罪惡，
但愛那犯罪的人

-- 甘地

# 黃致豪律師推薦序

身為辯護人，我曾不只一次目睹高踞法檯的藍袍法官，以輕蔑或嚴厲，或二者兼而有之的語氣訓斥被告，內容多半是被告為何小時不學好，長大為非作歹云云。

這時，我多半倍感難堪。為了司法感到難堪。

那多半是在我們費盡了九牛二虎之力設法蒐證，去說明刑法第五十七條所誡命要求法院逐一盤點的犯罪行為人脈絡之後。法院的回應，似乎某程度在訕笑著辯護人的無力，映照著被告的蒼白。

那時，我心裡總難免要前思後想，該不該就著刑法的原則說出那句傳說中的名言：「去恨那罪，但要愛那犯罪的人。」（Hate the sin, love the sinner.）這不正是刑法第五十七條要求法律人在面對犯罪者時所必須權衡考慮再三的「噬罪條款」？

這話，據說語出聖雄，話頭聽來輕巧，但在當下的台灣，乃至於當代許多自詡為民主法治的先進國家，看起來卻是那麼不合時宜。別說去愛，有誰願意給來自社會底層的罪人一個重新再來的機會？

「恨那罪我懂，但憑什麼要我們去愛那犯罪的人？」如果當今的台灣社會對於犯罪與犯罪者可以發出一波集體的聲浪，我想大概會是這樣的聲音。「犯罪者該死」，「亂世用重典」，毋寧說是在當今民粹主義思潮當道的各個社會（是的，不僅是台灣）所興起的一種容易廣為接受的直觀想法。畢竟，在各式各樣的成功哲學、奮鬥故事的「自由意志」、「人定勝天」假設背後，我們一而再再而三的遭受各式各樣的成功傳說催眠。於是，我們要求孩子要有「狼性」，我們期待身邊的人要「堅此百忍」，卻忘了個人從一出生開始，無論是遺傳的、環境的、身心的、或者是社經地位的，就有許許多多的因素根本是自己甚至窮一家之力，全然無法掌握的。

我們忘了：人類有多麼無力蒼白與渺小，竟然轉而擁抱成王敗寇的社會達爾文主義，放任弱弱相殘。

我們忘了：社會是一條滔滔長河，個人一旦落水，大多數時候只能隨波逐流，看命運之力把你帶向何方。

　　猶如我們觀看《噬罪者》時，面對王翔的境遇所生的心情：要去指謫一個人曾經犯過錯，是何等的容易；但是要去理解犯罪者之所以犯罪背後的成因、動機與脈絡，進而檢討體系，進行防範，要耗費何等的氣力，又是何等的艱難？

　　觀看劇本書的過程，不免令我想起雨果的《悲慘世界》，Jean Valjean 出獄後被迫用假身分換新生活那一段。可現代有誰能逃脫體制的掌握，真正重新開始？太多這樣的被告多半後來就是淪入無力的輪迴：犯罪—受刑—離開監所—進入更大的牢籠（社會）—被拒斥—犯罪，端看命運的長河最後決定把他們帶向何方。

　　我們學會去恨那罪，也恨那罪人。到頭來，又有誰來原諒我們的罪？

# 我們都是《噬罪者》

　　法律上認定的罪有清楚的犯罪事實，可是罪的界定真的就只在「有形」的「行為」上嗎？當我們看到一個罪行深重的人，憤怒、恐懼、謾罵似乎是必然的，但在下評斷之前，你是否了解事情的全貌？愛本無罪，許多罪行卻都是因愛而生，為了愛而犯罪，是不是都值得原諒？

導演　張亨如 / 編劇　楊念純

　　《噬罪者》的故事是以犯下殺人案的王翔以及小他八歲的弟弟王杰兩兄弟為核心。王翔殺了高中女生李曉君，並將她棄屍在池塘裡。王翔付出代價，坐了將近 12 年的牢。王翔假釋出獄，王杰和母親終於盼到這一天，但因為當年王翔犯下的案件，他們多年來一直承受著很多壓力，王杰甚至在王翔出獄前，都未曾向身邊的人提過自己有個在坐牢的哥哥。在發現家人對自己的隱瞞、社會的眼光、以及被害者家屬一絲未減的憤恨行為後，一向正向的王翔這才發現，自己其實只是從一個小籠子，換到一個大籠子裡。

　　劇名《噬罪者》看起來很像是一齣犯罪、懸疑、推理劇，但其實是藉由一個假釋犯出獄後的生活，來探討人性。為了還原你我所處的世界，我們捨棄類型片的包裝，以寫實的美學基底和拍攝手法來呈現。會做這樣的選擇是因為我一直相信當戲劇世界愈貼近真實生活，觀看者就愈容易去相信這些故事角色，其實就在我們身邊，甚至去察覺這些角色，可能就是我們自己。

　　本劇所探討的人性糾葛，就存於我們的生活之中，我們或多或少都曾因為嫉妒、憤怒、執著、恐懼、懷疑，而產生了不好的念頭，亦或，我們更常不自覺的「以愛為名」對身邊的人索求或控制，這樣的人性若從宗教的角度來看，其實也是一種「罪」的。但我們不談宗教，只是想用不同的角度提出問題，呈現某些社會現象，給觀眾思考的空間。不奢求認同，只要能夠理解，我們生活的地方就會多一些柔暖和溫度。

　　在劇本的架構上，每一集設定了一個小標題。有的標題提示出那一集

的重點，第一集男主角王翔出獄，小標題是「自由」，他重新回到社會，但是更生人的困境讓他一度懷疑這是個不需要他的社會，他真的有享受到自由嗎？第四集標題「感染」是抽象的，媒體不斷報導同一則新聞，那種影響力就像病毒一樣散播出去，對很多人都會造成影響。第五集「失眠」，劇中好幾個人因為發生的事情而困擾，難以入睡，在這一集裡安排了三場夢，表現出三位角色的不同心理狀態。每一集的標題可以給觀眾不同的想像，讓觀眾看到劇中角色的另一種面向，用人物帶出故事，用故事的發生，改變人物。

在選角上，很早就決定由莊凱勛來飾演王翔這個角色，有別於他先前給觀眾的印象：深邃的眼神、獨具爆發力的演技。這次，他以一個內斂、壓抑的狀態，去詮釋一個經過多年牢獄洗禮的假釋犯，沉穩的演出，十分有說服力，他不慍不火，讓這個角色非常生活化並且更為立體。而擔任汽車業務員的弟弟王杰，則是由這兩年戲劇表現愈來愈亮眼的曹晏豪來擔綱，他在面對家人、女友、客戶和同事時，有非常多面向的詮釋。劇中兄弟倆人有幾場令人印象深刻的對手戲，深刻的表現了一種手足之間最直接、自私、甚至是最無賴的情感。

幾位女性角色：王翔的前女友沈雯青（夏于喬飾）、王杰的未婚妻洪怡安（林子熙飾）、王杰的客戶同時也是另一位女友唐娟（蔡淑臻飾）也都精彩詮釋了女性在感情裡的不同狀態和樣貌。夏于喬演出知性、自主性很強的女記者，在面對現在男友和前男友王翔時，她有不同層次的表演，精準地掌握住這個角色。林子熙在劇中的形象是個溫柔、無害的好女孩，她拿捏得宜，前半段是個很溫暖的人物，後面的情緒翻轉則是令人眼睛一亮。蔡淑臻飾演的是有外遇富太太，玩愛情遊戲玩出她認為的真愛，心境上的轉折和遭遇，讓人對她又愛又恨又同情。

最後特別一提，雖然更生人不是本劇最核心的主軸，但為了瞭解獄中生活及更生人的心情和處境，我們在做田調時，實際走訪了北部地區的幾所監獄，以及訪談了為更生人就業不遺餘力的陳興餘大哥，讓我深刻體會到現行制度下，更生人重返社會的無奈和窘境。但很遺憾的是，陳興餘大哥在今年初因病不幸離世，希望他在天上能夠看到這齣戲，也盼他的精神能永留延續。

# 目錄

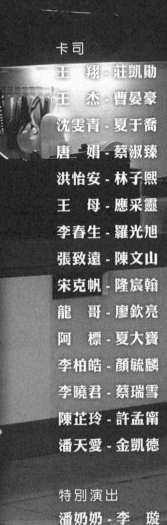

卡司

**王　翔 -** 莊凱勛

**王　杰 -** 曹晏豪

**沈雯青 -** 夏于喬

**唐　娟 -** 蔡淑臻

**洪怡安 -** 林子熙

**王　母 -** 應采靈

**李春生 -** 羅光旭

**張致遠 -** 陳文山

**宋克帆 -** 隆宸翰

**龍　哥 -** 廖欽亮

**阿　標 -** 夏大寶

**李柏皓 -** 顏毓麟

**李曉君 -** 蔡瑞雪

**陳芷玲 -** 許孟甯

**潘天愛 -** 金凱德

特別演出

**潘奶奶 -** 李　璇

**潘正修 -** 王道南

簡介
一名假釋犯出獄
展開他的新生活
但是一樁意外事件
讓他的過去被曝光

叛逆的青少女失蹤
警方、少女的母親
和當年受害者的家人
都認為是他再度犯案

大家認定的加害者
這次成了受害者
他要如何突破社會的歧視
與被害者家庭的原諒
來贏得新的人生

人物訪談

# 莊 凱 勛

### 飾王翔
男，37歲，假釋犯

### 角色介紹

父親在他 10 歲的時候過世，他看著辛苦的媽媽維持著家，很快就養成他體貼、懂事和沉穩的性格。他不希望媽媽除了賺錢養家還要為他和弟弟王杰操心，所以總是告訴自己把書讀好和照顧王杰是他最重要的任務。

他對人親切，時常面帶笑容，像個陽光大男孩。媽媽和弟弟依靠他，他身邊的人對他的評價都很好，讓他充滿自信和樂觀。因為李曉君命案，他被關進牢裡，斷送他十多年的青春。

出獄時，他 37 歲，失去了陽光男孩的笑容，偽裝堅強，其實對未來感到一片茫然 …

**Q** **《噬罪者》是什麼樣的故事？**

　　《噬罪者》從字面上能清楚地知道這是與犯罪相關，透過加害者、被害者、加害者家人、被害者家人感受來構成的故事，及在社會上受刑人被貼標籤與如何撕掉標籤，與戲裡兄弟倆都有嫌疑還不知兇手是誰時，可能有人覺得是哥哥，有人覺得是弟弟，他們之間相處的一些化學變化，扣在這樣一個犯罪家庭上，像輻射效應般往周圍人發展和建構而成的故事。

**Q** **個人如何解讀《噬罪者》這三個字？**

　　就我自己的角色為出發點來解讀：「噬」這個字就是吞食、吃，把罪吃掉。字面上來講罪已經發生，有點像是隱藏，把已經發生的錯誤，透過自己的方式去把他藏起來、吃掉，不讓別人看到，這是以王翔角度為出發點的解讀法。

**Q** **監獄的戲如何預備角色做功課？和更生人談過嗎？**

　　其實這不是我第一次演更生人，大概在前年就拍過，有和他們聊，到後來很妙，就是你已經不是在做一個更生人的角色，而是你要想辦法去改變自己的習慣。怎麼說呢？因為演員是習慣被看的，而且演員是喜歡被看的；他習慣活在鏡頭及鎂光燈下，所以他可以侃侃而談，可以善於表達自己又有很多想說，但更生人－就像我剛才所講，他其實只想把自己藏起來、不習慣被看。我記得有場剛出獄的戲，我要求職、找工作，拿著報紙跟手機走在台北街頭，我要到處去問人或者自己找？印象很深第一場戲開始第一個鏡頭，我去問了路人，還跟他說「謝謝！」，導演就說：「你要知道，你現在已經不是入獄服刑前，你現在是一個更生人，你會希望別人跟你有互動嗎？還是你希望被這世界上的人忘記？只要能好好的活著就好了。你會不會這麼熱情的去詢問別人？甚至和別人說謝謝，然後面帶微笑？」

　　這提醒我去做一些氣質上的改變，我覺得最困難的是做更生人的功課，包括去監獄裡拍攝，透過裡面那些監看螢幕，看到真實受刑人在裡面的生活，好像一直在算時間，一秒一秒，你搞不清楚他到底要什麼？他在想什麼？他到底要去那裡？好像只剩下呼吸。他的世界安靜的只剩下呼吸，透過監看螢幕，裡面各式各樣的人在服刑，有些人躺在床上拍自己的肚子拍了一整天；有些人從房間的右邊到左邊，來回走，每走一趟就吃一片洋芋片，他就這樣走一整天，第二天我們回去拍時，他還是做著一樣的事。這如同戲裡有句話：「在裡面是我的身體不自由，出來之後是我的心不自由」我覺得這聽起來很難想像，但

確實是這樣。最後囚禁你的已經不是監獄的銅牆鐵壁；而是離開這個社會這麼久後，要怎麼重新讓自己和外面接軌，這是這角色最困難的地方。

**Q** **是否深刻感受角色被標籤化？**

有，而且要把標籤撕掉很難，就是你殺過人，別人看你就是個危險人物。包括戲裡我去當司機載女高中生，其他角色就覺得你之前殺了一個女高中生，你現在又開車載著一個女高中生，所有投向自己的眼光都是不舒服的。

**Q** **你和夏于喬是第一次合作嗎？**

對，第一次。

其實我一開始很怕她，坦白說，我很怕眼睛大的女生，尤其是沒有表情時，大眼睛女生看起來都很兇，即便她只是在思考，你都覺得她好像在計算什麼，相處後才明白她只是在放空，是一個很男孩子氣的女生，什麼都能聊。認識她蠻久的，但是第一次合作，因為喬喬是相關科系畢業，以她的專業，很多情感丟接，或是表演上的實驗，即使沒先告知對方，在拍攝的時才給的東西，她都可以很快接收，用她的方式去回給你，所以是很舒服的狀態。

**Q** **和喬喬在哪一場戲的過程讓你印象深刻？**

一開始我服完刑後，再碰面那一場戲。那一場戲對我們都很困難，她那麼久沒碰到我，再碰面時是為了採訪，必須去挖掘一些我服刑期間她一直想問的問題。採訪本身要和自己的情感切開，那一場戲我們都抱著驚恐的方式去演，導演希望可以捉到一些兩人間的電流、情感

溢出的東西，但她語言上丟接的又是很生硬的問題及採訪內容，所以很難。怎麼說很難？因為是鏡頭架著拍，真實狀態下兩人不可能對望那麼久。但我們對望了很久，久到讓我們覺得很不寫實，我們對那個表演很懷疑。卡了後，我們一直問導演會不會太超過？會不會不像一般對話？會不會那麼久沒碰面，是要把情緒藏起來；而不是這麼溢出？我們拿捏角色應該是好好地藏著，那情感是不可言喻、不會表現的那麼明顯；觀眾又希望看到你們有一些什麼？那寫實到底是在心裡；還是表演出來的？那場戲拍完後我們兩個都很沒自信，我跟夏于喬二個演戲經驗那麼豐富的人，拍完那一場戲，都一直帶著問號，在想這樣演到底對不對？真不真實？會不會太超過？所以對那場戲印象很深刻。

**Q 這齣戲還有另一個重點：就是兄弟情，處處周全的哥哥，為王杰做很多事，為什麼王翔願意為王杰犧牲？**

很簡單啊！因為他是我弟弟。沒別的原因，真的就是他是我弟弟。可能很不可思議，其實我自己的哥哥也是這樣，他從以前就是會把最好的留給弟弟妹妹。我想兄弟姐妹有很多種啦！常常聽到從小吵到大、打到大的，我覺得那是因為沒有遇到需要去共同面對的大事，大到他們那個年紀沒有辦法承受、負荷的事情，我是很相信手足情感的人，所以我想如果遇到了這麼大的事情，而不是像搶玩具、買新衣服這種事，而是攸關生死時，我還是相信手足情感這塊很強大。

**Q 你們兄弟倆對戲，印象最深刻的是？**

我印象最深刻的是在籃球場，我發現他外遇那一場。那一場戲我們沒有排演，那天晚上很晚我們在籃球場，我幫他掩護很多事後，我又知道他外遇。那一場戲好像拍了三、四次，都是一鏡到底，我們吵了五分鐘左右，有拉扯、打架，那一場戲很多都不是劇本上有的。劇本有基本樣子，但後來我們打完之後說的話，很多都是那一、二個月拍攝下來後，自然而然說出來的，那些拉扯和爭吵對我來說印象很深刻。

**Q 曹晏豪算是年輕的演員，在準備對戲過程中，是否協助或是幫助他什麼？**

我和他分享了很多我和我哥哥之間的故事。就真實層面來講，我在成長過程中比較像王杰，因為我是家裡的老么，比較情緒化，王翔就真是我哥哥的樣子，我這次角色的想像出發點人物原型，所以我跟小杰分享了很多我和我哥哥之間的故事，絕大部份，我們都在要拍的時候作很多討論。並不是因為他是年輕演員我就幫助他，其實我在他身

上學到很多東西。這次的演員大家都會互相討論，包括跟導演，我們互相討論，然後找到一個最好的方法。

**Q** **回到標題，英文劇名：《鄙視罪惡，但愛那犯罪的人》，你覺得我們真的可以把人和罪分開嗎？**

很難，我覺得，很難。那個是一個大同世界跟理想的狀態。我常常設想我演的這個角色，若是我自己家人受害，我到底能不能原諒加害者。這個問題到現在我還是給不出答案，因為那真的要有很大的包容心跟很大的愛，你才有辦法去原諒。你說罪和人分開，不可能嘛！因為罪本身是來自於人心，只是當傷害造成、不能抹滅時，要用什麼方式更好的生活下去，還活著的人或是受傷的人，要用什麼方式去度過這傷害？也不可能遺忘，因為不可能遺忘，怎麼去原諒？不能原諒你要怎麼保護自己的心繼續往下走？起碼對我來講很難做到。原諒、包容，坦白說，現在我做不到。

**Q** **這齣戲讓你最喜歡的部分是什麼？**

我最喜歡的部分就是很真實，非常寫實，而那寫實來自於沒有人是天生的壞人，沒有人願意當壞人，劇中每人都有自己的立場，不是典型戲劇裡要有一個壞人、一個好人、一個什麼，大家都是在自己的宇宙裡生活、往前走，只是這些宇宙互相干擾、衝突了，所以產生這個故事。有很多的糾葛也好、愛恨情仇也好，都是出於自己的立場，沒有人是壞人，因為每個人都有自己想保護的人，做了不同選擇後便產生衝突，很真實。

**Q** **你會如何推薦你的粉絲來看這齣戲？**

我會跟粉絲說：你是不是被傷害過？還是傷害過別人？你要如何選擇原諒？還是你要怎樣撕掉你的標籤、擺脫不好記憶，開心地往前走？我覺得你可能在這齣戲裡找到答案。

人物訪談

# 曹晏豪

## 飾王杰
男，30 歲，汽車銷售員，王翔的弟弟

### 角色介紹

　　父親過世後，他凡事都以哥哥為榜樣，在他的青少年階段，王杰是很害羞、沒有自信的。一時衝動犯下的錯，由哥哥承擔了，他並沒有因此解脫。背負著悔恨和內疚，他逼著自己成長，他要在哥哥離家的這段時間成為媽媽的倚靠。他努力念書、努力工作、孝順媽媽，一切依照哥哥的樣板在走，還交了一個深具典型優良女性特質的女朋友洪怡安。他認為他並不愛洪怡安，所以當客戶唐娟屢次有意無意對他釋出興趣時，他花了心思撒網捕食。他肯定自己的愛情早已在 17 歲的時候死去，在洪怡安想要離開他時，王杰才開始重新思考他的愛情是不是一直都在身邊？

**Q** 王杰是個什麼樣個性的人呢？

　　拍完這部戲也快一年了！有時去回想王杰是個什麼樣的人，覺得他不是個特別的人，他跟我們生活中很多人相似，一個汽車營業所的業務員，他小時候就像很多小男生一樣活潑，他比較調皮，有個哥哥可以罩他，但隨著家裡發生重大事情，長大後必須去扛起一些責任時，他變得較社會化，他要去想辦法維護自己跟家人的利益，就我們對業務員的刻板想像：對外比較圓滑，但心中有很多盤算，以自己利益為出發點的一個人，他還是有比較孩子氣的一面，比較沉不住氣，很容易被情緒帶著走。

**Q** 王杰的角色其實很迷人，有正有負，又是個有心機的人，可以隱藏一個秘密那麼久，可以多描述這心機嗎？

　　王杰守住整劇裡最重要的秘密－李曉君的死亡，甚至後來生活中的秘密，有句台詞是王杰對王翔說：「哥，守住秘密好難！」在王杰生命中，從曉君死後到哥哥出來這十來年，他有些東西已經變質，不是朋友跟你說：「誒...我交了一個新女友，不要跟別人講！」這種單純的秘密，他今天守住的是關乎他自己或哥哥的生命安全，這秘密已漸漸成為一個他生命中的事實，這謊言已經滲透他的生活，已讓他分不太出真假。當你說了個謊後，需要說更多的謊，這秘密衍生出的其他謊言，慢慢築起他這五年、十年人生，這漸漸成為一個既定事實，好像他的生命就是這樣，這謊言對他影響很大，又跳回我剛說的，你要去承擔曾做過的一些事，選擇去承擔、及旁人對你的指責。王杰要去承擔隱藏自己曾做錯事所帶來的效應，很多痛苦或自我懷疑，我覺是這個角色一直在面對的功課。

**Q** 你的角色讓我感到驚艷，導演也覺得你對這個角色有很多的認識與預備，那你針對這個角色做了什麼樣的功課？

　　我覺得演員很幸福的一件事是：我們在理解飾演不同角色後，可以從生命中去找一些覺得類似、感同身受地方式詮釋，我那陣子不太開心，不是每天都烏雲慘霧，其實看王杰身邊的人，他過的也還蠻爽的啊！但我覺得那潛在痛苦就是你知道如何生存、已經明白世事，可以幫自己找樂子，但根生在罪裡的痛或問題沒解除，王杰這角色的不開心來自於這。我準備角色時，會讓自己活在當中去想那些跟這角色相關、所面對

的痛苦是什麼，用我過去生命中曾跟謊言相關的事，去勾設出這角色的形象，有時會突然在發呆時發現一種無力感，但我當時去做了件事，就是我跑去看人家怎麼賣車子，我自己跑去幾間假裝要買車，所以我其實也是撒了個謊，跑去那些營業所，瞭解營業所這些業務他們不同氣場，當然發現其實不同類型車種，業務人員態度也都不一樣，最後還是回到角色裡，想這角色會如何在他的工作場合上去發展。

**Q** **你怎麼準備你的第一場親熱戲啊？**

我記得有場跟唐娟的戲是在夜景看台，我一開始比較ㄍㄧㄥ，因為覺得對女生需要知道基本的工作界線在那，後來跟淑臻姐溝通，她給我很大的安全感，那時拍那場吻戲，她很自然，我覺得那來自於我們後面好多場情感的拉扯戲，愛恨糾葛，那個慾望。這角色的情感建立在很多人性上，愛情這東西有很多不同面向。我們用獸慾這個字，可能又有點太過含糊，很多本能慾望讓你想去佔有對方，或很多直接情感投射，不單在這段情感裡，在王杰一生中都比較容易看到。

**Q** **可以聊聊第一次和凱勛對戲這塊嗎？**

我跟凱勛哥在幾年前幾次工作上碰過，但我們是第一次合作，所以我這次也很期待，可以跟很敬佩的一個演員合作，學習到很多事情。我覺得我們就像導演講的那樣，有默契地去界定兄弟關係，我們在現場會很自然的「弟，你吃飯了沒？」「弟，你剛剛車停那？」。兄弟間的親情我分成二段，一個是曉君死之前，我們小時候；跟我們長大後再遇到。我覺得小時候相對自然，彼此間沒有那層隔閡，就是一個大哥哥帶小弟弟的概念，弟弟還不太懂事；但這段兄弟情走到後面，哥哥出獄後，他們中間又多了個秘密，兩人相處很微妙，彼此的愛中又多了一層雜質，那雜質是我們不能說的秘密。很多時候王杰即便很愛王翔，很尊敬他哥哥，但同時王杰也非常怕哥哥是不是有天會把事情抖出來，他是不是會成為那個出賣我的人；所以那關係中除了親情，還多了一個很基礎的人性－在隱藏自己的罪裡，去面對這個如此無私為他隱瞞秘密的哥哥時，他的愛跟兄弟情中多了一層猜測跟不信任，這兩兄弟很多場戲便是建立在這上面。

**Q** **剛剛提到不是噬罪而是被罪吞噬，我覺得王杰就是那個被罪吞噬的人，對嗎？**

如果你是個在罪裡的人，並不會意識到自己在犯罪，他會認為他做的事情是理所當然、而且還有點犧牲才選擇去做，為了另一件我非不得已的事才去做，所以，罪到底是行動，還是狀態？被罪吞噬的生命

是不自由的，我所謂的自由是：自由不是你想做什麼就做什麼，自由是一個人有沒有辦法不做那些他不應做的事，王杰是被罪吞噬的人，他被罪綑綁，他慣性為利益也好，為生存也好，去做很多跟罪有關的事，所以相對來說他是一個被罪吞噬的人。

**Q 有沒有哪一場戲是最喜歡且印象比較深刻的？**

有一場跟哥哥在籃球場的戲，是在我們開拍的中前期，那場戲是王翔跟王杰為了唐娟的事爭吵，哥哥發現弟弟跟他的老闆娘偷情，哥哥非常氣弟弟，但弟弟只在意哥哥有沒有把這個秘密說出去，兩人為此大吵。那時他們倆才發現，彼此的價值觀已經落差蠻多，那場戲我很喜歡的是：兩個已經分開十二年、不同立場的兄弟吵架，王翔跟王杰說：「小杰，你現在已經長大了，哥哥已經管不到你了！」他走時，王杰看著哥哥離開的背影，他突然內心有種難過，好像某個程度上被哥哥放棄了！不管哥哥跟我現在立場怎樣，發現自己在社會上各方面能力勝於哥哥，產生我不是什麼事情都得聽哥哥的心態，也發現哥哥對自己很失望，那個兄弟情愫令我印象很深刻。現實生活中，我對兄弟親情，像我哥、我弟也是很在意，所以我可以同感：如果有天我的親哥哥突然跟我說「對！小豪，我對你很失望的時候」，我覺得我會很難過。

**Q 12 年的時間讓兄弟觀念改變很多，但王翔並不想改變王杰。**

一個噬罪者他已經是慣性犯罪，犯罪這個字聽起來好沉重哦！但對噬罪者來講，這已經在他的生命中，他不可能去多想，要離開那些事情是很難的。

**Q 你會如何向你的粉絲推薦這部戲？**

剛接觸到這劇本時非常期待開拍，有天可以飾演這角色跟完成一部份，劇本敘述好多東西，文字的戲劇張力讓我在看時快喘不過氣，但你還是會想一步一步去看，他很真實的說出人性難看跟好看那面。我記得我和編劇聊過，她說她並不覺得王杰是個壞人，到最後我也不覺得王杰是壞人，但我覺得這些人都蠻可憐的，但可憐之人必有可惡之處，看看周遭我覺得這個實際世界常常是這種狀況，但我們把很多東西塑造成美好的。這部戲它把很多很真實的東西透過戲劇方式跟大家分享，所以一定要來看，雖然導演一直覺得我拍完這部戲後粉絲應該會少掉很多，因為他覺得王杰太討厭，但我自己蠻期待的。我記得拍完時，很開心地和導演說：「爽溜！（台語）王杰拜…，終於拍完了，終於結束了！」當然玩笑話啦，期待大家看劇。

# 夏 于 喬

## 飾 沈 雯 青

女，34 歲
王翔大學及研究所時的女友
也是同校的學妹
現任網路媒體記者，負責公益新聞

### 角色介紹

　　她在大一時就認識了大他三歲的王翔，王翔是她的初戀，她深愛著他，兩人更是校園裡公認的一對佳偶。雖然王翔一直深受女孩子喜愛，沈雯青仍然很信任他。李曉君命案發生，王翔讓她很失望，非但不解釋，反而將她推得遠遠的。

　　王翔出獄後，兩人偶然再次相逢。雖然她已經有論及婚嫁的男朋友，但她心裡還是有王翔；當她知道王翔有麻煩上身，決定義無反顧的幫他 …

**Q 飾演的是什麼角色？**

我在《噬罪者》裡面飾演沈雯青，她的名字跟她在做的事情其實蠻像的，一個跑公益線的文青記者，她相信善良，她自己也是善良的，她對很多的人、事、物都是從內心去關心他們，她鄙視以利益為優先的事情。她有二個階段：在大學階段她是比較活潑的一般女大學生，有不滿、吃醋時她會直接表達，也不怕給別人臉色；之後再看到她的時候，她已經成為公益線記者，情緒就比較內斂，很多事情不會在第一時間想說就出口，變得較壓抑自己情緒，可能是王翔的關係，讓她覺得很多事情要不到答案，所以她就變成比較不去表達自己的情緒了。

**Q 你覺得雯青在這部戲裡最對不起誰？**

以一開始是王翔出獄來說，我覺得她對不起的是克帆。

**Q 在劇中，雯青好像沒有對克帆說過我對不起你？**

我記得在分手的那一場好像有說對不起，雯青說要分手嘛！克帆抱住她，雯青有把他推開說對不起，我記得有這一場。

**Q 這個對不起好沉重哦！**

我和導演討論這個對不起要用什麼樣的態度去說，導演希望那個對不起能夠呈現的是：「我不想再傷害你了！」而不是那種：「對不起！我不愛你。」是：「對不起！我不想再傷害你了，就這樣吧！」這種感覺。

**Q 你也是第一次和莊凱勛對戲嗎？可以聊聊這次和他對戲的感覺嗎？**

從第一次我們見面讀本，我就覺得蠻安心的，因為我身邊很多朋友都跟凱勛合作過，他們一直很讚賞他，和他讀本對戲時，我就發現他非常專業，讓我很放心。裡面有些場次，不管是吵架，或是比較親密的，是我比較少嘗試的，凱勛跟我及導演會有非常足夠的事前溝通，所有的台詞、動作，每一場戲該怎麼呈現，兩個人之間是什麼感覺，都非常仔細的討論溝通過，所以跟他合作是很幸福跟幸運的，因為能夠找到一個這麼專業的對手，彼此間有火花，又可以過戲癮，我覺得是很幸福的。

**Q 當雯青知道王翔出獄，她有機會可以面對他時，那時雯青心中那個感覺，你是如何去揣摩這一塊的情緒功課？**

雯青見到他時，是在超市裡一個倒影裡意外看到王翔，她雖然追出去，但王翔已不在。我在拍那場戲前給自己做了很多角色的心理建設，一個這麼久沒見、這麼渴望見到的人，我把他想像成曾經很深愛很深愛的前男友，現在還是深愛著，但是我不能讓他看出我愛他。我這一場戲就是得這樣。但在演那一場時，我覺得有一點點被凱勛看出來了，雖然我一直在壓抑，但要裝沒事，甚至後來克帆還出現。我在演那一場戲時眼淚一直滿出來，中間卡的時候，凱勛還特別幫我說「等一下、等一下，她快哭出來了！」然後說「謝謝，不好意思！」讓我在旁邊平復一下情緒後再繼續。我一直在把眼淚壓回去、壓回去，希望看起來像沒事，但是好難，那一場戲我心裡面蠻煎熬的。

**Q** 十二年前他沒有任何解釋也沒有任何答案，雯青應該很想知道答案。

對，因為不是兩年、三年，已經十二年了，我覺得對我來說，一個十二年來都在想念的人；跟要個答案，這兩件事情比起來，我想這個人會勝過一切，所以見到王翔正式坐下來聊天時，衝出來的第一句話，絕對不是：「你為什麼不理我，這十二年你到底怎麼了？」不是這樣子，因為她知道他在坐牢，我覺得雯青坐下來的第一句話，如果能說出口應該是：「我真的好想你，我想了你十二年」，所以當時我是抱持著這樣的心情在演這一場戲，沒有生氣，因為我知道他一定有委屈，而且他坐了這麼久的牢剛出來，雯青是善良又善解人意的人，她要的也許只是一個答案，但不是現在，她只是很想跟他說：「我很想你」。

**Q** 這齣戲的英文劇名叫《鄙視罪惡，但愛那犯罪的人》，你覺得我們真的可以把人和罪分開？在真實生活中會不會很難做到？

我以前在看社會新聞時，第一反應都是好氣憤、好生氣，現在才學會冷靜思考，想更瞭解所以去收集資料，想知道他為什麼要這樣做？背後是什麼？所以，在還沒有瞭解更多資訊跟原因前，我不讓自己下定論、去批判，尤其在現下網路世界最大問題，就是第一時間大家容易用情緒在網路上表達。但大家不知道文字是可以殺人的，文字殺傷力非常強。我一直在演藝圈，從小看過非常多網路流言，我覺得那會慢慢殺死一個人，你殺死了他的自信，他覺得自己越來越渺小，變得不再重要，消失了也無所謂；那你就真的殺死了一個人。所以我後來也慢慢學會，讓自己情緒不在第一時間衝出來，對任何事情不要太早下定論，培養自己的耐性，有足夠的資訊跟原因，才可以好好去看待一件事。導演跟我說英文劇名是甘地名言後，我就上網查了甘地名言，有一句：「以眼還眼的話，這個世界只會更盲目」其實就在講這事，戲裡王翔一直在焦慮這件事，大家只知道他犯了罪，殺了人，可是不

知道原因，在不明原因下只有責怪，大家都變盲目了，這件事情讓我很害怕。

**Q** **希望這部戲可以帶給觀眾什麼？**

這齣戲是要讓觀眾去聆聽跟思考。我相信在看這齣戲時，很多人會有自己的定論或選擇，覺得：「嗯…對…他錯了；嗯…對…他是對的。」，每個人都可以有自己的方向，可是我覺得要學會更多聆聽，有一齣戲可以讓大家去討論是件好事，才可以聽到很多不同聲音，而不是只有自己的想法。因為我也常常在聽到別人的想法後，慢慢改變自己，才知道原來世界上有好多聲音、好多種想法。所以，我覺得這齣戲帶給觀眾的應該是：「當不是黑跟白，而是灰色地帶時，你會怎麼選擇？」，那就是多聆聽。

**Q** **以夏于喬的角度，你最喜歡這齣戲哪個角色？**

一開始和導演讀本聊天時，就和導演開玩笑說，我好想演淑臻那個角色哦！因為大家對我的印象不會是淑臻那個角色的樣子：一個老公常常出國的貴婦，然後認識了王杰。如果有導演或製作人對我有這種角色的假想或是想像力，我會非常開心，表示我還有更多種可能。淑臻那個角色實在是太衝擊，而且非常難，我會很想挑戰看看。所以當時我跟導演開玩笑說：「你們沒有找我演雯青的話，我會很想挑戰淑臻的角色。」當然，我們演員都定了啦！這只是我自己在聊天的時候講的。

**Q** **簡單的和粉絲推薦這一齣戲？**

《噬罪者》是一個可以慢慢去品嚐的好戲，我們團隊非常認真，討論的題材也非常特別，我覺得可以在這齣戲裡面找到自己的觀點，以及聆聽別人的觀點，這個是最重要的。

人物訪談

# 蔡 淑 臻

### 飾唐娟
女，38歲，台商潘正修的太太

**角色介紹**

　　外貌、身材姣好，嫁給大她將近20歲的潘正修。結婚後才發現，要跟一個17歲的女孩和難以親近的婆婆一起生活，實在是一件不太愉快的事，再加上她還有一個任務，是要替潘正修生個兒子，更讓她覺得自己在這場婚姻中，只是一個生產工具。向王杰買車，愛上王杰，並不在她的預期當中，但她沉溺在裡面，無法自拔。

**Q** **以唐娟的角度來看，噬罪者是個什麼樣的故事？**

　　簡單來講，就是一個因殺人被判刑的人在假釋出獄後，對他家人跟他身邊人的生活造成很大影響，他要重新面對這個社會，再重新面對自己曾犯下的過錯，所發生的一連串事件跟故事。

**Q** **在戲裡飾演什麼角色？**

　　我在戲裡飾演的是唐娟，唐娟已經結婚了，大概30多歲，嫁給一個富有但大她很多的男生，她很清楚她的婚姻是條件交換；用青春美貌換取穩定的生活，在我們身邊都可以看到這樣的關係，只是不說出口，也因為她曾經為愛受傷，所以她決定信任穩定的物質生活；原本她生活的挺好、挺適應，直到她遇到王杰，她很喜歡跟王杰相處的樣子，她喜歡那時候的自己，她再重新檢視自己的生活，才發現，這些年好像是活著，但又好像是死了！所以她開始越來越不能在這個婚姻裡面得到滿足，不想再待在這個籠子裡面，接著發生了一連串故事。

**Q** 唐娟在感情上的狀態是什麼樣的呢？她自己的內心感情？

她本來不信任愛情，當她決定嫁給富有的男人後，她決定自己可以犧牲這一塊，愛情我可以不要有。事實上，我身邊真的有很多覺得她可以跟任何一個人相處一輩子，只要她可以得到她想要的穩定生活，這個才是最重要的，當下唐娟是這樣說服自己。可是人都是會變的，你的想法或需求，會因為你遇到的人及經歷，而潛移默化改變，所以，唐娟也變了，她發現活著的感覺真好，然後，她就找了很多的理由說服自己。

**Q** 劇中唐娟和婆婆直接說「對，我就是偷人怎樣！」這是個宣示吧？

對，我覺得很奇妙的是，很多人在婚姻裡很幸福，但一旦冠上妻子這個身份後，很多東西就變得好像是你應該做的，別人也不懂得感激。是你應該做好的事情你就做，但你沒做，你就千該萬死，人之間該有的禮貌跟距離突然間消失，可是那真的很重要，即便在婚姻裡我都覺得感激要隨時說出口，二個人的關係才能長久維持，講得我好像已經結婚一樣，我沒有結婚！（笑）

**Q** 劇中與王杰的激情戲，很多都是有點燃那個火，不管是車震還是在旅館裡，我覺得拍的很好耶！不太像是公視的尺度。

謝謝！真的，就好像不喊卡，感覺會繼續演這樣。耶！成功了！因為唐娟的定位就是這樣子啊！就是性方面，性本來就是愛的一部分，也是很重要的一部分，它影響我們的賀爾蒙，又影響我們的思緒、我們的行為，所以它力量蠻大的，唐娟和王杰的關係就是維繫在這上面。我和導演討論這方面的戲絕對不能草草帶過，要不然唐娟會變得很糊，她跟怡安的角色距離沒法拉開來。

**Q** 第一次和曹晏豪對戲嗎？他也是第一次演那麼激情的戲？可以聊聊那感覺嗎？

對，我也是！我印象很深刻啊！我剛出道拍戲時，曾經接過一個要背面裸露的性愛戲，我當下覺得，就拍戲嘛！我可以為藝術犧牲，好，OK！我就定裝囉！開拍前一兩個禮拜，我打電話給我的經紀人說：「我不行，我不行，我覺得我不行…」。若干年後，我已經這麼成熟了！在談這角色時，知道會有這方面的戲，我覺得現在對我來說應該是一片蛋糕，結果那天要拍時，我跟晏豪兩個人坐在外面，像這種凳子，他就坐那跟我說：「淑臻姐，妳覺得我們等下那個戲是要走什麼樣的風格，是要像大佛那樣子嗎？妳有看過大佛嗎？大佛裡面她是 DAT 耶！就是很鹹濕那一種你知道嗎？」我當場沒法接受，當場在

那「啊！！你不要再講了！我可不可以不要聽！」，我真的是想掉頭就走，我現在應該也是面紅耳赤，當下是這種感覺，但是我們倆一坐進車子裡面，然後導演喊 CUE！就進入狀態，馬上！完全沒再想剛剛那尷尬不舒服的感覺，就兩個鏡頭，只是鏡位的交換，沒有 NG 很順利地結束了。

**Q 有事先排演過嗎？**

沒有，我們覺得這個不要排演過比較好，就一個動物本能嘛！我們之前曾一起拍一些戲，我也盡量跟他多一點身體接觸，但不是撫摸什麼的；我們有一些在山上的戲，像談小戀愛那樣的感覺，有天我就抱著他，想讓他知道：你放心！你可以相信我，你也可以碰我。這樣可以讓我們倆的距離近一點，親密感可以多一點，我覺得好像蠻有效的。

**Q 曹晏豪是一個非常用功的演員，感覺他和怡安的互動沒有你們那麼好是不是？**

因為唐娟跟王杰在戲裡面都是開心的，要有開心的東西先建立，後面那個東西才會成立。我們之間的相處是多麼的迷人，這個女生才有動機去做那些事情。

**Q 對這個角色做過什麼功課？**

其實有一部份我還蠻過不去，覺得有一部份蠻像我，那些唐娟相信的事，比如他會和怡安在一起，只是因為愧疚，因為怡安太好、太善良了，不忍心傷害她，也或許是不想讓家人失望，可是他很清楚唐娟才是適合王杰的，她可以給他的東西更多，算是欺騙自己嗎？可能吧！因為在愛裡，腦子都是比較不清楚的。

**Q 唐娟會覺得自己對不起怡安嗎？**

這是我覺得很過不去的地方，就是只喜歡一個男人、愛一個男人，妳為他做很多事，不惜傷害他人，這人是怡安，還有我先生。但唐娟和王杰在一起已經對怡安形成一次傷害，唐娟又試著和怡安成為朋友這是二次傷害，妳何苦要這樣傷害她，因為她是如此單純；怡安也許真的會把唐娟當成姐姐，然後喜歡上這個女生對她付出友情，那是在欺騙她感情，好殘忍哦！這是我覺得最難過的地方，最難演、最難說服自己的地方。

**Q 讀本之外，瞭解唐娟這個人之外，妳有訪問過別人之類的故事嗎？**

沒有，其實我能得到的東西並不多，就是你看到的劇本這些行為，

我一直往裡鑽，想找到她做這些事情的理由，跟她相信的事情，後來發現唐娟她很軟弱，因為她總是覺得要依附在別人翅膀下才能生活，所以她才嫁給一個富有的男人，王杰就是另一她想要抓住的人，但她對自己沒有什麼信心。

**Q** **妳覺得唐娟最對不起的人是怡安嗎？**

不是，是她自己！她從來沒有反過來看自己，因為她是一個條件非常好的人，就像我剛剛講的，她不知道怎麼愛自己，永遠要捉著一個浮木才覺得自己可以活著，兩個浮木：一個是他老公，一個就是王杰啊！當她丟掉這個試圖要抓另一個，又抓不到往下沉時，她覺得她快死了，可是她沒發現自己其實會游泳，她可以靠自己活著的。

**Q** **最難演的是？**

我和怡安那一塊，我不知道怎麼表現那個心情。

**Q** **遇到王杰前後有什麼樣的改變及分水嶺？**

她在原本這個婚姻狀態裡，還是個比較傳統思維的女性，嫁進這個家庭以後，該盡的責任跟義務她都非常遵守，一直做的也還不錯，她也教育她的繼女什麼是對的？什麼是錯的？也孝順她的婆婆，但那是全部的她嗎？不是，只有關在房間裡面才是她，出了那個房間是扮演某種角色，也許幾年可以，但如果是十年、幾十年，我相信任何一個人都會受不了；就在這個時機點，她遇上王杰，如果一直待在一個沒法做自己的環境裡，久了會厭倦的，她意識到自己的軟弱，會有種心情是：我為什麼不勇敢一點？這個王杰就是我應該、可以證明我是勇敢的一個契機，但是她好像走的有點太遠了！因為這個勇敢必須犧牲他人來成就自己，但當下她太想離開那個籠子，太想要自由了，所以她就有點迷失了。

**Q** **請簡短地向妳的粉絲推薦這部戲？**

每個人做每件事情都有他的理由跟故事，常常我們眼睛看到跟耳朵聽到的，不見得是完整的。《噬罪者》探討人性很多方方面面、各種面相，我們可以藉由這部戲來重新思考，我看到的是真的正義真理嗎？道德觀這樣子判斷對嗎？我們可以藉由這部戲重新來審視一下。

# 林 子 熙

### 飾 洪怡安

女，27歲，王杰的女朋友
在旅行社上班

## 角色介紹

　　乖巧、賢淑、溫柔、體貼……許多形容好女孩的形容詞都可以用在她身上，在王杰眼中，她是個很容易掌握的女孩。

**Q** **請子熙跟我們簡單介紹一下，噬罪者是什麼樣的故事？**

　　說一個被社會認定的加害者，他想要再度回到社會融入的時候，所面臨被排斥以及他要怎麼再度融入社會。還有他不一定是加害者，其實是被害者時，我們社會所有人應該用什麼角度去面對這件事情。

**Q** **妳在裡面飾演的是什麼角色？**

　　我在裡面飾演的角色是非常相信人性本善、善良、單純的一個女生，就是國民好媳婦，她叫洪怡安。

**Q** 妳可以描述一下怡安？

　　洪怡安是一個在旅行社工作的女生，她的個性非常善良、很願意幫助別人，可能在路邊看到需要幫助的老人、小孩，她會去幫忙。也會買玉蘭花、愛心餅乾的一個女生；進入王杰家後，非常願意幫助王杰的媽媽，把她剩下的時間都奉獻在王家。

**Q** 怡安與王杰他們之間的關係、情感妳可以稍微描述一下嗎？

　　以怡安的角度，她覺得王杰是她的王子吧！她是一個早上會去王杰家，幫他媽媽賣早餐後再去工作的一個女生，中午午休又回王家吃午餐，除了工作她的生活就是王杰，王杰對她來說等於是她的家人，她的全部。

**Q** 劇中的怡安跟真實的妳像嗎？

　　跟過去的我可能會蠻像的，就是愛情是她的全部。愛情在過去的我來說某部分是我的全部，但長大後經歷一些社會經驗後，就會知道還是要靠自己吧！

**Q** 融入那個角色之後，就不會想到當初的自己嗎？

　　是。

　　回想大學剛畢業時，確實會覺得一畢業就要結婚、生小孩，感覺這就是人生必經的過程，畢業後就完成的話，人生就好像 100 分了！

　　對怡安來說也是這樣，就是工作穩定、紮紮實實，有一個很愛我的男朋友，他的母親也很愛我、很接受我，能夠嫁他、幫他生小孩，就是完整家庭！我想在怡安心中，這就是她人生最完美的藍圖。

**Q** 所以當怡安發現事實不是這樣子時，她的想法是什麼？

　　就像地震一樣吧！會感覺到視野裡所有的東西都在晃動，就像是某種東西崩塌了。

　　怡安她在我眼裡是一個很堅強，但理智線蠻薄弱的女生。

　　她的腦波很弱，會很聽王杰、王家的所有話，而那個理智線等於是她的信任感，她沒有辦法接受背叛，因為她的心已經全部都奉獻給你了。她的道德感就是這麼直線，在直線中間被截斷時，理智線就斷掉，那個腦中就是一片空白，接下來她就不知道她自己會做什麼事情。

**Q** 當怡安知道真相時，她最不能饒恕的是誰？

　　就我的角度當然是王杰，可是怡安的角色絕對是唐娟。就算她心裡再怎麼知道是王杰，她還是會選擇唐娟，把所有的恨都丟在唐娟身上。

**Q** 怎麼去揣摩怡安心中的那個部分？

　　我覺得這個不用去揣摩耶，因為這戲是唐娟直接面對面跟我講嘛！那個畫面真的是太震撼，我完全不用想像也沒有辦法承受，就算只是在戲裡我都完全沒有辦法承受。

**Q** 印象最深刻的一場戲？不一定是對王杰、唐娟或誰有最深刻的一場戲嗎？

　　最深刻的當然就是唐娟面對面跟我說，爆發這件事情！再來就是我跟王杰攤牌這件事情。那一場也是很痛苦，演完之後晏豪他跟我說：「我真的被妳嚇瘋了！」他說真的好可怕！

**Q** 妳跟曹晏豪有沒有發生什麼有趣的事情？或是聊一下那個經驗？

　　最有趣的事情是我很想要跟他玩笑，因為我很早就認識他，但是他根本沒空理我，他的角色真的很吃重，然後他全心全意的在準備這個角色，他沒有辦法分心再聽我說話，如果硬要跟他講的話，他可能就是會「蛤！對啊！」，所以我覺得還是就算了，不要跟他玩，但是戲外他是一個跟王杰截然不同的男生，每天都笑笑的，很溫柔的一個大男生，所以，王杰這個角色對他來說，我覺得我真的非常期待，因為跟他完全相反。

**Q** 與王杰的情侶戲可以聊一聊、描述這個過程嗎？

　　我記得第一場戲就是我要跟他手牽手，我本身不是一個這麼快就可以跟人家肢體接觸的人，所以我在那個過程，不斷地跟他聊我們之間的共同點，增加一些熟悉感。我們拍完後，導演就也說：「你們這樣子好像很不熱稔。」我也不能回說：「反正王杰就不愛怡安這樣…〈笑〉」，所以我就不斷地跟他聊天，想讓他放鬆、我也放鬆，感覺就稍微好一點。可能是以前學舞蹈，常有雙人舞狀態，肢體上我是覺得還好，我還可以接受。

人物訪談

# 張 亨 如

**導演**

國立台灣藝術大學
電影研究所畢業
1980 年生，台南人

**簡介**

作品《斑馬線上的男人》曾入圍金馬獎最佳創作短片
並獲金穗獎最佳影片、最佳導演、最佳編劇、最佳演員等殊榮

電視電影《竹田車站》入選 2013 新加坡亞洲電視節最佳導演
除導演外，亦擔任多部影視作品之副導演或剪接師
曾獲第 46 屆電視金鐘獎之剪輯獎

**作品年表**

2012 《竹田車站》
2010 《出走的好理由》
2006 《斑馬線上的男人》

# 賴 孟 傑

導演
國立台北藝術大學
電影創作研究所畢業

簡介
主修導演
執導作品涵蓋廣告、電視、劇情片、紀錄片等類型
曾獲金鐘獎、金穗獎、台北電影獎肯定
亦屢屢入選國內外知名影展
其導演才華出色
受到香港名導王家衛欣賞
參與拍攝過電影《擺渡人》
擔任副導演一職
2018 年完成電影長片《陪你很久很久》
持續投身於影像創作領域之中

**Q** 請張亨如導演先說明一下《噬罪者》這故事是什麼樣的故事？

張：《噬罪者》看起來好像在講一個更生人的故事，但實際上我們希望透過更生人的角度去探討人性，主角王翔他殺了人，犯下了一個有形法律規範上的罪，但如果從其他角度來看，例如佛教講貪、嗔、癡，天主教講七原罪，其實人性裡本就存在很多法律規範以外無形的罪，我們劇中每一個角色都是這樣，他們都有這部分，例如說忌妒啦、貪心或是憤怒或執著，常常是一個想法就把他們帶到一個比較不好的方向去，《噬罪者》主要是探討這個主題。

**Q** 當時怎麼會用這個劇名，因為「噬罪者」這詞其實蠻重的。

張：噬就是吞噬、掩飾或是掩蓋，背後有這一層意思。每個人或多或少因為一些私心原因，曾經犯過一點小奸小惡，有的是比較大的事件，但是他可能都想去掩蓋；大概是這個概念。

**Q** 這次是雙導演，請問你們是同時接到劇本嗎？

張：沒有，賴孟傑導演比較早。

賴：其實這案子六年前就開始了，我跟製作人唐大哥比較早接觸，他蠻有毅力的！這六年來他蠻奔波地，這案子時有時停，不管是在別的電視台，或是在找資金的過程中，六年前那時題材還沒那麼多元，現在算是時機成熟了。目前的時代氛圍，各種戲劇題材都出來了，不見得只有談情說愛，所以有這機緣被拍出來。

**Q** 劇本確定後你們做過什麼討論嗎？

賴：主要是田野調查，因為大家對更生人都沒有經驗，不管是導演或是演員。更生人大部份故事都是最後壞人伏法，但伏法後到底造成什麼樣的生活，不管是家庭或感情上帶來的麻煩，所以當一個受刑人放回來時，心態會是怎麼樣？恐慌嗎？鄰居他人看你的眼光嗎？或者是原本要結婚弟弟的女朋友看了會害怕嗎？或是怎樣？主要是討論這一塊。

張：當初我看到劇本時，大概出到前五集。吸引我的部份就是這潛藏在平時生活相處，這更生人跟他家人、外面遇到的人，底下那比較人性、黑暗面的，或是灰色地帶部份，當初看到時非常喜歡。

**Q** 拍戲時兩位如何分工？

賴：我大部份是坐在後面（笑），亨如跑前面。大家拍完後，我們就溝通剛剛那場戲怎麼調比較好，然後再請張導演跟演員講，因為

她內心比較柔軟，遣詞用字讓大家聽起來比較舒服。

**Q** **張導演比較擅長處理演員的情緒？**

張：因為演員有自己的想法，可能拍到某場戲是他們心裡感到疑惑不安的，早上一開工就找機會來你旁邊討論，這一場戲會是怎樣，這個角色會是什麼狀態。我們接收到他們心裡這些感受後，會去思考是否做些調整，或是台詞再去順一下。所以不管是在調整戲、或是溝通回應他們時，會站在他們的角度切入去溝通。

**Q** **水底沉下來的戲很難拍嗎？**

賴：從傍晚弄到早上，就為了那幾個鏡頭，因為這個深水池六七米深，可是飾演李曉君的演員蔡瑞雪她很年輕，下去時很害怕，我們想的很簡單，就當作浮屍下去不要動就好了；但不是這樣子，一開始下去時可以不要動，但是漸漸感覺不到空氣後就會開始掙扎，所以光那鏡頭，來來回回又嗆水、又失溫、又幹嘛就拍到天亮，她蠻辛苦的。

**Q** **死人沉下去和活人沉下去，活人沉下去的泡泡比較多 …**

賴：也不到完全沒有泡泡，畢竟衣服裡還是有潛在空氣，肺裡面也會有一些空氣被壓出來，最難的是要讓畫面看起來是很完美的下墜。往下墜難度很大，身上要放很多槓片，那小女生六七米潛下去，周邊基本上全是黑的！全身都是壓力，眼睛也看不見，身上又有槓片把你往下拖，其實她很害怕。不過，水底攝影師很有經驗，最後我們還在水裡放音樂給她聽，每次嗆水起來時，還要不停地安慰：妳表現的很好，我這個畫面一定把妳拍得美美的，妳一定美美的死去，放心好了！大概用這種方式讓她安心，後面呈現出來加上戲劇畫面是蠻好看的。

**Q** **確實蠻美的，那個光影蠻看好的。**

賴：水底攝影有很多突發狀況，本來想得很好，分鏡也想得很好，這樣子下去就好了；但這樣下去時又會漂，燈又要調，下到這個位置時又不一樣，燈又要調。所以會有很多狀況發生，折騰蠻久。

**Q** **在水裡面打燈嗎？**

賴：在上面打燈，那燈比較大顆，穿透性較強，水裡也有，水底的燈是輔助燈。

**Q** 所以那一天張導演有去安撫她？

張：那一天我們拆成 A、B 兩組拍，前面先讓曉君這個角色做測試時是一起去，當然有給她一些心理建設，而她自己非常敬業，她希望自己可以完成。所以不只是溝通，我覺得也要演員自己想做到、做好這一塊，才會真正幫助到戲。

賴：其實她很害怕，確認沒問題，一下去起來眼淚又下來了！（笑）她其實很害怕，但畫面呈現出來的樣子，我想她看後應該會比較開心一點。

**Q** 如果演員快不行時，你們會不會發現？

張：周遭都有救護人員，只要她一有狀況，馬上就會過去。

賴：這就是難度啊！因為下去一個大廣角時，不能拍到隨護人員，又要重新拉遠，覺得她快不要行時，就要趕快衝進去拉起來。這個鏡頭雖然沒幾秒，但是攝程非常久。

**Q** 還有哪一些場景的細節是比較特別或重要的？

賴：早餐店是搭出來的景。

張：我們在看劇本時，已經對這個早餐店，就是王翔、王杰的家有一個想像，是那種台式傳統長型店面，後面可能有一個廚房跟樓梯，上去二樓是住家。也朝真的早餐店找過，但人家做生意嘛！再加上要吻合這個格局設定，所以後來製作團隊找到了一個完全是空的長條型邊間，美術組就從無到有把早餐店弄起來；製作期我們只是去勘景，開工前它已經做好了，我記得我遇到的至少就有三次有民眾就要進去買早餐，我們還跟他們說「嗯…不好意思，我們這是要拍戲的。」所以整個場景很真實。

賴：看起來像是找現成的，但實際是搭出來，自己去陳設的，因為這是一個寫實的戲，所以盡可能去做到很像。房間也是。

張：其實二樓和一樓是兩個拆開的地方。但我們還是設定為長型的房子，房間、窗戶、樓梯的配置都安排過，所以大家在看時，從一樓上到二樓，大家不會發現它其實是兩個完全不同的地方。

**Q** 你們在溝通過程中是否曾意見不合？

賴：意見不合一定有的啊！兄弟姐妹都會意見不合了。

張：對戲有不一樣的看法時，我們都用最直接的方式，就是猜拳；不然，我拍一次試試看，我們一開始會先排戲一次，可能先照我的想法，但他看了後覺得可以有更好的，或者是更有張力的表現，那他就會說那我來試一次看看，然後再去跟演員排一次，再演一

次。

賴：唐娟那個偷情的就是！

張：演員們也會提出自己的感覺，有時候不會只用我的或是他的，而是各選一個部分，把這個戲給組織起來。

**Q** **剛剛提到：特別的戲都是你（賴）來。**

賴：不見得啦！有一些戲要動作大些比較好看，那時我就會建議說我試一次給你看，如果是這樣、這樣的話，或許鏡頭再往前比或者是再怎麼樣做，這樣節奏上也會比較舒服一點，就會看起來比較像，或這樣看起來比較像很激烈啊。

**Q** **您講的是車震那一場嗎？**

賴：其實還有，不只那場。

張：那場飯店的戲。

**Q** **那場戲我覺得很有火花，他們是第一次拍這種戲嗎？**

張：其實我們都在現場。

賴：淑臻溝通蠻多的，淑臻跟晏豪都是很專業的演員，當初在拍、在溝通時都說：「你們放手，該怎麼弄怎麼弄，該摸那裡摸那裡，ok 的話一次就好了！就不會多拍好幾次這樣。」所以那場戲拍完後發現，哦！唐娟那角色讓人蠻驚艷的。

張：他們這組很特別，相較之下淑臻的經驗絕對是比較豐富，晏豪比較年輕，可是他們知道在劇中所扮演的角色跟他們的關係是什麼，也知道有幾場就是要表現慾望的親熱戲。有時候你會偷偷發現，大家還在準備時，他們只是在梳化間，兩個人就開始在那討論：「我等一下可能會怎樣怎樣，那你覺得怎麼樣好不好？」也都會給彼此空間，例如說淑臻她提了一些想法，晏豪也不會說：「我覺得不是這樣」，他會說「我們先試試看，可以啊我覺得可以，然後我們就試試看。」在兩個人都很願意嘗試的狀況下，我覺得有拍到比較真實的感覺，兩個人也都很放心的跟對方對戲，有信任感。

**Q 再多談談車震那場戲。**

張：車震那場其實拍蠻快的，因為很早就決定只有一顆鏡頭，只要一顆鏡頭就做到位這樣。

賴：車震跟後面飯店偷情概念不一樣。因為對唐娟而言，觀眾是從她在這開場時開始認識這個角色，而且她在位置上有個主導權，就是主導一個比較年輕的男孩子。可是一連串的事情發生、發生、發生下來後，當小男生感受到唐娟對他而言是一個麻煩時，他在飯店裡面的表現就不一樣，兩個人關係誰強誰弱，誰在上誰在下的關係就會改變。所以那一顆鏡頭為什麼非得在車子裡面，是因為王杰很高嘛！而淑臻相對矮，所以用這方式希望營造出一個女生高過於他的感覺。

**Q** 有沒有什麼印象比較深刻的戲？

賴：後面有一場文戲，王杰跟老朱到外地出差那場，在一個飯店的房間裡，後來老朱就仙逝了；王杰跟老朱算是師徒關係，但隨著王杰他使用手段後，業績及工作狀況愈來愈好，不停地超越、超越，超越到師父那邊看不下去。其實老朱對王杰本來就有很多複雜想法，自己教出來的徒弟，我到底要討厭他還是覺得安慰，就像《臥虎藏龍》裡的玉嬌龍跟師父，我到底要怎麼看待這一個人，王杰又很偏，不是自己想像那樣成長，他用了很多小手段，讓自己變得比較好，跟一些有錢的太太打情罵俏，拉提自己的業績，所以他心情本來就複雜。

戲裡面安排兩張床，一張是老朱的空間，另一張是王杰的空間，當王杰試圖說服老朱：「你多想了啦！我沒有這個意思啦！什麼什麼...」我們跟演員討論的結果是：王杰去坐那張床時，也是他入侵了老朱的空間，拿走一切又躺上老朱的床後，把老朱趕去洗澡，不好意思這裡都是我的、沒有可以容忍你的地方。所以老朱什麼都沒有了。這樣來解讀這場戲，這樣要求演員去做到這些，可能觀眾不見得看的出來，可是心態跟空間是這樣子的話，我們才知道該怎麼去下鏡位，該怎麼去拍這場戲。這場戲拍得蠻開心的，空間也好、演員也好、攝影也好，為了戲裡面的一個故事，一起服務一件事情，是個蠻協調的事。

**Q** 王杰的角色亦正亦邪，聊聊這個角色？

張：王杰年輕、剛出社會，他有個未婚妻，這個未婚妻很乖，看起來很規矩，跟唐娟比起來，唐娟就像是一塊蛋糕，擺在櫥窗裡好看好精緻，我就想吃、我就玩玩，但是我不想傷害任何人。可是當這樣的心態出來時，不是只有這個角色是這樣，在這個世界、這個社會裡很多人是這樣：我並不想傷害任何人，可是做了就是做了，心裡當初拿捏的這把尺拿捏不住，以前遇到的問題，也沒給自己帶來警惕，不管是他對老朱，在工作上或在自己的感情上也是這樣，是一個很危險的人；但他的危險不是兇殘，他沒有…這才可怕！兇殘的人你還可以有預防心理，但這樣子的人，你怪他嗎？責備他嗎？他也會很無辜，他沒有想要傷害任何人，可是事情就是發生了，很多不得已的故事都是這樣。話說回來，你心裡面能不能有一把尺拿捏的住，我相信每一個人都會有這樣的心態，只是他拿捏的好、拿捏的不好，他忍住了，或他沒忍住，他就像是很多人的縮影。

**Q** 張導演有沒有印象比較深刻的戲？

張：有蠻多場的，主要兩場都是情緒比較重的戲，有一場我記得應該是第六集，兄弟倆的戲，那場的背景是：王翔出獄後住所被發現，因此被找上，在他家樓下貼海報，讓他沒辦法做生意；他覺得自己又給家人帶來困擾，所以決定搬出去，不跟家人一起住，弟弟知道這件事後就到哥哥房間來勸他不要搬，因為媽媽也很不希望他搬走。那場戲我印象很深刻的是：到第六集，哥哥更生人身份，對於這看起來好像一切上軌道的早餐店，或弟弟的工作，都是一個隱憂；當身份被曝光時，所有以前所承受過指指點點壓力又回來，我覺得王杰這角色的心境是複雜的，他還是很愛這個哥哥，也覺得哥哥需要這個家，但他心裡又會害怕，會不會對他事業、各方面產生影響。

所以那一場戲，兩個都說了他們所認為的對方內心想法，例如王翔他會說他覺得弟弟早就在暗示他，希望他到一個沒人認識的地方去住，弟弟覺得哥哥原本前途看好，坐牢前是一個研究生、助教，出來之後一無所有，而自己感情 ok，事業也得意，所以覺得哥哥會忌妒他，兩個人把彼此認為的自己講出來。我覺得那是一場很重的戲，我覺得兩個演員的表現都非常好，他們讓我相信他們真的是兄弟、真的是家人，後來王杰選擇了一個自殘的方式去逼哥哥，有點像是情緒勒索，逼哥哥留下來，他就真的撞頭、撞牆壁，哥哥為了阻止他有一些拉扯，哥哥真的把他摔到地上，一場戲拍下來，頭也腫了，腳也瘀血了，兩個人的情緒都是真的，你會看到那種只有最親的家人才會有的，最直接最自私、最無賴的傷害表現，在對方心裡感受是很痛的，後來媽媽進來說：「你們兩個在打架嗎？」弟弟還故意說：「我們沒有在打架，哥哥從來不會打我的，你不知道嗎？」然後走掉，最後留凱勛一個人坐在那，眼眶瞬間變紅，那是個瞬間、幾秒鐘的事，整個眼睛紅了，我自己看了也非常難過，那一場戲兩位演員的表現都非常好，印象很深刻。

賴：再拍就沒有了。

張：我記得就是一顆鏡頭，主要情緒一次 ok。

**Q** 這部戲裡好像有很多角色都有無法被原諒之處，所以是讓觀眾去理解、明白關於寬恕、原諒這件事情；也是這齣戲的英文劇名《鄙視罪惡，但愛那犯罪的人》由來嗎？

張：應該說，我們的英文劇名是甘地名言，就是「Hate the sin, Love

the sinner.」是鄙視罪行本身，但要試著去愛、去瞭解那個犯罪的人，會選用這個英文片名，是希望大家多去思考，隨著劇情、角色，跟著進去看，你會發現：有時候不能只是簡化說，你今天做了什麼事、殺了人，這是一個結果，但他背後到底是什麼原因，甚至有時他並不一定真的是那罪人，而是他有一些說不出來的苦衷。

希望大家能夠多去思考，不要先去批判，多去同理，有些人性的確是會起變化、可能產生悲劇，然後去避免，而不是只批判。拍這戲時自己會有這強烈感受，當然希望觀眾看戲後能去思考這些事情。同時我自己為了拍這戲去做一些田調，接觸一些更生人，知道他們有些真的是非常、非常努力想改變，想要做點什麼，甚至只是單純希望可以平靜地跟家人一起生活，會希望大家可以給更生人多一點包容，讓他們有機會可以重新回歸社會、自立自足。

賴：我們從小到大接收到的，就是故事結尾壞人得到應有的懲罰，不論他是服刑啊、被擊斃啊、或是怎麼樣，反正他下場一定不好，但接觸這個戲，跟拍這個戲的過程中，會去思考另一件事情，就是到底是誰在定他罪，我們真的能依照網路上的說法，表面就知道他就是這個狀況嗎？他為什麼會犯下這個事情，犯下這件事的理由到底是什麼？是不是能在這麼長的壓力累積過程下去化解它，那就不會有這些事情發生。我覺得不應該去吵支持死刑或

是廢死，因為這本來就是很大的議題，如果同樣事情發生在我身上，我肯定也無法原諒，或一時也接受不了。

我更想透過這個戲告訴大家：能不能去瞭解發生這些悲劇前累積的壓力，能不能去釋放出來，我們把傷害或是仇恨太簡單的用一句話就帶過了，一句：「你該死，你怎麼可以殺人！」，可是殺一個人有多麼困難啊！殺一個人要累積多少壓力跟多少的情緒，才有可能下這個手，除非他是一個純粹的惡，但是我們並不是在講這件事，社會上很少有純粹的惡，更希望告訴觀眾，多關心周遭發生的事，在他壓力還沒出來前就把他化解掉，不讓悲劇一再產生，若在悲劇產生時再去吵說判死刑、不判死刑，同樣的事情還是持續會發生。

**Q** **在這戲裡，有沒有演出一段真的去寬恕、原諒的戲？**

張：當初在看這個後面集數，編劇還在處理的劇本時，大家都很好奇，到底王翔有沒有得到被害者家屬原諒？我自己是覺得沒有辦法，現實生活中，是無法去饒恕或原諒一個曾經對自己造成巨大傷害，或是巨大痛苦的人，所以在戲劇上我們也選擇只做到放下，就是最後一集，我們每一集都有單集的子片名，十三集的子片名叫做「重生」。這邊的重生，並不是完全很喜樂的去迎向新生，這重生我給他的定義是重拾生活而已，那個生活是一種：你心裡覺得平靜，而且你可以面對現在的現實生活。對於被傷害過的人，或是犯過罪的人來說，這是他們心裡會渴望的一個狀態。所以，我覺得走到放下，有放下才可能有新的開始。

**有沒有在合作過程中說過感謝對方的話?**

賴:通常是殺青酒時。（笑）

張:最常說的感謝話就是:「辛苦了!」。因為一切盡在不言中,很多時候你知道對方幫你做了什麼,這是一種很微妙的感覺,有時候甚至是一邊在趕拍,但後面跟製作方有一些未確定、很想爭取的一些東西,另一個人可能就幫忙執行,因為現場還是有進度壓力在趕,另一個就想辦法站在導演的角度去溝通這件事情,讓人感到很有幫助,被支持。


**Q** **會如何向觀眾推薦這部戲?**

賴:這是一個蠻特殊的戲!這個特殊不在於有多少爆點、不在於有多少巨大衝突、不在於有多少仇恨。每個人都有仇恨,比仇恨重要的是怎麼樣去過自己之後的生活。所以不論是戲裡的角色也好,或者觀眾們自己的工作、感情、家庭也好,或者是真的有仇恨也好,在仇恨之餘應該去想人生還這麼長,好好過生活,會比戲裡的角色更幸福一點。

張:我記得我們海報上的標語:愛本無罪;但是這部片它很特殊的是它特別去探討「以愛為名」的罪。什麼叫「以愛為名」的罪?希望觀眾都可以來看,它其實就發生在你身邊,在你的家人、朋友之間,甚至與另一半之間,這是這齣戲非常特別的部份,希望大家一起來感受。

我還要講一點:就是你剛剛講的細節,我剛剛突然想到:除了早餐店是我們自己搭建外,我們比較著墨監獄的劇,因為監獄太難了,我們希望這是一個寫實劇,就盡可能在監獄中拍攝,後來製片組和協拍單位很努力的協調、溝通下,我們到新店戒治所裡去拍,當然在去真正的監獄拍之前,也去監獄做過田調,不管是跟所謂的教誨師啊、或者是曾經被關過的更生人做過一些田調。

所以我們在監獄裡的一些細節,是觀眾生活中很難看到,我們沒有特別拍特寫。像是受刑人在離開舍房時,必須戴一個名牌,那名牌依受刑人的級數有不同的顏色跟內容,但我們只用一個中景,王翔在會客時帶到一點點,我們去做過功課,做出符合真實監獄裡的名牌,或是出獄的假釋證明書,以及像雯青那樣一直寫信給王翔,所以王翔把雯青的信都收到一個盒子裡,每一封上面都有監獄的查核章,很小的細節,但是我相信,(賴)拍特寫就是炫耀啦!(張)對!拍特寫就是炫耀,但我們就是真的用心去

做。（笑）

賴：像王翔一些出獄以後的習慣。

張：對！一些小習慣也跟更生人聊過，然後去設定它。譬如睡在地上、蹲著洗澡 .. 這些細節。

**Q** **好像連獄卒都是真的獄卒？**

張：王翔出獄時和他核對身份的那位，是當時新店戒治所真正的戒護人員，雖然他演起來不像真正的演員，但真實感是真的逼真。

賴：但是他講話是特別的 ...

張：某種程度上監獄很像部隊，他講話就是那種紀律式的樣子。

賴：就是進去以後對外界完全失聯。

**Q** **跟他同寢室的是不是真正受刑人？**

張：不是，其實不管是在拍監獄還是拍醫院的戲，現在都非常重視人權跟隱私權，所以我們不可能拍到真正的受刑人，這個是一開始時，他們就再三告誡我們的，我們在監獄裡不同拍攝點移動過程中，也是盡量不要去干擾他們，或是一直注視他們，這是前面就溝通過的，所有其他舍房的人，也都是演員，透過條件徵選，願意剃到完全平頭來參與演出。

**Q** **所以是去拍了一次嗎？**

張：兩次，這兩次是因為當初的設定，我在做田調時得知：當知道已獲得假釋時，他們就不會那麼嚴格要求剃到最平的一分頭，可以開始留頭髮，因為希望更生人可以快點跟社會接軌，不讓大家對你有形象上的異樣眼光；所以王翔剛出獄及整片中王翔的頭髮長度，是經過設定的，為什麼沒有讓他長更長，因為實際跟一些更生人作田調時，發現他們仍是留著那種髮型，因為已經習慣了，而且方便、好處理。所以，王翔他在出獄後一直都是有點像三分頭的髮型，我們還有快要假釋出來的狀態，就是他在獄中剛進去那段時間，或是中間會客，那時他的頭髮就是符合監獄的一分頭規定，所以我們在所有戲拍完後，先去一次拍他出獄，然後再剃的更短再進去拍第二次。

**Q** **會客的戲是怎麼移動的？**

張：因為監獄的安全考量，基本上所有演員、劇組人員都是統一管理、同進同出，到了一個點全部身份證交出來、點名，一一點完後才能進到這個點拍攝，然後檢查你帶的東西，全部繳械。拍攝完後，

要換下一個點也要全部再集合、再點名、確認身份 ...

賴：很怕有人混在我們劇組裡面。（笑）

張：對！因為拍攝導致逃獄或是出狀況，這對他們而言是非常嚴重的事。會客室那場選在真正的會客室，所以其他會客室受刑人在戒護區內，來的來賓或家屬這是對外的，這中間需要經過重重關卡，當時因為我們有龍哥來會客王翔那場戲，所以我們全部的人都先在裡面，把所有這邊該有的鏡頭，從這往外的鏡頭全部拍完後，然後把凱勛跟幾個演員留在戒護區，再整組點名後，才到外面來拍往內拍的鏡頭。真的是非常非常的耗時，短短的一場戲，剪出來也才三十秒吧！但是花了兩三個小時拍攝。

賴：差不多，主要是程序花很多時間。

**Q 只有這場戲這樣？**

賴：水底攝影也是一樣啊！好幾個鐘頭拍完，出來就是一點點。

人物訪談

# 楊 念 純

### 編劇

第五屆電視節目劇本創作獎得主

淡江大學歷史系畢業

1989 年華視編劇班結業

### 比賽獎項

2014 文化部電視劇本比賽佳作「越界」

第三屆台灣華文原創故事編劇
駐市計畫入選「永不遺忘」

2008 入圍小金鐘兒童節目
企劃編劇獎「我的這一班」

1988 陳香梅電視劇本獎佳作「回家」

1987 陳香梅電視劇本獎優良獎「明杰的旅程」

1986 陳香梅電視劇本獎佳作「這一家人」

**編劇作品**

2019　大愛電視台電視電影「舞出寂靜」

2017-2018　公視連續劇「噬罪者」（13 集）（原名越界）

2015-2016　大愛電視台連續劇「長盤決勝」

2011-2013　大愛電視台連續劇「明日天晴」

2010-2011　大愛電視台連續劇「陪你看天星」

2009-2010　大愛電視台連續劇「白袍的故事之一洪宏典」

2008-2009　大愛電視台短篇連續劇「浮生若夢」

2004－2005　八大電視台國語連續劇「大老婆小老公」

2004　公視人生劇展「一顆子彈」

2002－2003　大愛電視台戲偶劇「大愛鹹酸甜」

1997－2011　華視、公視單元劇「我的這一班」

1998－1999　中視閩南語連續劇「又見阿霞開店」

1997－1998　中視閩南語連續劇「阿霞開店 II」

1997　華視閩南語連續劇「鴛鴦」

1996　金鐘單元劇「錦鯉與垃圾魚」

1995－1996　台視閩南語連續劇「歹路不可行」

1994－1995　台視國語連續劇「1995 台北紳士」（30 分鐘，42 集）

1993－1994　台視閩南語連續劇「春花秋月」

1991　華視劇展「永不缺席」單元劇集

1990　華視劇展「家庭診所」單元劇集

1989　華視劇展「365 個男人」單元劇集

1989　台視八點檔連續劇「天才房東妙房客」

**Q** 為什麼寫《噬罪者》這個故事？

　　一開始是為了參加電視劇本獎比賽，想挑個較爭議性話題，可以探討人性面。所以我以罪犯的故事出發，用更生人作主角，從另一種角度來看愛和寬恕，可探討的層面較多；包括社會觀點與家人及其他人的反應。後來我對調加害者與被害者的身份，這中間有很多人性掙扎與混亂、一些道德的灰色地帶，角色之間是非界線並不是那麼清楚，有段模糊地帶可以深入探討，如果越過模糊帶，可能就是非黑即白，但灰色地帶中沒有絕對的對錯。

**Q** 整齣戲的核心點是在講原諒嗎？

　　有原諒，也有像我剛講的模糊地帶，這些角色他們做了很多事，也認為他們的出發點都是愛，但是那個愛是不是對的？因為愛他做了這些事情，是否值得原諒？對我而言比較重要的是，觀眾是否能在這個故事裡看到：當我們想要評論一些人事物時，能否先思考看到的是不是全貌？現在社會資訊很發達，我們是個很自由很開放的社會，你要看或聽到什麼都可以，但是都是真的嗎？是不是全貌？如果不是的話，我們誰都沒有資格去評論別人，這是我想講的。

**Q** 最喜歡那一個角色？為什麼？

　　最喜歡王翔。他是這個故事的核心啊！這故事的操作都在他身上、都是由他而起，所以我在腦子裡跟他相處很久，對我來說他在這故事裡是個重要人物。

**Q** 社會大眾對更生人有既定印象，劇本裡也有類似的描述...

　　這很現實，如果我家附近突然來了一個假釋犯，我在路上看到他時，我會如何反應？會多看他兩眼還是不敢看他？我覺得這在我們不瞭解這個人的狀態下時，這反應是很正常的，大家都會這樣，所以在劇裡我希望觀眾看到不同面相，就是你是否真的清楚這人他在想什麼；其實在劇裡王翔的對白不多，我不希望他講太多話，因為他坐過很長時間的牢，變成一個沉默的人，所以在情節設定上，會希望觀眾看到後有些疑惑：他的舉止、行動，他是不是會再犯案？

**Q** **您針對這些問題做過田調嗎？**

有一些問題問過警察還有記者，也跟律師及司法顧問確認過王翔被判的刑責，因為他殺人棄屍，所以這狀況我設計他被判十八年，十二年後假釋出來。

**Q** **寫這個故事時是否遇到瓶頸？**

其實還好，因為這故事是按照分集大綱在寫的，壓力比較大的是時間，因為有固定交稿時間，所以時間到就一定要交出去。所謂的瓶頸，我覺得編劇就是要把字擠出來，擠出來之後好不好是個問題，就是先寫出來，不好再改這樣。

**Q** **每集都有個子集，這子集是大綱的重點嗎？**

那個標題像是註解，或是比較抽象的想法，想到就加上去。

像第一集「自由」講王翔被放出來，但其實他並沒有真的自由，他只是一個從小籠子換到一個大籠子住，所以我用「自由」這個標題，其實是有個問號啦！

第六集「風箏」，我自己很喜歡這一集，這集王翔搬出去住，搬家時他想把書櫃上那張他和弟弟一起放風箏的相片帶走，但那張照片已經很舊了，所以他在摳那張照片的時，一撕就裂，他只好把它放回去，看起來他們的感情是斷了，但其實感情還在，那一條線還在。

**Q** **妳覺得台劇現在的優缺點？**

最近看到一些比較不一樣的戲劇，對編劇來說是很好的。

我覺得可以多拍些比賽出來的作品，因為在參加比賽時，包括我在內的編劇們心態上是：我現在參加比賽，所以寫我想寫的，可以不受電視台約束，我不用遵照你們的潛規則，一定要寫什麼；所以很多比賽出來的劇本非常有創意，很多新的點子，但在拍攝上面可能會有些困難，或是一般商業電視台不會拍，覺得有點可惜。

**Q** **推薦？**

我們這戲陣容堅強，團隊非常認真，尤其導演在拍攝時，是把電視劇當做電影在拍，所以，希望親朋好友都能收看，不會失望的啦！

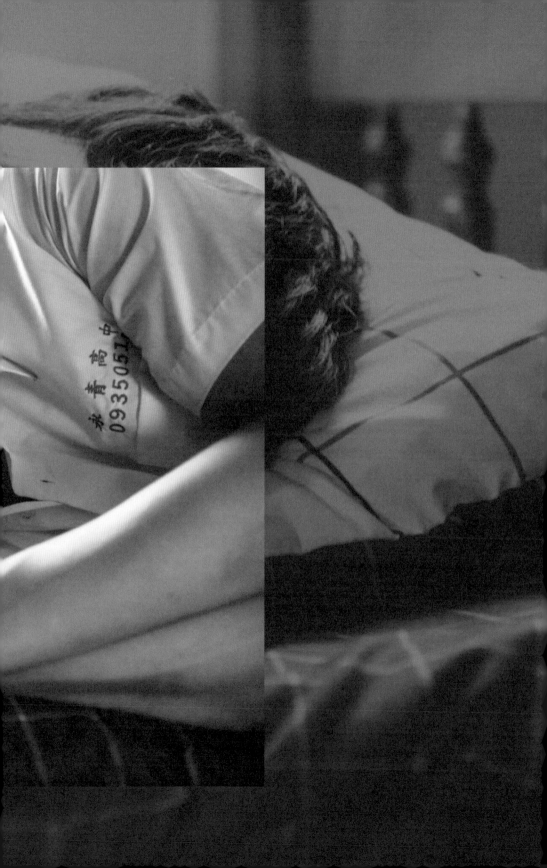

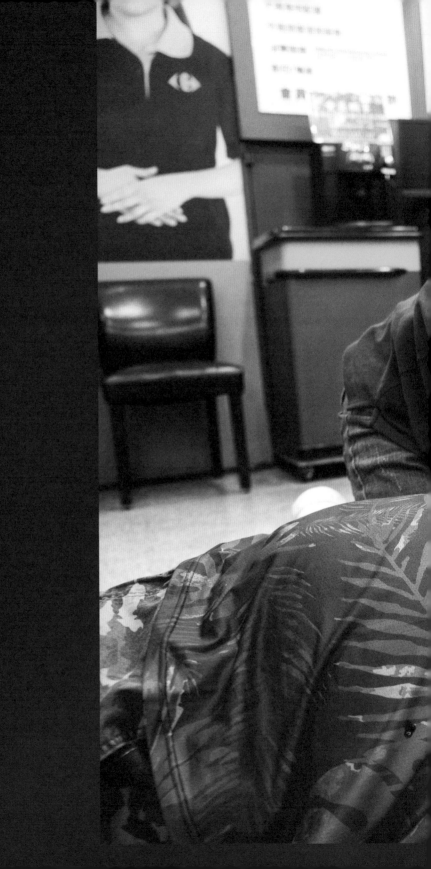

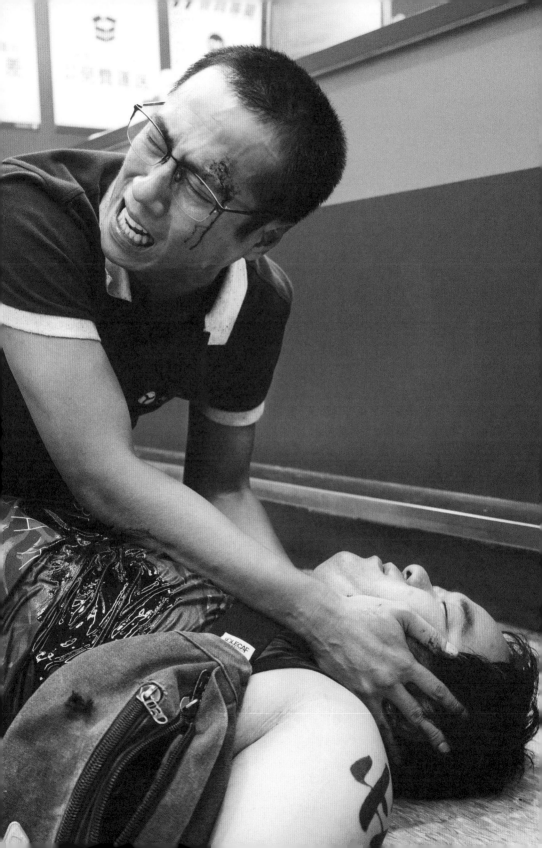

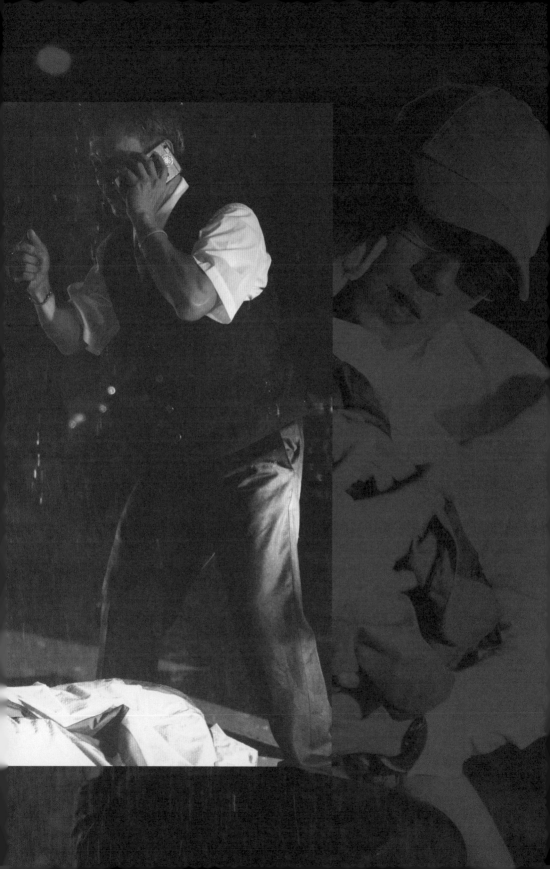

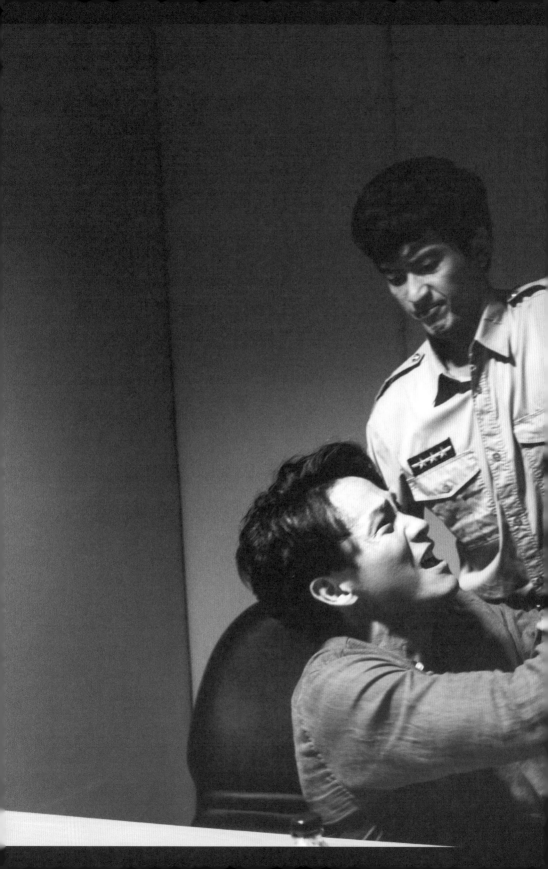

分集劇本

EP1 - 13

自由
EP1

# 第一集  自由

| S1 | 時：日 | 景：監獄舍房外 |
|---|---|---|
| | 人：王翔、戒護人員 (os) | |

△ 透過舍房門上的瞭視孔，看到舍房內只有一個穿著獄服的人。

△ 他背對著門口，坐在地板上低頭看書。他的身邊放著一個手提袋。

△ 戒護人員出聲。

戒護人員：(OS) 同學，走嘍！

△ 他聽到戒護人員的聲音，把書收進手提袋裡。他起身，把面前的整理箱疊在其他的整理箱上面，轉身走向門口。

| S2 | 時：日 | 景：監獄走廊 |
|---|---|---|
| | 人：王翔、戒護人員 | |

△ 他提著手提袋，跟著戒護人員走向走廊那一端的大門。

| S3 | 時：夜 (12 年前) | 景：池塘邊 |
|---|---|---|
| | 人：王翔、李曉君 | |

△ 李曉君躺在地上，她的球鞋鞋跟處堆積了較厚的泥土，鞋帶一邊鬆脫了，制服裙子也沾了泥土。她的脖子上和制服襯衫上都有血跡。她的頭髮凌亂，眼睛睜得很大，已經沒有呼吸。

△ 25 歲的王翔跪在她旁邊，雙手按在李曉君的胸口上，為她做 CPR。

王翔：曉君妳醒醒……曉君……曉君……

△ 躺在地上的李曉君睜著眼睛卻沒有絲毫動靜。

△ 王翔持續按壓李曉君的胸口。

王翔：曉君妳不要死，我拜託妳……曉君……

△ 王翔聽到「喀」的一聲，停住動作。

| S4 | 時：日 | 景：監獄走廊 |
|---|---|---|
| | 人：王翔、戒護人員兩名 | |

△ 走廊盡頭門外的戒護人員打開門。

△ 外面的光線透進走廊。

△ 他跟著戒護人員走出大門，抬起頭望向天空。

△ 大門關上。

△ 劇名：噬罪者

| S5 | 時：日 | 景：監獄中央台 |
|---|---|---|
| | 人：王翔、戒護人員 | |

△ 通往中央台的鐵門打開。

△ 換好衣服準備出監，已經 37 歲的王翔走到中央台前。

△ 一名戒護人員站在王翔身後。

△ 台內另一名戒護管理員拿著資料跟他核對。

管理員：來，受刑人姓名？

王翔：王翔。

管理員：出生年月日？

王翔：70 年 4 月 16 號。

管理員：身分證字號？

王翔：F113139783

管理員：什麼罪名進來的？

王翔：(頓了一下才開口) 殺人。

△ 管理員把手上的那張資料及王翔的身分證放在檯面上。

管理員：來，這是你的假釋證明書，再核對一下。

△ 王翔看了一下假釋證明書，點頭，拿起證明書和身分證。

管理員：好，OK！出去之後好好重新做人。

△ 戒護人員打開門。

△ 王翔向外走。

| S6 | 時：夜（12 年前） | 景：池塘裡 |
|----|------|------|
|    | 人：李曉君 | |

△ 光束照著池塘裡的水草及藻類。

△ 李曉君的身上綁著一個沉甸甸的書包，從光處來，慢慢的往下沉。

△ 她書包上掛著的碳 60 串珠吊飾，也隨著書包沉下。

△ 字幕：第一集，自由。

| S7 | 時：日 | 景：監獄門口 |
|----|------|------|
|    | 人：王翔 | |

△ 提著手提袋，拿著假釋證明書的王翔走到監獄門口，他停下腳步看著外面。

△ 刺眼的陽光讓他微微皺起眉頭。

| S8 | 時：日 | 景：汽車營業所內 |
|----|------|------|
|    | 人：王杰、老朱、環境人物 | |

△ 汽車營業所的玻璃窗擦得亮透，裡面展示著新款的車子。

△ 30 歲，穿著襯衫打著領帶的王杰正在跟客戶講電話。

王杰：劉太太我跟妳說，妳剛才講的那些資料我都核對過了，出廠證明、完稅證明、車身編號，保險也都替您辦好了……這點您不用擔心，我來處理就好。……不要客氣，我 24 小時全年無休，您有問題隨時都可以打給我……好，再見。

△ 王杰掛掉電話。

△ 王杰的同事，40 多歲的老朱走到王杰身邊。

老朱：王杰，來店禮的資料裡要趕快登入電腦。

△ 王杰點頭。

王杰：好！（看到老朱提著袋子）要出去？

老朱：我去拜訪幾位老客戶啊！上一季我的業績被你趕過去了，不努力點怎麼行？

△ 王杰露出不好意思，又有點抱歉的樣子。

王杰：朱大哥不要這樣說，我運氣好而已啦……

　　△ 老朱拍了一下他的肩膀。

老朱：你是我帶的，你業績好，我也高興啊！

王杰：謝謝朱大哥，加油。

　　△ 老朱點了一下頭離去。

　　△ 王杰的電話又響，他看到來電顯示，立刻接聽電話。

王杰：媽，什麼事？（在預料之內，但仍然有些驚喜）真的？……他在哪
　　　裡打給妳的？

| S9 | 時：日 | 景：地檢署觀護人室 |
| | 人：王翔、觀護人 | |

　　△ 地檢署外觀。

觀護人：（OS）不可以賭博、酗酒，不可以對被害人家屬挑釁，也不可以
　　　　從事不正當的工作。每個月要來報到一次，讓我了解你的生活和工
　　　　作狀況。

　　△ 王翔下了計程車，走進地檢署。

| S10 | 時：日 | 景：汽車營業所內 |
| | 人：王杰、老朱、環境人物 | |

　　△ 觀護人把一張印了注意事項的單子放在王翔面前。

觀護人：這是保護管束期間的注意事項，就是我剛才講的那些，你再仔細
　　　　看一下。

　　△ 王翔把單子拿起來看著。

觀護人：沒有經過許可，是不可以離開受保護管束地的。如果要離開十天
　　　　以上，要檢察官核准才可以。

　　△ 王翔點了一下頭，把單子折起來收進袋子裡。

觀護人：還有，因為你犯的案件，我們有請轄區內的警察機關配合複數監
　　　　督。

　　△ 王翔看著他，沒有說話。

觀護人：就是會有警察到你家訪視。

王翔：喔。

觀護人：沒有問題的話，我們下個月見。

王翔：好。

觀護人：恭喜你重回社會，好好加油。

　　△ 王翔點頭。

| S11 | 時：日 | 景：街景連王家早餐店外 |
| --- | --- | --- |
| | 人：王翔、秀玉、環境人物 | |

　　△ 計程車在早餐店附近的路口停下，王翔下車。

　　△ 行人三三兩兩，有的一邊走路一邊講手機，有的和同伴有說有笑的。

　　△ 王翔看著周遭陌生的環境，看著每個低著頭的年輕人。

　　△ 有些正在等公車的年輕人，他們個個都拿著手機，低著頭在打字，
　　　或是玩遊戲。

　　△ 王翔看了一下身邊的門牌號碼後停步，看著前方不遠處的早餐店。

　　△ 早餐店前停了一輛機車，整台套著車罩。

　　△ 50 多歲的秀玉正在拉下早餐店的鐵門。

| S12 | 時：日 | 景：王家早餐店內 |
| --- | --- | --- |
| | 人：王翔、王母、秀玉、環境人物 | |

　　△ 從裡面出來的王母看到秀玉就要把鐵門整個關上，上前阻止。

王母：秀玉，妳關門幹嘛？王翔應該快到了。

秀玉：我等一下到外面去等他，帶他從後面進來，妳去把火爐準備好。

　　△ 王母臉色微沉。

王母：（不悅）妳回去吧！我自己等他。

秀玉：姊，我是想不太多人看到，免得……

　　△ 王母看到鐵門外有個人站著不動，她看到那雙新鞋子，趕緊過去把
　　　鐵門往上推。

　　△ 站在門口的王翔看到裡面的們吃力地推著鐵門，他伸手幫忙。

　　△ 鐵門往上升，王母看到王翔，激動哽咽。

　　△ 王翔按捺著情緒。

王翔：媽。

　　△ 王母看著王翔，半晌說不出話來。

王翔：（對秀玉點頭）阿姨。

秀玉：你等一下，等一下再進來。

　　△ 秀玉匆忙地進去廚房。

秀玉：過了火爐才能進來啊！

　　△ 王母看著兒子，忍不住掩面哭了出來。

　　△ 站在門口的王翔看到媽媽在哭，於心不忍，趕緊進來扔下手提袋摟
　　　　住她。

王翔：我回來了……不要哭了……不哭。

　　△ 王翔紅著眼眶輕輕拍著母親的背，安撫她。

　　△ 秀玉端著火爐出來，看到王翔進來，她嘆氣。

秀玉：（忍不住念）怎麼不過完火爐再進來啦？這樣會把晦氣帶回來的
　　　……

　　△ 王翔聽到秀玉的話，內疚，不語。


| S13 | 時：日 | 景：巷子 |
|-----|--------|----------|
|     | 人：王杰、王翔 ||


　　△ 巷子裡停放著許多機車。

　　△ 王翔從早餐店的後門出來，他掏出菸點著，蹲在路邊吞雲吐霧。

　　△ 王杰提著一個紙袋從遠處走來，他看到王翔，放慢腳步，往路邊一
　　　　站，沒再上前。王杰站著不動，看著久違的哥哥。

　　△ 王翔把菸熄了，拿著菸蒂站起來。

　　△ 王杰看著他進去屋裡，整理著自己的情緒。


| S14 | 時：日 | 景：王翔房間 |
|-----|--------|--------------|
|     | 人：王翔、王杰 ||


　　△ 王翔站在書櫃前，看著書櫃裡的書。

　　△ 書櫃一塵不染，裡面的書很多，除了中英文小說，還有大學電
　　　　機研究所用書，電力系統分析（Power System Analysis）、

Elements of Information Theory、錯誤控制編碼（Error-Control-Coding）、等等。書櫃的玻璃門上，夾著一張兄弟小時候拿著風箏的合照。（原文書書名僅供參考，設定王翔讀的研究所為電機系電力組）

△ 王翔看到照片，神情有了些許變化。

△ 王杰走到房門外，他放下手上的紙袋，敲了一下半開著的門。

王杰：哥！

△ 王翔轉頭看到王杰，他微微牽了一下嘴角。

王翔：媽還是把你叫回來了。

△ 王杰推開門進來，他面帶笑容，一副很灑脫的樣子，但對哥哥的生疏感，讓他走到哥哥面前距離兩三步的地方停住。

王杰：對呀！你怎麼不讓我去接你？

王翔：不需要啦！你工作那麼忙。

王杰：那些都不重要，我跟媽等這天等很久了。

△ 王杰一臉真誠的樣子，但就是沒有再往前一步。

△ 王翔看著王杰，也沒上前，和他保持著距離。

王翔：你……是不是還在長高啊？

△ 王杰笑了出來。

王杰：怎麼可能？……沒有啦！

△ 王翔自嘲地笑。

王翔：在裡面久了……視覺、聽覺，很多東西好像都退化了。

△ 王杰對王翔自我解嘲覺得心痛，他為王翔打氣。

王杰：哥你已經出來了，那些都過去了。

△ 王翔點了一下頭。

王翔：謝謝你照顧媽。

△ 王杰搖頭。

王杰：不要這樣說，那是我該做的。

王翔：……辛苦了。

△ 王杰搖頭，情緒翻騰起來，他上前一步，用力抱住王翔。

△ 王翔為之動容，拍拍他的背。

△ 王杰放開他，做了個深呼吸，對他露出笑容。

王杰：我有買東西給你……（轉身去門口拿起那個紙袋，走回王翔面前）

電腦、手機，我幫你辦了一個門號。現在大大小小的事都要用到手機、網路……( 拿出袋子裡的手機 ) 這是最新的智慧型手機。

△ 王翔微笑，拍拍他。

| S15 | 時：黃昏 | 景：王家早餐店內 |
|-----|---------|----------------|
|     | 人：王翔、王杰、王母 ||

△ 瓦斯爐上其中一個爐火開著在燉湯，另一個爐嘴上放著一個不銹鋼盆子，裡面裝著一隻煮熟的雞。

△ 王母在流理檯前切著半顆高麗菜。

△ 王杰走進廚房。

王母：你有沒有叫怡安過來？

王杰：哥哥剛回來，先讓他習慣一下，我過兩天再叫她過來。

　　　△ 王翔從樓上下來，他走到一樓樓梯口，聽到他們在講話，停步。

王母：那有什麼關係？讓她見一下哥哥啊！

　　　△ 王杰沒有回應。

　　　△ 王母感到手痛，放下菜刀，活動一下手。

王杰：妳不會買好切的菜喔？那隻雞也要切是不是？妳這樣手哪會好啊？

　　　△ 王翔過來廚房外。

王翔：媽！家裡有不要的紙箱嗎？我的那些書都要丟掉了。

　　　△ 王母望向王杰。

王母：小杰，你去跟阿菊姨借推車，直接送去給做回收的。

王杰：好。

　　　△ 王杰出去。

王翔：要幫忙嗎？

王母：不用啦！

　　　△ 王翔沒有離開，還是動手幫忙。

　　　△ 王杰走向門口，想到什麼又轉回頭。

王杰：哥！你先跟我來，有樣東西要給你看。

　　　△ 王翔走向他。

| S16 | 時：黃昏 | 景：王家門口 |
|---|---|---|
| | 人：王翔、王杰 | |

△ 騎樓下停著一輛機車，外面罩著防塵套。

△ 王杰把車罩拿下，裡面是王翔入獄前騎的機車，車款雖舊，但保養得宜。

△ 王翔看著那輛機車，心裡五味雜陳。

王杰：我每個禮拜都會發動兩次騎出去晃晃，每個月都會幫它洗車打蠟，怎麼樣？車況跟以前一樣好吧？

△ 王翔伸手摸了一下機車。

王翔：那時候存了好久的錢才買的……還騎不到一年……

△ 王杰從口袋掏出車鑰匙給王翔。

王杰：它還跟新的一樣，再騎個幾年都沒問題！

△ 王杰看著王翔，期待他有高興的反應。

△ 王翔的神情沒有變化，他接過鑰匙。

| S17 | 時：夜 | 景：王家浴室 |
|---|---|---|
| | 人：王翔 | |

△ 還算寬敞的浴室，但王翔卻是面向牆角蹲著，拿水瓢舀水洗澡。

△ 一瓢水從頭上淋下，王翔睜開眼睛。

| S18 | 時：夜 | 景：王翔房間 |
|---|---|---|
| | 人：王翔 | |

△ 深夜。

△ 王翔趴在枕頭上睡覺，睡得很不安穩。

| S19 | 時：日（12 年前） | 景：校園裡（夢境） |
|---|---|---|
| | 人：王翔、張致遠、三名刑警、環境人物 | |

△ 大學校園裡空蕩蕩的。

△ 王翔拿著一疊考卷，他看到走廊上一個人也沒有，十分不安。

△ 樓下中庭出現四名便衣刑警，領頭的張致遠 40 出頭，滿頭花白的頭髮，眼神銳利地四處看。（便衣中有一名是第三集的莊勝雄）

△ 王翔看到警察，想要離開。

△ 突然好幾名學生出現在王翔面前。

學生 A：助教，我的分數有算錯，另一個同學跟我寫的一樣，她比我多拿了 5 分……

△ 另一名男學生也跟過來。

學生 B：助教，我的也錯了……

學生 C：助教我可以再看一次考卷嗎？

△ 好幾個學生靠近王翔，他焦慮地退後，又往樓下看。

△ 張致遠和三名便衣刑警走到一樓樓梯口，他往四樓王翔這個方向看過來。

△ 王翔用手撥開學生，快步往前走。他緊張地把考卷對折握著。一名刑警快速地上來四樓，王翔看到他，立刻轉身往回走，快步走到另一個樓梯口，往下走，但他看到另一位刑警從三樓上來，他再上樓，往另一個樓梯口走。在樓梯口，他看到又一名刑警上來四樓，他索性往樓上跑。

△ 王翔推開樓梯間的門，跑到頂樓，慌張地想尋找出路。他看到另一個出口，跑過去，卻發現張致遠沉著臉等著他。

致遠：沒地方跑了！

王翔：我沒有殺人……

△ 王翔搖頭往後退。

△ 另外三名刑警從三方過來要抓他。

△ 王翔退到建築物的邊緣，一名刑警立刻過去抓住他的手，王翔手一鬆，手中的考卷脫離他的手。王翔被警察壓制住。

| S20 | 時：夜 | 景：王翔房間 |
|-----|--------|-------------|
|     | 人：王翔 |            |

△ 王翔驚醒，他看了一下周邊的環境。

△ 他的身邊是床座，床座上放著彈簧墊。

△ 窗外傳來消防車的鳴笛聲。

△ 睡在地上的王翔坐起來，他抹去脖子上的汗水，了無睡意。

| S21 | 時：晨 | 景：王家早餐店 |
|---|---|---|
| | 人：王翔、王母、秀玉 | |

　　△ 早餐店的燈還未全打亮。前方料理台內，秀玉在做外帶三明治。

　　△ 王翔從樓上下來。

　　△ 王母在整理桌椅，她看到王翔，驚訝。

王母：你怎麼這麼早起來？

王翔：我已經起晚了。（望向前面）阿姨早。

秀玉：早、早。

　　△ 王翔過去媽媽旁邊幫忙。

王母：我跟你阿姨做就夠了，你再多睡一下……

王翔：沒關係，我已經睡飽了。

　　△ 秀玉探頭望向廚房，一面熟練的把三明治塑膠袋封口。她把做好的
　　　三明治放在架子上。

　　△ 料理台上墊高的架子上放著兩排做好的三明治。

| S22 | 時：日 | 景：王家早餐店 |
|---|---|---|
| | 人：王翔、王母、秀玉、阿菊、警察、環境人物 | |

　　△ 料理台上的三明治只剩兩個。

　　△ 早餐尖峰時間已過，但仍有一些客人。王母在料理台前煎蛋，王翔
　　　在裡面做外帶的三明治，秀玉穿梭在店內，送餐、收拾餐盤、招呼
　　　客人，加上電視的聲音，店內很熱鬧。

　　△ 50 來歲的常客阿菊拉著秀玉講話。

阿菊：昨晚被那個消防車嚇死了，O～～～～ 一直叫！

秀玉：還好啦，沒有上個月那次出那麼多台。

阿菊：上次燒死人的那間就在我們家隔壁巷子ㄋㄟ，真是夭壽……

　　△ 王翔拿著一盤蛋餅和紅茶給阿菊旁邊一桌的客人。

　　△ 阿菊注意到王翔。

阿菊：咦？新來的喔？

△ 王翔對阿菊點了一下頭。

王母：我大兒子。

阿菊：是喔！就是去大陸工作的那個？

　　　△ 王翔回到料理台內，低下頭繼續做事，他把做好的三明治裝進紙袋
　　　　裡。

秀玉：（接話）對啊、對啊！那邊不做了，才剛回來。

阿菊：（笑著）老闆娘妳真好命呢，兩個兒子都那麼優秀！

　　　△ 王母對阿菊客氣地笑笑點頭。

　　　△ 王翔看了媽媽一眼，無形的壓力折磨著他。

阿菊：管區！

　　　△ 王翔、王母和秀玉聽到阿菊的話，都望向門口。

　　　△ 一名警察走到早餐店外，他對阿菊點點頭。

警察：阿姨，吃早餐喔！

阿菊：昨晚是不是又有人放火？抓到了沒？

警察：人還沒抓到，還在調查，妳免煩惱啦！

阿菊：上次那個就有前科，你們就要給他放出來，結果燒死人！

警察：阿姨，那不是我在管啦。

　　　△ 王翔看到媽媽停下手上的動作，過去她身邊，拿過她手上的煎鏟，
　　　　將煎爐上的荷包蛋翻面。

阿菊：拜託咧，做壞事的通通要關起來，有的人就是很壞，不會改的啦！

秀玉：阿菊，妳不要那麼激動……

　　　△ 警察注意著王翔的動作。

王母：（戰戰兢兢地）警察先生，你要進來坐嗎？

　　　△ 警察對王母搖頭。

　　　△ 王翔把荷包蛋放進裝著蘿蔔糕的盤子，拿起盤子走出料理台端給客
　　　　人後，走到警察面前。他還沒開口，警察先出聲。

警察：中冰紅一杯。

　　　△ 王翔有些意外。

　　　△ 警察從口袋掏出零錢遞給王翔。

王翔：謝謝。

　　　△ 王翔接過警察手上的錢，對他點頭致意。

　　　△ 王母和秀玉都盯著王翔和警察看。

| S23 | 時：日 | 景：王家早餐店後 |
|------|--------|------------------|
|      | 人：王翔、秀玉 | |

△ 王翔蹲在早餐店後門外的路邊抽菸。

△ 秀玉走到後門口，她向內看了一下，推開門出來。

△ 王翔看到她，把菸熄掉，站起身。

王翔：阿姨。

秀玉：你回來還適應嗎？

　　　△ 王翔點頭。

王翔：還好，我會盡快讓自己趕快適應。

秀玉：今天警察應該不是來找你的吧？

王翔：我不知道。

秀玉：你也知道，你媽因為你的事，已經搬過兩次家了。上次那個店賠了不少錢，好不容易這幾年狀況才好一點，要是鄰居知道你以前的事，我實在很擔心你媽承受不了那麼多壓力……

　　　△ 王翔沉默。

秀玉：阿姨知道你剛回來，找工作沒那麼快……（從口袋裡拿出紅包袋遞給他）來，這是阿姨的一點心意……

王翔：（婉拒）阿姨，這個我不能要……

秀玉：拿著，一定會用得到的。

　　　△ 秀玉把紅包袋塞進王翔手裡，握了一下他的手，轉身進去早餐店內。

　　　△ 王翔看著手裡的紅包袋。

| S24 | 時：黃昏 | 景：王翔房間 |
|------|---------|------------|
|      | 人：王翔、王母 | |

△ 夕陽西下。

△ 王母走到王翔房間門口，見房間沒人，她進來。王母走到桌前，看到王翔的手機和皮夾放在桌上。她打開王翔的皮夾，從口袋裡拿了鈔票放進皮夾裡。

△ 王翔走到門口，看到媽媽在房間裡。

王翔：媽。

△ 王母立刻把皮夾放在桌上，並對王翔微笑。

　　△ 王翔進來。

王翔：我明天就會去找工作。

王母：（意外）……你去哪裡找工作？

　　△ 王翔不想讓她擔心，說得很有把握的樣子。

王翔：報紙上有很多徵才的資訊，我有我的專長。

王母：你在店裡幫我就好了……

王翔：店裡只有早上一小段時間比較忙，不需要這麼多人。

王母：……找工作……不容易。

王翔：這我知道，我總得試試。我會等中午打掃完關了店門再出去，妳讓
　　　我試一試好不好？

　　△ 王母看著他，不忍阻攔。


| S25 | 時：日 | 景：街景 |
| --- | --- | --- |
| | 人：王翔、環境人物 | |


　　△ 都市的街道上車水馬龍，行人來往匆匆。

　　△ 王翔穿著襯衫走到一棟大樓前停下，進去裡面。

　　△ 鏡轉王翔從另一棟大樓裡出來。（不同日、不同的穿著）

　　△ 王翔走在騎樓裡，手上握著捲起來的報紙。

　　△ 一名路人匆忙地經過他身邊，不小心碰到王翔，報紙掉在地上。

　　△ 王翔像是刺蝟一樣，轉頭瞪著他，還立刻抓住那人的手臂。

路人：對不起、對不起……

　　△ 王翔看到那人露出歉意甚至有些害怕，他趕緊鬆手。

　　△ 路人又對王翔點頭致歉，加快腳步離去。

　　△ 王翔鬆開眉頭，把鴨舌帽壓低了，繼續往前走。


| S26 | 時：黃昏 | 景：王家早餐店一／二樓走道連王翔房間 |
| --- | --- | --- |
| | 人：王翔、洪怡安 | |


　　△ 門打開，昏暗的早餐店一樓有了亮光。

　　△ 王翔進來。他看到一樓沒有人，但廚房的燈是亮著的，他走到廚房

外。

　　△ 爐子上開著小火在燉東西。

　　△ 王翔脫了鞋子，走上樓梯，走向自己房間。

　　△ 綁著馬尾，穿著套裝制服的洪怡安在王翔房間裡。

　　△ 王翔走到門口，看到房間裡的女人。

　　△ 洪怡安把手上的衣服放在王翔床上後，好奇地看著他的房間。地上
　　　有把吉他，書櫃裡的書大部分都清掉了。

　　△ 夾在書櫃玻璃門裡的相片還在原處。

　　△ 洪怡安看著相片裡笑得很開心的小王杰，露出笑容。

　　△ 王翔敲了一下門。

王翔：不好意思……

　　△ 洪怡安被突來的聲音嚇了一跳，她轉頭看到王翔，難掩緊張。

怡安：我……我是小杰的……

王翔：我知道，妳是他女朋友怡安。……小杰有給我看過妳的相片，我是
　　　他哥哥。

　　△ 洪怡安擠出一絲笑容。

怡安：大哥你好。……我是拿……（指著床上的衣服）你的衣服過來的。
　　　……王媽媽去買東西，我就幫她把衣服折好。

　　△ 王翔對她點頭。

王翔：謝謝。

　　△ 洪怡安搖頭，她走到門口。

怡安：我下去看看湯煮好了沒。

　　△ 王翔點頭，他退後一步，並往旁邊站，讓出一條很大的路給她出來。

　　△ 洪怡安對王翔點頭，禮貌的一笑，快步走出房間。

　　△ 王翔看到她下樓，也鬆了一口氣。

| S27 | 時：夜 | 景：社區街景 |
|-----|--------|--------------|
|     | 人：王杰、洪怡安、環境人物 | |

　　△ 一排路燈照亮這個寧靜的社區。

　　△ 王杰牽著洪怡安的手走回她住處。

王杰：妳今天很不自在喔？

怡安：嗯。

王杰：其實我哥很好相處的，妳跟他熟了以後就知道他是什麼樣的人。

　　　△ 洪怡安想說什麼，但聽到王杰的手機發出聲音。

　　　△ 王杰拿出手機看了一下，按下拒絕接聽。

王杰：妳要說什麼？

怡安：你怎麼沒告訴我……你哥殺的是一個高中女生？

王杰：妳自己去查了？

　　　△ 王杰的手機又響。

　　　△ 洪怡安看到王杰的臉色沉了下來，不再追問。

怡安：你手機又響了，還是接一下吧？

　　　△ 王杰再拿出手機，看了一下來電顯示，接聽。

王杰：（親切的）林大哥，你好！……鑰匙不見了？……家裡面還有備用
　　　的嗎？……那太花錢了，我替你想辦法，你等我一下。（遮住手機
　　　通話處，望向怡安）我要走了。

怡安：你趕快去忙，掰掰。

　　　△ 王杰轉身離去，還一面講著手機。

王杰：你在哪裡？……

　　　△ 洪怡安看著他的背影漸漸遠去。

| S28 | 時：夜 | 景：荒郊小徑 |
|-----|-------|-----------|
|     | 人：  |           |

　　　△ 郊外，無人的小徑，偏僻而隱密。

　　　△ 一輛轎車停在小徑上，車子上下震動著，搖晃不停，隱約傳出喘息
　　　聲。

| S29 | 時：夜 | 景：唐娟車上 |
|-----|-------|-----------|
|     | 人：王杰、唐娟 |     |

　　　△ 將近40歲的唐娟對著遮陽板上的鏡子補妝，她看了一眼坐在他旁邊
　　　的人。

唐娟：你真的很忙喔！

△ 王杰坐在她旁邊，沒回話，整理衣服。

唐娟：那天不知道誰說要打給我，結果連電話都不接。

　　△ 王杰看似無辜。

王杰：哪天？

　　△ 唐娟拿出一張小紙條捏在手裡。

唐娟：跟我一起上插花課的王太太跟陳姊最近都想換車，你覺得要跟誰買
　　　車比較好呢？

　　△ 王杰露出孩子氣的樣子。

王杰：跟我！選我、選我……拜託。

唐娟：你再不接我電話，我就不幫你介紹客戶了。

　　△ 王杰點菸，有點賭氣的味道。

王杰：那就算了。

　　△ 唐娟看到他的樣子，笑了。

唐娟：那麼可愛，怎麼那麼可愛？

　　△ 唐娟把紙條折起來，放進他襯衫口袋。

唐娟：我告訴你喔，不准記人家什麼時候生日、不准聊星座、不准送禮物。

王杰：（笑著）我還沒跟人家碰面，妳就開始吃醋？（逗她）這麼可愛啊！

　　△ 王杰的手機響，他拿出手機。

唐娟：有人打給你……( 想搶手機 ) 誰啊？

　　△ 王杰接聽。

王杰：媽！……我在客戶這裡。……好啦，我事情處理完就回去。……好，
　　　我知道、我知道……再見。

　　△ 王杰掛了電話，吐了一口氣。

唐娟：（笑）媽媽盯這麼緊？媽寶哦！

　　△ 王杰不以為然地「嘖」了一聲。

王杰：我媽是因為我哥的事才打來的。

唐娟：我可以知道是什麼事嗎？

　　△ 王杰遲疑了一下才開口。

王杰：我哥找工作一直不順利。……我真的要回去了，要不然我媽會一直
　　　打來。

唐娟：再見了，小朋友。

王杰：再見了，人妻。

△ 王杰親了她一下，下車。

| S30 | 時：夜 | 景：王家早餐店一樓 |
| --- | --- | --- |
| | 人：王杰、王母 | |

△ 早餐店內很暗，只有在通往二樓的樓梯口有燈光。

△ 王杰進來，看到媽媽坐在角落，他過去。

王杰：妳就非等到我回來？

王母：你認識的人多，能不能想辦法幫幫哥哥？

　　△ 王杰一臉的為難。

王母：他剛才接到電話，明天有臨時工可以做……（不捨）他要去工地做
　　　工。

王杰：妳讓他去啊！

王母：我知道他在店裡有壓力，可是他書讀了那麼多……

王杰：媽，那些都沒有用了。（低聲）他現在連一張良民證都拿不到，他
　　　能做什麼？

　　△ 王母難過地沉下臉。

王母：（哽咽）他都睡在地板上你知道嗎？……你怎麼這樣說他……

　　△ 王杰無奈地嘆了一口氣。

王杰：我說的是事實。妳別管他好不好？哥好不容易出來了，不管別人怎
　　　麼想，怎麼對他，起碼他自由了。妳這樣等於又把他關起來妳知道
　　　嗎？

　　△ 王母落淚不語。

王杰：媽妳不要哭啦！

　　△ 王杰拿了面紙遞給她，王母轉開臉不理他。

王杰：有機會我會再幫他注意啦！

　　△ 王母這才接過面紙。

　　△ 王杰雖然困惱，但也不再說了。

| S31 | 時：日 | 景：地檢署觀護人室 |
| --- | --- | --- |
| | 人：王翔、觀護人 | |

△ 王翔的前臂上有刮傷的痕跡。

觀護人：怎麼受傷的？

　　△ 王翔看了一下自己的傷，望向觀護人，對他露出不以為意的笑容。

王翔：在工地不小心弄到的。

觀護人：在哪裡的工地做？

王翔：我才做了三天，三個不同的地方，有人臨時有事我才有機會。

　　△ 王翔從口袋裡拿出一張紙放在觀護人面前。

王翔：我做了紀錄。我去的工地、時間，領了多少錢，都寫得很清楚。

　　△ 觀護人看著那張紙。

王翔：如果你需要查證……

觀護人：目前不用。管區警察也有跟我說你很配合，他沒找到你，你會主動聯絡。

　　△ 王翔點了一下頭。

觀護人：你可以向更生保護會做申請，他們那邊有一些管道和職業訓練，可以輔導更生人就業，只是如果要比較長期性的工作，會需要等一段時間……

　　△ 王翔遲疑了一下。

王翔：我想靠自己。我不想再浪費時間。

　　△ 觀護人觀察著王翔，點點頭。

| S32 | 時：日 | 景：街景 |
|---|---|---|
| | 人： | |

　　△ 一輛黑色的轎車行駛在馬路上，那是唐娟的車。

| S33 | 時：日 | 景：唐娟車上 |
|---|---|---|
| | 人：唐娟、潘天愛 | |

　　△ 燦爛的陽光穿透擋風玻璃，儀表板上方閃耀著金光。

　　△ 唐娟戴著太陽眼鏡，坐在駕駛座上開車。

　　△ 17歲，穿著高中制服的潘天愛坐在後座。潘天愛腿上放著書包，手上拿著三明治，她咬了一口三明治，露出厭惡的表情。

天愛：真噁心，我想吐了。

唐娟：（耐著性子）誰叫妳那麼晚睡，每天都那麼難叫！明天早點起來，
　　　　在家裡吃完了再出來。妳現在別吃了，帶到學校去吃。

天愛：跟妳溝通真是有障礙ㄟ，在家吃跟在車上吃有差嗎？是太難吃啦！

唐娟：（不悅）我挑妳喜歡吃的做，妳還是覺得難吃，妳到底要吃什麼？

天愛：兇什麼啊？

　　　△唐娟從照後鏡瞪著她看。

唐娟：我相當和善了！（念著）妳把這些話跟妳奶奶說，看她會說什麼，
　　　　真是身在福中不知福……

天愛：（低聲）果然是老人家。

　　　△唐娟臉更沉了。

　　　△潘天愛看到路邊出現前方有捷運站的標誌，她咬了一口三明治，很
　　　　　快地咀嚼，吞下，然後做了要嘔吐的樣子。

唐娟：（大驚）妳幹嘛？……不要吐在我車上啊！

　　　△唐娟打開置物櫃翻著，一面把車靠邊停。置物櫃裡的雜物都掉了出
　　　　　來。

　　　△車一停妥，潘天愛立刻打開安全帶，打開車門，丟下三明治，拿著
　　　　　書包快速下車。

唐娟：小愛？……小愛妳去哪？

　　　△潘天愛跑向路邊。

| S34 | 時：日 | 景：捷運站外 |
|---|---|---|
| | 人：潘天愛、陳芷玲、唐娟 | |

　　　△穿著制服，背著書包的陳芷玲站在捷運站外，手上拿著單字本，不
　　　　　時抬起頭張望。

　　　△潘天愛跑向她，還對她揮手。

天愛：陳芷玲！

　　　△陳芷玲看到她，露出笑容。

天愛：（氣喘吁吁地笑著）這招好玩喔！

　　　△陳芷玲望向開過來的唐娟的車子。

芷玲：妳整妳阿姨？她肯定氣炸了。

天愛：管她的！

△ 潘天愛望向車裡的唐娟，車窗正往下降，潘天愛跟她揮了一下手，
　拉著陳芷玲進去捷運站裡。

△ 車裡的唐娟看著潘天愛進去車站裡，又氣又無奈，忽然她有了想法。

| S35 | 時：夜 | 景：王家二樓走道 |
|---|---|---|
| | 人：王翔、王杰 | |

△ 王杰走到王翔房間外，他伸出手要敲門，想想又縮回手。他猶豫了
　一下，吸了一口氣，再次舉起手，敲門。

△ 王翔打開門。

△ 王杰對他露出微笑。

王杰：哥……有件事想跟你討論一下。

△ 王翔把門開大，讓王杰進去房間後關上門。

| S36 | 時：夜 | 景：王翔房間 |
|---|---|---|
| | 人：王翔、王杰 | |

△ 王翔坐在床沿，皺著眉頭，頗有疑慮。

王杰：他們家已經走了好幾個司機，有的是老太太不喜歡，有的是被高中
　　　生氣跑的，我那天無意間跟潘太太聊天，說到你在找工作，她就問
　　　我你有沒有意願去……

王翔：(打斷) 他們知道我有前科嗎？

△ 王杰遲疑了一下。

王杰：這個沒有必要跟他們說。

△ 王翔看著他，眉頭皺得更緊了。

△ 王杰見他沒說話，從口袋裡拿出一張紙。

王杰：你去面試的時候照這個講。

△ 王翔接過那張紙，打開看。他有些不敢置信。

王杰：你如果覺得不妥，那就告訴他們你剛從大陸回來。……老闆娘喜歡
　　　孝順、顧家的男人，這樣比較有勝算。

△ 王翔沉下臉，把紙放在床上，不講話。

王杰：哥，不要再去做粗工了……

王翔：（瞪著他）瞧不起粗工？

王杰：沒有！是媽會擔心。

△王翔不語，轉開臉不看他。

王杰：你只要接到電話，第二天有工作，媽就很擔心。臨時工沒有保障，
工地又危險，她都會提心吊膽的……

△王翔露出一絲愧疚。

王杰：你如果做司機的工作，她會放心很多。你以後想換別的工作，會有
更高的機率。

△王翔不說話。

王杰：媽跟我說過好幾次要我想辦法，她每次提到你的事就開始哭……

王翔：好了，你不要再講了。

△王翔看著床上的那張紙。

△王杰見他不說話，不知道他在想什麼。

王杰：（試探地）哥……你再想一下。如果你覺得合適，我來約時間。

△王翔猶豫了一下，他拿起床上的那張紙看著。

△王杰知道他願意妥協了。

王杰：你只要記得不要提到你有前科。

△王翔嚴肅地著他。

王翔：你是要我跟人家說謊？

王杰：對，不該說的事就不要說！

△王翔質疑地看著他。

王杰：這是你以前教我的，我一直都記得。

△王翔無言以對。

| S37 | 時：日 | 景：潘家客廳 |
|-----|--------|-------------|
|     | 人：王翔、唐娟、潘奶奶、潘天愛 | |

△被人透過鏡頭看著，手機螢幕上的王翔顯得很拘謹。

王翔：我父親過世得早，留下一大筆債務，我弟弟那時候才唸高中，所以
我就休學。

△潘天愛坐在潘奶奶旁邊，拿著手機對著王翔錄影。

△潘奶奶和藹地看著王翔。

奶奶：你讀到幾年級啊？

　　△ 王翔遲疑。

唐娟：他念到大三。

　　△ 潘奶奶看了唐娟一眼。

奶奶：我是在問王先生，不是問妳。

　　△ 唐娟尷尬的擠出笑容。

奶奶：真可惜，差一點就大學畢業了。

　　△ 王翔不知該回她什麼，一臉覥腆。

奶奶：我希望要找個穩當的人，不要做幾天就不做了，你是讀過書的人，
　　　會願意做這種工作嗎？

王翔：如果您不嫌棄，我當然願意。我……（不自在地看了一下天愛手上
　　　的手機）

　　△ 唐娟有些受不了潘天愛的舉動。

唐娟：小愛，妳這樣很沒有禮貌。

天愛：我要拍給老爸看，他說要看到本人才放心。

奶奶：（又看唐娟一眼）妳別管她。

　　△ 唐娟不說話了，有種自討沒趣的感覺。

　　△ 潘奶奶望向王翔，對他露出親切地笑容。

奶奶：你繼續說。

　　△ 王翔點了一下頭，他看了一眼潘天愛的手機，又望向潘奶奶。

王翔：我長時間都在家裡的早餐店，能有機會出來做事，我一定會好好做
　　　的。

　　△ 潘奶奶面帶微笑看著他。

奶奶：這個工作很簡單，就是接送小愛上下課，包括去補習。沒事的時候，
　　　時間都是你自己的，很輕鬆……

　　△ 潘天愛看到奶奶對王翔十分客氣，盯著手機螢幕裡的王翔看。

| S38 | 時：日 | 景：街景 |
|---|---|---|
| | 人：王翔、王杰 | |

　　△ 街上車水馬龍。

　　△ 王翔戴著鴨舌帽站在路邊，看著來往的車輛和行人，和附近的建築

物。

△ 一輛車開到他面前的停車格停下。

△ 王翔沒有特別注意，視線停留在較遠的地方。

△ 王杰下車，走到他面前。

王杰：哥。

　　△ 王翔望向他。

　　△ 王杰把車鑰匙遞到他面前。

王杰：給你開。

王翔：這是誰的車？你換車啦？

王杰：嗯！

王翔：你哪來的錢？

王杰：(笑了出來) 借的啦！

　　△ 王翔拿過鑰匙，上車。

| S39 | 時：日 | 景：車上 |
|---|---|---|
| | 人：王翔、王杰 | |

　　△ 王翔坐在駕駛座上，握著方向盤。

王翔：這個車的油門很重。

　　△ 王杰坐在他旁邊。

王杰：這種車比較穩，如果你開得慣，潘家的車就沒有問題。

　　△ 王翔看著前方，謹慎地開車。

王翔：小杰謝了，讓你那麼麻煩。

王杰：幹嘛這樣說，不會啦！

　　△ 王翔看到外面的景色，好奇又感慨。

王翔：這附近真的變好多，都跟以前不一樣……

王杰：是啊！很多地方都變了……（關心地）你都還習慣嗎？

王翔：我沒有時間去思考習不習慣的問題。

　　△ 王杰點點頭，放心多了。

王杰：那就好！我之前還擔心你會想去一個沒有人認識你的地方躲起來
　　　呢！

　　△ 王翔有些無奈，沒有再回應他的話。

王翔：我可以開多久？

王杰：隨你開，你想開多久就開多久。

　　△ 王翔點了一下頭。

王杰：這樣好了，我們先走一趟潘家到學校的路線，等你熟了之後，你想
　　　去哪裡就去哪。

　　△ 王翔點頭。

　　△ 前方道路變換著。

| S40 | 時：日 | 景：潘家車庫 |
|---|---|---|
| | 人：王翔、潘天愛 | |

　　△ 王翔穿著白襯衫和西裝褲，戴著白色的鴨舌帽，坐在車庫裡等著送
　　　潘天愛去上學。

　　△ 潘天愛背著書包過來，她看了王翔一眼，上車。

| S41 | 時：日 | 景：潘家車上 |
|---|---|---|
| | 人：王翔、潘天愛 | |

　　△ 馬路前方不遠處有捷運站的標誌。

　　△ 潘天愛咬了一大口三明治吞下去，然後開始作嘔。

　　△ 王翔看到她做出噁心要吐的樣子，鎮定地打開她座位前的置物箱。
　　　置物箱裡很整齊的擺了一瓶水、一包衛生紙和幾個塑膠袋。王翔拿
　　　了一個塑膠袋出來。

　　△ 潘天愛意外地望向王翔，她念頭一轉，把塑膠袋塞回去置物箱。

天愛：我不想吐了，我要上廁所，前面有捷運站。

　　△ 王翔沒想到潘天愛又出花樣，他思索著，仍然很鎮定。

天愛：欸，你有沒有聽到我講話？

王翔：不行！等一下會經過加油站，妳要上廁所，我帶妳去那裡。

天愛：（驚呼）……我不要去加油站，我要去捷運站。

王翔：潘太太說妳再遲到就會被記警告，妳現在這個時間去坐捷運會遲到。

　　△ 潘天愛不以為意。

天愛：記警告有什麼了起，一個月就可以消掉了。我就是要去捷運站。

△ 王翔不理會她的說法，用溫和但堅定的口吻跟她說話。

王翔：我可以在捷運站停車，讓妳同學上車。妳要上廁所，我就帶妳去加
　　　油站。妳想要被記警告，就另外想別的辦法。……捷運站要到了，
　　　妳決定要怎麼樣？

△ 潘天愛氣呼呼地瞪著王翔。

| S42 | 時：日 | 景：學校外 |
|-----|--------|-----------|
|     | 人：潘天愛、陳芷玲、環境人物 ||

△ 放學時間，人行道上都是學生。

△ 潘天愛揹著書包，一臉開心的樣子。她手上捧著一個紙盒，紙盒上
　　戳了好多小洞。

△ 陳芷玲走在潘天愛旁邊。

芷玲：妳今天考得怎麼樣？

天愛：還不錯。

△ 兩人走到路口。

芷玲：小愛，我先走嘍！

天愛：妳今天不來我家啊？

△ 陳芷玲搖頭。

芷玲：改天再去，我今天沒帶換洗衣服。（指她的盒子）妳不要把她玩死
　　　了喔！

天愛：（抗議）才不會呢！

△ 陳芷玲跟她揮揮手，離去。

| S43 | 時：日 | 景：潘家車上 |
|-----|--------|-------------|
|     | 人：王翔、潘天愛 ||

△ 車門碰的一聲關上。

△ 潘天愛在後座坐定了，雙手捧著紙盒。

△ 王翔看了一眼紙盒，沒說話，發動車子。

△ 潘天愛笑瞇瞇地看著王翔。

天愛：你猜這是什麼！

王翔：不知道。

天愛：我叫你猜啊！

　　△ 王翔不講話，注意著前方路口的號誌燈。

　　△ 潘天愛把紙盒捧到前面。

天愛：猜猜看嘛！

　　△ 王翔還是不說話，他看到號誌燈變成綠燈，踩下油門。

　　△ 潘天愛見王翔不理她，打開盒子蓋子，還拍了一下盒子底部。

　　△ 一隻白文鳥從裡面飛出來，在王翔眼前亂竄。

　　△ 王翔被嚇了一跳。

天愛：你不覺得牠很可愛嗎？

王翔：很危險，我在開車。

　　△ 白文鳥停在擋風玻璃前，牠有著一身潔白的羽毛，和紅色的嘴。

天愛：你看她很乖乁！

王翔：坐好！安全帶。

　　△ 潘天愛聽話地繫上安全帶。

　　△ 王翔試圖抓住白文鳥未果，小心地繼續開車。

| S44 | 時：日 | 景：潘家院子連客廳 |
|---|---|---|
| | 人：王翔、潘天愛、潘奶奶 | |

　　△ 潘奶奶的聲音從客廳傳出來。

奶奶：妳給我把牠放了！

天愛：我不要，是同學給我的，牠很喜歡我，我要養！

　　△ 潘天愛抱著那個紙盒子。

　　△ 王翔提著潘天愛的書包和手提袋走向門口，透過落地窗，潘奶奶和
　　　潘天愛的身影清晰可見。

奶奶：不行！妳做什麼都三分鐘熱度。

　　△ 王翔走到門口，看到她們在爭執，他沒開門，站在門外。

天愛：（向內喊）阿姨！

奶奶：妳以為她會幫妳？妳那麼愛搞花樣，她才受不了妳呢！

　　△ 潘奶奶看到王翔拿著書包站在門口，她望向潘天愛。

奶奶：連書包都不自己拿，那是妳該負責的事妳都不做！（過去門口開門）

王翔，以後不要幫她拿書包。

王翔：好。

　　△ 王翔脫了鞋子進來，把她的書包放在櫃子上。

奶奶：（望向天愛）把盒子給我。

天愛：不要！

　　△ 王翔轉身要走。

　　△ 潘奶奶伸手拿過潘天愛手上的盒子。

奶奶：王翔！

　　△ 王翔回頭。

奶奶：把這個給我處理掉。

　　△ 潘奶奶把盒子交給王翔

　　△ 王翔愣了一下，接過盒子。

天愛：不可以，不可以。

　　△ 潘奶奶把潘天愛拉到一旁。

奶奶：（對王翔）拿走。

　　△ 王翔拿著盒子走到門外。

　　△ 潘奶奶把紗門關上。

奶奶：（語氣稍緩）乖，妳要什麼奶奶都可以買給妳，就是不能養動物！

　　△ 潘天愛生氣地瞪了一眼站在門外穿鞋的王翔，轉身往裡面走。

奶奶：那妳放假都不准出去，放假妳就待在家陪著牠，放學以後所有的時
　　　間都給牠……聽到沒有？

　　△ 王翔拿著盒子走到潘家門口，他仍然聽見潘奶奶的聲音。

| S45 | 時：夜 | 景：洪怡安住處 |
| | 人：王杰、洪怡安 | |

　　△ 坐在陽台的王杰抽著菸，聽到手機訊息聲，他拿起手機。

　　△ 王杰手機螢幕上的訊息：我婆婆很喜歡你哥，說他老實又有責任心。

　　△ 坐在床上的王杰打著訊息：我們家男人都這樣。

　　△ 唐娟又傳訊息：是嗎？

　　△ 洪怡安洗好澡從浴室出來，她走到落地窗前看著王杰。

　　△ 王杰把手機螢幕切換到其他畫面，他見怡安一副欲言又止的樣子。

王杰：怎麼了？

　　△ 洪怡安到沙發前坐下，一面用毛巾擦著濕頭髮。

怡安：你哥⋯⋯星期六星期天不上班喔？

王杰：不用啊！幹嘛？

怡安：他會在家裡幫忙嗎？

王杰：會吧！

怡安：那⋯⋯家裡人很多了，我就不過去了。

　　△ 王杰皺起眉頭。

王杰：妳有事啊？

　　△ 洪怡安搖頭。

王杰：妳幹嘛提到我哥？

　　△ 洪怡安見他不太高興，搖搖頭，不說話。

王杰：妳要說什麼就說，不要講一半又不講。

怡安：⋯⋯我只是⋯⋯還是有點怕他⋯⋯

王杰：妳怕他？你們碰那麼多次面了還怕他？⋯⋯妳是怕他什麼啦？他又不會對妳怎樣。

怡安：（難過）你自己要我講，我講了你又不高興。

王杰：我沒有不高興，我是不喜歡人家批評我哥。

怡安：我沒有批評他⋯⋯

　　△ 王杰看到她很委屈的樣子，收斂。

王杰：妳不用怕他啦！

　　△ 王杰進來坐在她身邊，試圖安撫她。

王杰：他會對妳很好的，像家人一樣疼愛妳。⋯⋯他人真的很好，他以前⋯⋯不是故意要殺人⋯⋯他是被激怒的。

　　△ 洪怡安困惑地看著王杰。

| S46 | 時：夜（12 年前） | 景：池塘邊 |
|---|---|---|
| | 人：王翔、李曉君、王杰 | |

　　△ 王杰躲在他們身後的樹旁驚恐的喘息著。

王杰：（OS）他是一時失控才會動手。

　　△ 曉君的口鼻被那雙手摀住，她睜大了眼睛，拼命搖頭，掙扎著。

王杰：（OS）他脾氣一向很好，就那次，不小心犯了錯……

△ 王杰害怕地靠近。

王杰：她怎麼還不醒來啦？

△ 王杰眼裡看到的王翔是失控、激動的樣貌。

王翔：（怒喊）你幹什麼？……小杰！回家！回家！

△ 泥地上被曉君踢出深深的凹痕，她的一雙腳漸漸不動了。

| S47 | 時：夜 | 景：洪怡安住處 |
|-----|-------|-------------|
|     | 人：王杰、洪怡安 | |

△ 王杰很誠懇地握著洪怡安的手。

王杰：妳相信我好不好？

△ 洪怡安微微牽起嘴角。

| S48 | 時：夜 | 景：王翔房間 |
|-----|-------|-------------|
|     | 人：王翔 | |

△ 裝著白文鳥的紙盒放在書桌上，檯燈的光線照在紙盒上。

△ 王翔坐在桌前看著那個紙盒，皺著眉頭。他輕輕地、一點一點打開
  紙盒的蓋子。

△ 光線進入紙盒裡，白文鳥抬起頭望向上方，並發出叫聲。

△ 王翔沒有把蓋子整個打開，他看著白文鳥，眉頭漸漸鬆開。

王翔：（輕聲地）你放心，我不會讓你關在這裡……我會帶你去一個更好
的地方。

△ 王翔抓住白文鳥，他握著白文鳥，起身離開書桌前。


—本集終—

# 第二集　秘密

| S1 | 時：夜 | 景：王翔房間 |
|----|--------|------------|
|    | 人：王翔 | |

△ 王翔桌上放著一個新的紙盒。（比原來那個裝鳥的紙盒寬，但深度較淺。）

△ 王翔看著那個紙盒，輕輕摸了一下。

△ 紙盒下放了一張包裝紙。

△ 王翔拿著剪刀，裁減包裝紙。

△ 王翔用包裝紙把紙盒包起來。

△ 王翔拿著那個紙盒，走到衣櫥前。

△ 王翔打開衣櫥最下面的抽屜，把紙盒放在他的衣服底下（非當季衣服），用衣服把紙盒蓋好。

△ 王翔關上抽屜。

△ 字幕：第二集，秘密

| S2 | 時：晨 | 景：王翔房間 |
|----|--------|------------|
|    | 人：王翔 | |

△ 早晨的陽光剛露臉，窗外的天色不再晦暗。

△ 躺在床邊地上睡覺的王翔還沒醒，聽到鳥叫聲，他張開眼睛。

△ 他的床上鋪了一塊透明塑膠布，塑膠布上放著鳥籠，白文鳥在裡面。

△ 王翔坐起來，看著鳥籠裡的白文鳥。

王翔：早！……有睡好嗎？

△ 王翔看著牠，露出微笑。

| S3 | 時：日 | 景：潘家車庫 |
|----|--------|------------|
|    | 人：王翔、潘天愛 | |

△ 潘天愛提著書包和袋子，板著臉走進車庫。

△ 王翔看到她愛理不理的樣子，沒說話，替她打開後面的車門。

△ 潘天愛不理王翔，自己開了另一個車門進去，蜷縮著身體側躺在後座。

△ 王翔有點傻眼。

王翔：這樣很危險。

△ 潘天愛不理他。

王翔：會摔下來！妳要我怎麼開車？

天愛：我不跟殺人兇手講話！

△ 王翔皺起眉頭。

△ 潘天愛爬起來，瞪著窗外的王翔。

天愛：不對，是殺鳥兇手！

△ 王翔不說話。

天愛：你把我的鳥放了嗎？人家說那種鳥是要給人養的，在外面會死掉！你是不是把我的鳥給殺了？屍體呢？

△ 王翔覺得好笑，搖搖頭，拿出手機滑著，找出相簿，把手機遞到她眼前。

△ 潘天愛看到王翔拍的白文鳥，驚喜。

天愛：牠好可愛……就一張嗎？

王翔：還有……（拿過手機找出其他相片）後面都是。

△ 潘天愛接過他遞來的手機，看照片，一面笑著。

天愛：吼，你拍照技術真的很爛ㄟ……

△ 潘天愛再抬起頭看著王翔。

天愛：我可以去你家跟牠玩嗎？

王翔：不行。

天愛：為什麼？

王翔：就是不行。

天愛：我不會讓我奶奶知道。

王翔：妳再吵，我就把牠放了。

△ 潘天愛噘起嘴，看了一眼手機上的白文鳥，想到什麼，又抬起頭，期待地看著王翔。

天愛：那我加你 IG ？

王翔：什麼？

天愛：你這種老扣扣應該只有臉書……

　　△ 潘天愛滑著王翔的手機，沒找到，抬頭看了他一眼。

天愛：你連臉書都沒有？你這個根本就是空機啊！

　　△ 王翔把手機搶回來，不苟言笑。

王翔：照片我再傳給妳。

天愛：喔！

王翔：安全帶。

　　△ 潘天愛把安全帶繫上。

　　△ 王翔走向駕駛座。

　　△ 潘天愛不死心，遊說他。

天愛：欸，我可以幫你下載，還可以幫你辦帳號……

　　△ 王翔打開車門，上車。

天愛：要與世界接軌嘛！快點快點，手機給我……

　　△ 王翔不作聲，把手機交給她。

　　△ 潘天愛高興地操作著手機。

| S4 | 時：黃昏 | 景：王翔房間 |
|---|---|---|
| | 人：王翔 | |

　　△ 太陽已經下山，外面的天色昏暗。

　　△ 王翔的電腦螢幕上是臉書的頁面，他的臉友潘天愛放上了白文鳥的相片。

　　△ 王翔坐在書桌前，鳥籠放在他的腿上，他指著電腦，跟白文鳥說話。

王翔：你有看到你的照片嗎？

　　△ 王翔瀏覽著臉書，想了想，他在搜尋的地方打下「沈雯青」三個字，按下搜尋。

　　△ 電腦螢幕上跳出好幾位沈雯青的頭貼。

　　△ 王翔看到他想找的人，猶豫了一下，按了滑鼠。

　　△ 螢幕上顯示出「沈雯青」的臉書，第一則消息是她分享了一個粉絲專頁。那是廣播節目主持人「蔣欣」的粉絲專頁，有她的節目「真心時刻」的播出訊息。

| S5 | 時：日 | 景：潘家車上 |
|---|---|---|
| | 人：王翔、潘天愛、陳芷玲 | |

  △ 廣播節目男主持人講話的聲音透過喇叭傳送出來。

主持人：（OS）我知道妳對以前那件事還耿耿於懷，所以才拒絕接我的電
    話……

  △ 王翔坐在駕駛座上聽著廣播，等待，臉上看不到情緒。

主持人：（OS）我們畢業到現在，已經五年了，這五年來，我每次想到妳
    都會很自責……

  △ 王翔凝視著前方，他的神情有了細微的變化，多了一點愁緒。

主持人：（OS）我希望妳不要再浪費時間怨恨我，那太不值得……

  △ 王翔將視線移至收音機上，看著面板上的音訊頻率上下跳動。

  △ 車門突然被打開，潘天愛和陳芷玲進來後座。

天愛：傳來了、傳來了！

  △ 陳芷玲緊湊在潘天愛旁邊看著她的手機。

  △ 王翔從照後鏡裡看到兩個女孩一臉興奮的樣子，他並不驚訝，注意
  了一下車況，他踩下油門往前開。

王翔：先送芷玲回家？

芷玲：（對王翔微笑）我今天住小愛家。

  △ 廣播節目持續進行著。

主持人：（OS）休息一下，不要走開。廣告過後，還有一封聽眾朋友的來
    信。蔣欣，真心時刻，為您讀出心裡話……

天愛：吼，你為什麼常常聽這個無聊的節目，關掉啦！

  △ 王翔沒說話，把廣播關掉。

  △ 潘天愛和陳芷玲看著手機裡的影片，手機裡傳出吉他曲。

天愛：他彈吉他的樣子真的好帥喔！我也想學吉他，早知道我就參加吉他
  社。

  △ 潘天愛身體往前傾，一手抓住駕駛座的椅背，把手機拿到王翔胸前。

天愛：你看他帥不帥？我們吉他社的老師。

王翔：（沒理會她）我在開車。

天愛：（賴皮帶著點撒嬌）看一眼、看一眼啦！

△ 潘天愛把手機舉高到王翔眼前。

△ 影片裡二十多歲的男孩子結束彈奏，獲得許多掌聲，他一臉的自信。

王翔：看到了，坐好。

△ 王翔看了一眼她的手機後，輕輕推開她的手。

天愛：那你星期六陪我去買吉他？

△ 王翔不講話。

△ 潘天愛退後，坐好。

天愛：不講話就是好哦！

王翔：安全帶。

△ 潘天愛聽話的繫上安全帶，並轉頭對陳芷玲比手勢要她也繫上安全
　　帶。

△ 陳芷玲看到潘天愛跟王翔的相處模式，有些意外，她看著照後鏡裡
　　的王翔。

△ 王翔仍然沒有表情，專注地在開車。


| S6 | 時：黃昏 | 景：濱江街 180 巷 |
|---|---|---|
| | 人：王翔、環境人物 | |


△ 王翔走進飛機巷裡，情侶們愉快的拍照、談天。

△ 一架飛機劃過頭頂。

△ 王翔的視線隨著飛機看向遠方，臉上有幾許落寞。


| S7 | 時：夜 | 景：王家早餐店內 |
|---|---|---|
| | 人：王翔、王杰、王母 | |


△ 王母端著湯從廚房出來。

王母：吃飯嘍！

△ 王翔收起報紙，拿起筷子吃飯。

△ 王杰一面吃一面滑著手機。

王母：小杰，怡安最近怎麼都沒過來？

△ 王杰沒抬頭，立刻做出反應。

王杰：她這一陣子工作比較忙，忙完就會過來了。

王母：……那就好，我還以為你們吵架了。

　　△ 王翔抬起頭看著王杰，王杰這時也抬頭望向王母。

王杰：怎麼會，妳不要胡思亂想。

王母：你們說好了沒有？什麼時候去她家提親？

　　△ 王杰沉默。

王母：你不是說她爸給她算過，要 28 歲結婚，今年你們就先訂婚，明年結婚。

王杰：好啦！我再跟她說

　　△ 王杰看了媽媽一眼，又低下頭看著手機。

　　△ 王翔看著他們的互動，沒有出聲。

| S8 | 時：夜 | 景：王杰房間 |
|----|--------|-------------|
|    | 人：王翔、王杰 | |

　　△ 王杰的玻璃書櫃裡有很多汽車雜誌、漫畫和資料夾，還有好幾輛保存的很好，不同大小，看起來新的發亮的模型車。

　　△ 王翔站在他的書櫃前，看著他的收藏，他看到其中一輛車，眼睛亮了。

　　△ 那是一輛用小塊積木（類似樂高）拼起來的車子。

　　△ 王杰洗好澡進來房間，一面用毛巾擦著頭髮，看到王翔在書櫃前，他過去。

王杰：哥你記得這一台嗎？

　　△ 王翔笑笑搖頭。

王翔：不記得。……我只記得，每次我拼好一台你就拆一台……

王杰：（指著那輛積木車）這台我沒拆！你說你拼的是可以載得下我和媽媽的車，我就不敢拆了！

王翔：嗯，不用拆的，發起脾氣就用摔的。

王杰：（尷尬的笑）現在脾氣很好啦！做業務練出來的。

　　△ 王翔轉身，盯著他看。

王翔：怡安是不是因為我才不想過來？

　　△ 王杰愣了一下，隨即他搖頭。

王杰：不是！哥你怎麼跟媽一樣？

王翔：我知道我在的時候她很不自在……

王杰：那是跟你還不熟，熟了之後就不會了。最近她在支援業務部，下個
　　　禮拜回櫃檯，就不會那麼忙了，真的跟你沒關係。

　　　△ 王杰見王翔不說話，像是還有疑慮。

王杰：（口氣變硬）她要是因為你不想過來，我會叫她以後都不要來了！

　　　△ 王翔皺起眉頭。

王翔：你不要胡說八道。

王杰：我是說認真的！我已經告訴她，我跟你流的是一樣的血，她不是。
　　　她知道你在我心裡的份量有多少。

王翔：多少？

　　　△ 王杰被他一問，愣住。

　　　△ 王翔見他沒立即反應，拍拍他的手臂。

王翔：都要結婚了，不要說那種話。

　　　△ 王翔出去。

| S9 | 時：日 | 景：汽車營業所辦公室 |
|---|---|---|
| | 人：王杰、老朱、環境人物 | |

　　　△ 桌上小盆栽裡的植物已經枯萎了。

　　　△ 王杰進來辦公室，他走到桌自己的辦公桌前，看到枯萎的植物，懊
　　　惱。他打開桌上杯子的杯蓋，看到裡面還有水，拿起杯子，在盆栽
　　　土裡澆水。

　　　△ 老朱走到他旁邊。

老朱：來不及了。

　　　△ 王杰嘆了一口氣，放下杯子。

老朱：想要拈花惹草，可是需要功夫的。

　　　△ 王杰轉頭，看到老朱盯著他看，他對老朱露出笑容。

王杰：是啊！我不行，我種什麼都死。

　　　△ 老朱看了一下辦公室裡的其他人，壓低了聲音。

老朱：開完早會聊一下。

　　　△ 王杰點頭。

| S10 | 時：日 | 景：營業所茶水間 |
|---|---|---|
| | 人：王杰、老朱、環境人物 | |

△ 老朱把一張名片放在桌上，推到王杰面前。

老朱：張老闆你認識嗎？

△ 王杰拿起名片看了一下，放回到老朱面前。

王杰：不認識。

老朱：張老闆你不認識，那張太太你認識吧？

△ 王杰想了一下。

王杰：哪個張太太？

老朱：不要再說不認識！

△ 老朱臉色微沉。

△ 王杰不敢再說話，敬畏地看著他。

老朱：張老闆是我的客戶，他想換車，說要他太太挑。她說有人介紹另外
一位業務替她服務，那個人是你！

△ 王杰露出錯愕、不解的表情。

王杰：是哪一個張太太？

老朱：說話都不打逗點的那個女人。

△ 王杰恍然大悟。

王杰：哦！你是說林小姐，她都不要我叫她張太太……

老朱：你都叫人家「姊」，我知道。

王杰：朱大哥，我真的不知道她老公是您的客戶。這樣好不好，她也還沒
決定要挑哪一款，我等下打給她，請她跟您買？

老朱：不用啦！客戶至上，她喜歡找你，怎麼能勉強人家？我不差這一單。
我只是要確定你是不是故意挖我的客戶……

王杰：當然不是！我現在會的都是您教我的，我怎麼可能會……

△ 老朱呵呵笑，打斷他。

老朱：我沒教你那麼多！尤其對女客戶，你特別有本事！……聽老大哥一
句，還是要保持一點距離，免得惹麻煩。

王杰：好，我知道。

老朱：晚上我有事，跟你換班。

王杰：（爽快的）大哥你去忙，我來就好，不用換班。

　　△ 老朱點了一下頭，離去。

　　△ 王杰看他走遠，臉色沉下來。

| S11 | 時：夜 | 景：汽車營業所內 |
|------|--------|-----------------|
|      | 人：王杰、唐娟、業代、環境人物 | |

　　△ 王杰站在玻璃窗前，拿著噴水器噴著黏在玻璃上的污漬，再用抹布
　　　擦著。

　　△ 玻璃越來越清晰，出現在外面的唐娟也被看得很清楚。

　　△ 王杰看到唐娟，很意外，他把手上的噴水器和抹布拿去裡面。

　　△ 唐娟走到門口，另一名業代過去替她按開自動門。

業代：小姐您好，歡迎參觀。

　　△ 唐娟對業代露出親切的笑容，她看著眼前一輛展示車，一副心動的
　　　樣子。

唐娟：這是最新的？

業代：對、對！這款車前兩個月剛上市，客人的反應相當好，現在是我們
　　　所有車裡銷售第一名……

　　△ 王杰從裡面出來，看到唐娟在跟另外那名業代講話，他沒立刻上前。

唐娟：那不滿街都是？我喜歡跟人家不一樣的。

業代：您可以挑比較特殊的顏色，我覺得您很適合紅色，美麗又貴氣……

　　△ 唐娟知道王杰在看她，她又對業代笑。

唐娟：你們這些業代都好會講話，我沒那麼容易上當，你要告訴我這輛車
　　　好在哪裡，你要說服我才行。

　　△ 王杰過來。

王杰：潘太太！

　　△ 唐娟故作驚訝。

唐娟：原來你在喔？

　　△ 王杰望向那名業代。

王杰：潘太太是我的客戶，謝謝你替我招呼她。

　　△ 業代對王杰擠出笑容，走開。

王杰：潘太太來看車？

　　△ 唐娟點了一下頭。

唐娟：你說呢？來這裡不看車看什麼？（繞著那台車走）跟我約好的朋友
　　說要值班，放我鴿子，我只好一個人逛街……走著走著就路過這裡
　　了。你不夠盡責，出新車了也不告訴我。

　　△ 跟在她身邊的王杰很自然的露出笑容。

王杰：不是不告訴您，是因為這輛車不適合您。

唐娟：是嗎？哪一種車才適合我？

　　△ 王杰走到她前面，和她面對面，倒退著走。

王杰：一定要行路品質細膩的車款。從起步開始就能持續供應豐沛的加速
　　力道，高速過彎沒問題，爬坡力一流，懸吊系統可以很有效率的吸
　　收路面的彈跳與顛簸，安全又舒適。

　　△ 唐娟知道王杰故意在逗她，很想笑，但擺出不相信的樣子。

唐娟：說得天花亂墜的……

王杰：我說的是真的，我帶您去試車？

唐娟：什麼時候？

王杰：等我 30 分鐘。

　　△ 唐娟停下腳步看著他。

| S12 | 時：夜 | 景：山坡上 |
|-----|-------|-----------|
|     | 人：王杰、唐娟 | |

　　△ 五光十色的都市盡收眼底。

　　△ 唐娟站在觀景台上，對著夜空大喊，紓解情緒。

　　△ 王杰走到她身邊，學她喊出聲音，但有氣無力地。

　　△ 唐娟聽到他的聲音，笑。

唐娟：可見你上班壓力沒有很大嘛！

王杰：( 討好她 ) 我是看到妳壓力才變小的。

　　△ 唐娟斜睨了他一眼。

　　△ 王杰看著夜空。

王杰：漂亮嗎？

唐娟：還可以嘍！

王杰：那我以後常帶妳來，好不好？

唐娟：你這個人說的話能不能相信啊？

王杰：什麼叫能不能相信？

唐娟：因為你說今天要陪我一整晚的，結果變成兩個小時。

王杰：我今天值班是臨時的，真的。

　　　△ 唐娟露出不相信的樣子。

王杰：要不然……下個禮拜，宜蘭，兩天一夜。

唐娟：那還是會變成兩個小時。

王杰：不會，我不可能那麼快。

　　　△ 唐娟笑了出來。

　　　△ 王杰也笑，摟住她。

王杰：……以後不要來公司找我。

　　　△ 唐娟的笑容不見了。

王杰：有些人很機車，我怕他們亂講話，傳到妳老公那裡……

唐娟：我看起來是會害怕的樣子嗎？

　　　△ 王杰遲疑了一下。

王杰：我也沒有怕，但是我們低調一點，總是比較好吧……對不對？

唐娟：Ok！是誰？你跟我講，我幫你解決。

　　　△ 王杰有些意外。

王杰：是誰不重要……

　　　△ 唐娟不肯退讓

唐娟：是誰？

　　　△ 王杰看著她，猶豫著。

　　　△ 都市裡的人造光線，讓天空失去原本的顏色。

| S13 | 時：夜 | 景：街景 |
|---|---|---|
| | 人：洪怡安、王翔 | |

　　　△ 街上仍然有不少車輛，但騎樓裡的店家有些已經關門。

　　　△ 洪怡安往回家的路上走，手上提了一個便當保溫袋。她經過便利商

店外，看到王翔坐在裡面，意外。

△ 王翔坐在便利商店裡靠窗的位子，低頭看著手機，桌上還有一個微波便當和報紙。

△ 洪怡安想悄悄地走開，假裝沒看見，但王翔在她走近時，突然抬起頭。洪怡安看到，停下腳步，把手舉起來打招呼，並露出微笑。

△ 坐在裡面的王翔跟她點了一下頭。

| S14 | 時：夜 | 景：便利商店內 |
|-----|--------|----------------|
|     | 人：王翔、洪怡安 | |

　　　　△ 洪怡安走到王翔坐著的桌旁。

怡安：大哥。

　　　　△ 王翔站起來。

王翔：妳一個人？小杰呢？

怡安：他臨時說要值班，沒有回家吃飯。

　　　　△ 洪怡安看到桌上的微波便當。

怡安：王媽媽說你要快 11 點才回來，現在才 9 點多……你怎麼在這裡吃便當？家裡還有好多菜。

　　　　△ 王翔面對著她有些拘謹，遲疑了一下才回答。

王翔：潘小姐補習班提早下課。我怕我臨時回去，會讓我媽很麻煩。

怡安：怎麼會呢？她每次都煮很多，她最喜歡大家一起在家吃飯了。

　　　　△ 王翔沉默，不知道該回她什麼。

怡安：我回去了，你慢慢吃，我不打擾你了。

王翔：好。……要不要我送妳？

怡安：不用啦，很近，五分鐘就到了。

　　　　△ 王翔點頭。

　　　　△ 洪怡安也對他點一下頭，轉身要走。

　　　　△ 王翔想想又開口。

王翔：那個……

　　　　△ 洪怡安回頭。

　　　　△ 王翔對她點頭致謝。

王翔：謝謝妳照顧我媽和我弟。

怡安：（客氣地搖頭）沒有！……是他們在照顧我。

△ 洪怡安舉了一下手上的保溫袋。

王翔：……小杰要是欺負妳，妳告訴我，我揍他。

△ 洪怡安笑了出來，她點點頭。

怡安：謝謝大哥。

△ 王翔露出微笑。

| S15 | 時：日 | 景：樂器行 |
|---|---|---|
| | 人：王翔、潘天愛、陳芷玲、店長、環境人物 | |

△ 樂器專賣店裡陳列著許多不同款式的吉他、電子琴和打擊樂器，優
　美的音樂迴盪在樂器行裡。

△ 潘天愛興奮地拉著陳芷玲的手，睜大了眼睛看著那些吉他。

△ 王翔站在兩人身後不遠處看著她們。

△ 潘天愛看到一把黑色的民謠吉他，她轉頭望向王翔，指著那把吉他。

天愛：王翔、王翔！

△ 王翔看到她手上的吉他，對她搖搖頭。

△ 潘天愛不理會他，還是抱著那把吉他。

△ 店長過來詢問。

店長：需要什麼嗎？

△ 王翔走到一旁展示的鋼琴前，他看著那台鋼琴，伸出手觸碰琴鍵。

| S16 | 時：日（13 年前） | 景：音樂教室內 |
|---|---|---|
| | 人：王翔、沈雯青、女孩（約 10 歲） | |

△ 琴室裡的女老師正在彈「小奏鳴曲」其中一小段，她的旁邊坐著一
　個女孩子，兩人都背對著門。

△ 穿著 T 恤和牛仔褲，背著包包的王翔走到琴室外向內看。

△ 女孩轉頭望向外面，她看到王翔，對他笑。

△ 王翔對女孩笑，用食指在嘴邊比了一個「噓」，要她不要出聲。

天愛：（OS）王翔！……王翔！

| S17 | 時：日 | 景：樂器行 |
|---|---|---|
| | 人：王翔、潘天愛、陳芷玲、店長、環境人物 | |

△ 王翔回神過來。

天愛：你在幹嘛啊？我挑好吉他了！

　　　△ 王翔看了一眼潘天愛的手，她的手抓著王翔的手臂。王翔給了她一
　　　　　個眼色，潘天愛識相地放開他的手臂，捏著王翔的衣袖，拉著他過
　　　　　去店長面前。

　　　△ 店長捧著那把潘天愛看上的黑色吉他。

天愛：老闆，你跟……（指王翔）我哥講。

　　　△ 王翔看了她一眼，不說話。

店長：你妹滿有眼光的，這把是英國 Faith 的民謠吉他，做工非常精細，
　　　聲音聽起來舒適悅耳，現在特價只要兩萬五。

　　　△ 陳芷玲在旁邊等著看王翔的反應，觀察他們的互動。

　　　△ 潘天愛對王翔點點頭，她一臉的期盼。

天愛：我好喜歡這把！

　　　△ 王翔搖搖頭。

天愛：為什麼不行？

王翔：妳沒辦法彈。

　　　△ 潘天愛拉下臉，又捏起王翔的衣袖，將他拉到一旁，對他耳語。

天愛：你只是我家的司機，你還真以為你是我哥啊？你怎麼知道我沒辦法
　　　彈？你又不會彈吉他！

　　　△ 王翔絲毫沒有動怒，他走到店長面前。

王翔：老闆不好意思，我妹妹是初學者，尼龍弦的會比較適合她，再加上
　　　這把琴頸也比較長，她會比較吃力，可能練不到手指長繭就放棄了，
　　　麻煩你推薦別的給她。

　　　△ 潘天愛聽到王翔的話，拉下臉。

天愛：（念著）我妹妹、我妹妹……講得這麼順口？

　　　△ 陳芷玲笑了出來。

△ 店長把黑色吉他放回去，拿了另一把吉他給王翔看，並跟王翔討論。

△ 陳芷玲見潘天愛沒再爭取。

芷玲：妳去抗議啊！出錢的又不是他，妳幹嘛要聽他的？

天愛：可是……他說得好像有道理。

芷玲：（低聲）妳不是說他很討厭、很兇，都不會笑，像殺手級玩家，想
　　　要妳奶奶 fire 他……

天愛：好了，妳別說了啦！

芷玲：（睜大眼睛）妳喜歡他喔？

天愛：噓！不要亂講，沒有啦！我跟妳講（附嘴在她耳邊）他在替我養那
　　　隻鳥。

△ 陳芷玲感到驚訝。

| S18 | 時：夜 | 景：王翔房間 |
| --- | --- | --- |
| | 人：王翔、潘天愛、陳芷玲 | |

△ 電腦螢幕上是沈雯青的臉書，她的封面照片是藍色的天空，大頭貼
　是她的側背影。

△ 坐在桌前的王翔看著她的臉書，最近的一則消息，是她將會參加明
　日的自閉症協會在某公園舉辦的義賣活動。王翔拿起筆抄下地址。

△ 潘天愛的臉書視訊通話來電顯示響起，螢幕上跳出來她的模樣。

△ 王翔愣了一下，他猶豫後按下「接聽」。

△ 螢幕上潘天愛抱著吉他興奮的跟王翔打招呼，陳芷玲也在一旁探頭。

天愛：王翔！王翔你有看到嗎？……（揮手）嗨！你終於與世界接軌。（開
　　　心地）我會彈小蜜蜂了，我彈給你聽！

△ 電腦裡的潘天愛開始撥彈著旋律，沒一會就開始跟陳芷玲笑鬧。

△ 王翔皺著眉頭，打開抽屜找了一捲膠帶，用剪刀剪了一小段，然後
　將膠帶貼在筆電的攝影機上。

△ 電腦裡的潘天愛喊著王翔。

天愛：王翔！你有沒有聽到我彈的？怎麼樣！厲害吧！……王翔？你把鏡
　　　頭關掉啦？

△ 王翔離開桌前，拿起自己放在書櫃邊的吉他，將鬆掉的吉他弦轉緊。

天愛：……欸，是你電腦有問題嗎？……王翔？王翔？……

△ 兩個女孩議論紛紛。

△ 王翔沒理會她們，繼續調音。

| S19 | 時：夜 /12 年前的黃昏 | 景：王家二樓走道連王翔房間 |
|-----|---------------------|--------------------------|
|     | 人：王杰、王翔、李曉君 | |

△ 王杰從房間出來，他走到王翔房間門口。

△ 王翔房間傳出隱約的吉他聲。

△ 王杰凝神聽著，聽到吉他聲，還有女孩的笑聲，思緒回到過去。

△ 王翔房間的門打開，時間回到 12 年前的黃昏。（王杰的視角）

△ 曉君坐在床沿，手裡抱著一把吉他，拿著撥片，很不熟練的彈著吉他。

△ 王翔坐在書桌前，低頭看著曉君寫的作業。

王翔：妳都錯這種很基礎的，都是不該錯的，到底有沒有在用心？

△ 曉君沒當一回事，繼續玩吉他。

王翔：小朋友！可不可以不要虐待我的耳朵？

△ 曉君繼續亂彈，一不小心，撥片掉進響孔裡。

曉君：糟糕！……掉進去了……

△ 曉君抱著吉他站起來，搖晃著吉他想把撥片弄出來。

王翔：什麼東西啊？

曉君：pick.

△ 王翔起身，過去她面前，拿過吉他。

王翔：沒關係，我來。

△ 王翔轉著吉他的方向，要把撥片弄回到響孔附近，李曉君跟在他身邊，不小心被吉他琴頭打到。

曉君：噢！

王翔：對不起、對不起，有沒有怎麼樣？（笑）妳靠那麼近幹什麼？有沒有怎麼樣？……我看看……

△ 王翔輕輕拉開曉君按著頭的手，替她揉著被吉他撞到的地方。

△ 站在門口，當年只有 17 歲，穿著制服的王杰笑看著哥哥和李曉君。

王翔：還好，沒有流血……

　　△ 李曉君望向門口的王杰。

　　△ 王翔隨著她的視線看向門口。

　　△ 門口的人變成是現在的王杰。

王翔：小杰，你跑過來幹嘛？你習題做完了喔？我等下過去檢查。

　　△ 現在的王杰想到以前，仿佛還發生在眼前。

　　△ 時間回到現在。王翔打開房間門，看到王杰愣愣地站在他房門外，
　　　不解。

王翔：怎麼了？

王杰：……沒事，我是跟你說一聲，下個周末我們要去提親，不做生意。

王翔：我知道。這麼重要的事我不會忘記的。

　　△ 王翔走出房間，往浴室走。

　　△ 王杰看著他房間，筆電是蓋上的，吉他也放回原位，床上放著鳥籠。

| S20 | 時：日 | 景：公園 |
|---|---|---|
| | 人：王翔、環境人物 | |

　　△ 綠樹圍繞的公園裡舉辦著活動，公園外設置了旗幟，上面印著自閉
　　　症協會義賣活動。公園裡和公園周邊有不少運動的人們。

　　△ 王翔走進公園，看到公園內的旗幟，他停步，猶豫。

| S21 | 時：日 | 景：王翔房間 |
|---|---|---|
| | 人：王母 | |

　　△ 王母不捨的打開房間門，手中拿著疊好的王翔衣物，她打開衣櫥抽
　　　屜，裡面只留了幾件舊T恤。她關上抽屜，想想又開下面一個抽屜
　　　要整理。

| S22 | 時：日 | 景：公園 |
|---|---|---|
| | 人：王翔、環境人物 | |

　　△ 王翔看著「關懷自閉症義賣活動」的旗幟，沒有勇氣再上前，轉身

離去。

| S23 | 時：日 | 景：超市內 |
|-----|--------|-----------|
|     | 人：王翔、環境人物 | |

△ 超市的自動門打開。

△ 王翔走進超市。

| S24 | 時：日 | 景：王翔房間 |
|-----|--------|-----------|
|     | 人：王母 | |

△ 王母在抽屜裡發現那個紙盒，好奇地拿出來。

△ 她小心地撕開黏著塑膠布的膠帶，把塑膠布打開，再打開紙盒。她看到紙盒裡的東西，錯愕。

△ 紙盒裡全都是信件，很整齊的排列在一起，塞滿了整個紙盒。

△ 王母看著那些信，信封上收件人是王翔，都是同樣的字跡，同樣的寄件地址。寄件人也全都是同一個人，沈雯青。

| S25 | 時：日 | 景：超市內 |
|-----|--------|-----------|
|     | 人：王翔、沈雯青、環境人物 | |

△ 王翔走到冷藏飲料區，挑選飲料。他拿了一個紙盒裝飲料，想想又放回去，他再轉身時，看到一個熟悉的人影，他愣了一下，趕緊轉身走開。

△ 女人推著車子在選購東西，她接聽手機。

雯青：（OS）喂？⋯⋯我在對面超市⋯⋯

△ 王翔聽到他難忘的聲音，他到隔壁的通道上，悄悄地看著那個女人。

△ 女人是沈雯青，她一面講電話，一面推著推車走向冷凍食品的冰櫃。

雯青：我買點東西給小朋友⋯⋯等我買完我再打給你，你再幫我拿⋯⋯謝謝喔！

△ 沈雯青走到冷凍食品的冰櫃前，打開冰櫃的門，拿了一盒雪糕放在手推車裡。她關上冰櫃的門時，愣住。

△ 冰櫃玻璃門上倒印著王翔的身影。

△ 沈雯青錯愕地看著玻璃門，看到王翔。

△ 王翔趕緊轉身走開。

△ 沈雯青轉頭，看不到他，丟下推車，快步走開。她在貨架的通道間尋找王翔，但沒有找到他。

| S26 | 時：日 | 景：超市外街道 |
|-----|--------|----------------|
| | 人：沈雯青、王翔 | |

△ 沈雯青匆忙從超市出來，她向四處張望著，但沒有看到王翔。

△ 王翔在超市另一個出口旁，沒有走，但也不敢現身。

△ 沈雯青的心情起伏著，但仍然沒回頭，到處看著。

| S27 | 時：日（12 年前） | 景：校園裡 |
|-----|------------------|-----------|
| | 人：王翔、沈雯青、環境人物 | |

△ 20 出頭的沈雯青走在校園裡，她轉頭看著走在她身後的王翔。

雯青：你打電話跟我爸說什麼？

△ 王翔牽起她的手。

王翔：我跟他說我們實驗室要舉辦玩兩天一夜的露營，我想要帶雯青一起去。

△ 王翔臉上充滿著笑容和自信。

| S28 | 時：日 | 景：超市外 |
|-----|--------|-----------|
| | 人：王翔 | |

△ 在超市外牆邊的王翔猶豫著是不是要離開。

| S29 | 時：日（12 年前） | 景：校園裡 |
|-----|------------------|-----------|
| | 人：王翔、沈雯青、環境人物 | |

△ 沈雯青盯著王翔看。

雯青：他說……我男朋友很有 guts。

　　　△ 王翔高興地笑。

王翔：真的喔？

　　　△ 沈雯青笑得燦爛。

| S30 | 時：日 | 景：超市外 |
|-----|-------|-----------|
|     | 人：王翔、沈雯青 | |

　　　△ 沈雯青的眼眶微紅。

　　　△ 王翔決定了，快步走開。

　　　△ 沈雯清吸了一口氣，讓自己平靜下來，她轉身走回超市。

| S31 | 時：日（12年前） | 景：校園裡 |
|-----|----------------|-----------|
|     | 人：王翔、沈雯青、環境人物 | |

　　　△ 兩人在校園裡散步。

雯青：等你畢業，我們就一起出國繼續念書。

　　　△ 王翔的表情有些變化。

雯青：你可以申請獎學金，就不用擔心學費。我們可以住我姑姑那裡，她
　　　家有一隻拉布拉多，你一定會很喜歡。

　　　△ 王翔微笑，還是沒有說話。

　　　△ 沈雯青見他沒說話，拉了一下他的手。

雯青：你有跟你媽媽說嗎？

　　　△ 王翔遲疑了一下。

王翔：還沒有。

　　　△ 沈雯青停步看著他。

雯青：為什麼？你到底還要犧牲多少，你應該要為自己想一想。你要是跟
　　　你媽說教授都覺得你該出國念書，我想她應該會答應吧？

　　　△ 王翔猶豫了一下開口。

王翔：我會等妳回來。

　　　△ 沈雯青知道說不動他，沒講話。

| S32 | 時：黃昏 | 景：沈雯青住處 |
|------|---------|----------------|
|      | 人：沈雯青 | |

△ 黃昏時刻，大片的玻璃窗外可以看到夕陽和橘紅色的雲彩。

△ 沈雯青打開門進來，她放下皮包，走到窗前，看著外面。她把手錶拿下來，握住戴錶的那隻手腕，看著外面的天空。

| S33 | 時：日（12 年前） | 景：校園裡 |
|------|------------------|-----------|
|      | 人：沈雯青、李曉君 | |

△ 草木扶疏的校園。

△ 沈雯青走向教室，她看到在教室附近的人，愣了一下，放慢腳步過去。

△ 穿著制服、背著書包的李曉君坐在教室外的椅子上。

雯青：曉君！

△ 李曉君看到沈雯青，睜大了眼睛，隨即對她揮揮手，擠出笑容。

△ 沈雯青走到她面前，也露出微笑。

雯青：妳怎麼會在這裡？一個人來呀？

△ 李曉君有點緊張。

曉君：……對呀！我有一些問題想問王大哥，他說他今天比較有空，所以……要我過來找他……

△ 沈雯青的神色有點僵硬。

曉君：他應該還有……（看一下手錶）十分鐘就下課了。

雯青：對。……那妳等他吧，我先走了。

曉君：掰掰！

△ 沈雯青跟她錯身而過向前走，臉色越來越難看。

| S34 | 時：黃昏（12 年前） | 景：濱江街 180 巷 |
|------|--------------------|-------------------|
|      | 人：王翔、沈雯青 | |

△ 飛機即將降落，轟隆隆的聲音震耳欲聾。

△ 王翔在沈雯青身後一段距離處。

△ 沈雯青看著巨大的飛機從眼前飛過去，沒有任何反應。

△ 飛機飛遠，噪音消失。

△ 王翔走道她身後。

王翔：還在生氣啊？

△ 沈雯青抿著嘴，不講話。

△ 王翔面露難色。

王翔：她就只是一個小孩子……

雯青：她是情竇初開的少女。你怎麼會不知道她喜歡你？而且她騙我說你跟她約好的。

王翔：那是因為她知道妳是我女朋友，怕妳會不高興！而且我真的只是教她數學而已，又沒有怎麼樣。

雯青：你有送她回家嗎？

△ 王翔遲疑了一下，點頭。

△ 沈雯青沉下臉，逕自往前走。

△ 王翔跟過去。

王翔：雯青，沒有怎麼樣啦！

△ 沈雯青停步看著他。

雯青：以後你要跟她保持距離，還有，不能讓她再到學校去找你。

△ 王翔拉住她的手。

王翔：好，我會跟她講清楚的……我保證。

△ 沈雯青沒說話。

△ 又一架巨大的飛機要準備降落。

△ 王翔看到，指著天空。

△ 沈雯青看到，高興地舉起雙手。

△ 飛機從兩人頭上飛過。

△ 王翔摟住她，在她邊低語。

王翔：我愛妳。

△ 沈雯青聽到了他的話，釋懷了。

| S35 | 時：黃昏 | 景：沈雯青住處 |
|-----|---------|------------|
|     | 人：沈雯青 | |

△ 窗外的天色開始變暗。

△ 站在窗前的沈雯青把手上的手錶摘下來。

△ 她的左手手腕上刺了一圈數字，25070592，121538441，兩串數字中間有兩顆小小的愛心隔開。

△ 她看著手上的刺青。

| S36 | 時：夜 | 景：王家浴室 |
|-----|--------|-------------|
|     | 人：王翔 | |

△ 王翔把水瓢丟進水桶。

△ 水瓢在水桶裡晃動著。

△ 王翔看著水桶裡的水滿起來，他關掉水龍頭。

△ 王翔沒有蹲下，他拿起蓮蓬頭掛在牆上，打開水，站到蓮蓬頭下，閉上眼睛，讓水沖著。

| S37 | 時：日 | 景：汽車營業所內 |
|-----|--------|------------------|
|     | 人：王杰、老朱 | |

△ 老朱氣極敗壞地從辦公室裡出來。

△ 王杰看到他臉色很難看。

王杰：朱大哥，怎麼了？

△ 老朱向內看了一下。

老朱：居然有人打電話給客訴……說我……說我服務態度不好，還說……（壓低聲音）還說我會對女客戶伸鹹豬手？

△ 王杰一臉錯愕。

王杰：是誰打的電話？

老朱：我怎麼知道？……氣死我了！豈有此理……

王杰：朱大哥別生氣，一定是誤會……

△ 老朱氣呼呼地離去。

△ 王杰正在揣測之時，手機有訊息聲音。他拿出手機看。

△ 唐娟訊息：大忙人，又開始沒消息了喔！……想你。

△ 王杰像是沒事一樣，把手機收起來。

| S38 | 時：黃昏 | 景：潘家車上 |
|------|---------|-------------|
|      | 人：王翔 | |

△ 接近黃昏時刻，陽光西曬在駕駛座上。

△ 王翔坐在駕駛座上等著。

△ 喇叭傳出一首歌曲的結尾，跟著出現電台主持人的聲音。

蔣欣：（OS）剛才的歌曲是某某歌手演唱的 XXX（確認主題曲後放上），週一到週五下午的四點到六點的「真心時刻」由蔣欣在空中陪伴大家。接著這封來信是一位宋先生寫給沈小姐的，我們現在就來撥沈小姐的電話……

△ 喇叭傳出撥號聲，以及手機鈴聲。

蔣欣：（OS）電話已經通了……

△ 對方接起電話。

雯青：（OS）喂？蔣欣？

△ 王翔聽到沈雯青的聲音驚訝，聚精會神地聽著。

雯青：（OS）妳怎麼這個時候打電話給我？妳現在不是在做節目嗎？

蔣欣：（OS）沒錯！我現在就在節目上，我打給妳是要念宋先生寫給妳的信。

| S39 | 時：黃昏 | 景：沈雯青住處 |
|------|---------|-------------|
|      | 人：沈雯青 | |

△ 沈雯青才回到家，她拿著手機聽著蔣欣的話。

雯青：啊？

△ 沈雯青一臉錯愕。

蔣欣：(OS) 我要念嘍！今天是我們在一起的第 1000 個日子，我應該要親自送妳一束花，可惜我人不在台灣……

| S40 | 時：黃昏 | 景：潘家車上 |
|------|---------|-------------|
|      | 人：王翔、潘天愛 | |

△ 王翔凝神聽著廣播節目主持人說話。

蔣欣：（OS）所以我只能用這種方式來表達我對妳的心意。我想帶妳回家，讓我爸媽認識我最愛的女人。我想要為妳戴上戒指，牽著妳的手一起度過接下來的每一天⋯⋯

　　△ 王翔感到一陣失落。

　　△ 潘天愛打開前面的車門上來，坐在駕駛座旁，繫上安全帶。

天愛：我的飲料呢？你沒買啊？

王翔：噓！

　　△ 潘天愛見王翔不讓她講話，不解。

蔣欣：（OS）請妳嫁給我，讓我們一起擁有一個我們的家。哇！宋先生跟沈小姐求婚了，恭喜恭喜！

　　△ 潘天愛聽到廣播，猜想王翔是因為要聽廣播才不准她講話，她伸手要關掉，王翔不高興地一把抓住她的手腕。

　　△ 潘天愛看到王翔沉著臉，有點嚇到，她掙扎了一下，抽回自己的手。

蔣欣：（OS）希望我很快就能聽到你們的好消息，也請所有聽眾一起祝福他們！

　　△ 收音機裡傳出一陣歡呼聲和掌聲。

　　△ 王翔的臉色還是很不好看，但他按捺著。

| S41 | 時：黃昏 | 景：沈雯青住處 |
|---|---|---|
| | 人：沈雯青 | |

　　△ 沈雯青客氣地應對著。

雯青：謝謝。

　　△ 沈雯青掛了手機，走到桌前坐下，被這通突然來的求婚電話弄得心裡很亂。

| S42 | 時：黃昏 | 景：潘家車上 |
|---|---|---|
| | 人：王翔、潘天愛 | |

　　△ 王翔關掉收音機，臉上沒有表情。

　　△ 潘天愛在一旁看著他，不敢講話。

王翔：妳要喝什麼？

△ 潘天愛斜睨著他，沒講話。

　　△ 王翔的口氣平淡，但他的情緒尚未平靜，反應在他的動作上。他踩下油門，把車往前開。

王翔：妳不是要喝飲料？

　　△ 潘天愛看到王翔恢復平常的樣子，她的氣焰上來了。

天愛：發什麼神經啊？剛才那麼兇！

王翔：妳有禮貌一點好不好？

天愛：（抗議）你說我不懂禮貌？嫌我沒家教？我要跟我奶奶講。

　　△ 王翔冷著臉。

王翔：妳去講，盡量講。

　　△ 潘天愛癟著嘴。

天愛：你今天怎麼了？對我很壞ㄟ！（委屈的）……我肚子餓死了！中午的便當跟廚餘一樣，我才吃了兩口就全部倒掉，我已經餓一下午了，餓得都要昏了，你還對我那麼兇？

　　△ 王翔看到她委屈的樣子，口氣變溫和了。

王翔：要吃什麼？

天愛：不知道。

王翔：我先找地方停車，附近有什麼就吃什麼，不准挑，也不准浪費。

天愛：管這麼多！這個不准，那個不准，沒愛心。……（看了一下他的表情，耍賴）你以後可不可以幫我送午餐？

　　△ 王翔看了她一眼，不講話，繼續開車，找著可以停車的地方。

| S43 | 時：夜 | 景：沈雯青住處 |
| --- | --- | --- |
| | 人：沈雯青、宋克帆 | |

　　△ 窗外都市的夜，燈火通明。

　　△ 宋克帆打開門，拉著行李箱進來。

克帆：我回來了！

　　△ 沈雯青從浴室出來，她才洗好澡，換了衣服。她看到宋克帆，驚訝，對他露出笑容。

雯青：你不是明天才回來？

　　△ 宋克帆放下背包，走到她面前，一臉慎重的模樣。

克帆：我想趕快回來聽妳的答覆。

　　△ 沈雯青一聽，臉色微沉。

雯青：你真的很無聊ㄟ！你知道我不喜歡那麼高調

克帆：好、好，對不起、對不起。

雯青：你幹嘛寫信去蔣欣的節目？

　　△ 沈雯青走向臥室，宋克帆跟著她。

克帆：這我一定要解釋！妳記不記得我出國前我們跟她一起吃飯，我有跟
　　　她說我想向妳求婚，她就叫我寫信到她節目去……

雯青：好、好，我知道了！你們兩個聯合起來的，很討厭！（搖頭）最好
　　　不要被公司同事聽到，要不然就尷尬了。

　　△ 宋克帆到她身邊坐下。

克帆：妳答應我，就不會尷尬了。

　　△ 沈雯青盯著他看，不說話。

克帆：好、好，我不逼妳！妳考慮好再回答我。

　　△ 沈雯青看到他一臉真誠的樣子。

雯青：嗯。

　　△ 宋克帆見她臉上有了一絲笑容，立刻再問。

克帆：那妳要考慮多久？

　　△ 沈雯青拍著他。

雯青：你煩死了、煩死了！

克帆：**Ok ！ End of story.**

　　△ 宋克帆不再說了。

| S44 | 時：日 | 景：潘家客廳 |
|-----|--------|------------|
|     | 人：王翔、潘天愛、唐娟、潘奶奶 | |

　　△ 玻璃杯裡裝了橘紅色的番茄蜜汁，杯身上有一顆顆凝結的水珠。

　　△ 唐娟拿著放了兩杯番茄蜜的餐盤走向沙發，她看到王翔在院子裡澆
　　　花。

唐娟：王翔，進來喝杯果汁，天氣太熱了。

王翔：不用啦！

唐娟：我都弄好了，進來啦！

　　　△ 王翔點頭，把水管收好，進來客廳。

　　　△ 潘奶奶坐在沙發上看報紙，潘天愛也在客廳，佔據了最大一張沙發，

　　　　玩著手機。

王翔：潘奶奶。

　　　△ 潘奶奶對王翔點點頭。

　　　△ 唐娟倒了一杯果汁給王翔。

　　　△ 王翔接過杯子，但然仍然站著。

王翔：謝謝。

唐娟：坐下來喝嘛！

王翔：沒關係。

奶奶：王翔，別那麼客氣，我們都把你當成是自己人，你這樣太見外了。

　　　△ 潘天愛斜睨著王翔。

天愛：他才沒有把我們當自己人，叫他看我看我彈吉他，跟他要個讚還要

　　　講好久，超級小氣的！

　　　△ 王翔不以為意，他站在那裡把果汁喝掉。

奶奶：別那麼沒大沒小的。不要玩手機了，快上去念書去。等妳考完了，

　　　奶奶帶妳出去玩兩天！

　　　△ 王翔放下杯子。

奶奶：王翔，我知道你周末休息，下個禮拜的周末你能不能開車帶我們出

　　　去走？

王翔：下個周末我不行，我弟弟要訂婚了，家裡比較忙一點。

　　　△ 唐娟愣住。

奶奶：弟弟要訂婚，恭喜他啊！

王翔：謝謝潘奶奶。

　　　△ 王翔對潘奶奶點頭。

| S45 | 時：黃昏 | 景：潘家門口 |
|---|---|---|
| | 人：王翔、唐娟 | |

　　　△ 王翔打開門出來。

　　　△ 唐娟從裡面快步出來，她手上提了一袋禮盒。

唐娟：王翔！

　　△ 王翔回頭。

王翔：潘太太。

唐娟：這是奶奶叫我拿給你的。

　　△ 王翔點頭，接過禮盒。

王翔：謝謝。

唐娟：你弟要訂婚他沒有跟我講欸，我們那麼熟，你又在我家工作……

王翔：不好意思。

　　△ 唐娟看到王翔有些不知道要怎麼應付她，對王翔客氣地笑。

唐娟：我沒有怪他的意思，訂婚是大事，總要給我一個機會表示一下。我
　　　記得他女朋友……是之前他們公司另一位姓吳的業代嗎？

王翔：不是，她在旅行社上班，姓洪。

唐娟：哦？……那我記錯了！她是哪一家旅行社啊？

王翔：她上次有說過，是……( 想著 )

唐娟：是這樣啦，我最近想帶我媽出國……你想到再跟我講？

　　△ 王翔點頭。

| S46 | 時：夜 | 景：王翔房間 |
|---|---|---|
| | 人：王翔、洪怡安、王杰 | |

　　△ 白文鳥在籠子裡跳上跳下的。

　　△ 洪怡安坐在書桌前，面帶笑容看著籠子裡的白文鳥。

　　△ 王翔逗著白文鳥。

怡安：我可以摸牠嗎？

王翔：可以，從這裡……但是要慢一點，牠很膽小……

　　△ 王翔把鳥籠的門打開。

王翔：小文……牠叫小文。

　　△ 洪怡安慢慢伸出手，想要親近白文鳥。

怡安：小文……

　　△ 王杰剛下班回來，走到門口，看到洪怡安和王翔互動自在。

怡安：我中午休息可以過來，讓牠曬曬太陽。

王翔：這樣太麻煩妳了……

怡安：不會，我想要跟小文做朋友。

王翔：那妳走的時候一定要把牠放回床上。

怡安：好。（轉頭看到王杰）小杰！吃飯了嗎？

王杰：吃了。

　　　△ 洪怡安又轉頭看著白文鳥，跟牠玩。

　　　△ 王杰又看了他們一眼，轉身回自己房間。

王翔：好了，會客時間結束了。

怡安：小文掰掰。

　　　△ 王翔提著籠子放回床上。

| S47 | 時：夜 | 景：社區街道 |
|---|---|---|
| | 人：王杰、洪怡安 | |

　　　△ 王杰陪著洪怡安走回住處，聽著洪怡安講話，臉上沒什麼表情。

怡安：你哥好有耐心，他今天餵小文吃菜，那個菜葉還要先消毒過，他說
　　　要用千分之一的高……高錳、鉀、酸……水溶液，對，就是這個，
　　　要泡十分鐘……

王杰：妳知道他殺的那個高中女生是誰嗎？

　　　△ 洪怡安對王杰突來的話感到訝異。

王杰：妳之前不是一直問我？

　　　△ 洪怡安覺得王杰有點奇怪。

怡安：嗯……

王杰：我們要訂婚了，以後就是一家人，我會把所有的事情都告訴妳。

　　　△ 王杰緊緊握住她的手。

王杰：我哥殺的是我的同班同學。

　　　△ 洪怡安錯愕的看著王杰，說不出話來。

| S48 | 時：夜 | 景：沈雯青住處 |
|---|---|---|
| | 人：沈雯青、宋克帆 | |

　　　△ 沈雯青和宋克帆都坐在床上，兩人腿上都放著筆電。

△ 沈雯青見他停下打字的動作。

雯青：我們現在這樣不是很好嗎？

　　△ 宋克帆轉頭看著她。

雯青：幹嘛那麼早結婚？

克帆：我已經四十了。

　　△ 沈雯青感受到壓力，但也能理解他的心情，口氣裡帶著一點撒嬌。

雯青：我知道，可是你從一開始就說不會逼我的。

　　△ 宋克帆把筆電合起來放在床邊櫃上。

克帆：我沒有在逼妳，妳想要怎麼樣我都可以。

　　△ 沈雯青不講話，把筆電桌面上的檔案關掉，也合起筆電。

　　△ 宋克帆看著她左手上刺青，輕輕摸著她的手腕。

克帆：我跟他不一樣，我不會傷害妳的。

　　△ 沈雯青看著自己的左手。

克帆：這到底是美國哪裡？

雯青：你很愛追根究柢！跟你說過很多次，我不想講……你年輕的時候沒
　　　有做過蠢事嗎？

克帆：有啊！可是沒妳那麼蠢，我沒有刺在自己手上。

　　△ 宋克帆笑了出來。

　　△ 沈雯青不講了，拿著筆電下床，坐到梳妝台前。

克帆：我陪妳去做雷射把他除掉？

　　△ 沈雯青猶豫。

雯青：再說吧！……要是沒有弄乾淨，會很難看。

克帆：找一家有口碑，技術好的。

雯青：我不想再痛一次。

　　△ 沈雯青神色有些黯然。

| S49 | 時：日（12 年前） | 景：舊王家早餐店內外 |
|-----|-----------------|-------------------|
|     | 人：沈雯青、王母、環境人物 | |

　　△ 早餐店外的騎樓，遮蔽了陽光。

　　△ 沈雯青心情沉重地走向早餐店，她看到王母，停步。

　　△ 王母在煎台前清理煎爐。

△ 沈雯青鼓起勇氣上前

雯青：阿姨……

　　　△ 王母抬頭看著她，沒有好臉色。

王母：妳還來做什麼？

　　　△ 沈雯青感受到王母的哀怨，她一時說不出話來。

王母：王翔不在了，妳也不用再叫他跟妳出國，他哪裡都去不了了。

　　　△ 沈雯青紅了眼眶。

雯青：他……在哪裡服刑？我想去見他。

　　　△ 王母搖頭，冷眼看著她。

王母：現在只有家人能見他，妳不行。

雯青：那我什麼時候可以看到他？

王母：要不是因為妳他也不會做出那種事，可不可以拜託妳離我兒子遠一

　　　點？

　　　△ 沈雯青的眼淚奪眶而出。

王母：我要休息了，請妳回去。

雯青：阿姨對不起……

　　　△ 沈雯青泣不成聲。

　　　△ 王母依舊冷著臉，不想再跟她說話。

| S50 | 時：夜 | 景：沈雯青住處 |
|---|---|---|
| | 人：沈雯青、宋克帆 | |

　　　△ 宋克帆已經熟睡，他側著身，一手環抱著沈雯青的腰。

　　　△ 沈雯青背對著宋克帆側躺著，看著左手的刺青，她的眼淚從眼角流

　　　　下。


—— 本 集 終 ——

偏
盲

EP3

# 第三集　偏盲

| S1 | 時：日（12 年前） | 景：A 分局長廊 |
|---|---|---|
| | 人：王翔、嫌犯、警察三名 | |

△ 灰色的牆面在微弱的燈光下顯得格外陰冷。

△ 天花板上的燈被打亮，但燈管老舊，光線閃爍。

△ 遠遠傳來腳步聲，越來越清晰。

△ 一名警察帶著上了手銬的王翔從長廊底部走出。

△ 王翔往前走幾步，長廊另一頭就傳出聲響。

△ 兩名警察架著一個男人走來，男人手上上了手銬。

△ 王翔往旁邊站，看到眼前的景象，心裡有點不安。

△ 上了手銬的男人不肯往前走。

警察：走啦！

　　　△ 兩名警察拉著他，男人幾乎要跌在地上。

男人：不要！

　　　△ 男人被兩名警察拉走，進去一間偵訊室。

　　　△ 警察帶著王翔走到另一間偵訊室外。警察打開門。

警察：進去。

　　　△ 王翔看著陰暗的偵訊室。

| S2 | 時：日 | 景：派出所偵訊室 |
|---|---|---|
| | 人：王翔、警察兩名 | |

△ 警察打開偵訊室的門，並打開燈。

警察：在這裡等一下。

　　　△ 王翔進來偵訊室。

　　　△ 警察關上門，留下他一個人。

　　　△ 門邊牆上是一塊深色的單向透視鏡。

　　　△ 王翔看不穿透視鏡，只看到自己反射在透視鏡上的臉孔。

　　　△ 狹小的偵訊室內燈光明亮，天花板下的牆角有一支監視器。

△ 王翔抬頭看著牆角的監視器。

△ 字幕：第三集，偏盲

△ 門打開，進來另一位警察，他走到桌前，把手上的一瓶水放在王翔
　面前。

警察：王先生，謝謝你抽空過來做筆錄。

王翔：我昨天晚上有給你們行車紀錄器的記憶卡，今天可以拿回來嗎？

警察：可以。不過你的記憶卡有問題，我們讀不到東西。所以我們還要再
　　　問你幾個問題。

王翔：昨天我已經把事發經過交代得很完整了……而且我只是目擊證人，
　　　我不明白你們為什麼要安排我在偵訊室裡做筆錄？

警察抬起頭，對王翔露出抱歉的笑容。

警察：抱歉喔，因為等下有學校小朋友來參觀，怕會很吵，所以才會請你
　　　待在偵訊室。

　　　△ 王翔沒說話。

警察：不要介意，輕鬆一點，不用緊張啦！

　　　△ 王翔依然不苟言笑，直視著面前的警察。

王翔：請你開始問問題。

警察：車禍發生的時間？

王翔：昨天晚上十點十五分。

　　　△ 王翔毫不考慮，說出時間。

| S3 | 時：昨夜 | 景：潘家車上 |
|---|---|---|
| | 人：王翔、潘天愛、陳芷玲、女騎士 | |

△ 雨勢非常的大，雨刷才劃過擋風玻璃，玻璃又被雨水打濕。

△ 坐在後座的潘天愛戴著一頂粉紅色的假髮，正在拿手機自拍。

△ 刺眼的閃光燈亮了一下。

王翔：很刺眼啦，小愛！

　　　△ 潘天愛沒回應王翔，看著手機裡的照片。坐在她旁邊的陳芷玲也看
　　　著她拍的照片。

芷玲：像鬼一樣，醜死了。

　　　△ 潘天愛向陳芷玲炫耀她的裝備。

天愛：妳看、妳看，粉紅色的隱形眼鏡，跟假髮一起上網訂的，我還訂了
　　　衣服喔，明天才會收到，下禮拜成發妳就知道我的厲害！

芷玲：（仔細看天愛的眼睛）妳看東西都會變色嗎？

天愛：白癡喔！還是一樣啦！假髮可以給妳戴，但隱形眼鏡不行！

　　　△潘天愛下假髮往陳芷玲頭上戴。

芷玲：我不要戴。

天愛：戴一下我看看……

芷玲：我不要！

　　　△陳芷玲不願意，潘天愛硬是要替她帶假髮，兩人拉扯著。

天愛：戴一下給我看又不會怎樣……

芷玲：（拗起來）我不要喔，妳自己戴就好！

　　　△王翔看到前方的交通號誌黃燈亮了，減速將車開到十字路口，踩下
　　　　煞車，他才停下車，轉頭看了一下她們。

王翔：不要再玩了，妳們這樣很危險……

　　　△突然一陣巨響，一輛機車撞了上來。

　　　△車內的潘天愛和陳芷玲驚叫。

| S4 | 時：日 | 景：派出所偵訊室內 |
|----|--------|------------------|
|    | 人：王翔、警察 | |

警察把視線從筆錄上轉移至王翔臉上。

警察：你緊急煞車，可是來不及了？

王翔：（解釋）我沒有緊急煞車，我開到路口，號誌燈變成黃燈，我就停車，
　　　然後那輛機車撞上來。

警察：你黃燈就停車，那就是機車想闖紅燈嘍？

　　　△王翔沒有說話。

警察：她闖紅燈，然後撞到你？

　　　△王翔耐心地解釋。

王翔：那輛機車是先被另一輛車撞到以後才撞到我的車。，機車倒下來以
　　　後我看到一輛車很快開走。

警察：什麼樣的車？

王翔：我只知道是深色的，是黑色還是鐵灰色的我不確定。

△ 王翔的思緒又回到昨夜。

| S5 | 時：昨夜 | 景：潘家車上 |
|----|---------|------------|
|    | 人：王翔、潘天愛、陳芷玲、女騎士 | |

△ 一輛深色轎車從潘家的車旁開走。

△ 王翔轉頭看著那輛車。

△ 車子很快的不見蹤影。

天愛：怎麼了？

芷玲：是不是撞到東西了？

△ 王翔望向車子前方。

王翔：我下去看一下。

△ 王翔拿起外套穿上，打開車門下車。

| S6 | 時：昨夜 | 景：十字路口 |
|----|---------|------------|
|    | 人：王翔、女騎士、小男孩、潘天愛、陳芷玲、環境人物 | |

△ 一位女騎士倒在路中間，機車倒在潘家車前。

△ 王翔上前。

王翔：小姐？

△ 王翔見她沒有回應，趕緊回到車邊，望向車內。

王翔：小愛，打電話叫救護車。

△ 王翔丟下話便跑到前方女騎士倒地的地方。

△ 潘天愛一臉驚魂未定的樣子，她拿起手機對著王翔拍。

△ 坐在她身旁的陳芷玲立刻拿出手機撥號。

△ 橫向車道有計程車開過來要穿越馬路。

△ 王翔立刻上前，為躺在地上的女騎士擋住車子。

△ 計程車放慢速度，開到王翔面前煞住車。

△ 計程車駕駛搖下車窗，王翔指給他看倒在地上的女騎士。計程車司
機拿了傘下車，站在路中央，幫忙指引經過的車輛，避免撞到女騎
士。

△ 王翔轉身走回女騎士身旁，他蹲下來一看，錯愕。

△ 看似失去意識的女騎士雙手緊緊抱在胸前，她的雨衣裡似乎還包著什麼。

△ 王翔打開女騎士的雨衣，看到一雙驚恐的雙眼，那是年約三歲的小男孩。

王翔：弟弟，你有沒有受傷？……有沒有哪裡痛？

△ 小男孩沒說話，想要站起來。

△ 王翔脫下外套包住小男孩，再將他抱起來，走向潘家的車。

| S7 | 時：日 | 景：派出所偵訊室內 |
|---|---|---|
| | 人：王翔、警察 | |

△ 警察有些疑惑。

警察：你說的計程車司機，在警察來之前就走了嗎？

王翔：救護車先來的，他們把受傷的那位太太送醫之後，計程車司機就離開了。

△ 警察點點頭。

警察：所以現場就剩下你，和你車上的兩位朋友？

△ 王翔嘴角有了一絲微笑。

王翔：對，你們警察來得比較慢。

警察：（無奈地）最近警力有點吃緊啦！

王翔：（有點強硬）還有問題嗎？該說的我都說了。

警察：你等我一下。

△ 警察拿著筆錄站起來，他轉身走到透視鏡前停下腳步。

| S8 | 時：昨夜 | 景：潘家車上 |
|---|---|---|
| | 人：王翔、潘天愛、陳芷玲、女騎士 | |

△ 偵訊室外有兩個人看著偵訊室裡的狀況。

△ 透過單面鏡，可以看到王翔和警察。

△ 走到單面鏡前的警察看了一下單面鏡，低下頭，翻開第二頁的問訊紀錄。

| S9 | 時：日 | 景：派出所偵訊室內 |
|---|---|---|
| | 人：張致遠、莊勝雄、王翔、警察 | |

　　△ 問訊紀錄上貼了一張便條紙，上面寫著「她們與他的關係」。

　　△ 警察轉身看著王翔。

警察：你車上的那兩個女孩子，是你什麼人？

　　△ 王翔警覺地看了透視鏡一眼。

王翔：這跟昨天晚上的意外沒有關聯吧？

警察：她們也算是目擊證人，有必要的話，我一樣可以找她們過來問話。

　　△ 王翔盯著警察看，沒立刻回答。

　　△ 警察走回桌前坐下。

王翔：連我都沒看到，她們坐在後座，怎麼會看到？

警察：傷者到現在還昏迷不醒，我必須要問清楚一點，免得冤枉人！你好
　　　像才剛假釋出來沒多久喔！

　　△ 王翔心裡很不痛快，但他不動聲色。

警察：她們跟你是什麼關係？

王翔：不相干的問題我拒絕回答。

警察：如果我們對你的回答有任何疑問，我們會找她們過來。請你配合！

　　△ 王翔看著他，僵持著。

| S10 | 時：日 | 景：派出所會客室 |
|---|---|---|
| | 人：張致遠、莊勝雄 | |

　　△ 穿著所長制服的莊勝雄把茶水到進杯子裡。

　　△ 50 歲出頭，穿著便服、灰白頭髮的張致遠，拿起杯子。

致遠：謝謝你告訴我。

勝雄：不要這樣說！……不過我沒有想到你會要過來。

　　△ 張致遠喝了一口茶。

致遠：我想看看他現在的樣子。他成熟很多，理直氣和的，很有說服力。

勝雄：我剛才又看了現場的照片和監視器，他並沒有說謊，車禍跟他無關。

致遠：你忘了當年抓到他之前，我們也認為他跟命案沒什麼關係，他身邊
　　　每一個人好像嫌疑都比他大，可是他卻是兇手。

△ 講到從前，張致遠顯得嚴肅。

| S11 | 時：日（12 年前） | 景：舊王家早餐店 / 門口 |
|---|---|---|
| | 人：張致遠、王翔、莊勝雄 | |

△ 王翔在早餐點店內打掃。

△ 張致遠和莊勝雄走到早餐店外。

致遠：請問你是王翔嗎？

王翔：對。

△ 張致遠拿出證件。

致遠：我是偵察隊張致遠，他是我同事，關於李曉君的案子，我們想請你協助調查

△ 王翔鎮定地走到門口。

王翔：你們有什麼問題？

致遠：上周三晚上你是幾點到家的？

△ 王翔想了一下。

王翔：我九點多回到家，我媽說我弟不舒服，吃飯的時候吐了，所以我又帶他出去看醫生。收據還在我身上……

△ 王翔拿出皮夾，把折得很整齊的收據從皮夾裡拿出來，遞給他。

△ 張致遠接過收據看了一下，還給王翔。

致遠：還有一個問題，你為什麼九點多才到家？你女友說你六點多跟她分開的。

王翔：我在學校運動。

△ 張致遠看到王翔手上的結痂。

致遠：你的手怎麼了？

△ 王翔看了一下自己的手。

王翔：騎機車摔傷的。

致遠：多少天了？

王翔：多少天？（想了一下）就前幾天吧，我不太記得了。

△ 張致遠盯著王翔看。

| S12 | 時：日（12 年前） | 景：學校外 |
| --- | --- | --- |
| | 人：王杰、張致遠、莊勝雄、王翔、環境人物 | |

△ 放學時間，學生們紛紛從學校出來。

△ 王杰一個人走出校門，沒有跟同學一起，他低著頭，落落寡歡。

△ 在一旁等候的張致遠和莊勝雄看到王杰，上前。

致遠：王杰！

　　　△ 王杰看到張致遠，停步，有點不安。

致遠：（和氣地）放學了，怎麼沒有跟同學一起？

　　　△ 王杰搖頭，不講話。

致遠：（指指前面）在前面搭車嗎？我陪你走過去……

　　　△ 王翔騎著摩托車過來，他看到王杰，停車，打開安全帽的蓋子。

王翔：小杰！

　　　△ 王杰立刻過去王翔面前。

王杰：哥。

　　　△ 王翔把掛在把手上的另一頂安全帽拿給王杰。

王翔：上車。

　　　△ 王杰看了張致遠一眼，戴上安全帽，坐上摩托車。

　　　△ 張致遠走到王翔面前。

王翔：我弟還沒滿 18 歲，你不可以在沒有大人的陪同下就偵訊他。

致遠：你說錯了，我沒有偵訊他，他又不是嫌疑犯。

　　　△ 王翔語塞。

致遠：我只是要問他幾個問題，讓我更了解受害人。很多同學我都問了，
　　　有的人還問了不只一次，大家都非常配合。

王翔：對不起，我弟現在不能配合，他感冒還沒好，我要帶他回去看醫生。

致遠：好、好！你先帶他回去，我改天再問他。

　　　△ 王杰轉開臉，不敢看張致遠。

　　　△ 王翔從照後鏡看到王杰的反應，他望向張致遠。

王翔：你還有什麼問題，問我就好了。你有我的電話，我們再連絡。

　　　△ 王翔一轉油門，把摩托車騎走。

　　　△ 張致遠看著王翔騎遠，心裡盤算著。

| S13 | 時：日（12 年前） | 景：A 分局偵訊室內 |
|------|------------------|---------------------|
|      | 人：王翔、張致遠 | |

△ 坐在偵訊室裡的王翔看起來很鎮定，並無異狀。

△ 張致遠看著自己在紀錄簿上寫下的字。

致遠：一模一樣！你對案發當天自己的行程非常清楚，幾點幾分做什麼事，
都可以很詳細的告訴我，三次，講得都一樣。

王翔：（覺得有點可笑）因為那是事實。

△ 張致遠點點頭，放下那個本子，看著王翔。

致遠：好，那我現在也告訴你一些你可能不知道的事實。

△ 王翔看著他，心裡有點緊張，但掩飾著。

△ 張致遠站起來，轉動一下他的脖子。

致遠：你知不知道李曉君未滿 16 歲？

王翔：我不知道。

致遠：她提早入學，所以其實她比她的同學要小一歲。

王翔：我不清楚，沒聽她說過。

△ 張致遠走到王翔旁邊，彎下身靠近他。

致遠：（低聲）那你知不知道對十四歲以上，未滿十六歲的男女有猥褻行
為，是要處三年以下有期徒刑？

△ 王翔一臉錯愕，他要開口，張致遠不讓他講話。

致遠：跟十四歲以上未滿十六歲的男女性交，是處七年以下有期徒刑。

△ 張致遠用他凌厲的眼神看著王翔，彷彿已經將他判刑。

| S14 | 時：日（12 年前） | 景：A 分局偵訊室內 |
|------|------------------|---------------------|
|      | 人：王翔、張致遠 | |

△ 張致遠在偵訊室外，透過單面透視鏡看著裡面的王翔。

勝雄：隊長……法醫報告上面寫的李曉君是處女。

致遠：我知道。不能排除是強暴未遂，殺人滅口。

勝雄：法醫說她身上的瘀青應該是抵抗的時候造成的。肋骨裂掉，不像被
打，比較像是做 CPR 壓裂的。

△ 張致遠轉頭看著他。

致遠：我都知道！那只是其中一種解釋。我很肯定是他殺的。案發當天他
　　　說的行程是事先編好的，所以他背得很熟。他弟弟會結結巴巴的，
　　　時間也會講錯，那才是正常人的反應。我一定要讓那個傢伙認罪！
　　　△張致遠一臉的篤定。

| S15 | 時：日 | 景：派出所會客室 |
|---|---|---|
| | 人：張致遠、莊勝雄 | |

　　　△張致遠對以前的事依舊記憶深刻。

勝雄：遠哥，我知道你對他那個案子有疑慮，一直覺得他還有隱瞞什麼，
　　　不過那都過去了。他已經關了那麼久，你來之前我才打聽到他都有
　　　定期跟他的觀護人報到，現在的工作狀況，觀護人也知道。他目前
　　　是安分守己。
　　　△張致遠不以為然地笑了笑。

致遠：再犯率很高，不是每個受刑人都會學乖！有的人，本性是不會變的，
　　　他犯案的時候才 20 出頭，就那麼冷靜，在牢裡待了十多年，他一
　　　定學到更多！
　　　△張致遠一副肯定的樣子。

| S16 | 時：日 | 景：派出所門口 |
|---|---|---|
| | 人：王翔、張致遠、莊勝雄 | |

　　　△派出所外，陽光燦爛。
　　　△張致遠和莊勝雄走到派出所門口，兩人正在握手。

致遠：勝雄，謝謝你！

勝雄：遠哥不要這樣說，那是我該做的！
　　　△張致遠拍了一下他的手。

勝雄：慢走啊！
　　　△張致遠點頭致謝。
　　　△莊勝雄轉身步入派出所，正好和剛出來的王翔錯身而過。
　　　△王翔原本在看手機，抬起頭看到莊勝雄，他有點意外。

致遠：王翔！

△ 王翔轉頭，看到張致遠，心裡有數了。他走到張致遠面前。

致遠：這麼巧？……什麼時候出來的？

王翔：前一陣子。

△ 張致遠從頭到腳打量了他一下。

致遠：我來拜訪老朋友，莊所長，對他還有印象吧？當年跟我一起辦你的
案子。

△ 王翔點頭。

致遠：我知道你們搬家了，我也不在以前那個轄區。（語重心長）要好好
做人啊！

△ 張致遠露出微笑，他拍拍王翔的肩膀，離去。

△ 王翔看到他走開，臉色一沉，轉身離去。

△ 張致遠走遠，他臉上的笑容消失。


| S17 | 時：日（12 年前） | 景：池塘邊 |
|---|---|---|
| | 人：張致遠 | |


△ 晴空萬里，天氣炎熱。

△ 張致遠戴著太陽眼鏡在池邊搜尋。

△ 池塘邊的大樹枝葉茂密，有一大片樹蔭。

△ 張致遠走到樹下，看著這棵大樹，忽然他看到什麼，把太陽眼鏡摘
下，靠近樹幹仔細看著。

△ 樹幹上有像是血跡的暗紅色斑點。

致遠：（OS）案發現場有你的血，省省大家的時間，承認吧！


| S18 | 時：日（12 年前） | 景：A 分局偵訊室 |
|---|---|---|
| | 人：王翔、張致遠 | |


△ 王翔垂頭喪氣地坐在偵訊室裡。

王翔：我不是故意的，我只是要她不要出聲……沒有想到會悶死她。

△ 張致遠盯著王翔看。

致遠：所以你替她做 CPR，想救回她？

王翔：對。

致遠：她的肋骨都被你壓到骨折了。
　　　△ 王翔不語，他皺起眉頭，一臉的內疚，雙眼都是血絲。
致遠：你是不是想強暴她？
　　　△ 王翔低著頭，沒看張致遠，但態度是堅決的。
王翔：沒有！
致遠：你為什麼脫掉她的制服襯衫？
王翔：上面有我的血。
　　　△ 張致遠在他面前坐下，身體往前傾，看著王翔的眼睛。
致遠：既然你跟她不是男女朋友關係，你女朋友也說這個小女孩是單方面
　　　迷戀你，你為什麼要殺她？
　　　△ 王翔顯得疲憊，他閉起眼睛，用手遮住臉不講話。
致遠：你說你不小心悶死她，當時為什麼不報警？你大費周章把她丟到池
　　　塘裡，不想讓人找到她，還用她的手機發簡訊回家，想誤導她家人
　　　和警方，要我相信你不是預謀殺人⋯⋯
　　　△ 王翔用力地捶了一下桌子。
王翔：我沒有預謀殺人！
　　　△ 張致遠看到王翔有些失控，盯著他看。
王翔：我不希望她再來找我，她不肯，一直跟我鬧，還說要跟我女朋友講
　　　我欺負她！我本來只是想警告她，才會一拳打在樹幹上。她以為我
　　　要傷害她，一直大叫，後來有人經過，我怕人家聽到會誤會，所以
　　　才按住她的嘴巴，不讓她出聲音⋯⋯（低頭看了一下自己的手掌）
　　　我不是故意要悶死她。
　　　△ 王翔吸了一口氣，讓自己緩和下來。
王翔：我真的沒有預謀殺人。
致遠：你如果沒有對她做什麼，為什麼怕你女朋友知道？你女朋友很介意
　　　曉君去找你？她有給你壓力？
王翔：不關我女朋友的事。
致遠：你說你半夜燒了曉君的制服，你家人都不知道？
　　　△ 王翔堅定地搖頭。
王翔：他們什麼都不知道。
　　　△ 張致遠點點頭。

致遠：好，這件事只有你一個人知道，那你從頭再說一次。

　　　△ 王翔雙手交叉放在桌上，他疲累地低了一下頭，又抬頭看著張致遠。

王翔：我真的不是故意的，我是一時衝動。（懊悔地）我怕被抓，才會把
　　　曉君藏起來……我真的很抱歉。

致遠：要是沒抓到是你做的，你還會覺得抱歉嗎？……還是會覺得很幸運？

　　　△ 王翔沒有回答。

　　　△ 張致遠冷冷地盯著他看。

| S19 | 時：日 | 景：咖啡廳 |
| --- | --- | --- |
| | 人：王翔、王杰、環境人物 | |

　　　△ 王翔坐在咖啡廳裡，面無表情地看著窗外。

　　　△ 王杰進來，走到他對面坐下。

王杰：哥。

王翔：車子什麼時候會修好？

王杰：他們晚一點會告訴我。

　　　△ 王翔點頭。

王杰：你手機沒電了嗎？修車廠的人找不到你。

王翔：我去做筆錄。

王杰：你昨天晚上不是被問過了？

王翔：我以為我這輩子再也不會進去偵訊室。

　　　△ 王杰愣了一下。

王杰：你在偵訊室做筆錄？為什麼？

　　　△ 王翔遲疑了一下才開口。

王翔：可能是因為我有前科吧！

　　　△ 王杰臉上出現不平的神色。

王杰：他們不可以這樣！哥，你應該要拒絕的！你要維護自己的權益。

　　　△ 王翔盯著他看，不說話。

王杰：這樣太誇張了，我們找律師好不好？

王翔：沒必要小題大作。

　　　△ 王杰不語。

王翔：只要我行得正坐得端，沒什麼好怕的。你不要跟媽講。

王杰：我知道。

　　△ 王杰點頭。


| S20 | 時：日 | 景：旅行社內 |
| --- | --- | --- |
| | 人：唐娟、洪怡安、環境人物 | |


　　△ 電梯門打開。

　　△ 唐娟從裡面出來，她進來旅行社，看著櫃台的服務人員，注意著她們的名牌。

　　△ 洪怡安正招呼完一位客戶，她的前面放著印有她名字的名牌。

　　△ 唐娟看到了洪怡安的名牌，打量了她一下，走到她面前。

怡安：小姐妳好，有什麼可以為妳服務的嗎？

唐娟：( 和善地 ) 妳好，我是王杰的朋友，我姓唐。

怡安：( 意外 ) 王杰的朋友？

唐娟：他有沒有跟妳提過我？

怡安：沒有欸，可能他太忙了……唐小姐妳好。

　　△ 唐娟對她露出親切地笑容。

唐娟：是這樣，我想帶我媽出去玩，不知道妳有沒有什麼建議？

怡安：日本不錯啊！最近沖繩、大阪和東京都很熱門，五天自由行都很棒……

　　△ 唐娟盯著她看。

唐娟：妳會想要去哪裡？

怡安：我？( 笑 ) 我沒有時間出國。

　　△ 唐娟微笑，觀察著她。


| S21 | 時：黃昏 | 景：洪怡安住處 |
| --- | --- | --- |
| | 人：王杰、洪怡安 | |


　　△ 手機螢幕上是唐娟和先生潘正修的合照，潘正修摟著她的肩膀，唐娟的手環抱著他的腰，露出一臉幸福的笑容。

　　△ 王杰看著唐娟臉書上的相片。

　　△ 洪怡安拿了一盤水果放在桌上，過去他旁邊。

怡安：在看什麼？

王杰：臉書。

　　　△ 洪怡安也看著他的手機。

王杰：這是我客戶，我哥就在她家工作。

怡安：唐小姐她先生看起來大她好多喔！

王杰：對啊！……（想想不對）妳知道她姓唐？

　　　△ 洪怡安指著螢幕上有顯示唐娟名字的地方。

怡安：上面有寫啊！唐娟。

王杰：喔。

怡安：她人很好喔，幫你哥介紹工作。

王杰：對啊！

　　　△ 王杰放下手機。

怡安：我們結婚的時候請她來好不好？

　　　△ 王杰有些意外，他盯著洪怡安看。

王杰：不要啦！我跟她沒那麼熟。

怡安：她是你哥的老闆娘……

王杰：再說啦！

怡安：她……有來找過我。

　　　△ 王杰驚訝。

王杰：什麼時候？

怡安：她想要帶她媽媽出去玩，所以來旅行社問我行程。她說我們訂婚你
　　　沒跟她講，她覺得你不給她面子。她說要我們結婚一定要給她喜帖，
　　　她要包個大紅包……

　　　△ 王杰聽著她說，沒有打斷她。

怡安：唐小姐真的好和善，又熱情……好會打扮，穿得好年輕，身材超好
　　　的，好羨慕喔！

　　　△ 王杰沒吭氣。

| S22 | 時：日 | 景：學校內 |
|---|---|---|
| | 人：潘天愛、環境人物 | |

　　　△ 放學尖峰時間已過，學校裡很少學生。

△ 潘天愛坐在校園裡，手上拿著一個小盒子。她身邊沒有別人，看起來悶悶不樂。

| S23 | 時：日 | 景：唐娟車上 |
|-----|--------|-------------|
|     | 人：王翔、潘天愛 | |

△ 王翔坐在駕駛座上，納悶地向外張望，等得有點快失去耐性。

△ 潘天愛走近車子。

△ 王翔看到她，發動車子。

△ 潘天愛前面的車門進來，坐在王翔旁邊。

王翔：今天怎麼那麼久？我都想要進去找妳了。

△ 潘天愛不回答他，繫好安全帶。

△ 王翔看到那個盒子。

王翔：這盒是什麼？

天愛：你自己看。

△ 王翔沒碰那個盒子，他看著潘天愛，見她一臉不高興的樣子，不知道她又會出什麼花樣。

王翔：蜘蛛？蜈蚣？蟑螂？

天愛：還老鼠咧！

△ 潘天愛氣嘟嘟地拿起那個小盒子塞給王翔。

天愛：你打開看……

△ 王翔不肯。

王翔：我要開車。

天愛：你就看一下……

王翔：我要開車！

△ 王翔伸手一擋，盒子翻了，裡面的東西撒在潘天愛身上。

△ 盒子裝的是學生烹飪課做的餅乾，愛心形狀的餅乾，但是很多都碎掉了。

王翔：……對不起。

△ 潘天愛看到餅乾都碎了，發脾氣。

天愛：都是你啦！你把我做餅乾都弄碎了……你知不知道我很用心做啊？不能吃了……都不能吃了！

△ 潘天愛生氣地把身上的餅乾拍掉，一面抱怨。

△ 餅乾屑掉在車裡到處都是。

△ 王翔按捺著，不說話。他發動車子。

天愛：你賠我！……賠給我一樣的！現在！現在就去買！現在立刻馬上……

△ 王翔沉下臉。

王翔：不要跟我鬧！莫名其妙！

天愛：你兇我？你明天開始不要去我家了！我不要你送！

△ 潘天愛把安全帶解開，想要開車門。

△ 王翔立刻把車門鎖上。

△ 潘天愛打不開門。

天愛：我要下車！你給我開門。

△ 王翔見她有點失控，更嚴肅了。

王翔：安全帶。

天愛：不要！我要下車！你給我開門！

△ 王翔不說話，拉出安全帶，替她把安全帶繫上。

△ 潘天愛癟嘴，啜泣。

△ 王翔看了她一眼，把車開走。

| S24 | 時：黃昏 | 景：潘家車庫 |
|-----|---------|------------|
|     | 人：王翔、潘奶奶 | |

△ 夕陽西下。

△ 潘奶奶走進車庫。

奶奶：王翔！

△ 王翔在清理車裡的餅乾屑，沒聽到。

奶奶：王翔！

△ 王翔從車裡出來。

奶奶：今天小愛是怎麼了？一回來就把自己關在房間裡。

△ 王翔關上車門，他手上拿著餅乾盒和小掃把、畚箕。

王翔：我不曉得。

△ 潘奶奶看到他手上的東西。

奶奶：這……

王翔：沒什麼，東西打翻了。

奶奶：小愛做的事？

王翔：不是。我不小心弄的。

　　　△ 潘奶奶看著畚箕裡的餅乾屑。

奶奶：她今天烹飪課做餅乾了？……難怪她不開心。

　　　△ 王翔看著潘奶奶，沒說話。

奶奶：以前她媽媽最會做這些，餅乾、蛋糕啊，都做成愛心的形狀，母女
　　　倆常常一起做，一做就是一整天。她阿姨也不可能那樣陪她……

　　　△ 王翔看到潘奶奶盡是對潘天愛的不捨。

奶奶：小愛要是跟你發脾氣，別跟她生氣啊！她有時候想她媽媽，會鬧情
　　　緒。

　　　△ 王翔搖頭。

王翔：沒事啦！

　　　△ 潘奶奶對王翔露出善意的笑容。

奶奶：進來一起吃飯？你晚上不是要去接潘太太嗎？吃了飯再去。

王翔：沒關係啦潘奶奶，車子還沒清完，我去機場的路上再吃。

奶奶：好、好。

　　　△ 潘奶奶轉身向潘家走。

　　　△ 王翔看著手上的盒子，裡面的愛心餅乾成了碎片。


| S25 | 時：夜 | 景：唐娟車上 |
|-----|--------|------------|
|     | 人：王翔、唐娟 | |


　　　△ 車上的冷氣運轉著，冷氣出風口發出呼呼的聲音。

　　　△ 唐娟坐在車子後座，她張開眼睛，打了個呵欠，向窗外看。

唐娟：到哪裡了？

王翔：快下交流道了。

唐娟：嗯……出門一趟真累，還是在家裡好。

王翔：潘太太，剛才我一直聽到手機的聲音，可能是妳的訊息。

　　　△ 唐娟從皮包裡拿出來，她滑開手機。

　　　△ 王杰傳了好幾通訊息：「我今天出差」、「老地方」、「不見不散」

△ 唐娟微笑著。

唐娟：對耶！是我好朋友……剛下飛機就傳來……你會不會覺得這個車冷
　　　氣太大聲，我都聽不到訊息……

王翔：是妳睡得比較沉。冷氣還好，很正常。

　　　△ 唐娟從皮包裡拿出鏡子照著。

唐娟：等一下下交流道，你找個地方讓我下車，我今天想回我媽家。

王翔：在哪裡？我可以送妳過去。

唐娟：不用，不用麻煩！

王翔：不會麻煩。

唐娟：我自己去，你把車開回去就回家休息。

　　　△ 王翔從照後鏡看了她一眼，沒說話。

唐娟：你等下幫我跟奶奶說一聲。

王翔：好。

　　　△ 唐娟給照後鏡裡的王翔一個笑容後，立刻把視線移至車窗外。

　　　△ 窗外的景物快速地向後方移動著。

| S26 | 時：夜 | 景：飯店房間 |
|-----|--------|-------------|
|     | 人：王杰、唐娟 | |

　　　△ 敲門聲。

　　　△ 王杰過去打開房間門。

　　　△ 唐娟肩上背著皮包，手上提著小行李袋，她把東西都放下。

唐娟：我才剛回國，我就不能有一點自己的空間嗎？

　　　△ 唐娟吻王杰。

　　　△ 王杰回應，把她的手按在牆上。

王杰：（輕聲質問）妳為什麼去找她？

　　　△ 唐娟看到他神情緊繃，臉上一點笑容也沒有，意外。

唐娟：你要我來，就是要問我這個？

王杰：不然呢？

　　　△ 唐娟拉開王杰的手。

唐娟：我想看看她長什麼樣子，不行嗎？

　　　△ 王杰態度強硬，不讓她走開。

王杰：我以為我們說好了，不會干涉對方的生活，也不會介入。

唐娟：這不是介入，好奇跟介入是有差別的。

　　△ 王杰質疑她。

王杰：妳真的想參加我的婚禮？還是想打亂我的生活？

唐娟：打亂你的生活？我唯一有用心在做的事情就是幫你。

王杰：幫我？

　　△ 王杰露出果不其然的樣子。

王杰：朱大哥那件事是妳弄的？

唐娟：對！

　　△ 王杰一副理直氣壯的樣子。

王杰：唐娟妳第一天認識我？我在公司的成績是靠我自己努力得來的，不是靠打擊、陷害別人，以前是，以後也是！妳懂不懂啊？

　　△ 唐娟不講話，也不看他。

　　△ 王杰降低了音調。

王杰：以後不要去找洪怡安，我也不需要妳這樣幫我。

　　△ 唐娟拉住他的領帶。

唐娟：好。

　　△ 唐娟對他露出笑容，撒嬌。

唐娟：對不起，是我不對。

王杰：妳哪裡不對？

唐娟：我通通不對。

　　△ 唐娟拉著他倒在床上，兩人纏綿。

| S27 | 時：夜 | 景：沈雯青住處 |
|---|---|---|
| | 人：沈雯青、宋克帆 | |

　　△ 沈雯青的電腦螢幕上有好多張飛機要降落的畫面。

　　△ 宋克帆從浴室出來，走過她身後，看到她筆電螢幕上的照片。

克帆：妳拍的？

雯青：嗯。

克帆：這是松山機場？

雯青：對呀！我剛才整理舊照片的時候看到……在濱江街。

△ 宋克帆走回她對面坐下，看著自己的筆電。

克帆：我知道那個地方，約會聖地。我們沒有一起去過。找一天一起去？

△ 沈雯青仍然盯著一張張相片。

雯青：那都是一、二十歲的年輕人在去的。

克帆：年齡不是重點，重點是跟誰。……我，去過三次。

△ 沈雯青故意瞪著他。

雯青：跟不同對象啊？

△ 宋克帆笑。

克帆：嗯。

雯青：還敢講。

克帆：不過妳會是最後一個。

△ 沈雯青笑，繼續看著她的筆電螢幕。

克帆：那妳呢？妳跟幾個人去過？

△ 沈雯青臉上的笑容消失，她望向宋克帆。

雯青：我自己去的。

克帆：妳自己去的？……我明天就帶妳去，去看夕陽，然後找一家餐廳，吃頓燭光晚餐……我看看那附近有什麼餐廳。

△ 宋克帆看著電腦螢幕，打開 google 地圖，在搜尋的地方打「濱江街 180 巷」。

△ 地圖上顯示出當地座標。

△ 沈雯青很專注地在挑相片，她拿起杯子喝了一口水。

△ 宋克帆注意到地圖上的座標，又看到沈雯青手上的刺青，他打開手機，找出手機裡記事本記錄的數字，和地圖上的座標完全符合。

雯青：你看看我的臉書封面，我換了一張照片，這張拍得不錯。

△ 宋克帆點開沈雯青的臉書。

△ 沈雯青臉書的封面相片換了她拍的飛機照。

△ 宋克帆看了一眼照片，又望向沈雯青，看到她一直盯著電腦螢幕，心思像在很遠的地方。

| S28 | 時：日 | 景：潘家車庫 |
|-----|--------|-------------|
|     | 人：王翔、潘天愛 | |

△ 王翔手機螢幕上是沈雯青臉書上的飛機照片。

△ 王翔坐在車庫裡，他低頭看著手機裡的飛機照片。

天愛：（OS）早！

　　△ 王翔聽到潘天愛的聲音，把手機關掉，站起來，走到駕駛座旁的車
　　　門前要開車門。

　　△ 潘天愛很快地也到車旁，在副駕駛座的車門前看著他。

天愛：對不起啦！

　　△ 王翔沒說話，打開車門。

天愛：我以後不會再爆走，你把我昨天說的話忘掉好不好？

王翔：(裝傻) 什麼？

　　△ 潘天愛趕緊搖頭。

　　△ 王翔進去車裡。

　　△ 潘天愛也打開車門進去。

　　△ 王翔正要開口叫她繫安全帶，她已經把安全帶繫好了。

天愛：我昨天是想要給你吃我做的餅乾……

　　△ 王翔本來要發動車子，聽到她又講話，停住。

天愛：同學都說我做得很好吃，可是你把盒子打翻了，所以我才生氣……

王翔：妳中午想吃什麼，我幫妳送。

　　△ 潘天愛一臉驚訝。

天愛：你不是不肯幫我送嗎？

王翔：要不要？

天愛：要！

王翔：妳想好要吃什麼再告訴我。

　　△ 潘天愛露出開心的笑容。

　　△ 王翔發動車子。

　　△ 潘天愛看到王翔臉上都沒有什麼表情，她忍不住坦白。

天愛：其實喔……我做的餅乾有點失敗，味道是很好，可是一碰就碎……
　　　不是你弄碎的……（看著王翔的反應）我很誠實吧？

　　△ 王翔看到她孩子氣的樣子，覺得好笑，但還是不動聲色。他把車開
　　　出車庫。

天愛：（OS）你怎麼都不說話啦！……生氣了嗎？……你答應我要送午餐

的，不可以反悔喔！

△ 潘家的車開遠。

| S29 | 時：日 | 景：沈雯青住處 |
|-----|-------|--------------|
|     | 人：沈雯青、宋克帆 | |

△ 陽光從大片玻璃窗照進屋內。

△ 沈雯青和宋克帆在大桌子前面對面坐著，兩人在吃早餐，眼睛卻都
　　看著自己的筆電。

克帆：妳今天會忙到幾點？我去接妳，我們去飛機巷。

△ 沈雯青抬起頭看著他。

雯青：今天？

克帆：我們昨天不是說好了嗎？

雯青：有嗎？

△ 宋克帆看著她，點頭微笑。

克帆：有啊！

雯青：可是我還不確定今天園遊會我會待到幾點。

克帆：那妳活動結束跟我說？

△ 沈雯青點頭。

| S30 | 時：日 | 景：公園 |
|-----|-------|---------|
|     | 人：沈雯青、王翔、環境人物 | |

△ 大型公園，有可以舉辦園遊會的場地，還有溜冰場、籃球場、林蔭
　　步道等等，有許多民眾在公園裡。

△ 沈雯青戴著耳機聽音樂，一個人走在公園的步道上，她背著背包，
　　還提了一袋相機。

△ 王翔走進公園，朝著另一頭的出口走。（兩人其實在不同的地點，
　　但希望營造出是在同一處）

△ 沈雯青走離人群，往僻靜處走。

△ 王翔穿過步道，像是走在她走過的地方。

△ 沈雯青覺得身後有人跟著她，她放慢腳步。

△ 王翔的手機傳出訊息聲，他拿出手機

△ 沈雯青停下腳步，轉身，看到她身後的人，愣住。

雯青：你怎麼會在這裡？

　　△ 王翔看著手機裡的訊息。

　　△ 潘天愛的訊息：王翔，我要改吃披薩。

　　△ 宋克帆看到她沒有笑容，上前一步。

克帆：我來接妳啊！

雯青：你在跟蹤我？

克帆：（否認）不是跟蹤！我一直在等妳的電話，妳已經採訪完了，為什麼不打電話給我？

雯青：我才剛採訪完。我想一個人走一走……（想想搖頭）我不需要跟你解釋我在做什麼。

克帆：（解釋）我也是剛到，我看妳一個人，就想看看妳什麼時候會發現我來了。

　　△ 沈雯青沉著臉。

雯青：我覺得你這樣很不尊重我！

克帆：我沒有不尊重妳……我只是想要帶妳去飛機巷，去吃晚餐……

雯青：我不想去那個地方。

克帆：為什麼？

　　△ 沈雯青不說話。

克帆：妳不是很喜歡那個地方？妳都還留著以前拍的相片，為什麼不讓我帶妳去？

雯青：我回去把照片都刪了可以嗎？

　　△ 沈雯青快步離去。

　　△ 宋克帆有些懊惱，還是趕緊跟到她旁邊。

| S31 | 時：日 | 景：公園外 |
|---|---|---|
| | 人：王翔、環境人物 | |

　　△ 王翔走出公園，他到公園外停下腳步，打訊息。

　　△ 王翔的訊息：不行，我正要去拿義大利麵，改披薩會來不及。

　　△ 潘天愛回覆訊息：吼呦！好啦！

　　△ 王翔再傳：我現在過去嘍！

△ 王翔收起手機，快步過馬路。

| S32 | 時：日 | 景：潘家客廳 |
|-----|--------|-------------|
| | 人：王翔、潘奶奶、唐娟 | |

　　△ 潘奶奶在客廳裡看著院子。

　　△ 王翔在院子裡洗水桶。

　　△ 潘奶奶看到他收好東西準備出去，過去門口喊他。

奶奶：王翔！

　　△ 王翔走到門口。

王翔：潘奶奶。

奶奶：王翔你進來，來！

　　△ 王翔進去屋裡。

奶奶：你坐。

　　△ 王翔坐下。

　　△ 潘奶奶和藹地看著他。

奶奶：外頭這麼熱，你不用一直待在車庫裡，有時候可以進來屋裡休息。

王翔：沒關係啦，我待在車庫就可以。

奶奶：你不要這麼客氣，我不希望你在我們家工作會讓你覺得委屈。

　　△ 王翔搖頭。

王翔：不會。潘奶奶妳不要這樣說。

奶奶：我知道你這兩天中午都替小愛送午餐，她有的時候會提出一些無理的要求，你別理她。

王翔：小孩子啦，沒關係的。

　　△ 潘奶奶慈祥地看著他。

奶奶：你以前讀什麼科系？

王翔：……電機。

奶奶：唉，太可惜了！會不會想再回學校把書讀完？

　　△ 王翔遲疑了一下，搖頭。

奶奶：你確實年紀也不小了。你說你弟弟訂婚了，你呢？有沒有女朋友？

　　△ 王翔搖頭。

　　△ 唐娟從樓上下來。

奶奶：媽媽不會著急嗎？還是她有在幫你留意對象？

　　△王翔如坐針氈。

王翔：嗯……我目前還沒有想要交女朋友。

奶奶：（替他惋惜）為了家裡的債務，你書沒念完，女朋友也沒交？

　　△唐娟過來。

唐娟：媽，我要去上插花課了。

　　△王翔立刻站起來。

王翔：潘太太，我送妳去。

奶奶：還早，現在才幾點？我在跟王翔聊天。（對王翔揮手）你坐著、坐著。

　　△王翔又坐下來。

　　△唐娟也在一旁坐下。

奶奶：你這樣不行，成全了弟弟，也應該要為自己打算一下。

　　△王翔看著她們兩人，逼著自己面對。

王翔：其實我家的債務，小杰……我弟弟開始工作以後，也都在幫忙還。
　　我弟弟小時候身體不太好，我母親比較擔心他，我會決定休學，也
　　是不想給我弟弟太多壓力……

　　△潘奶奶點點頭。

王翔：他現在做得很好，潘先生有車子上的需求都是他在處理的。

奶奶：哦！

王翔：我弟弟他能力比我好，上進又很吃苦耐勞，他一直想再拚幾年，就
　　要我母親把早餐店收起來，可以好好休息……

　　△王翔越說越自然、順暢。

| S33 | 時：夜 | 景：王杰車上（停車小巷） |
| | 人：王杰 | |

　　△王杰熄火，準備下車。

　　△他放在架子上的手機發出訊息聲。

　　△唐娟訊息：小杰！

　　△王杰看到唐娟對他的稱呼，納悶。

　　△唐娟訊息：我以後也要叫你小杰。

　　△王杰讀了訊息，他盯著手機看，沒有回覆。

△ 唐娟訊息：你哥今天講了很多你的事。

△ 王杰皺起眉頭，不太敢相信。

| S34 | 時：夜 | 景：王翔房間 |
|-----|--------|------------|
|     | 人：王翔、王杰 | |

△ 王翔的房門打開著，他在做伏地挺身。

△ 王杰走到門口，對他露出笑容。

王杰：哥！

△ 王翔看了他一眼，繼續做伏地挺身。

△ 王杰進來，走到桌前。

王杰：聽說你今天跟潘奶奶聊了很久？

王翔：潘太太告訴你的？

△ 王杰點頭。

王杰：她今天問我車子的事，就聊了一下。

△ 王翔起身，他已經一身是汗。

王杰：你現在跟她們越來越熟，應該比較自在了？

△ 王翔過去桌前，拿起掛在椅背上的毛巾擦汗。

王翔：還沒那麼快，可能是我自己知道我在說謊，真真假假的⋯⋯

△ 王杰有些過意不去。

王杰：哥，我只是希望你有個穩定的工作，不是要你一直說謊⋯⋯

王翔：我知道。

△ 王杰不語。

王翔：我今天說了一些你的事，那些都是真的，所以很簡單，可是我講到
我自己就⋯⋯好難啊！我想我還是要先過我自己這一關，還要好好
記住我今天說了什麼，要不然下次被問到同樣的問題，說出不一樣
的答案，那就⋯⋯

△ 王翔自嘲地搖頭。

△ 王杰神色有些黯然。

王翔：放心啦！我會越來越自在。

△ 王翔拍了一下王杰的手臂，露出笑容。

△ 王杰打起精神，點頭。

| S35 | 時：日 | | 景：潘家車上 |
|---|---|---|---|
| | 人：王翔、潘天愛、陳芷玲 | | |

　　△ 王翔坐在駕駛座上開車。

　　△ 潘天愛和陳芷玲坐在後座，兩人看著手機，壓低聲音在講話。

芷玲：妳要做一點特效，要重新剪接啦！

天愛：吼！很麻煩乀！

　　△ 王翔從照後鏡看著她們。

　　△ 潘天愛翹著腳，和陳芷玲在說悄悄話。

王翔：小愛，坐好，這樣很危險。

　　△ 潘天愛把腳放下來。

　　△ 兩人繼續看著手機念念有詞，不時偷看王翔一眼，偷笑。

　　△ 王翔好奇地又看了她們一眼。


| S36 | 時：夜 | | 景：潘天愛房間 |
|---|---|---|---|
| | 人：潘天愛 | | |

　　△ 潘天愛趴在床上，筆電也在床上。她一面跟陳芷玲講電話，陳芷玲
　　　的聲音從手機擴音出來。

芷玲：（OS）妳怎麼還沒上傳啊？

　　△ 潘天愛猶豫。

天愛：等一下啦，不要催！……我再想一下啦！

芷玲：（OS）想什麼？

天愛：我怕……他要是看到，會不會生氣？他跟我翻臉怎麼辦？

芷玲：（OS）妳不是天不怕地不怕？不像妳哦！

天愛：可是我怕他生氣……哎呀，不管了！

　　△ 潘天愛拿起筆電，走到書桌前，還是決定按下上傳。

天愛：在傳了啦！

　　△ 她的筆電在上傳影片到臉書的動態消息。


| S37 | 時：夜 | | 景：十字路口 |
|---|---|---|---|
| | 人：王翔、女騎士、小男孩、路人 | | |

△ 車禍那晚的十字路口，下著滂沱大雨。（現場情況，非影片）

△ 王翔打開女騎士的雨衣，看到在媽媽懷裡受到驚嚇的小男孩。

王翔：弟弟，你有沒有受傷？……有沒有哪裡痛？

△ 小男孩沒有回答，只是張大了眼睛。

△ 王翔對小男孩伸出手將他扶起來。

△ （手機拍攝角度畫面）王翔脫下外套將小男孩抱起來，抱著他。

| S38 | 時：夜 | 景：陳芷玲房間 |
|---|---|---|
| | 人：陳芷玲 | |

△ （由上場手機拍攝角度跳近景）陳芷玲的電腦螢幕畫面：王翔抱著小男孩走像車子。

△ 陳芷玲興奮的盯著電腦螢幕。

△ 螢幕上潘天愛臉書動態消息的影片的標題是：「他不是英雄，誰才是英雄？」

△ 螢幕上的影片：車禍那晚，王翔為女騎士攔住計程車，並走到女騎士旁邊抱起他的小孩。

△ 陳芷玲看著電腦螢幕上的王翔，露出傾慕的眼神。

△ 影片下方按讚的人數有 120 人，也有 13 次分享，還有許多年輕孩子的留言，像是「好帥」、「他是誰」、「讓他紅」、「英雄哥，我戀愛了！」

△ 她的桌上放著一個隱形眼鏡的小盒子。

△ 陳芷玲打開盒子，裡面是粉紅色的隱形眼鏡，她拿起一個小鑷子，夾起一片隱形眼鏡舉到眼睛前面，透過隱形眼鏡鏡片看著電腦。

△ 影片按讚的人數持續增加，數字從 120 向上升，121、122、123……電腦螢幕上的數字持續跳動著。

| S39 | 時：日 | 景：沈雯青住處 |
|---|---|---|
| | 人：沈雯青、宋克帆 | |

△ 沈雯青坐在桌前看著她的電腦。

　　△ 宋克帆正在講手機，在屋裡來回走著。

克帆：……你也看到了喔？……我跟你講，這個影片會越來越多人看到，

　　電視台很快就會拿去播了……

　　△ 宋克帆講著，走到沈雯青身旁。

　　△ 沈雯青盯著電腦，沒注意到他到了身邊。

　　△ 沈雯青的電腦上有幾張影片截圖。

　　△ 宋克帆指著螢幕上王翔抱著小男孩經過放大的畫面。

克帆：我們可以試試看，把這個人找出來。

　　△ 沈雯青轉頭望向宋克帆。

　　△ 宋克帆對沈雯青露出笑容，然後往旁邊走。

克帆：找到這個人可以做個專題！（亢奮地）我們需要一點熱血的新聞！

　　……現在英雄很少了！他是誰？是做什麼的？大家會想知道關於他

　　的一切。…真英雄是可以被放大的……

　　△ 沈雯青聽到著宋克帆的話，再望向電腦，擔心起來。


―本集終―

感染

EP4

殺人犯

# 第四集　感染

| S1 | 時：清晨 | 景：王杰房間 |
|---|---|---|
| | 人：王翔、王杰 | |

△ 王翔打開王杰的房門，靜靜的看著床上的人。

△ 王杰躺在床上，睡得很熟。

| S2 | 時：夜（22年前） | 景：兄弟房 |
|---|---|---|
| | 人：王翔（15歲，國三）、王杰（7歲，小二） | |

△ 兩張舊式的木架單人床並排放著，中間隔了一個矮櫃。

△ 王杰躺在床上但睜大了眼睛，他的頭上沒有頭髮，臉色蒼白還有黑眼圈，他轉頭看著王翔。

王杰：哥？

△ 王翔聽到他的聲音，立刻張開眼睛，坐起來。

王翔：怎麼了？又想吐嗎？

王杰：沒有。

△ 王翔不放心地看著他。

王杰：哥，我會傳染給你嗎？

王翔：不會。

△ 王杰坐起來，拿著他的枕頭和被子，過去王翔的床上。

△ 王翔把枕頭往旁邊挪，空出位子讓王杰放他的枕頭。王杰躺下，王翔用王杰的被子裹住他的身體，然後在他旁邊躺下，再把自己的被子攤開來，蓋住兩人。

王杰：哥哥把我變成木乃伊了啦！

△ 王杰說著，扭動著身體，咯咯笑了起來。

△ 王翔也笑了，他拿起帽子替王杰戴上。

王翔：好了，別玩了啦！……閉眼睛，趕快睡。不舒服要跟哥哥講喔！

△ 王杰聽話，不動了。他閉著眼跟王翔說話。

王杰：哥，我會不會跟爸爸一樣死掉？

△ 王翔愣了一下，心裡有著擔心，但假裝堅強。

王翔：不會啦！……哥哥不會讓你死掉。

△ 王杰安心地閉上眼睛。

| S3 | 時：清晨 | 景：王杰房間 |
|---|---|---|
| | 人：王杰、王翔 | |

△ 王翔把一包藥和一杯開水放在床頭櫃子上。

△ 王翔拿起落在王杰床邊的薄被，替他蓋上。

△ 王翔摸摸王杰的額頭，轉身出去，輕輕關上門。

△ 字幕：第四集，感染

| S4 | 時：日 | 景：校園裡 |
|---|---|---|
| | 人：潘天愛、陳芷玲、環境人物 | |

△ 潘天愛坐在校園的花台上滑手機。

△ 一則則訊息跳到畫面上。

△ 「借分享」、「影片是妳拍的嗎？」、「妳在哪裡拍到的？」、「那個人是誰？」、「是不是妳家司機？」

△ 陳芷玲拿著兩個麵包和兩杯飲料走到天愛旁邊。

△ 潘天愛把手機螢幕關掉。

天愛：這些人真的很煩ㄟ，一直問！

△ 陳芷玲把其中一份麵包和飲料遞給天愛。

芷玲：他知道了嗎？

△ 潘天愛聳聳肩。

天愛：我不知道……應該沒有吧！他什麼也沒說……

芷玲：妳問他啊！

天愛：他如果生氣怎麼辦？

芷玲：怕什麼？妳是在幫他出名，又不是在害他。

天愛：他那麼怪，一定會生氣。

芷玲：妳不試試看怎麼知道？

△ 潘天愛猶豫著不講話。

| S5 | 時：日 | 景：潘家車上 |
|---|---|---|
| | 人：王翔、環境人物 | |

　　△ 放學時間，許多學生從學校出來。

　　△ 王翔戴著白色的鴨舌帽坐在駕駛座上看著外面，一面講著手機。

王翔：……流感本來就會燒燒退退，他下午都沒有再燒應該沒事了……

　　△ 王翔注意到有幾個學生經過他車旁，又倒退回來，看著他。

王翔：媽，他不是小孩子，會照顧自己的。……他能出去運動表示他好很多，不要擔心啦！……掰掰。

　　△ 看著王翔的學生們交頭接耳，其中一名學生拿出手機，對著王翔作勢要拍照。

　　△ 王翔瞪著學生，並伸手擋住他的鏡頭視線。

王翔：同學！……你幹嘛？

　　△ 學生見王翔發火，趕緊走開。

　　△ 王翔搖起車窗。

| S6 | 時：黃昏 | 景：潘家車庫 |
|---|---|---|
| | 人：王翔、潘天愛、陳芷玲 | |

　　△ 車門打開，潘天愛和陳芷玲下車，兩人拿著書包和提袋走出車庫。

　　△ 王翔下車。

王翔：小愛！

　　△ 潘天愛停步，回頭。陳芷玲也跟她同步，轉身看著王翔。

天愛：幹嘛？

　　△ 王翔遲疑了一下才開口。

王翔：你們今天在學校有發生什麼事嗎？

天愛：（一頭霧水）啊？

王翔：我在等妳們的時候，很多同學好像對你們家的車子很有興趣，一直拿著手機拍。

　　△ 潘天愛驚訝，她望向陳芷玲。

芷玲：是想拍車子？……還是要拍你？

△ 王翔臉色變得很嚴肅，防衛心很強的樣子。

王翔：為什麼要拍我？

芷玲：因為……

△ 潘天愛心虛地搶話，裝傻。

天愛：不知道啦！應該不是要拍你啦！下次你把他們趕走就好了，我們學校很多智障，不要理他們。掰掰。

△ 潘天愛拉著陳芷玲，快步往家門口走。

△ 陳芷玲回頭跟王翔揮揮手。

△ 王翔納悶著。

| S7 | 時：夜 | 景：社區球場連道路 |
|----|--------|------------------|
|    | 人：王杰、王翔、環境人物 | |

△ 天色已暗，球場上的燈打亮了。

△ 王杰跟一群人在打籃球，他一身是汗，衣服都濕透了。

△ 王翔拿著一件運動外套走到球場邊，看著生龍活虎的在打球的王杰。

王翔：(喊著) 小杰，媽說回去吃飯了。

王杰：喔，好！(對其他人) 我要先撤了，掰掰！

△ 王杰走到場邊，拿起水瓶喝水。

△ 王翔走到王杰面前。

王杰：媽要你來帶我去看醫生喔？

王翔：媽說你中午的藥是最後一包了。

王杰：我剛才打球流了一身汗，真的好很多了。

△ 王翔把手上拿著的薄外套遞給王杰。

王翔：穿起來。

△ 王杰看著他，不情願，沒拿。

王翔：你衣服都濕了，現在有風，穿上。

△ 王杰拿過外套穿上。

△ 兩人並肩而行。

王杰：你昨天晚上一直到我房間看我有沒有退燒對不對？

王翔：媽說你燒不退，就要帶你去急診，我怕她擔心。

王杰：我沒事了啦！今天晚上你可以好好睡覺了。

　　△ 王翔露出淡淡的笑容。

王杰：其實我昨天晚上睡睡醒醒的，好像做了一個很長的夢，但醒來後都

　　忘了……這幾年常常這樣。

王翔：壓力太大？

　　△ 王杰看到王翔很認真的問他，心裡頗有感觸。

王杰：還好啦！

　　△ 王翔沒再問。

王杰：哥……謝謝。

王翔：（不在意地）謝什麼？！

王杰：謝謝你犧牲你的睡眠照顧我，從小就寵著我，幫我收爛攤子……

王翔：好了、好了，你腦袋燒壞了？肉麻兮兮地。

王杰：我說的是真心話。

　　△ 王翔拍拍他。

王杰：哥，你之前在裡面有運動嗎？

王翔：偶爾啦，放風的時候跑一跑。

　　△ 王杰跳到他面前。

王杰：來打球，來啦！

王翔：打不贏你啦！

　　△ 王杰假裝手中有球，做著運球的動作，繞在王翔身邊。

　　△ 王翔搖頭，笑看著他。

　　△ 兄弟倆的身影在街燈下拉得長長的。

| S8 | 時：夜 | 景：王家早餐店內 |
|----|--------|------------------|
|    | 人：王母、王翔、王杰 | |

　　△ 掛在牆上的電視播放著新聞。

　　△ 王母站在電視機前，拿著遙控器一直轉著新聞台，眼睛盯著電
　　視。

　　△ 桌上已經放著煮好的菜。

　　△ 王翔和王杰從開著一半的鐵捲門外進來。

王翔：媽，我們回來了。

△ 王母聽到聲音，立刻轉頭，看到他們，她走過去，看著王翔。

王母：我剛才在電視上看到你。

　　△ 王翔一臉詫異。

王翔：怎麼可能？

王母：我不會看錯的……你是我兒子我怎麼會看錯？

　　△ 王母轉身回到電視前。

　　△ 王翔和王杰跟過去。

王母：畫面沒有很清楚……（又按著遙控器）可是我認得出來那是你！……前幾天你不是送潘小姐回家的時候車子被撞到？那天還下大雨……

記者：（OS）最近在網路上流傳了一段影片，是一名男子幫助車禍傷者……

　　△ 王杰看到電視播出的畫面。

王杰：哥！

　　△ 原本聽著媽媽講話的王翔望向電視。

記者：根據了解，四天前晚間十點左右，這名男子駕駛的車在行經影片中的十字路口時，對向的一台轎車疑似闖紅燈……

　　△ 電視螢幕上播出潘天愛上傳至臉書上的影片。大雨中，戴著鴨舌帽的王翔跑到馬路中間擋下計程車。

| S9 | 時：夜 | 景：潘家客廳 |
|----|--------|-------------|
|    | 人：潘天愛、潘奶奶、唐娟 | |

　　△ 站在沙發後面看著電視的潘天愛張大了眼睛。

　　△ 電視螢幕上是王翔抱起傷者小孩的畫面。

記者：（OS）撞上一台行駛中的機車……

　　△ 潘天愛指著電視。

天愛：這是我、這是我……

　　△ 電視突然黑掉。

　　△ 潘天愛轉頭，看到唐娟手上拿著遙控器，對她比了一個「噓」的手勢，又指指坐在電視前方沙發（或躺椅）上的奶奶。

　　△ 潘奶奶坐在電視機前睡著了。

| S10 | 時：夜 | 景：潘天愛房間 |
|---|---|---|
| | 人：唐娟、潘天愛 | |

　　△ 唐娟站在房間門口，板著臉看著潘天愛。

唐娟：妳做的好事？

天愛：（故意地）不是我，是王翔做的好事！

　　△ 唐娟瞪著她。

唐娟：還跟我耍嘴皮子？……妳有問過人家嗎？妳拍了給電視台的？

天愛：我只是放在我的臉書上，沒有給電視台。

　　△ 唐娟搖頭。

唐娟：妳是想要全天下的人都知道妳家很有錢，有司機接送妳上下課？

天愛：那不是事實嗎？

唐娟：我要跟妳爸講，他一定會罵妳。

天愛：妳不要跟他講啦！我等下就上臉書把影片刪掉。

唐娟：來不及了！

　　△ 潘天愛不想跟她講了，把門關上。

| S11 | 時：夜 | 景：王杰房間 / 唐娟房間 對跳 |
|---|---|---|
| | 人：王杰、唐娟 | |

　　△ 唐娟拿著手機和王杰通話。

唐娟：她說沒想到會被電視台拿去播。

　　△ 王杰躺在床上講著手機。

王杰：現在網路上很多影片上傳兩天就被新聞台拿去播，她會不知道？

　　△ 唐娟有些無奈。

唐娟：小孩就是不長腦嘛！你哥有說什麼嗎？

王杰：沒有。

唐娟：星期一我叫她跟你哥道歉？

王杰：現在道歉有什麼用？……好了，我累了，不說了，要睡了。

唐娟：感冒還沒好？

王杰：嗯……燒到 40 度，躺在床上兩天了。

唐娟：這麼可憐？開視訊我看一下？

△ 唐娟順了一下頭髮，把手機對著自己，準備跟他視訊。她等了一
　　　下，沒看到王杰開視訊。

唐娟：喂？

王杰：不要。

唐娟：你幹嘛？女朋友在旁邊照顧你？

王杰：沒有，是我哥。

　　△ 唐娟有些訝異。

王杰：我哥不怕被我傳染。……我想他比較怕被肉搜。

　　△ 王杰低聲說出心裡的擔心。


| S12 | 時：夜 | 景：社區道路 |
|-----|--------|-------------|
|     | 人：王翔 | |


　　△ 夜深人靜。

　　△ 王翔在社區人行道上跑步。

　　△ 記者講話的聲音也如影隨形地跟著他。

記者：（OS）有的網友希望英雄哥可以出面，現身說法，還原當時的狀況，
　　　也有網友認為英雄哥應該接受表揚，畢竟現在願意把自己的利益放
　　　在一旁的人越來越少了。有新的進展，我們會做進一步的報導……

　　△ 王翔跑得一身是汗。他調整著自己的呼吸，漸漸地記者的聲音不
　　　見了，他只聽到自己的呼吸聲。

　　△ 王翔跑進一條沒有路燈的小巷，他的身影隱沒在巷中。


| S13 | 時：日 | 景：王家早餐店內 |
|-----|--------|------------------|
|     | 人：王母、王翔、洪怡安、阿菊、環境人物 | |


　　△ 早餐店營業中，忙碌、熱鬧、吵雜。

　　△ 電視上播著新聞。

記者：畫面上的這名男子十分的見義勇為，他不顧自己沒有雨衣也沒有雨
　　　傘，在第一時間就下車幫助受傷的人……

　　△ 王母在料理台前忙著。

　　△ 洪怡安穿著圍裙，端著一盤麵過去阿菊面前。

阿菊：妳好乖喔，今天休息還來店裡幫忙。

怡安：是啊！

記者：(OS) 很多網友都希望能一窺英雄哥的真面目，由於他戴著鴨舌帽
……

　　△ 阿菊轉頭看著電視。

　　△ 戴著鴨舌帽的王翔從廚房裡提著裝紅茶的保溫桶出來。

阿菊：又是這個英雄哥！

　　△ 王翔聽到，停步，看了阿菊一眼，發現她抬頭看著電視。

阿菊：看不清楚還一直報……

　　△ 王母和秀玉聽到了，兩人都轉頭。王母的神情緊繃起來。

　　△ 洪怡安也注意到，看到她們的反應。

阿菊：這些新聞太不用心了，都報一樣的，沒有一台讓我們看清楚英雄哥
　　　長什麼樣子！（望向怡安）你說我說的對不對？

　　△ 怡安對阿菊微笑，點了一下頭。

　　△ 王翔放下了保溫桶，拿了另一個空的，要回去廚房。

　　△ 阿菊注意到經過她旁邊的王翔，指著他。

阿菊：有夠像呢！

　　△ 王翔看著阿菊，神色有些僵硬。

　　△ 王母、秀玉和洪怡安都緊張起來。

阿菊：你的帽子跟那個英雄哥的很像ㄟ！

　　△ 王翔對阿菊點了一下頭，擠出微笑後，往廚房走。

　　△ 王母稍微鬆了一口氣。

　　△ 怡安拿著杯子走向阿菊。

怡安：阿姨，那種帽子很多人都有在戴啦！

　　△ 怡安放下杯子。

怡安：妳的冰紅茶。

阿菊：謝謝。

　　△ 阿菊沒再念了。

| S14 | 時：日 | 景：王家早餐店廚房 |
|-----|--------|------------------|
|     | 人：王母、洪怡安 | |

△ 早餐店已經結束營業，王母在廚房裡收拾。

△ 洪怡安進來。

怡安：王媽媽，外面都收拾得差不多了，這裡我來，妳去休息。

　　　△ 王母向外張望。

王母：王翔出去了？

怡安：嗯，他去買菸。

　　　△ 王母低下頭刷洗保溫桶，心事重重地。

王母：他以前不抽菸的。……我知道，他怕被人家認出來，我們都怕。

怡安：（安慰她）新聞只會報一兩天，熱度一過，就不會再播了。

王母：希望是這樣……

怡安：其實那個影片不清楚，小杰要是沒告訴我，我根本看不出來那個人是大哥。我覺得是要跟大哥很親近的人，像家人或朋友才認得出來，不要擔心啦！

　　　△ 王母無奈地點頭。

| S15 | 時：日 | 景：萬吉清潔公司內 |
|-----|-------|------------------|
|     | 人：龍哥 | |

△ 電腦螢幕上播放著王翔的影片。

△ 年約 50 歲，相貌粗曠，一臉嚴肅的龍哥凝神盯著電腦螢幕看。

| S16 | 時：夜（12 年前） | 景：監獄舍房 |
|-----|-----------------|------------|
|     | 人：龍哥、王翔、環境人物 | |

△ 王翔坐在他的床墊上，手裡拿著好幾本書。

△ 幾名獄友圍在他旁邊捉弄他，其中一人推了王翔一下。

獄友 A：在跟你講話！

獄友 B：跟你說話沒聽到喔？

獄友 C：你是真的不會講話啊？

獄友是要人教訓嗎？

　　　△ 獄友邊說邊對他拍肩、按頭，還有人搶他手上的書。

　　　△ 王翔還是不作聲，也不反擊。

△ 戴著耳機在看小電視的龍哥冷眼在一旁看著。

| S17 | 時：日 | 景：萬吉清潔公司内 |
|-----|-------|-----------------|
|     | 人：龍哥 | |

△ 龍哥拿起手機，撥號。

龍哥：……幫我查一個人，看他是不是出獄了……王翔。

△ 龍哥盯著電腦螢幕上的王翔。

| S18 | 時：日 | 景：沈雯青住處 |
|-----|-------|-------------|
|     | 人：沈雯青、宋克帆 | |

△ 電腦螢幕上是車禍當晚的計程車司機接受記者的訪問。

司機：我要右轉啦，突然有一個人衝出來，攔住我的計程車，把我嚇一跳
　　　呢！

△ 沈雯青戴著耳機，看著電腦上的影片，不時注意在她斜對面，聚
　　精會神盯著電腦，不停在按滑鼠的宋克帆。

司機：（OS）還好有他，要不然我可能會撞到地上那個人……

△ 宋克帆的手機震動，他接起。

△ 沈雯青按下停止鍵，聽著他講話。

克帆：喂？……（露出懊惱的表情）哪個學校？……我也猜到了！……
　　　（笑）我還看到那輛車照後鏡上掛的吊飾……

△ 沈雯青看著宋克帆，把耳機拿下來。

△ 宋克帆看到沈雯青盯著他看，迅速把電話結束。

克帆：好了，先這樣，掰掰！（掛了電話，望向沈雯青）

雯青：你找到他了？

△ 宋克帆搖搖頭。

克帆：不能百分百確定。那個影片絕對是車上的人拍的，根據那些小屁孩
　　　的留言，可以推斷出英雄哥載的人是哪個學校的……

雯青：你現在打算怎麼做？去人家學校外面守株待兔？把那個人找出來？

克帆：他不是「那個人」，是「英雄哥」！

雯青：需要這樣嗎？這根本不是什麼大不了的新聞，說不定他不想曝光，

不想成為焦點……

克帆：他已經是媒體造出來的寵兒，我們只是趁熱把他的光環再點亮一點。

　　△ 沈雯青不以為然地搖頭，她拿了兩人喝完咖啡的杯子到廚房清洗。

雯青：你們這些人，真像病毒製造機……

　　△ 宋克帆走向沈雯青。

克帆：別把我算在裡面，我是很有職業道德的。我很在意我的讀者，我給的都是最新的，不同角度的報導。

　　△ 沈雯青不置可否。

　　△ 宋克帆在她身後摟住她。

克帆：妳下的病毒才是最可怕的……

雯青：我才不像你們這些跑社會線的，我不挖人家隱私，我都報好的、善的一面。

克帆：我說的是妳給我下的……愛情病毒。

　　△ 沈雯青笑著。

雯青：先生，你要是生病的話，就去看醫生，拿藥吃！

克帆：愛情病毒是無藥可醫的。

　　△ 沈雯青受不了他，搖頭。

雯青：我不行了，我受不了你，太噁心了。

　　△ 宋克帆見她笑，也樂得笑。

　　△ 沈雯青看著他，心裡仍然擔心著王翔被曝光。

雯青：那你什麼時候…要去找那個……英雄哥？

　　△ 宋克帆有些意外。

克帆：妳不是不感興趣？走啊，一起去？

　　△ 沈雯青猶豫著。

| S19 | 時：黃昏 | 景：潘家院子 |
|---|---|---|
| | 人：潘奶奶、唐娟 | |

　　△ 潘奶奶在院子裡澆花。

　　△ 唐娟穿著年輕時髦的休閒短裙套裝，拿著皮包從客廳出來。

唐娟：媽，我出去一下。

△潘奶奶望向她，打量了一下她的穿著。

奶奶：去哪裡？

唐娟：陪我媽買點東西。

　　△唐娟打開鞋櫃，拿了一雙鞋子出來。

奶奶：妳越穿越年輕了？

　　△唐娟對她露出笑容。

唐娟：有嗎？

奶奶：妳什麼時候才要過去陪正修？

唐娟：我才回來沒幾天……

奶奶：（平靜地）可是妳的心不在這裡。

　　△唐娟看著她，沒說話。

　　△潘奶奶對她露出和藹的笑容，態度和語氣更柔軟了。

奶奶：我知道妳喜歡待在正修身邊，他也需要妳陪著他，要不然他娶妳做
　　　什麼？小愛大了，不用妳陪。這孩子從小都是我帶的，妳做她後媽
　　　多久了？五年！有跟她好好培養感情嗎？不是妳的孩子，勉強不來
　　　的，我知道，我也不會怪妳。我身體還很好，不用妳照顧，真的到
　　　有需要的時候，妳也做不了什麼，我請人就可以了……

　　△潘奶奶看到唐娟一臉很不自然的樣子，知道她按捺著不滿的情
　　　緒。

奶奶：好了，不耽誤妳跟媽媽聚在一起的時間，妳很快就要過去大陸，下
　　　一次回來不知道是什麼時候。快走吧！替我跟媽媽問好。

　　△唐娟點了一下頭，出去。

| S20 | 時：夜 | 景：某公園附近停車場 |
| | 人：王杰、唐娟 | |

　　△唐娟的車停在停車場，她站在一旁等候著。

　　△王杰開著車過來，他停好車，走向唐娟。

王杰：怎麼啦？找我這麼急？

　　△唐娟不講話，看起來悶悶不樂。

王杰：（關切地）發生什麼事？

　　△唐娟抱住他，吻他。

王杰：我感冒還沒有好……

　　　△ 唐娟仍然不願意和他分開。

　　　△ 王杰沒推開她，但閃避著。

王杰：會傳染給妳……

　　　△ 王杰摟著她。

王杰：妳怎麼了？心情不好？

　　　△ 唐娟想想，推開他。

唐娟：算了，你回去好了。

　　　△ 王杰拉住她。

王杰：是不是老太婆，還是高中生又說了什麼？妳可以跟我說……

唐娟：說了又怎麼樣？

王杰：說出來就不會那麼悶，心情會好一點。

　　　△ 唐娟搖頭。

唐娟：我要去我媽那兒了。

　　　△ 唐娟打開車門坐進駕駛座。

唐娟：我買了很多東西給她，再晚她就睡了。

王杰：(認真地)我開車陪妳去？

唐娟：我沒事。

王杰：那妳到了打給我。

　　　△ 唐娟點頭，發動車子。

王杰：小心開車。

　　　△ 唐娟踩下油門。

　　　△ 王杰看著她把車開走。

| S21 | 時：夜 | 景：王翔房間 |
|-----|--------|-------------|
|     | 人：王翔、王杰 ||

　　　△ 王翔站在鏡子前，試戴一頂黑色的鴨舌帽。

　　　△ 王杰經過王翔房間，看到王翔對著鏡子，進來。

王杰：哥！……這是怡安幫你挑的？

　　　△ 王翔點頭。

王翔：我要給她錢她不要，你還是幫我給她。

王杰：不用啦！這一點錢，不用這樣計較。

　　△ 王翔感慨地笑。

王翔：怡安說換個顏色戴，被認出來的機率比較小。

　　△ 王杰也笑了出來，他放下黑色的帽子。

王杰：她真的是笨的可愛。

王翔：哪有人這樣說自己女朋友！

王杰：真的，我都說她天然笨，沒有經過加工，她知道這是對她的一種讚
　　　美。

　　△ 王翔笑笑搖頭，他打開抽屜，要把白色的鴨舌帽收起來。

王杰：哥，你這頂不要了？

王翔：嗯。

王杰：那給我？

王翔：你不嫌晦氣就拿去。

王杰：什麼晦氣？（戴上帽子，用大拇指指著自己）我是英雄哥……的弟
　　　弟。

　　△ 王杰露出一副驕傲的樣子。

| S22 | 時：日 | 景：潘家車庫 |
|-----|--------|------------|
|     | 人：王翔、潘天愛 | |

　　△ 潘天愛背著書包進來車庫，她看到戴著黑色鴨舌帽的王翔，露出
　　　笑臉。

天愛：早！……新帽子啊？

　　△ 王翔沒說話，走到車子右側，打開後面的門。

　　△ 潘天愛見王翔要她坐後面，趕緊道歉。

天愛：對不起啦！

　　△ 王翔不說話，進去車內。

　　△ 潘天愛把後門關上，打開前門坐進去。

| S23 | 時：日 | 景：潘家車上 |
|-----|--------|------------|
|     | 人：王翔、潘天愛 | |

△ 掛在照後鏡上的絨毛吊飾隨著車子行駛而擺動著。

△ 王翔看著前方，專注地在開車。

△ 潘天愛腿上放著裝著三明治的保鮮盒，她轉頭看著王翔。

天愛：我都已經跟你道歉了，你為什麼還不理我？

　　　△ 王翔沒回應她。

天愛：是電視台的人偷我的影片，你應該要怪他們才對……

　　　△ 王翔還是不講話。

天愛：你說話啦！你到底要氣多久？你以後都不打算跟我講話了嗎？

　　　△ 王翔依舊沉默，面無表情。

天愛：你很奇怪ㄟ，做英雄，受到大家喜歡不好嗎？

　　　△ 王翔皺了一下眉頭，欲言又止。

　　　△ 潘天愛氣呼呼地。

天愛：不理我就算了！我們友誼的小船，翻船啦！

　　　△ 潘天愛拉了一下吊飾，下半截連著一條有彈性的線，她再鬆手，
　　　　線彈回去，吊飾晃得更厲害。

　　　△ 王翔覺得好笑，但不動聲色。

天愛：把我的鳥還給我！

王翔：牠是我的。

　　　△ 潘天愛見他開口，收斂起跋扈的樣子。

天愛：（降低音量）牠本來是我的。

王翔：牠現在是我的，妳休想把牠搶走。

　　　△ 潘天愛知道王翔不再跟她生氣，她想笑，但忍著。

天愛：那你還是要每天傳相片給我，生氣也要傳，不可以賴皮。

　　　△ 王翔看了她一眼，不說話。

天愛：你還欠我兩張照片。

王翔：拜託，妳不要得寸進尺好不好？

　　　△ 王翔無奈地搖頭，又氣又好笑。

　　　△ 潘天愛看到王翔笑了，也露出笑容。

　　　△ 早上的陽光亮晃晃地穿透車窗，照進車內。

| S24 | 時：日 | 景：學校外街道 |
| | 人：沈雯青、環境人物 | |

△ 接近放學時間，學校附近的車輛變多。

△ 沈雯青在學校外的人行道上徘徊，注意著周遭停下來的車輛。她聽到電話鈴聲，接聽。

雯青：喂？

克帆：（OS）我現在才到學校附近，在找停車位，妳到了嗎？

雯青：到了。……你慢慢來沒有關係，只是我已經繞了一圈，沒看到你的那個英雄哥，我想他沒有停在這附近，這樣找人太難了，算了吧……

克帆：（OS）我都已經來了。我停好車再打給妳，掰。

△ 宋克帆掛了電話。

△ 沈雯青一面走，一面向四處看。忽然她停步，看著斜對街停車格裡的車輛，睜大了眼睛。她看著那輛車，情緒波動著。

| S25 | 時：日 | 景：潘家車上 |
|-----|--------|-------------|
|     | 人：王翔、沈雯青 | |

△ 王翔坐在駕駛座上，滑著手機看新聞。

△ 車窗外有人靠近，並敲了兩下車窗。

△ 王翔轉頭，看到車窗外的人，他愣住。

△ 沈雯青站在車旁看著他。

△ 王翔有些手足無措，他要開車門出去，沈雯青卻冷靜地把車門推回去。

△ 王翔把車窗降下來。

△ 沈雯青拿出名片遞給王翔。

雯青：打給我。

△ 王翔接過名片看著。

雯青：現在打給我，我要你的電話號碼。

△ 王翔見沈雯青盯著他，在手機上按下沈雯青的電話號碼，撥出。

△ 沈雯青的手機響，她看到來電，把電話按掉。

雯青：你要是不想被記者找到，現在趕快把車開走。

△ 沈雯青的手機響，她看了一眼，沒有接。

雯青：他就要來了，快走。

△ 王翔放下手機，發動車子，看了她一眼，把車窗升上去。

△ 沈雯青轉身匆忙過馬路，她到對面的人行道上才接聽來電。

△ 王翔將車子開出停車格往前開，他開得很慢，看著對街的沈雯青。

| S26 | 時：日 | 景：學校外街道 |
|------|--------|----------------|
|      | 人：王翔、沈雯青、宋克帆、環境人物 ||

△ 宋克帆拿著手機在跟沈雯青通話。

克帆：你在哪裡？

△ 沈雯青講著電話。

雯青：你到校門口了嗎？我過去找你……

△ 宋克帆朝著沈雯青過去。

克帆：我看到妳了。

△ 兩人都收起手機，走向對方。

| S27 | 時：日 | 景：潘家車上 |
|------|--------|----------------|
|      | 人：王翔、沈雯青、宋克帆 ||

△ 王翔開到十字路口左轉，他轉頭，看到人行道上沈雯青的背影。

△ 宋克帆和她並肩而行。

△ 王翔聽到後面車輛的喇叭聲，他加快車速往前開。他看了一下握著方向盤的手，他的左手裡還握著沈雯青的名片。他輕輕拗著名片，想要它恢復原本平整的樣子。

| S28 | 時：黃昏 | 景：潘家客廳 |
|------|--------|----------------|
|      | 人：潘奶奶、唐娟、王翔、潘天愛 ||

△ 潘奶奶坐在電視機前看著電視，沉著臉。

女聲：（OS）我現在可以健健康康的站在這裡，真的很感謝那位英雄哥，謝謝您守護我和我的小孩，我們一家人都很希望能當面感謝您……

△ 唐娟從樓上下來，她穿了一件很厚的外套。

△ 潘奶奶聽到腳步聲，她關掉電視，轉頭望向唐娟。

奶奶：不是不舒服嗎？怎麼不躺在床上休息？

唐娟：（虛弱地）我叫王翔幫我買藥。奇怪，到現在還沒回來……

奶奶：去看醫生不是好得比較快嗎？自己亂吃藥，萬一越來越嚴重，妳這
　　　個禮拜就走不了了。

唐娟：我先試試，沒有效我就去看醫生。（望向外面）小愛回來了。

　　　△潘天愛進來。

天愛：奶奶。

奶奶：今天怎麼這麼晚？

天愛：問他啊！（轉身指著跟進來的王翔）他把車子停在超遠的，我找好
　　　久才找到。

　　　△王翔對潘奶奶點頭，他手上拿著一個紙袋，還有潘天愛的書包。

王翔：潘奶奶！（走向唐娟，把手上的紙袋遞給她）潘太太，妳的藥。

唐娟：謝謝。

　　　△唐娟接過紙袋。

奶奶：小愛，奶奶已經跟妳爸爸講好了，這個月周末都不准出門。

天愛：為什麼？

　　　△唐娟和王翔都不解。

奶奶：妳以為妳做的事奶奶不知道嗎？我又不是瞎子！新聞報了好多天，
　　　像連續劇一樣。王翔，你車子沒有停在學校附近，是不是怕記者找
　　　到你？

　　　△王翔提著書包站在那裡，沒有說話。

奶奶：（板著臉望向天愛）妳看，人家都猜到妳是哪個學校的！妳怎麼做
　　　事都不考慮後果？妳拍王翔有徵求過他的同意嗎？還是妳認為他是
　　　家裡請的司機，妳愛對他做什麼都可以？你怎麼連做人的道理都不
　　　懂？

　　　△潘天愛對奶奶突然教訓覺得奇怪，但也不敢講話。她看了王翔一
　　　　眼，露出委屈的樣子。

王翔：潘奶奶，沒有那麼嚴重……

奶奶：你別幫她說話了！她就是被我寵壞的，才這麼不懂事。

　　　△潘天愛不說話，上樓。

奶奶：潘先生不在，住在潘家屋簷下的人都歸我管（瞄了唐娟一眼），我
　　　沒管好是我的錯……（望向王翔）奶奶跟你道歉。

△ 王翔趕緊搖頭。

王翔：潘奶奶不要這樣講，真的沒什麼事，沒關係啦！（放下書包）我到車庫去等您。

△ 王翔對潘奶奶點了一下頭，出去。

唐娟：媽，那我先上去了。

△ 潘奶奶「嗯」了一聲，臉上沒有一絲笑容。

| S29 | 時：黃昏 | 景：唐娟房間連浴室 |
| | 人：唐娟 | |

△ 梳妝台上放著拆開的藥盒。

△ 唐娟坐在梳妝台前，她已經脫掉厚外套，她從藥盒裡拿出一包沖泡式的感冒藥。

△ 唐娟拿著藥包走進浴室，她打開來，把藥粉倒進馬桶裡，按下沖水。

△ 唐娟脫下外套，打開冷氣，開低溫，然後過去長沙發前躺下。

| S30 | 時：夜 | 景：潘家車庫 |
| | 人：王翔、潘奶奶 | |

△ 潘奶奶拿著皮包進來車庫。

王翔：潘奶奶。

△ 王翔替她打開車門。

△ 潘奶奶站在門邊，沒進去車裡，她正視著王翔，露出和藹的笑容。

奶奶：謝謝你這麼容忍小愛……

王翔：那是我應該做的。

奶奶：不是。我們請你只是要你接送她，你沒有義務給她送飯、陪她買吉他、收她的爛攤子幫她養小鳥，還忍受她的無理取鬧……

△ 王翔不知該回應什麼。

奶奶：你是個老實人，又有責任心。我跟潘先生說了，等小愛高中畢業不需要人接送，看看是不是能在公司裡給你安插個職位。

王翔：（搖頭）謝謝潘奶奶，真的不用給我安插什麼職位，我覺得現在這

樣就很好。

　　△ 潘奶奶欲言又止。

奶奶：我有件事想請你幫個忙……

王翔：潘奶奶妳太客氣了，有什麼事請說。

　　△ 潘奶奶又對王翔擠出笑容。

奶奶：我知道你不是一個會亂講話的人，不然這種事……真不知道該怎麼
　　　說。

　　△ 王翔納悶地看著她，也有些警覺，認為不是什麼好事。

　　△ 潘奶奶從皮包裡拿出一個信封遞到王翔面前。

奶奶：你收著。

　　△ 王翔接過信封，打開一看，信封裡有一疊鈔票。他不解，望向潘
　　　奶奶。

奶奶：（壓低聲音）不要讓潘先生知道，這是我要你幫我做事的酬勞……

王翔：什麼事？

奶奶：幫我盯著潘太太，我懷疑她在外面有男人。

　　△ 王翔錯愕。他把信封遞回潘奶奶面前。

王翔：潘奶奶，這個錢我不能拿……

奶奶：（難過）你不願意幫我？

王翔：不是。……潘太太……是我的老闆娘……

奶奶：她對不起潘先生就沒有資格做你的老闆娘。

王翔：這我不能評論。

　　△ 王翔把信封塞回潘奶奶手上。

王翔：潘奶奶，對不起，您的要求我做不到。

奶奶：（動之以情）我是想挽救我兒子的家庭，希望小愛有個完整的家。
　　　我不會讓你為難的，我只是想要知道我的猜測對不對……

　　△ 潘奶奶見王翔沒說話，繼續說。

奶奶：如果真的有問題，一直放任下去，這個家遲早會散的……（哽咽）
　　　我恐怕都不能安心閉眼睛……你真的不能幫我嗎？

　　△ 潘奶奶握住王翔的手臂。

奶奶：奶奶拜託你……

王翔：我明白了，但是這個錢我真的不能收。

　　△ 潘奶奶難過地低下頭。

△ 王翔面有難色。

| S31 | 時：夜 | 景：王翔房間 |
|-----|--------|-------------|
|     | 人：王翔 | |

△ 書桌的燈打亮。

△ 王翔把皮夾和鑰匙往桌上放，再把口袋裡的東西拿出來放在桌
　 上，有名片和一張折起來的紙。他拿起那張紙打開，上面寫著
　 「一、下午1：30~3：30插花，三、下午3：30~5：30瑜珈，五、
　 晚7：00~9：00西點」，王翔看了一眼，不情願地把紙收進抽
　 屜裡。

△ 王翔感到煩悶，他想到什麼，拿出皮夾，找出一張名片。

△ 名片上印著某某新聞網，以及沈雯青的名字

| S32 | 時：夜 | 景：沈雯青住處 |
|-----|--------|----------------|
|     | 人：沈雯青、宋克帆 | |

△ 沈雯青放在床邊櫃上的手機發出聲音，是收到簡訊的提醒聲。

△ 坐在床上的宋克帆拿起她的手機。

克帆：不知名的簡訊，一定又是廣告……

△ 沈雯青拿著換洗衣服過來床邊，拿過手機看著。

雯青：我看一下。

△ 沈雯青把手機收進口袋，走向浴室。

克帆：妳洗澡還要帶著手機？

雯青：我要回一下訊息。

△ 沈雯青想想又轉頭望向他。

雯青：（抗議）你真的管很多。

△ 宋克帆不以為意地笑。

△ 沈雯青進去浴室，關上門。

| S33 | 時：夜 | 景：沈雯青住處浴室 |
|-----|--------|--------------------|
|     | 人：沈雯青 | |

△ 沈雯青放下衣服，拿出手機看著。

△ 手機上是王翔傳的簡訊：「謝謝妳」

△ 沈雯青想了一下，打字。

| S34 | 時：夜 | 景：王翔房間 |
|------|--------|--------------|
|      | 人：王翔 | |

△ 王翔的手機傳來訊息聲，他打開手機，看著沈雯青傳來的簡訊。

△ 雯青簡訊：一定有很多記者想採訪你，你要有心理準備。

△ 王翔回覆：好，謝謝。

△ 手機又接收到簡訊。

△ 雯青簡訊：還恨我嗎？

△ 王翔看著簡訊，皺起眉頭，心裡十分內疚。他在手機螢幕上打下
　文字。

△ 手機螢幕上跳出一個個字「我怎麼會恨妳？我從來沒有恨過
　妳」。

△ 王翔停下來，看著手機，猶豫著，沒按下傳送。

| S35 | 時：夜 | 景：沈雯青住處浴室 |
|------|--------|--------------------|
|      | 人：沈雯青 | |

△ 沈雯青握著手機，等待著。

△ 手機收到訊息，發出聲音。

△ 沈雯青點開訊息。

△ 王翔傳的是一個英文字「No」。

△ 沈雯青看到那個字，神色黯然下來。

| S36 | 時：黃昏 | 景：潘家門口/車庫 |
|------|----------|--------------------|
|      | 人：唐娟、潘奶奶、王翔 | |

△ 王翔在院子裡澆花。

△ 唐娟戴著口罩，提著袋子從屋內出來。

△ 潘奶奶從裡面跟出來。

奶奶：回去媽媽家就好好休息，明天別急著趕回來。

　　△ 在車庫裡的王翔看到唐娟要出門，他走向潘家門口。

　　△ 唐娟對潘奶奶笑。

唐娟：謝謝媽，我走了。

　　△ 潘奶奶對王翔招手。

奶奶：王翔！來、來！（上前一步拉住唐娟）妳等一下。

　　△ 王翔快步過去。

奶奶：太太要去看醫生然後回娘家，你送她去。

　　△ 王翔點頭。

唐娟：不用啦！

奶奶：妳不是還在燒嗎？需要有人送啊！

唐娟：……我沒有燒得那麼厲害，而且我已經叫了計程車。

奶奶：這樣啊！好吧！

唐娟：媽那我先走了。

　　△ 潘奶奶點頭。

　　△ 唐娟走出大門。

　　△ 潘奶奶望向王翔，對他使了個眼色。

　　△ 一輛計程車開到門口，唐娟上車。

| S37 | 時：夜 | 景：溫泉飯店外道路 |
|-----|--------|------------------|
|     | 人：王翔、唐娟、王杰 | |

　　△ 溫泉飯店外有許多車輛經過。

　　△ 一輛計程車開到溫泉飯店門口。

　　△ 王翔騎著機車到飯店對面停下。

　　△ 唐娟下車，她的口罩已經拿下來，唐娟一面講手機，一面走進飯店大廳。

　　△ 王翔戴著安全帽坐在機車上，看著唐娟。

　　△ 戴著白色鴨舌帽的王杰從飯店大廳另一頭走向唐娟，兩人見到面，王杰伸手摟住唐娟的腰，在她耳邊親暱說話，兩人一起走到櫃檯前。

△ 王翔看著兩人的身影，錯愕。

| S38 | 時：黃昏 | 景：王家早餐店外巷子 |
|-----|---------|---------------------|
|     | 人：王翔、洪怡安 | |

△ 夕陽西下。

△ 王翔心事重重的蹲在早餐店後門外抽菸。

△ 洪怡安從裡面出來。

怡安：大哥，飯菜好了，你要不要先吃？

　　△ 王翔聽到她的聲音，站起來。

王翔：小杰什麼時候回來？

怡安：他說還要快一個小時才會到。他說吃完飯要帶王媽媽去逛夜市，你
　　　要不要一起來？

　　△ 王翔看到她笑咪咪的，對她擠出一絲笑容，搖頭。

王翔：你們去就好……我要去打球。

怡安：（不疑有他）喔，好吧，那下次？

　　△ 王翔點頭。

　　△ 洪怡安轉身進去。

王翔：怡安！

　　△ 洪怡安回頭。

王翔：謝謝妳。

　　△ 洪怡安不知道王翔心裡的愧疚，還是一臉笑容。

| S39 | 時：夜 | 景：社區球場 |
|-----|--------|-------------|
|     | 人：王翔、王杰 | |

△ 王翔獨自一人在球場，不斷的運球上籃。

△ 王杰過來。

王杰：哥，打球怎麼不約我？……也不跟我們去夜市？

　　△ 王翔不回應他，繼續運球、投籃。

　　△ 王杰見他不理，不解。

王杰：你怎麼了？……還好吧？

　　　　△王翔還是不說話。

王杰：哥，你怎麼了啦？

　　　　△王杰繞在王翔身邊，最後搶過他的球，才讓他停下來。

王翔：你去哪裡出差？

王杰：我去新竹啊！我有跟怡安和媽說我去新竹啊！

王翔：你去哪裡出差？

王杰：我去新竹……

王翔：(震怒)你放屁！

　　　　△王杰不解地看著王翔。

王翔：我是不是因為你跟潘太太見不得人的關係才能到她家工作？

　　　　△王杰錯愕，但隨即他掩飾著，否認。

王杰：你怎麼會這樣想……

王翔：我都看到了。我那天看到你跟潘太太手牽著手走進溫泉會館，你就
　　　戴著這頂帽子。

　　　　△王翔氣得把王杰頭上的帽子打掉。

　　　　△王杰低頭不語。

王翔：你跟潘太太這樣多久了？

　　　　△王杰不講話。

　　　　△王翔怒氣沖沖地抓住他的衣襟。

王翔：你有沒有搞清楚狀況啊？你是已經訂婚的人，她是有老公的人，你
　　　瘋了是不是？

王杰：哥……你沒跟老太太說吧？

王翔：你會怕啊？(拍著他的臉)那你怎麼不怕怡安會難過？

王杰：怡安她不知道……潘家跟我們家不一樣……

王翔：干我屁事啊？她敢作，她就要自己承擔！你也是，我也是，大家都
　　　一樣！我做錯過啊，我付出代價了，你們呢？

王杰：你現在是要出賣我是嗎？

王翔：你覺得呢？

王杰：什麼叫我覺得？……拜託你，你就不能不說嗎？你是希望我的人生
　　　也要跟你一樣留下汙點是不是？

　　　　△王翔生氣地舉起拳頭想揍他，但沒有揍下去。

王翔：你在講什麼？……你講什麼？……你再給我講一次……

王杰：對不起、對不起，我說錯了！我做錯了！……我會把這件事情處理好，我拜託你先不要跟別人說好不好……

　　△ 王翔不想跟他再講，轉身要走。

王杰：哥，替我保守秘密是有這麼難嗎？……哥！感情的事情欸，你要我把他一刀兩斷嗎？

　　△ 王翔回頭，打斷他。

王翔：隨便、隨便……( 失望地 ) 哥已經教不了你什麼了！

　　△ 王翔轉身離去。

　　△ 王杰沒再喊他，看著他走遠。

| S40 | 時：日 | 景：萬吉清潔公司內 |
| --- | --- | --- |
| | 人：龍哥 | |

　　△ 龍哥拿著手機在講電話。

龍哥：……嗯，他什麼時候出來的？……好，那我知道了，謝謝。

　　△ 龍哥抬頭看著掛在牆上的電視。

　　△ 電視上正播著新聞。

記者：(OS) 不知道各位觀眾是否記得上周報導因為車禍熱心助人，而引發網友大讚的英雄哥，他的真實身分出現新的線索，本台爆料專線接到來電，有人指出英雄哥其實個殺人犯，這樣的消息引發民眾議論紛紛……

　　△ 龍哥冷靜地看著電視。

| S41 | 時：日 | 景：王家早餐店 |
| --- | --- | --- |
| | 人：王母、秀玉、環境人物 | |

　　△ 熱鬧的早餐店。

　　△ 秀玉端著盤子給客人送餐。

　　△ 電視上播著新聞。

記者：許多網友都認為稱呼他英雄是天大的錯誤，還有網友說英雄哥從天堂掉到地獄，一夕之間，英雄變狗熊……

　　△ 王母看到新聞，心情跌落谷底。

| S42 | 時：日 | 景：沈雯青住處 |
|---|---|---|
| | 人：沈雯青、宋克帆 | |

△ 沈雯青看著電腦螢幕。

記者：（OS）兇手在 12 年前殺害了一名年僅 16 歲的高中女生，並將屍
　　　體丟在池塘裡，初期接受偵訊時矢口否認，後來警方在現場找到關
　　　鍵血跡……

△ 宋克帆走到沈雯青旁邊，他看到電腦上的新聞，驚訝。他望向沈
　雯青，看到她一臉擔心的樣子，不解。

| S43 | 時：日 | 景：潘家客廳 |
|---|---|---|
| | 人：潘奶奶、王翔 | |

△ 潘奶奶看著電視，很震驚。

記者：（OS）這名兇嫌當年就是利用課後輔導的名目來接近未成年少女
　　　……

△ 潘奶奶關掉電視，起身走到窗邊，望向院子，她看到王翔拿著桶
　子在接水。

△ 王翔關掉水龍頭，提著桶子走向潘家對面的車庫。

△ 潘奶奶看著王翔的身影，眼中盡是困擾和不安。


－本集終－

失眠

EP5

# 第五集　失眠

| S1 | 時：日 (夢境) | 景：潘奶奶房間連浴室 |
|---|---|---|
| | 人：潘奶奶、潘天愛 | |

△ 浴室裡的蓮蓬頭在滴水，水滴進裝滿水的浴缸裡。滴水聲詭異地
　迴盪在整個浴室。

△ 潘奶奶進來浴室，她的腳步有些不穩，視線也模糊。她尋找滴水
　的地方，走到浴缸前，拉開浴簾。

△ 浴缸裡躺著穿著制服的潘天愛，她一動也不動地瞪大了眼睛。

△ 躺在房間床上的潘奶奶驚醒。她坐起來，大口吸氣，摸著自己的
　胸口，轉頭望向浴室。

△ 浴簾是打開的，浴缸裡什麼也沒有。

△ 浴室裡面盆的水龍頭沒有關好，水流進水管裡，發出嘓嚕嘓嚕的
　聲音。

△ 字幕：第五集，失眠。

| S2 | 時：日 | 景：潘家客廳 |
|---|---|---|
| | 人：潘奶奶、王翔 | |

△ 潘奶奶下樓梯，她手上握著手機，走到客廳窗前，向院子張望。

△ 院子裡曬著車子裡洗乾淨的踩腳墊。

△ 王翔走進院子，他拿起踩腳墊要準備出去。

△ 潘奶奶看了一下手機，又抬頭望向王翔。

△ 王翔看到潘奶奶看著他，走到窗前。

王翔：潘奶奶，妳沒睡午覺？

△ 潘奶奶對他擠出微笑。

奶奶：……瞇了一下，不能睡太久，要不然晚上會睡不著。

△ 王翔點點頭。

奶奶：沒事了，你先回去吧！

△ 王翔不解。

奶奶：我會叫潘太太去接小愛，沒你的事了。

△ 王翔還是疑惑，但沒再問，點點頭。

王翔：……好，潘奶奶再見。

△ 王翔轉身走出潘家大門。

△ 潘奶奶看著王翔打開門出去，趕緊拿起手機撥號。

奶奶：……妳終於接電話了，妳人在哪裡？……我跟妳說電視上說王翔
……（納悶）妳看到了？妳不是去游泳嗎？還是妳早就知道了？
……

△ 潘奶奶一臉的狐疑。

| S3 | 時：日 | 景：飯店咖啡廳 |
|----|--------|---------------|
|    | 人：唐娟、王杰 | |

△ 唐娟拿著手機輕聲講話。

唐娟：妳跟王翔說了什麼？……嗯，好……等下回去我再跟妳解釋。

△ 唐娟掛了電話，把手機放在桌子上，望向她對面的人。

△ 王杰坐在她對面，聽到她講的話，皺起眉頭。

王杰：妳婆婆開除我哥了？

△ 唐娟搖頭，不高興地看著他。

唐娟：你怎麼可以那樣耍我？我知道你護著你哥，可是你要告訴我實話啊！
我才知道要怎麼應付他們。現在你要我怎麼辦？我婆婆和我老公問
我我要怎麼說？（壓低聲音）居然沒有告訴我你哥是殺人犯……

王杰：不要那樣說他！他已經坐過牢，被懲罰了快 12 年，還不夠嗎？

△ 唐娟看到王杰有點激動，沒說話。

△ 王杰神色一變，露出做錯事的樣子，還帶著些許孩子氣。

王杰：是我的錯，是我逼著他去妳家面試，他本來不肯的。要怪就怪我。

△ 唐娟的手機有訊息聲。她拿起來看，念出訊息。

唐娟：潘太太，小愛今天放學要吃鬆餅，要請老闆做焦一點。

△ 唐娟的手機又傳來訊息聲。

唐娟：你哥把鬆餅店的地址傳給我，還告訴我要在哪裡等小愛。（搖頭）
要不是新聞報出來，我還真看不出來他是會做壞事的人。

△ 王杰沉默以對，也不看唐娟。

唐娟：怎麼不說話？

王杰：他只是年輕的時候不小心做錯事。

△ 王杰正視著唐娟。

王杰：我小時候很黏他，尤其我爸走了以後，照顧我的責任他全扛起來。對我來說，他是全天下最好的人！……你們要另外請人就直接跟我哥講，他會很安靜地離開。拜託妳幫我最後一個忙，不要讓我哥難堪，不要羞辱他。

△ 唐娟看到王杰一臉沉重的樣子，不說話。

△ 兩人坐在咖啡廳裡角落的位子。

| S4 | 時：日 | 景：新聞網辦公室 |
|---|---|---|
| | 人：沈雯青、宋克帆、總編、環境人物 | |

△ 沈雯青坐在她的座位前，但眼睛看著總編辦公室。

△ 宋克帆在總編辦公室裡，他站在桌前跟總編講話，看起來兩人有些意見不和。不到 50 歲的總編不太高興，宋克帆也臭著臉。

總編：……沒有事先查清楚，好好一個英雄哥，現在變成殺人哥，所以這個案子我們要重新寫……

克帆：（解釋）我當初想報導這個新聞是因為我覺得它是一個非常正面的新聞，我覺得對社會是……

總編：對、對，這個案子我們本來是領先，你做得很好，但是現在別人超過我們，我要把這個領先要回來，所以我要你去把這個案子重新查清楚。當年的檢察官是誰、警察是誰、受害者是誰……把這個案子再做一下，記得，再好的新聞都還是要有點擊率……

△ 總編拍拍宋克帆的肩膀。

△ 沈雯青關切地看著宋克帆。

△ 宋克帆從總編辦公室出來，他到自己的座位前收拾著東西。

△ 沈雯青看著對面的宋克帆。

雯青：（低聲）你還好嗎？

克帆：我去樓下等妳。

△ 宋克帆拿起背包出去。

| S5 | 時：日 | 景：報社外 |
|----|--------|-----------|
|    | 人：沈雯青、宋克帆 | |

　　△ 沈雯青背著背包從大樓裡出來。

　　△ 宋克帆看到她，迎上前去。

克帆：總編對我沒有先挖出王翔的身分有點意見。

　　△ 沈雯青愣了一下。

雯青：你們……都知道他的名字了……

克帆：查 12 年前女高中生命案的新聞就可以查到……（意外）妳也查了？

　　△ 沈雯青不回應他的問題。

雯青：總編要你接下來做什麼？

克帆：他希望我去找以前抓到王翔的那位警察，以前是小隊長，現在已經
　　　做了偵查隊隊長。我跑新聞見過他幾次……

　　△ 沈雯青的臉色不太好看。

雯青：找他做什麼？你要再報導一次十幾年前的命案？我不懂，為什麼要
　　　做這些事情？是要讓犯錯的人永遠沒有機會翻身嗎？

　　△ 宋克帆聽到她咄咄逼人的口氣，臉色微沉。

克帆：（解釋）我的立場跟妳一樣，我反對把以前的事挖出來。妳為什麼
　　　會認為我想要整死他？我跟他無冤無仇。……就算我跟他有仇，也
　　　不是用這種方式報復……妳突然……很不了解我？

　　△ 沈雯青自覺理虧，口氣緩和下來。

雯青：我只是以為……你剛剛被總編說服了。

　　△ 宋克帆看著她，沒講話。

雯青：我還要找個地方寫稿，你去忙你的吧！……晚上見。

克帆：好，掰掰。

　　△ 沈雯青對他露出微笑後轉身離去。

　　△ 宋克帆看著她的背影，困惑著。

| S6 | 時：日 | 景：王家二樓走道連王翔房間 |
|----|--------|---------------------------|
|    | 人：王翔、王母 | |

　　△ 王母走到王翔房間門口，敲門。

王母：翔啊？⋯⋯翔？

　　△ 王翔打開門。他已經換下了襯衫。

王翔：媽，怎麼了？

王母：小杰說他打給你，你都沒接電話，你怎麼不接呢？

王翔：我沒有聽到。

　　△ 王翔他轉身到桌前，把煙和打火機放進褲子口袋，再走到床邊小
　　　心地拿起鳥籠。

王母：你要不要先給小杰打個電話？

王翔：我要出去了。

　　△ 王母愣了一下。

王母：你要去哪裡？

王翔：（無奈地笑）我還能去哪？我帶小文上去頂樓曬太陽。

　　△ 王翔說完就要出去，王母握住他的手臂。

王母：等一下！你先回個電話給小杰吧！他說⋯⋯潘太太會幫忙，要你不
　　　用擔心。

　　△ 王翔聽到她提王杰，臉色微沉。

王翔：我沒有在擔心。晚上我會自己打電話給潘先生。

王母：你就讓小杰幫你⋯⋯

王翔：妳跟他說我的事不用他管，我自己會處理。

王母：可是小杰說⋯⋯

王翔：（打斷她）媽！（按捺住不悅才開口）我原本就不屬於那裡，離開
　　　也好，我比較自在。

　　△ 王母放開他的手臂，心疼地看著他。

| S7 | 時：日 | 景：頂樓 |
|----|-------|---------|
|    | 人：王翔 | |

　　△ 接近黃昏時刻，太陽的光芒不再刺眼，溫暖宜人。

　　△ 白文鳥安然地在籠子裡，籠子在高處，位於頂樓的水塔上。

　　△ 王翔也坐在水塔上，在鳥籠旁邊抽菸，茫然地看著遠方。他把菸
　　　吐出來，熄掉，轉頭望向籠子裡的鳥。

王翔：妳是不是很想出來飛？⋯⋯妳被關太久了⋯⋯應該要還妳自由。

△ 王翔伸出手，把鳥籠的門慢慢一點一點往上拉。

王翔：妳能適應外面的世界嗎？

△ 王翔把門拉開一半，停住，不捨地看著白文鳥，猶豫。

| S8 | 時：日 | 景：學校外街景 |
|----|--------|---------------|
|    | 人：唐娟、潘天愛、陳芷玲 | |

△ 放學時間，車水馬龍。

△ 唐娟坐在駕駛座上，看著人行道上的學生。

△ 潘天愛和陳芷玲並肩走著。

△ 唐娟看到潘天愛。

唐娟：小愛！

△ 潘天愛聽到唐娟的聲音，訝異，走到車旁。

天愛：怎麼是妳啊？王翔呢？

唐娟：奶奶讓他先回家了。

天愛：為什麼？他怎麼了？

芷玲：他生病了嗎？

△ 唐娟沒回答她們的問題，拿起裝著鬆餅的盒子。

唐娟：妳的鬆餅幫妳買好了。

天愛：為什麼王翔不自己來接我？

唐娟：妳要不要先上車再講？

△ 唐娟有點失去耐性。

| S9 | 時：黃昏 | 景：潘家客廳 |
|----|----------|-------------|
|    | 人：潘奶奶、潘天愛、陳芷玲、唐娟 | |

△ 潘奶奶一臉慈祥地看著潘天愛。

奶奶：（對著小愛）等妳爸忙完，妳阿姨要跟他視訊，好好商量一下該怎麼辦，妳不要害怕啊！

△ 潘天愛睜大了眼睛，嘴巴也張開了。在她旁邊的陳芷玲也一臉的驚訝。

△ 潘奶奶看了唐娟一眼，難掩她的不滿。

奶奶：妳看孩子都嚇傻了，一句話也說不出來。

　　　△ 唐娟一臉不以為然的樣子。

唐娟：小愛，妳回奶奶一句話。

　　　△ 潘天愛望向陳芷玲，兩人做出同樣的嘴型。陳芷玲不敢出聲，天
　　　　愛說了出來。

天愛：好酷！（望向奶奶）我居然有一個好朋友是殺人犯！

　　　△ 潘奶奶沉下臉。

| S10 | 時：夜 | 景：潘家飯廳 |
| --- | --- | --- |
| | 人：唐娟、潘正修、潘天愛、潘奶奶 | |

　　　△ 唐娟拿著手機跟潘正修視訊，溫柔地向他解釋。

唐娟：我是想先觀察他一陣子，我不希望你和媽會有先入為主的觀念，所
　　　以就沒講……

　　　△ 手機螢幕上的潘正修有些不高興但還算理性。

正修：如果妳先告訴我，我就不會用他。那麼多清清白白的人在找工作，
　　　我為什麼要用一個有前科的人？

　　　△ 潘天愛在旁邊，著急地想要跟爸爸講話，唐娟對她揮了一下手，
　　　　要她等一下。

唐娟：……我想你常常捐錢做公益，你應該會想幫人家一下……

正修：那是兩回事。

唐娟：媽也喜歡他……

正修：那是之前，她都嚇得做惡夢了。

　　　△ 潘天愛快按捺不住了。

唐娟：他對小愛很好，小愛常常有一些無理的要求，他也沒有抱怨……

　　　△ 潘天愛忍不住過去，擠在唐娟旁邊。唐娟把手機轉向她。

天愛：爸！爸！王翔是好人，他真的對我很好！他比你之前請的每一個司
　　　機都好，你讓他繼續做啦！

正修：我跟妳阿姨在講話，妳別吵。

天愛：我不管！他是接送我的，是我的司機，你們應該要尊重我的意見
　　　……

　　　△ 潘奶奶走到飯廳看著她們。

正修：妳前一陣子不是想自己搭車上學？那我還要幫妳請司機嗎？

天愛：（又急又氣）不行啦！那我天天都會遲到……

正修：小愛，妳別鬧了，回自己房間，讓我們大人好好商量。

　　　△ 潘天愛忍不住抗議了。

天愛：你們這些大人很奇怪ㄟ！之前都說他是好人……（轉頭看到奶奶）奶奶還叫我不要欺負他！奶奶妳自己說對不對？（望向手機）現在知道他以前的事就大改觀，說他不是好人！他是不是好人憑什麼是你們決定啊？

　　　△ 潘天愛生氣地轉頭就走。

奶奶：小愛啊！

　　　△ 潘天愛不理奶奶，往樓上走。

正修：（煩惱地）這個孩子……（對唐娟）媽在旁邊嗎？我跟她說兩句。

　　　△ 唐娟把手機交給潘奶奶。

正修：媽，妳看現在該怎麼處理？

奶奶：能怎麼處理？要是你現在叫他不要來了，你那個寶貝女兒不知道要出什麼花樣？可是我又不放心小愛單獨跟他在一起……

唐娟：媽，他坐了那麼多年的牢，應該是不會……

奶奶：（不悅）不會什麼？妳對他那麼了解？妳認識他多久了？

正修：媽！

奶奶：（望向正修）剛才電視上還有人在說你是有佛心的企業家，願意用什麼更生人……

　　　△ 潘奶奶又看了唐娟一眼，坐下，調整了一下螢幕。

奶奶：要是人家知道你不要他做了，會不會被說得很難聽？萬一有記者上門怎麼辦？真是煩死人了……你有沒有空回來一趟？

　　　△ 唐娟在一旁看著潘奶奶。

| S11 | 時：夜 | 景：王翔房間 |
|-----|--------|-------------|
|     | 人：王翔、潘正修 | |

　　　△ 王翔電腦上遮住攝影機的貼紙拿下來了。

　　　△ 王翔抱歉地看著螢幕裡的潘正修。

王翔：潘先生，我很抱歉一開始沒有說實話，辜負你們對我的信任……

△ 潘正修客氣地看著王翔。

正修：王翔，我沒有辦法那麼快找到適合的人，你可不可以不要現在辭職？
　　　我後天要去歐洲，兩個禮拜回來。到時候，我們再好好談談好嗎？

　　△ 王翔沒說話。

正修：潘太太都跟我說了，過去的事就算了。接下來兩個禮拜，再麻煩你
　　　容忍一下小愛。

王翔：潘先生你不要這樣說。

　　△ 潘正修對王翔點頭。

正修：好，那就先這樣，再見

王翔：再見。

　　△ 潘正修結束視訊通話。

　　△ 王翔關掉通訊軟體，合起筆電。

| S12 | 時：夜 | 景：洪怡安住處 |
|---|---|---|
| | 人：洪怡安、王杰 | |

　　△ 洪怡安坐在沙發上，看著談話性節目。

　　△ 電視上 40 多歲的名嘴口沫橫飛地講著。

嘴一：我認為這位英雄哥已經服刑，而且符合法定要件通過假釋，大家應
　　　該要給他機會，不能挖他的過去，更不應該用無限上綱的言論自由
　　　去追殺他！

　　△ 洪怡安看著電視，不時望向在陽台講電話的王杰。

嘴二：（OS）沒錯，我非常贊成！我在這裡呼籲所有的媒體要節制，不要
　　　公布他的個人資料，要給更生人一個重回社會的機會⋯⋯

　　　△ 洪怡安起身走到落地窗前看著陽台上的王杰，對他指指電視，示
　　　　意他進來看電視。

嘴三：（OS）我們更生人的再犯率偏高，其中有一個很重要的原因，就是
　　　他們在出獄後沒有辦法找到一份固定的工作，在生活上沒有辦法自
　　　給自足，有的人就再度鋌而走險⋯⋯

　　　△ 王杰進來，手機仍然貼在耳朵上。

王杰：⋯⋯好，我知道了。謝謝妳，潘太太！⋯⋯（拿起遙控器把電視關了）
　　　好，再見。（掛了電話望向怡安）不要看了，我聽到那些人講話就

頭痛。

怡安：他們都是站在大哥這一邊……

王杰：別傻了！他們是上節目表演，心裡想的跟講的不一樣。

　　△ 王杰往沙發上一坐，懶洋洋地。

　　△ 洪怡安過去坐在他身邊。

怡安：唐小姐怎麼說？他們會讓大哥繼續做嗎？

王杰：會。我覺得他們認為我哥還有利用價值，暫時不辭退他。

怡安：你不要這樣想啦……

王杰：（懊惱）我真的很後悔當初硬要他去做那份工作，他現在身分被曝
　　　光，要面對那麼多問題……他一定很氣我！（往她的腿上躺）我今
　　　天不想回家了。

　　△ 洪怡安用手指輕輕點了一下他的額頭。

怡安：你今天一定要回去！（用手順著他的頭髮）回去跟大哥好好聊聊，
　　　也許他很想有人跟他講講話。他心情不好一定不會跟你媽說的，他
　　　只有你。

　　△ 王杰對她的話為之動容，握住她的手親了一下。

| S13 | 時：夜 | 景：王家早餐店內 |
|-----|--------|------------------|
|     | 人：王杰、王母 | |

　　△ 店內一片安靜，靠樓梯的地方亮了一盞小燈。

　　△ 王母從樓上下來，她走到電視機前抬頭看著，想了一下，她搬了
　　　一張椅子放在牆前，小心地站到椅子上，把電視機的插頭拔下
　　　來，然後再把插頭的線塞到電視機後面。

　　△ 王杰輕輕地打開門進來。

　　△ 王母聽到聲音，回頭看了一眼。

　　△ 王杰看到她站在椅子上，趕快過去。

王杰：（小聲地）媽，妳在幹嘛？

王母：（指著櫃子上）遙控器拿給我。

　　△ 王杰拿了遙控器遞給她。

　　△ 王母接過遙控器，也塞到電視機後面。

王母：好了！這下沒有人能開電視了，我受夠了這個電視。

△ 王杰扶她下來。

王杰：哥呢？

王母：他睡了，睡得好熟。……我睡不著。

　　　△ 王杰有點意外。

| S14 | 時：夜 | 景：潘天愛房間 |
|---|---|---|
| | 人：潘天愛、陳芷玲 | |

　　　△ 側躺在床上的潘天愛翻了個身。

天愛：妳睡著了嗎？

芷玲：妳一直翻我怎麼睡？

　　　△ 陳芷玲也翻身。

　　　△ 兩人都躺平了，都看著天花板。

天愛：我一直在想……那個女生一定是做了什麼事，所以王翔才會殺她。

芷玲：妳問他啊！……妳敢嗎？

天愛：當然敢嘍！我覺得他根本不像會殺人，他對我很有耐心……

芷玲：也許是他需要這份工作，所以才裝出來的。妳小心哪天他惹毛了，
　　　露出真面目，就……把妳殺了！

　　　△ 陳芷玲伸出手戳著潘天愛的肚子，潘天愛笑著扭動身體，跌落到
　　　　　床下。

天愛：欸！妳很討厭喔！

　　　△ 陳芷玲的手機有訊息。

天愛：誰的傳訊息啊？很吵ㄟ！都幾點了！

　　　△ 陳芷玲拿起手機看。

| S15 | 時：夜 | 景：潘家外 |
|---|---|---|
| | 人：陳芷玲、男人（背影） | |

　　　△ 安靜的別墅區。

　　　△ 有個穿著連帽外套的男人站在潘家對面，看著潘家。

　　　△ 潘家二樓潘天愛的房間窗戶內出現人影。

　　　△ 男人看到窗內的人影，趕緊隱身在較暗的地方。

△ 窗內的人是陳芷玲，她向外看了一下。

△ 男人走到亮處看著二樓。

△ 陳芷玲沒有注意到，她把窗簾拉起來。

| S16 | 時：夜 | 景：沈雯青住處 |
|---|---|---|
| | 人：沈雯青、宋克帆 | |

△ 沈雯青的手機發出亮光。

△ 側躺在床上，拿著手機的沈雯青從通訊錄裡找出 X 的電話。

△ 宋克帆也是側躺著，和沈雯青背對背，他張著眼睛沒有睡。

△ 沈雯青點出撰寫簡訊，她打了「你還好嗎」四個字。

△ 宋克帆翻身平躺。

△ 沈雯青沒按傳送，想想，把打好的字都刪掉，關掉手機螢幕，把手機塞進枕頭底下。

△ 宋克帆知道她關掉手機，閉上眼睛。

| S17 | 時：日 ( 夢境 ) | 景：王家早餐店 |
|---|---|---|
| | 人：王杰、環境人物 | |

△ 早餐店裡一片漆黑。

△ 王杰走到鐵捲門前，戰戰兢兢地伸出手，掀開信箱孔蓋子往外看。

△ 外面很亮，光線照在王杰的眼睛裡，他的瞳孔呈現半透明。

△ 突然外面出現一雙眼睛。

記者：（OS）你是王翔的弟弟嗎？

△ 王杰把信箱蓋子合起來，趕緊往後退。

△ 外面的人用手推開信箱蓋子，信箱孔越裂越大，整個鐵捲門像被光吞蝕掉，整個不見了。

記者：（OS）你哥殺害你的同學，你有什麼感想？……你有沒有很後悔帶李曉君回家？……你哥是因為你才認識李曉君的對不對？……你有沒有想要跟李曉君的父母說什麼？……

△ 亮光讓王杰睜不開眼睛，他什麼也看不到，只聽到有人講話。

記者：（OS）你休學是不是因為在學校受到排擠？……你今後有什麼打算？
　　　轉學嗎？你轉到哪間學校都會有人知道你是殺人兇手的弟弟！
王杰：不要問我……走開……我不知道……我不知道……走開……
　　　△ 王杰退後，蜷縮在料理台前。

| S18 | 時：清晨 | 景：王杰房間 |
|-----|---------|-------------|
|     | 人：王杰 |             |

　　　△ 王杰從夢中醒過來，他張開眼睛，看著天花板。

| S19 | 時：清晨 | 景：王家早餐店 |
|-----|---------|---------------|
|     | 人：王翔、王杰、王母 |  |

　　　△ 早餐店前方的燈亮著。
　　　△ 王翔在料理台裡做三明治，在一片片土司上抹上果醬。
　　　△ 王杰從樓上下來，他看到廚房爐子上裝著紅茶和豆漿的兩個大鍋
　　　　子冒著煙，轉頭望向料理台，看到王翔。他過去，走到料理台外
　　　　王翔對面。
王杰：哥……這麼早起來？
　　　△ 王翔不看他。
王翔：昨天很早睡。我連你幾點回來的都不知道，你昨天很晚才回來吧？
王杰：我昨天去怡安那裡。
　　　△ 王翔抬頭看了他一眼，沉著臉，不說話。
王杰：哥，你要是……在潘家覺得不舒服，就不要去了……
王翔：我答應潘先生要做到他回來。
王杰：你不用理他！我不想要你在那裡受到委屈。
　　　△ 王翔嚴肅地看著他。
王翔：我跟潘家人的事情我自己處理，你不要插手。……對你沒有好處，
　　　聽到沒有？
　　　△ 王杰沒說話。
　　　△ 王母從樓上下來，她看到兄弟倆在一起，微笑著。
王母：你們都起來了……我睡過頭了，也不叫我？

△ 王翔也對媽媽露出笑容。

王翔：我們想讓妳多睡一下。

王母：小杰你怎麼也這麼早起來？

王杰：我睡飽了。

△ 王翔見到媽媽走開，他臉上的笑容不見了，盯著王杰看。

王翔：那就動手幫忙。

△ 王杰不敢出聲，默默走到一旁準備。

| S20 | 時：日 | 景：潘家車庫 |
|-----|--------|------------|
|     | 人：王翔、唐娟、潘奶奶、潘天愛、陳芷玲 ||

△ 潘天愛和陳芷玲走到車旁，兩人進去後座，關上車門。

△ 潘奶奶和唐娟也在車庫裡，潘奶奶過去車旁對潘天愛叮嚀。

奶奶：妳要乖一點，有什麼事就打電話回來給奶奶。

天愛：我數學不會打電話回來妳教我啊？

△ 潘奶奶拉下臉。

唐娟：（也過去，小聲地）小愛，妳怎麼這樣跟奶奶講話？

△ 潘天愛不理會唐娟。

天愛：王翔，我們走了啦！

王翔：好。

△ 潘奶奶交代坐在駕駛座上的王翔。

奶奶：開慢一點啊！

△ 王翔對潘奶奶點頭。

王翔：好。

唐娟：王翔，補習結束你就直接帶她回來，不要帶她去吃東西。

王翔：好。

天愛：王翔，走了啦！

△ 潘天愛瞪了唐娟一眼，把車窗搖上去。

△ 王翔把車子開走。

△ 潘奶奶和唐娟目送他們離去。

| S21 | 時：日 | 景：潘家車內 |
|------|--------|------------|
|      | 人：王翔、潘天愛、陳芷玲 | |

　　△ 車子停在路邊。

　　△ 潘天愛從後座出來，打開前門，坐進駕駛座旁的位子。

　　△ 王翔看著她，等她繫好安全帶，把車往前開。

王翔：妳真是不聽話。妳奶奶要妳坐後面，妳就偏要到前面來。

天愛：我喜歡坐在前面。

　　△ 王翔自我消遣地笑。

王翔：妳奶奶是為妳好，坐後面比較好逃生。

　　△ 潘天愛和陳芷玲互看一眼，都笑了出來。潘天愛側著身體看著王翔。

天愛：你變幽默了耶，居然會講笑話？

　　△ 陳芷玲坐在潘天愛正後方，她做了一下清喉嚨的聲音。

　　△ 潘天愛回頭看了她一眼，又望向王翔。

天愛：我們有很多問題想問你！

　　△ 王翔沒說話，注意著路況開車。

　　△ 陳芷玲身體望前傾，下巴靠在潘天愛座位的椅背上，看著王翔。

天愛：你真的有殺那個女生嗎？

　　△ 王翔聽到她的問題，像是被人刺了一下，他不動聲色，還是不講話。

天愛：你是不是被刑求才承認的？

芷玲：還是被陷害？

　　△ 王翔一臉的無奈，沒說話。

天愛：都不是？那電視上和網路上說的是真的？

　　△ 王翔還是不說話。

　　△ 兩人互相看看，繼續問。

芷玲：殺人是什麼感覺？

天愛：跟你關在一起的都是殺人犯嗎？

芷玲：他們是不是全身都是刺青？

天愛：你們會常常打架嗎？

芷玲：你有沒有被人打過嗎？

天愛：（對陳芷玲）他那麼兇，應該是他打別人！（望向王翔）對不對？

△ 王翔被兩人弄得啼笑皆非，他看著前方，就是不回答。

△ 陽光穿透行道樹，行駛中的潘家車輛的擋風玻璃彷彿像個螢幕，連續播放著不同的圖案。

△ 前方筆直的馬路，彷彿沒有盡頭。

| S22 | 時：日 | 景：沈雯青住處 |
|-----|--------|--------------|
|     | 人：宋克帆 | |

△ 窗簾尚未全部拉開，陽光沒有照亮屋子的一半。

△ 宋克帆醒來，他的旁邊沒有人。他拿起床邊櫃上的手機，打開看著。

△ 另一個床頭櫃上沈雯青的手機發出鬧鐘鈴響。

△ 宋克帆趴過去，伸長了手拿沈雯青的手機，把鬧鐘關掉，把手機放回去。他想想，起來望向浴室，見浴室門關著，他再拿起沈雯青的手機打開看。他快速地打開沈雯青的通訊軟體，又打開簡訊。他看到簡訊中沈雯青和名為「X」的人對話。（王翔和沈雯青的通訊紀錄）

△ 宋克帆滿臉的疑惑。

| S23 | 時：日 | 景：報社內 |
|-----|--------|-----------|
|     | 人：沈雯青、總編、環境人物 | |

△ 坐在桌前的總編抬起頭。

△ 沈雯青打開門進來，走到他桌前。

雯青：總編。

△ 總編指指椅子。

總編：坐。

△ 沈雯青坐下。

總編：妳那隻頑固的金牛有沒有跟妳抱怨什麼？

△ 沈雯青笑笑搖頭。

總編：這兩天風向球變了，大家講的是要給更生人機會。其實一個有殺人

前科的人，在馬路上幫助別人被報出來，對他是有好處的……

雯青：不管是好處還是壞處，我覺得那些報導都只是在消費當事人……

總編：消費？妳真的是「文青」！難道我今天叫你們這些記者去報一個富二代開著超跑載著女明星去跑趴，對社會比較有幫助嗎？

　　　△ 沈雯青沒反駁。

總編：我要擴大報導，要一個更生人的系列，我希望第一個就是王翔。

　　　△ 沈雯青愣住。

總編：妳先把妳原來要做的家庭與職場系列人物暫停，跟克帆討論一下，你們可以好好地做一系列的更生人人物專訪……

雯青：總編……我現在比較想好好地先完成我手上的案子。

總編：所以妳不想做？……那我找別人做嘍！

　　　△ 沈雯青掙扎了一下。

雯青：好，我做。

　　　△ 總編點頭。

| S24 | 時：黃昏 | 景：潘奶奶房間 |
|-----|---------|--------------|
|     | 人：潘奶奶、唐娟 | |

　　　△ 潘奶奶翻著床邊櫃的抽屜，沒找到要找的東西，去翻另一個櫃子抽屜。

奶奶：奇怪……到哪兒去了？

　　　△ 唐娟走到房間門口。

唐娟：媽，可以吃飯了。

奶奶：好。

　　　△ 潘奶奶仍然低著頭翻抽屜。

唐娟：妳在找什麼？

　　　△ 潘奶奶望向唐娟，話到嘴邊又吞了回去。

奶奶：妳別管我，妳先去吃，我待會就去。

　　　△ 唐娟沒吭氣，走開。

| S25 | 時：黃昏 | 景：河堤 |
|-----|---------|---------|
|     | 人：王翔、潘天愛、陳芷玲 | |

△ 夕陽西下。

△ 王翔坐在河堤上，他的旁邊放著兩個女孩的書包，和一份吃了一半的速食，以及兩杯飲料。

△ 潘天愛和陳芷玲拿著手機在拍照，兩人對著鏡頭擺著 pose。

△ 潘天愛的手機響。她看到是奶奶來電，按下拒絕接聽。

王翔：小愛，不要拍了，時間差不多，要去補習班了。

△ 潘天愛過去王翔旁邊坐下。

天愛：可是我想看夕陽啊！可不可以不要去？今天教二次曲線，我都背好了！

王翔：二次曲線可以用背的？

天愛：（故意搗蛋）那不就四個字？

△ 王翔搖頭，拿她沒轍。

芷玲：你以前做助教教什麼？教數學嗎？

△ 王翔不想回應，心裡有些感慨。

△ 潘天愛的手機又響，她還是按掉，不接聽。

天愛：不講話就一定是了！你會教數學那我不用去補數學，你教我就好了。（想想，指指芷玲）教我們兩個。

△ 陳芷玲看著王翔的反應。

天愛：我跟我爸講，叫他另外付錢給你……

芷玲：（小聲）妳乾脆幫他招生開一個班好了。

天愛：對耶！王翔數學！你紅了就可以賺很多錢ㄟ……（望向芷玲）不行，那他就不會留在我家開車了。（轉頭望向王翔）我說得對不對？如果你做了數學老師，你就不願意做我的司機了？

△ 王翔完全沒有要回應的意思。他的手機響，他望向潘天愛。

王翔：妳奶奶打的，妳不接她電話？（接聽電話）喂？潘奶奶……她在我旁邊，在吃晚餐，等下就要送她去補習班。……好。

△ 王翔把手機交給潘天愛。

△ 潘天愛噘了一下嘴，拿過手機。

天愛：奶奶！……我剛才沒有聽到嘛！……嗯……對啦！……好啦！……

△ 王翔凝視著夕陽。

| S26 | 時：夜 | 景：潘家客廳 |
|---|---|---|
| | 人：王翔、潘天愛、唐娟、潘奶奶 | |

　　△ 潘家客廳透出燈光。

　　△ 潘天愛睡眼惺忪地走到門口，打開客廳的門進去。

天愛：（有氣無力地）奶奶我回來了。

　　△ 潘奶奶迎上前。

奶奶：妳又在車上睡著啦？

天愛：嗯！

　　△ 潘天愛往內走，奶奶跟著。

奶奶：肚子餓不餓？

天愛：不餓，我要睡覺。

　　△ 王翔拿著潘天愛的書包和提袋走到門口。

　　△ 唐娟看到，過去接過潘天愛的東西。

唐娟：給我就好，謝謝。

　　△ 王翔對唐娟點了一下頭。

王翔：那我先走了……

奶奶：等一下，王翔。……我有事情要問你。

　　△ 王翔沒走，看著潘奶奶，等著她說。

奶奶：你有看到我那個裝錢的信封嗎？

　　△ 王翔看了一下唐娟，皺眉。

王翔：我不懂您的意思……

　　△ 唐娟放下書包，看著他們。

奶奶：就是那天我要你送我去喝喜酒，我帶了一個信封，裡面有三萬塊。
　　　本來是要借給一個朋友，後來他說不用又還給我，我就帶回來了。

　　△ 王翔見唐娟看著他們，他對潘奶奶點了一下頭。

王翔：我有印象，您拿出來之後又收回皮包裡。

奶奶：我找不到了！抽屜裡也沒有。你知道在哪嗎？

　　△ 王翔搖頭。

　　△ 唐娟過去奶奶旁邊。

唐娟：媽，再找一找，會找到的啦！王翔怎麼會知道妳東西放在哪裡？

奶奶：妳怎麼知道他不知道？我問問看他不對嗎？家裡就這麼幾個人，東

西不見了，我當然要問！我每個人都會問。

△ 王翔抬頭挺胸地看著潘奶奶。

王翔：潘奶奶，我不知道妳的錢放在哪裡。我每天都會整理潘先生的車，沒有看到那個信封。

奶奶：那就是有外人進來屋子裡拿走了？我們屋子裡是有警報器的⋯⋯

△ 唐娟插嘴。

唐娟：王翔，你要不要再去車裡找一下，也看看有沒有掉在車庫裡？

王翔：好。

△ 王翔說完，轉身走開。

△ 潘奶奶伸長脖子看著王翔。

唐娟：（小聲）媽，妳怎麼那樣說話，不怕傷了他？

奶奶：我們請的人，我還要順著他的毛摸啊？三萬塊！會自己不見嗎？不是他拿的是誰？

△ 潘奶奶轉身進去裡面。

| S27 | 時：夜 | 景：潘家車庫 |
|-----|--------|------------|
|     | 人：王翔、唐娟 | |

△ 王翔收拾好東西要準備回去了。

△ 唐娟進來車庫。

唐娟：王翔！

王翔：潘太太。

唐娟：不好意思喔，潘奶奶就是那樣，急起來，講話不好聽，你別放在心上。

△ 王翔點了一下頭。

王翔：家裡的保全系統沒有問題吧？要不要請保全公司來檢查一下？還是⋯⋯報警處理？

唐娟：不用啦！不需要弄到報警。我想是她自己忘了放在哪裡。

△ 王翔淡淡一笑，沒說話。

唐娟：我是要問你，你看到那個信封了，是什麼樣的信封？

王翔：就是一般的白色信封。

唐娟：好，我會幫她找。⋯⋯謝謝你喔，路上小心。

△ 王翔點頭。

△ 唐娟轉身走回潘家。

△ 王翔看著她的背影。

| S28 | 時：夜 | 景：王翔房間 |
|-----|-------|-------------|
|     | 人：王翔 | |

△ 籠子裡的白文鳥睡著了。

△ 王翔走到桌前，打開抽屜，從放雜物的紙盒下方拿出一張摺起來的紙。他打開紙，那是龍哥寫給他的信。

△ 信件內容：「王翔，出來打給我，一起打拼。龍哥」

| S29 | 時：夜（12 年前） | 景：監獄舍房 |
|-----|------------------|-------------|
|     | 人：龍哥、王翔、環境人物 | |

△ 王翔的眼鏡鏡框黏著膠帶，他低著頭在寫信。

△ 在他旁邊的獄友碰了他一下。

獄友 A：同學，明天從工場回來幫我帶菸。

△ 王翔轉頭看著他，沒說話。

獄友 B：我教你怎麼帶。

△ 王翔低下頭繼續寫信，不講話。

△ 另一名獄友過來。

獄友 C：我的球拍壞了。

△ 王翔還是低著頭。

獄友 C：（瞪著王翔）同學，我在拜託你，幫我買新球拍。

△ 王翔抬頭看著他。

△ 龍哥突然出聲了。

龍哥：沒錢買新的就用舊球拍。

△ 獄友 C 望向龍哥，不敢講話，點了一下頭。

龍哥：（看著獄友 A）菸不夠抽？戒掉！

△ 獄友一不敢講話。

△ 王翔看了龍哥一眼，對龍哥點了一下頭。

△ 龍哥還是很酷的樣子，不做任何反應。

| S30 | 時：日（數月前） | 景：監獄會客室 |
|---|---|---|
| | 人：王翔、龍哥、環境人物 | |

△ 王翔走到椅子前坐下。

△ 龍哥看到他，對他露出微笑，拿起電話聽筒。

△ 王翔也拿起電話聽筒。

王翔：龍哥。

龍哥：什麼時候可以再報假釋？

王翔：還要四個多月。

龍哥：快了、快了！我老婆煮了一點菜讓我帶過來給你。

　　　△ 王翔為之動容。

王翔：謝謝！一定要幫我跟大嫂說謝謝。

龍哥：謝什麼？不要跟我客氣。

王翔：你那麼忙，不要再抽時間來看我。

龍哥：公司生意慢慢上軌道了。

王翔：恭喜你。

龍哥：出來跟我一起做？

　　　△ 王翔猶豫了一下。

王翔：還不知道什麼時候才能出去……

龍哥：樂觀一點啦！出來以後，如果發現這個社會跟你想的不一樣，有遇
　　　到困難，我那裡隨時歡迎你。

　　　△ 王翔感激地點頭。


| S31 | 時：夜 | 景：王翔房間 |
|---|---|---|
| | 人：王翔 | |

△ 王翔看著那封龍哥寫給他的信，心裡掙扎著。

△ 信上還有影印的名片，名片上是「萬吉清潔公司，郭慶龍」以及
　　電話號碼。

△ 王翔的手機有訊息進來。

△ 他放下信，拿起手機，打開訊息。

△ 訊息內容：可以跟你見面嗎？我有事想找你談。

△ 王翔看著沈雯青傳給他的訊息，到床邊坐在地板上。他看著手

機，情緒有些起伏，他吸了一口氣，按下撥號。

王翔：⋯⋯不好意思，我直接打給妳了，有打擾到妳嗎？

△ 王翔有些緊張，等著她的回應。

| S32 | 時：夜 | 景：沈雯青住處 |
|---|---|---|
| | 人：沈雯青、宋克帆 | |

△ 坐在大桌子前用電腦的沈雯青拿著手機。

雯青：不會，你說。

△ 沈雯青起身到一旁。

△ 也坐在大桌子前的宋克帆看著沈雯青，覺得她有意避開。

雯青：你什麼時間比較有空？⋯⋯好，那我找到地方再把地址傳給你。
⋯⋯好，掰掰。

△ 沈雯青掛掉電話。

△ 宋克帆望向她。

克帆：這麼晚還約採訪？

雯青：對啊！對方很忙，剛才才有空。

克帆：是個人專訪嗎？

△ 沈雯青沒回答他，拿著手機往臥室方向走。

△ 宋克帆有著疑惑。

| S33 | 時：夜（夢境） | 景：王翔房間 |
|---|---|---|
| | 人：王翔、沈雯青、小王杰（7歲） | |

△ 王翔閉著眼睛，呼吸均勻。忽然他感到耳邊有人靠近。

雯青：我吵到你了嗎？

△ 王翔張開眼睛，看到沈雯青在他身邊。

△ 沈雯青伸出手，撫摸王翔的臉。

雯青：我一直在等你的信，你知道嗎？

△ 王翔握住她的手。

雯青：為什麼你要放手？

王翔：我不想耽誤妳。

△ 沈雯青深情地看著他。

△ 王翔吻她，與她纏綿。

△ 房門被打開。

△ 王翔聽到聲音，轉頭。

△ 穿著睡衣戴著毛線帽的小王杰站在門口，他看了王翔一眼，轉身
　　跑走。

王翔：小杰？

△ 小王杰的身影消失。

| S34 | 時：夜（夢境） | 景：舊王家二樓走道 |
|---|---|---|
| | 人：王翔 | |

△ 王翔從房間出來。

△ 二樓走道變成以前的王家二樓，12年前的牆上畫了兩條線，上
　　面記錄著王翔和王杰的身高和測量時間。牆上有小孩的塗鴉，也
　　有成長後的筆跡，高處寫著「我跟哥一樣高」、「我比哥高了」，
　　還畫了橫線連起兩條身高圖。

△ 王翔看到牆上的塗鴉，急急往王杰房間去。

| S35 | 時：夜（夢境） | 景：兄弟房 |
|---|---|---|
| | 人：王翔 | |

△ 兄弟小時候的房間，兩張單人床並排著。

△ 王翔推開門進來。

王翔：小杰？

△ 房間內沒有人，王翔著急地四處看。

王翔：小杰，不要玩了！……小杰，出來！

△ 王翔快步出去。

| S36 | 時：日（夢境） | 景：池塘附近小徑 |
|---|---|---|
| | 人：王翔、小王杰 (7歲)、沈雯青 | |

△ 白日的陽光刺眼，讓王翔睜不開眼。

△ 王翔一路找著王杰，焦慮不安。

王翔：小杰？……小杰？

△ 王翔走向池塘。

△ 地上有一頂毛線帽。

△ 王翔看到帽子，趕緊過去撿起來。他望向前方的大樹，看到小王杰躺在樹下，他跑過去。

王翔：小杰！

△ 王翔跑到樹下，在小王杰旁蹲下，驚恐地看著他。

△ 小王杰躺在地上，他閉著眼睛，臉色蒼白，他的頭上沒有頭髮，是做過化療後的落髮。

△ 王翔緊張地搖搖他。

△ 小王杰突然張開眼睛，咯咯笑了起來。

△ 王翔鬆了一口氣，笑了出來。

王翔：你怎麼那麼調皮？……嚇死我了！

△ 小王杰笑而不答。

△ 王翔扶著他坐起來，替他戴上毛線帽。

王翔：我們回家好不好？

△ 小王杰點頭，伸出雙手舉高了。

△ 王翔抱起他。小王杰雙手緊緊勾住王翔的脖子，趴在他肩膀上。王翔心疼地摸著他的頭。

王翔：你下次不要亂跑，哥哥找不到你會很著急……而且回去會被媽媽罵……

△ 王翔緊緊抱著他，走了幾步，看到沈雯青出現在他眼前。

△ 沈雯青在樹下看著他。

王杰：哥哥，我要回家。

王翔：好。

△ 王翔歉疚地看了沈雯青一眼，抱著王杰走了。

△ 沈雯青帶著怨恨看著王翔的背影。

| S37 | 時：日 | 景：咖啡廳內 |
|-----|--------|-------------|
|     | 人：王翔、沈雯青、宋克帆 | |

△ 沈雯青看著她對面的人，雖然有點不自在，但還是露出微笑。

雯青：你還好嗎？

△ 咖啡廳內流洩著優美的輕音樂。

△ 王翔坐在沈雯青對面，他也很拘謹，點了一下頭。

王翔：嗯，很好。

雯青：那就好。我……看到那些新聞，很替你擔心。

△ 王翔搖頭微笑。

王翔：沒什麼影響。

△ 沈雯青點了一下頭。

王翔：我老闆他們一家人都對我很好，不過我還是跟他辭職了。

雯青：我有認識一些基金會可以幫你介紹，如果有你需要……

△ 王翔搖頭。

王翔：沒有關係，總會有方法的，謝謝妳。

雯青：……媽媽跟弟弟還好嗎？

王翔：他們都很好。

△ 宋克帆出現在咖啡廳外，透過玻璃窗，他看到沈雯青和王翔。

王翔：我弟……（露出微笑）明年要結婚了。

△ 沈雯青愣了一下，隨即她也笑了。

雯青：我都忘了他已經長大了。

王翔：妳也要結婚了。我在廣播聽到的，妳男朋友跟妳求婚，恭喜妳。

△ 沈雯青有些意外，她不好意思地笑笑，把視線移到她的咖啡杯
裡。

雯青：謝謝。

△ 王翔感覺到氣氛一時變得有點僵。

王翔：……妳說有事要找我談，是什麼事？

△ 沈雯青抬起頭，正想開口，她看到過來的人，錯愕。

△ 宋克帆走到桌旁，他對王翔露出笑容。

克帆：你是……王翔！

△ 王翔對他點頭，盯著他看。

克帆：你好！我是宋克帆。

△ 宋克帆伸出手要跟王翔握手，王翔看著他，沒有動作。

克帆：我是雯青的同事，也是她男朋友。我剛才才忙完，來晚了，抱歉。

△ 宋克帆在沈雯青旁邊坐下，拿出名片遞給王翔。

克帆：這是我的名片。

　　△ 王翔看著名片，沒伸手。直視著宋克帆。

　　△ 宋克帆尷尬一笑，把名片放在王翔面前。

克帆：我跟雯青通常都是各跑各的新聞，這次是因為總編指定我們兩個要合作更生人的專題，所以我們才一起工作。（看了一下桌上沒有錄音筆，望向雯青）妳沒帶錄音筆嗎？

雯青：沒有。

　　△ 王翔看到沈雯青的臉色很不好看。

克帆：我有帶，沒關係。

雯青：你不要錄音！……我還沒徵求他的同意。

克帆：喔，原來你們今天是敘舊，不是採訪？我知道你們以前是同一個學校的。

　　△ 沈雯青鐵青著臉，她按捺著，不說話。

王翔：她是要採訪我沒有錯。不過我還沒答應她。我希望她能把想要問我的問題先列出來，我要一點時間考慮……（望向她）可以嗎？

　　△ 沈雯青看著心平氣和的王翔，心裡那股氣稍微緩和。

克帆：其實我們採訪都不會很正式，要不然大家都會很拘束，尤其做人物專訪，就大家聊聊天，想到什麼說什麼……

王翔：不好意思，我不跟人家聊天。

　　△ 宋克帆又一陣尷尬。

王翔：我已經空白了 12 年，不能再浪費時間。

　　△ 王翔站起來，他望向沈雯青。

王翔：我們再連絡？

　　△ 沈雯青點點頭。

　　△ 王翔拿起宋克帆的名片，對他點一下頭，出去。

　　△ 沈雯青拿了背包站起來，她完全不看宋克帆。

克帆：妳要去哪裡？

雯青：你不要跟過來。

　　△ 沈雯青走出咖啡廳。

　　△ 宋克帆跟出去。

| S38 | 時：日 | 景：街景 |
|------|--------|----------|
|      | 人：王翔 | |

△ 王翔走出巷子，走到機車。他拿出菸點著，深深地吸了一口。

△ 他看著手中宋克帆的名片，把它揉成一團。

| S39 | 時：夜 | 景：沈雯青住處 |
|------|--------|----------------|
|      | 人：沈雯青、宋克帆 | |

△ 屋內很暗。

△ 沈雯青打開門進來，打開燈。

△ 宋克帆坐在沙發上等她。

克帆：我以為妳不回來了。

　　　△ 沈雯青不講話，也沒看他。

克帆：妳還在生氣嗎？

　　　△ 沈雯青走到他面前，把手機遞到他面前。

雯青：你以後想要看我的手機說一聲就好，我會給你看，不用偷偷摸摸的。

　　　△ 宋克帆看著站在他對面，理直氣壯的沈雯青，心虛和愧疚漸漸消
　　　　失。

雯青：我根本什麼都還沒有跟他講，你就突然跑來，把我們要做的系列報
　　　導都跟他說，我現在根本就不知道他是怎麼想的，他要是不願意再
　　　跟我見面，你去跟總編說。

克帆：真的是這樣？

雯青：什麼意思？

克帆：我要是沒偷看妳手機，不知道妳跟他約在哪裡，妳也不會採訪他。

　　　△ 沈雯青要開口，他接著說。

克帆：妳之前跟我去學校，是要提醒他有記者想要找他，對不對？妳是不
　　　是早就遇到他了？還是你們一直都有聯絡？我有查到以前的新聞資
　　　料，他的女朋友姓沈，就是妳吧？⋯⋯他一出獄就來找妳了？

　　　△ 宋克帆走到她面前，一股腦地把他的猜測都說出來。

　　　△ 沈雯青不高興地搖頭。

雯青：你疑心病很重欸⋯⋯

△ 宋克帆握住她的左手手腕上方舉起來。

克帆：妳手上的刺青根本和妳在美國那段戀情沒有關係，那妳是編給我聽
　　　的，妳在美國也沒有交男朋友……

雯青：放手。

　　△ 沈雯青想掙脫他的手，但被他牢牢握著。

　　△ 宋克帆沒放手，用另一隻手解開她的手錶，手錶掉到地上。

克帆：妳根本不想忘記他，才會把妳和他去過的地方刺在手上。……那些
　　　數字是濱江街 180 巷的座標，妳跟他一起去的！

　　△ 沈雯青想要掙脫他。

雯青：宋克帆你放開我！

　　△ 宋克帆看到她紅了眼眶，這才發現自己太激動，趕緊冷靜下來，
　　　放開她的手。

　　△ 沈雯青轉身進去浴室，鎖上門。

　　△ 宋克帆看到掉在地上的手錶，錶面裂了。

克帆：雯青……對不起……

　　△ 宋克帆握住門把想要開門，但打不開。

克帆：（懊惱地）雯青……雯青……

　　△ 宋克帆自責不已。

| S40 | 時：夜 | 景：沈雯青住處浴室 |
|-----|--------|------------------|
|     | 人：沈雯青 | |

　　△ 沈雯青坐在馬桶蓋上，眼淚撲簌簌地流出來。

克帆：（OS）雯青，開門好不好？……

　　△ 沈雯青擦著眼淚，不回應他。

克帆：（OS）對不起我以後絕對不會再這樣，雯青……

　　△ 沈雯青看著手上的刺青。

克帆：（OS）雯青妳開門好不好？……對不起！

　　△ 沈雯青走到門口，但還是沒開門。

雯青：（提高音量）他是因為我才殺人的！

　　△ 外面靜悄悄的，宋克帆沒有說話。

— 本 集 終 —

風箏

EP6

# 第六集 風箏

| S1 | 時：日（22 年前） | 景：河濱公園 |
|---|---|---|
| | 人：王翔（15 歲）、王杰（7 歲） | |

△ 王翔高舉著風箏。風箏的線往前方延伸約 10 公尺，接在放飛器上。王杰握著放飛器，一頭是汗，滿臉的興奮。兄弟倆之間有一段距離，風箏的線連接著他們。

△ 一陣風吹過來。

王翔：小杰準備跑了！⋯⋯一、二⋯⋯

△ 王翔還沒喊到三，王杰就等不及，舉起手，拉著線開始跑。王翔趕緊跳起來，把風箏放上天。

△ 王杰握著放飛器拼命跑著，但他個小，速度不夠快，風箏飛不上去。

△ 王翔跑到他身邊拿過放飛器，往前跑，一面放線。

△ 風箏終於升上天。

△ 字幕：第六集，風箏

△ 兄弟裡開心地看著天空上的風箏。

| S2 | 時：黃昏 | 景：王翔房間 |
|---|---|---|
| | 人：王母、王杰 | |

△ 相片裡的小王杰拿著風箏，開心地笑著。王翔站在他旁邊，手搭在他的肩膀上，也看著鏡頭笑。

△ 王母手上拿著衣架，上面掛著燙好的襯衫。她站在書櫃前，看著夾在玻璃裡的那張相片。

△ 王杰下班回來，走到房間門口，看到媽媽站在書櫃前，他過去。

王杰：媽！妳站在這裡幹嘛？

王母：你記不記得這個風箏？

王杰：記得。

△ 王杰站在王母身後，他也看著那張相片。

王杰：我不小心把它弄飛掉了。

王母：你爸走的時候你都不懂得哭，為了那個風箏，哭到在地上打滾……

　　　△ 王杰搖頭，不肯承認，笑著。

王杰：有嗎？這一段我沒有印象。我只記得哥後來替我找回來了。

　　　△ 王母看了他一眼。

王母：你哥騙你的。他被你整得好慘，找了好久找不到。後來他趁你在睡
　　　覺，用自己的零用錢，買了一個一模一樣的給你……

　　　△ 王杰沒說話，臉上的表情也沒有變化。

　　　△ 王母心疼地看著照片裡的王翔。

王母：希望他能在潘家安安穩穩地做下去……

　　　△ 王杰有些不以為然。

王杰：那裡不做，還是有別的地方可以去。

　　　△ 王母望向他。

王杰：我會再替他想辦法，妳不要擔心。

　　　△ 王杰一副胸有成竹的樣子。

| S3 | 時：日 | 景：潘家門口 |
|----|--------|------------|
|    | 人：王翔、警衛 | |

　　　△ 陽光燦爛。

　　　△ 王翔停好機車，走到潘家門口。

　　　△ 一位穿著某公司保全制服的警衛站在門內。

　　　△ 王翔看到他，愣了一下。

警衛：王先生嗎？

　　　△ 王翔點頭。

警衛：早，我是新來的警衛，這是車庫的鑰匙。

　　　△ 警衛把鑰匙遞給王翔。

　　　△ 王翔接過鑰匙。

| S4 | 時：日 | 景：潘家車上 |
|----|--------|------------|
|    | 人：王翔、潘天愛 | |

△ 潘天愛打開置物箱，東翻西找的。

天愛：你有沒有看到我的粉紅色隱形眼鏡？

王翔：沒有。

天愛：我找不到了！……（突發奇想）說不定是那個新來警衛偷的。

　　　△ 王翔看了她一眼。

王翔：粉紅色的欸，人家一個大男人，偷妳那個幹什麼？

天愛：我討厭他，我就是要把他趕走！

王翔：妳不要總是想欺負新來的人好不好？早餐趕快吃，吃東西不要講話，

　　　不好看！吃完把垃圾收好，我不幫妳收。

天愛：我現在都有收啊！人家進步很多了耶，囉哩八嗦，比我爸管得還多。

　　　△ 潘天愛心不甘情不願地吃著三明治。

　　　△ 王翔看到她一臉委屈的樣子。

王翔：學校附近新開了一家義大利麵，中午我幫你送？

　　　△ 潘天愛一聽，驚喜地睜大眼睛，用力地點頭，但她想想又垮下臉。

天愛：可是奶奶說我不可以再要求你幫我送午餐。

王翔：我會跟她說是我自願的。

天愛：（開心地）真的？（撒嬌）我好想抱你一下。

　　　△ 潘天愛伸出手抱了他一下。

　　　△ 王翔手一擋，把她推回去。

王翔：開車啦！

　　　△ 潘天愛聽話地坐正了，繼續吃三明治。

王翔：女孩子家不要動不動就抱別人……

　　　△ 王翔看到她的裙子捲到大腿上，指了一下。

王翔：那個裙子拉一下，跟小男生一樣。

　　　△ 潘天愛沒頂嘴，聽話地把裙子拉好。

| S5 | 時：日 | 景：沈雯青住處 |
|---|---|---|
| | 人：沈雯青 | |

△ 窗外的陽光很刺眼，窗簾依舊只開了一半。

△ 雙人床上只有沈雯青一人。

△ 沈雯青的手機鬧鐘響，她醒過來，拿起手機，關掉鬧鐘，檢查著

手機的訊息。

△ 手機裡有宋克帆傳的訊息：我也可以為妳做任何事。

△ 沈雯青看著他傳的訊息，吐了一口氣。

| S6 | 時：日 | 景：宋克帆車上 |
|---|---|---|
| | 人：宋克帆 | |

△ 宋克帆的手機響。

△ 窩在車裡睡覺的宋克帆被叫醒，他拿起手機接聽。

克帆：喂？……醒了、醒了！……在哪個分局？……喔，好，我等下就過
去！謝了！

△ 宋克帆結束通話。手機有訊息聲，他打開看。

△ 沈雯青的訊息：我下午跟他約了，你要過來嗎？

△ 宋克帆有些意外，他猶豫著。

| S7 | 時：日 | 景：咖啡廳 |
|---|---|---|
| | 人：王翔、沈雯青、環境人物 | |

△ 沈雯青拿著鉛筆在筆記本上寫字。

△ 筆記本上已經寫了一些字，「出來後和家人的互動」、「對環境
改變的調適」「找工作遇到的挫折」、「當年的命案」。

△ 沈雯青把「當年的命案」劃掉，草草寫下「對自己上新聞的想
法」，但又把那行字劃掉。她察覺到有人走到桌前，抬起頭，看
到王翔，把筆記本合起來放到旁邊。

△ 王翔對她點頭微笑，在她對面坐下。

王翔：妳一個人嗎？宋先生呢？

△ 沈雯青搖頭。

雯青：他要跑新聞。

△ 王翔點了一下頭。

雯青：不好意思，上次沒有先跟你說採訪的事，弄得很不愉快……

△ 王翔搖頭。

雯青：謝謝你打給我。

　　　　△ 王翔又搖頭。

王翔：妳問題寫好了嗎？要不要先給我看？

　　　　△ 沈雯青見王翔看著她的筆記本，她把筆記本拿到自己面前，雙手
　　　　　放在筆記本上。

雯青：我還沒有寫好……

王翔：還是妳要直接問我？

雯青：好。

　　　　△ 沈雯青翻開筆記本看。

王翔：妳不錄音嗎？

　　　　△ 沈雯青看著他，有點意外。

　　　　△ 王翔把手機拿出來，打開錄音模式放在桌上。

王翔：妳不錄，我錄。

　　　　△ 沈雯青笑了出來。

雯青：你錄音做什麼？

王翔：我怕妳亂寫，錄音存證。

　　　　△ 沈雯青認為他是開玩笑的，並不在意。她從包包裡拿出錄音筆放
　　　　　在桌上，打開，按下錄音鍵。

　　　　△ 王翔也按下手機的錄音，不等她開口，搶先說。

王翔：妳怎麼會想要做記者？

雯青：王先生，現在是我要採訪你。

　　　　△ 兩人相視而笑，但很快地都避開對方的視線。

雯青：我先回答你。……因為很多事情超乎我的理解，我以為我懂的人其
　　　　實我不懂，所以我才想做記者。我想要追求真相，我喜歡真實的感
　　　　覺。

王翔：很多時候……真相並不重要。

　　　　△ 沈雯青對他的話有所質疑。

雯青：現在該我問了，你每個問題都要回答。

　　　　△ 王翔迴避了沈雯青的眼神，他低下頭，拿起手機按開螢幕，看了
　　　　　一下時間。

王翔：今天是我做錯事的第 11 年 11 個月又 6 天，這將近 12 年的時間，
　　　　妳想知道什麼我都可以告訴妳，在那之前……（抬頭看著她）我說
　　　　不出口，別挖我的傷疤。

△ 王翔真切地看著她。

| S8 | 時：夜 | 景：王翔房間 / 沈雯青住處 對跳 |
| | 人：王翔、沈雯青、宋克帆 | |

雯青：（OS）你剛出來的感覺是什麼？你說你們家搬了，回到家，你是覺得很有親切感？還是很陌生？

　　△ 王翔坐在桌前戴著耳機，耳機接在筆電上，他已經將錄音檔存到筆電。

　　△ 沈雯青站在爐子前，她拿著一個勺子，攪拌著鍋子裡的咖哩。

王翔：（OS）都不是。那個地方，跟我想像中不一樣。

　　△ 筆電螢幕上是 MP3 剪接軟體，音頻上下跳動著。

雯青：（OS）你本來的想像是什麼？12 年很多人、事、物都變了⋯⋯

　　△ 王翔按下暫停，他在紙上記錄下時間。

　　△ 沈雯青看著鍋子發楞，拿著勺子卻沒攪拌。

王翔：（OS）妳沒有變。

雯青：（OS）我怎麼會沒變，我變老了。⋯⋯你不要離題，好好回答我的問題。

王翔：（OS）妳很像在給我做筆錄。

　　△ 沈雯青想到王翔的話，不自覺地笑了。

　　△ 王翔盯著電腦的螢幕。

王翔：（OS）我以為我自由了，但並沒有。

　　△ 王翔將滑鼠移至剪接軟體上的「起點」。

王翔：（OS）在裡面，不自由的是我的身體，出來以後，不自由的是我的心。

　　△ 王翔再按下「終點鍵」，剪掉片段的錄音。

　　△ 沈雯青的臉上有些傷感。

王翔：（OS）是我咎由自取，不能怪任何人。不過有時候我會想，我已經被懲罰了，像我這種人，是不是也應該要有自由的權利⋯⋯

　　△ 宋克帆打開門進來。

克帆：我回來了⋯⋯（聞到屋裡的味道）有焦味。

　　△ 宋克帆背包往地上一放，快步過去廚房。

△ 沈雯青趕緊關掉爐火，把勺子拿起來放在旁邊。

雯青：又煮焦了。

　　△ 沈雯青無奈地看了他一眼。

克帆：沒關係，我還是會全部吃掉。

　　△ 宋克帆釋出善意，對她笑。

　　△ 沈雯青嘴角露出一絲笑容，把鍋子從爐子上拿起來放到一旁流理
　　　台上。

克帆：妳今天……還順利嗎？

　　△ 沈雯青點頭，打開水龍頭洗手。

克帆：有拍照嗎？

　　△ 沈雯青搖頭。

雯青：他不想上鏡頭，我不想勉強他。

克帆：沒有照片怎麼行？

雯青：他有傳給我一張。

　　△ 沈雯青走到桌前拿起手機。

　　△ 宋克帆跟過去。

　　△ 沈雯青把手機遞到他面前。

　　△ 宋克帆看到手機上的照片是關在籠子裡的白文鳥，皺起眉頭。

| S9 | 時：夜 | 景：王翔房間 |
|----|--------|------------|
|    | 人：王翔 | |

　　△ 夜已深。

　　△ 王翔躺在地上，他戴著耳機，雙手握著手機放在胸口。他聽著手
　　　機裡沈雯青的聲音。（王翔把自己講話的聲音剪掉，只剩下沈雯
　　　青的聲音）

雯青：（OS）我在美國待了七年，你為什麼一直問這個？……我在那裡書
　　　讀得不好，很混……

　　△ 王翔看著天花板，臉上的表情有著細微的變化。

雯青：（OS）最後一張照片喔！給你看完之後就真的不准再問了。……

| S10 | 時：日 | 景：咖啡廳裡 |
|------|--------|-------------|
|      | 人：沈雯青、王翔 | |

△ 沈雯青一臉的笑容。(王翔的主觀畫面)

雯青：我給你看一張相片，我以前在美國養的狗，牠陪了我好幾年。我很
　　　喜歡大狗你記得嗎？(從手機裡找出相片遞到王翔面前)給你看。
　　　……很可愛喔！……有嗎？我記得我說的是我喜歡大狗，我哪有說
　　　我怕？……好想牠喔，都帶不回來……(正視著王翔)好了，不准再
　　　問了，回答問題。

△ 沈雯青很自然地笑著，好像回到以前兩人熟識的狀態。

| S11 | 時：夜 | 景：王翔房間 |
|------|--------|-------------|
|      | 人：王翔 | |

△ 王翔閉上眼睛，繼續聽著她的聲音想著她。

| S12 | 時：日 | 景：潘奶奶房間 |
|------|--------|-------------|
|      | 人：唐娟、潘奶奶 | |

△ 風自窗外吹入，窗簾擺動著。

△ 唐娟走到潘奶奶房間門口向內看，房間內沒人。唐娟再往內走，
　　看到浴室門關著，她走到床邊，拿起床上的枕頭。

唐娟：媽？

奶奶：（OS）什麼事？

唐娟：天氣很好，我把妳的枕頭拿出去曬一下？

奶奶：（OS）好。

　　　△ 唐娟拿起枕頭，再從口袋裡拿出信封，然後把枕頭的拉鍊拉開。

　　　△ 潘奶奶打開浴室門出來。

　　　△ 唐娟拿著枕頭和那個信封看著潘奶奶。

唐娟：這是不是妳找不到的那包錢？

　　　△ 潘奶奶錯愕，過去唐娟面前，拿過那個信封打開看。

奶奶：這……妳在哪裡找到的？

△ 唐娟指指枕頭。

唐娟：在枕頭裡面。

　　　△ 潘奶奶顯得困惑。

奶奶：我怎麼會放在枕頭裡面？……我什麼時候放的？

　　　△ 唐娟把枕頭拉鍊拉上。

唐娟：我就說嘛，妳一定換了地方，所以才會忘記。

奶奶：（納悶，還有些恐慌）我的記性應該不至於這麼差啊！怎麼會這樣
　　　呢？

唐娟：還好找到了。

　　　△ 潘奶奶拿著那包錢，還是極力地在找回記憶。

唐娟：妳錯怪王翔了。

　　　△ 潘奶奶看了她一眼，沒說話。

　　　△ 唐娟拿著枕頭出去。

| | 時：黃昏 | 景：潘家車庫 |
|---|---|---|
| **S13** | 人：潘奶奶、王翔 | |

　　　△ 夕陽西下。

　　　△ 王翔拿著抹布擦著車窗。

　　　△ 潘奶奶走進車庫。

　　　△ 王翔看到她，對她點頭。

王翔：潘奶奶。

奶奶：我的錢找到了，跟你說一聲。

　　　△ 王翔平靜地點了一下頭。

　　　△ 潘奶奶盯著王翔，注意著他的反應。

奶奶：是潘太太幫我找到的。

　　　△ 王翔對潘奶奶異樣的眼神沒有多想，他點點頭。

王翔：謝謝妳告訴我。

　　　△ 潘奶奶往潘家門口看了一下，稍微壓低了聲音。

奶奶：你後來有沒有發現什麼？

　　　△ 王翔搖頭。

奶奶：還是你根本就沒有在幫我？

王翔：對不起，潘奶奶，我還是做不到。

　　△ 潘奶奶輕輕嘆了一口氣，雙眼仍然緊盯著王翔看。

奶奶：潘先生快回來了，他再過去的時候，我就叫他把他的老婆帶走，栓

　　　在身邊……（壓低聲音）看她還能往哪裡跑。

　　△ 王翔看著她，沒說話。

奶奶：你把你該做的事做好，我不會再為難你了。

　　△ 潘奶奶說完便轉身走出車庫。

　　△ 王翔看著她的背影，皺起眉頭。

| S14 | 時：黃昏 | 景：沈雯青住處 |
|---|---|---|
| | 人：沈雯青 | |

　　△ 沈雯青坐在電腦前傳訊息，她傳了一個名為「王翔採訪」的文字
　　　檔，再打下訊息。

　　△ 訊息：我寫好了，你有空看一下，不急。有意見告訴我，沒有問
　　　題我再給總編。

　　△ 沈雯青傳出訊息後，又期待地看著電腦螢幕。

| S15 | 時：夜 | 景：王翔房間 |
|---|---|---|
| | 人：王翔 | |

　　△ 王翔坐在桌前，看著沈雯青傳來的檔案。他猶豫著，終於決定打
　　　開。

　　△ 文字檔的標題：我沒有忘記如何自由飛翔，只是需要更多勇氣。

　　△ 王翔看著電腦螢幕，對沈雯青寫的鼓舞的文字為之動容。

| S16 | 時：日 | 景：潘家客廳連院子 |
|---|---|---|
| | 人：王翔、潘正修、唐娟、警衛、潘奶奶 | |

　　△ 溫暖的陽光照遍潘家的院子。

　　△ 潘正修提著隨身行李袋走進院子。

　　△ 潘奶奶開心地打開客廳門。

奶奶：正修！

△ 潘正修走到門口，對奶奶露出笑容。

正修：媽。

奶奶：累壞了啊！趕快進來。

　　△ 潘正修進去客廳，唐娟也跟在他身後進去。

　　△ 王翔和警衛拉著行李過來，警衛進去客廳把行李放在玄關。王翔
　　　沒有進去就站在門口。

正修：林先生，今天可以先回去休息了，明天見。

警衛：好，謝謝潘先生。潘奶奶、潘太太，我先走了，再見。

　　△ 潘奶奶和唐娟對他點點頭，警衛離去。

正修：王翔，你也回去吧，我今天自己去接小愛。

　　△ 王翔點頭。

　　△ 潘正修拉開其中一袋行李，從裡面拿出一個袋子交給王翔。

正修：這是給你的，一點小東西。

　　△ 王翔搖頭，推辭。

王翔：謝謝潘先生，我心領了。

　　△ 潘正修被他拒絕，臉色僵了一下。

奶奶：王翔，潘先生給你東西，你就收下啊！

　　△ 王翔還是搖頭。

正修：沒關係，不要勉強。你回去吧，我們明天再談。

王翔：潘先生，上次我們通話的時候，是說我做到您回來，如果可以，我
　　　就做到今天。

　　△ 唐娟有點錯愕。

奶奶：（不悅）王翔，你怎麼突然說不做就不做？

正修：媽，這是我跟王翔講好的。（望向王翔）你等我一下，我把薪水算
　　　給你。

　　△ 王翔把車鑰匙遞給潘正修。

　　△ 潘正修接過車鑰匙，點頭。

| S17 | 時：日 | 景：潘家車庫 |
|-----|--------|--------------|
|     | 人：王翔、唐娟 | |

　　△ 王翔已經背上他的隨身背包，在車庫等著。他看到車子的照後鏡

上有一點污漬，拿起抹布擦著照後鏡。

△ 唐娟走進車庫。

△ 王翔看到她進來，擦乾淨了照後鏡，把抹布放好，對她點了一下頭。

王翔：潘太太。

△ 唐娟過去他面前，遞給他一個信封。

唐娟：這是你的薪水。

王翔：謝謝。

△ 王翔接過信封，沒有打開看，他把信封對折。

唐娟：潘先生多算了一個月給你，謝謝你對小愛這麼有耐心。

△ 王翔本來要把信封收進背包，他又拿出信封打開，拿出裡面的支票看了一下，再放回信封裡。

王翔：是潘先生給的。

唐娟：（不解）本來就是他給的，要不然是誰？

王翔：潘奶奶不見的三萬塊，真的是她忘了放在哪裡嗎？

△ 唐娟愣了一下。

王翔：她的頭腦其實很清楚。妳有特別問我那個信封是什麼樣子，妳是為了洗刷我的嫌疑，自己貼了三萬塊，對吧？那個錢真的不是我拿的。

△ 唐娟向院子方向看了一眼。

唐娟：你都不做了，說這些做什麼？

△ 王翔點點頭，把信封收進背包裡。

王翔：謝謝妳一直幫我。

唐娟：（無奈地）不要這樣說……

王翔：我知道妳是為了我弟弟。

△ 唐娟的神情凝住。

王翔：別把自己的婚姻也賠進去。

△ 唐娟尷尬，語塞。

△ 王翔過去他的機車旁，戴上安全帽，發動機車，騎車離去。

△ 唐娟看著他遠去。

| S18 | 時：夜 | 景：王翔房間 |
|-----|--------|-------------|
|     | 人：王翔、王杰 | |

△ 王翔坐在床邊地上看著他手機的通訊軟體中有三通潘天愛的語音留言，他猶豫了一下，打開第一通，擴音播放。

天愛：（OS）你很過分，連再見都不跟我說就跑了！你懂不懂做人的道理啊？你也不接我的電話，我真的很生氣！（快哭的聲音）我再也不要理你了！

△ 王翔聽完第一通語音，吐了一口氣。他看著手機，遲疑了一下，再按第二通留言。

天愛：（OS）（哽咽）原來你那天說要幫我送午餐，就是因為你不要做了……那我以後怎麼辦？（哭著）你怎麼可以對我那麼無情？

△ 語音結束，王翔低下頭，既無奈又有些不忍。他把前兩通語音刪除，按下最後一通。

天愛：（OS）以後你說什麼我都不頂嘴，我會乖乖聽話。你回來好不好？

△ 王翔狠下心，把最後一通語音也刪了。

| S19 | 時：夜 | 景：王翔房間門口 |
|---|---|---|
| | 人：王杰 | |

△ 王杰走到王翔房間外，他敲敲門。

王杰：哥……你睡了嗎？……要不要聊一下？

王翔：(OS) 你不要擔心，我自己有打算。我們之後再聊，我累了。

△ 王杰無奈。

王杰：好，那你早點休息。

△ 王杰轉身，走回自己房間。

| S20 | 時：夜 | 景：王翔房間 |
|---|---|---|
| | 人：王翔 | |

△ 王翔躺在床墊上，睜著眼睛看著天花板，全無睡意。

| S21 | 時：日 | 景：清潔公司外 |
|---|---|---|
| | 人：王翔、龍哥、阿標 | |

△ 清潔公司旁的空地上停放著貼著「萬吉清潔公司」字樣的車子。

△ 身材壯碩的阿標穿著印著公司名稱的短袖衫在清洗車輛，他的手
　　　臂上有個刺青"恨"字。他全身溼透，還不斷冒著汗。

　　△ 王翔走到公司外，看到阿標，他停下腳步。

　　△ 阿標轉頭，看到王翔盯著他看，阿標的眼神變得不友善。

阿標：你找誰？

王翔：我找龍哥，我姓王。

　　△ 阿標的表情變了，他睜大了眼睛，好奇地看著王翔。

阿標：你是王翔？

　　△ 王翔點頭。

　　△ 阿標丟下手上的水管，快步走到公司門口，打開門向內喊。

阿標：龍哥！龍哥！王翔來了！……（進去裡面繼續喊）龍哥！

　　△ 王翔看到水管還在冒水，過去把水龍頭關好。

　　△ 龍哥從裡面出來，阿標跟在他身後。

龍哥：你是迷路了？現在才來？

　　△ 王翔露出笑容，過去龍哥面前。

王翔：龍哥，歹勢啦！

　　△ 龍哥爽朗地笑，拍拍王翔的肩膀。

龍哥：來啦！好久沒看到你了！

　　△ 龍哥帶著王翔進去公司裡。

| S22 | 時：日 | 景：清潔公司內 |
|---|---|---|
| | 人：王翔、龍哥、阿標 | |

　　△ 王翔看著公司內部，擺設簡單，但井井有條。

　　△ 龍哥拿出一個資料夾，打開給王翔看。

龍哥：你看看我們做的業務，辦公大樓和大廈的地板清潔、打蠟，洗水塔，
　　　樓梯間，裝潢屋清潔，還有拆除……很多啦！都是吃苦的工作，但
　　　是都是實實在在的……

　　△ 王翔看著照片，點頭。

龍哥：你現在不做了，就過來我這裡。我們有幾個固定社區的清潔工作，
　　　我需要人幫我調派人手和管理。當然了，人手不夠的時候，自己一
　　　定要下去做。過去要全部放掉，要能彎下腰！

王翔：我知道。我出來就做過臨時工。

　　　△ 龍哥點頭。

龍哥：我現在的業務很多都是靠朋友幫忙接到的，你來，可以幫忙我做一些企劃，我們去標案來做，我也可以專心跑業務，多接一點案子。（望向阿標）阿標，拿一件衣服來。

　　　△ 阿標點頭，到一旁的櫃子前，拿了一件公司的制服過來遞給王翔。

王翔：謝謝。

　　　△ 王翔對阿標點頭，接過衣服。

龍哥：王翔，我不會逼你，你回去好好考慮一下。衣服你拿回去，你不來，就留做紀念，你願意來，就穿過來。

王翔：謝謝龍哥。

　　　△ 龍哥拍拍王翔的肩膀。

| S23 | 時：日 | 景：王翔房間 |
| | 人：王翔、王母 | |

　　　△ 王母看著王翔放在床上的清潔公司衣服，臉色不太好看。

王翔：我有個朋友開清潔公司，要我過去工作。

王母：什麼朋友？……大學同學，還是研究所的？

　　　△ 王翔皺起眉頭。

王翔：媽，怎會有同學要跟我聯絡？

王母：是你在裡面認識的？

王翔：對。

王母：（沉下臉）不要跟那種人在一起……

王翔：媽，哪種人？更生人？我也是更生人，我跟他們一樣。

王母：（略激動）你不一樣！你跟他們不一樣！你是我兒子，我知道……我知道你是什麼樣的人……你不要跟那種人混在一起。

　　　△ 王翔沉默，臉色也沉下來。

　　　△ 王母看到他的樣子，逼著自己冷靜下來，動之以情。

王母：聽媽媽的話，讓小杰幫你想辦法……

王翔：媽！妳不要再逼他了，我不想因為我影響到弟弟。

王母：你怎麼那麼拗啊？你這樣我很擔心⋯⋯

　　△ 王翔堅定地看著她。

王翔：媽，這是一份正正當當的工作。⋯⋯(安撫她)妳不要擔心啦！

　　△ 王母見他堅決，不忍心再說。

| S24 | 時：日 | 景：工地 |
|-----|-------|---------|
|     | 人：王翔、阿標、環境人物 | |

　　△ 正在進行拆除工程的工地，地上剩下最後一個麻袋。

　　△ 王翔汗流浹背地過來麻袋前，他彎下身要準備拿起麻袋。

阿標：翔哥、翔哥！不要動！

　　△ 阿標快步過來。

阿標：最後一趟，我來！

王翔：不用⋯⋯

　　△ 阿標抓住麻袋的束口處。

阿標：我那麼大隻，力氣用不完不行，會出代誌！你去休息啦！

　　△ 阿標扛起麻袋就往外走。

王翔：謝謝⋯⋯

　　△ 阿標抬起另一隻手，豎起大拇指。

　　△ 王翔看著他的背影，還在喘氣。

| S25 | 時：夜 | 景：清潔公司內 |
|-----|-------|--------------|
|     | 人：王翔、龍哥、阿標 | |

　　△ 阿標趴在桌子上睡著了，他的袖子捲的比較高，手臂上刺的"恨"
　　　字上面還有一個"悔"字露了出來。他的手下面壓著一本丙級廢
　　　棄物清運法規的書籍。

　　△ 龍哥走到阿標旁邊，看到他壓著書睡，搖頭。

龍哥：給他報名去上課，他都給我在睡覺！他說看到字就會想睡覺。

　　△ 王翔走到龍哥旁邊。

王翔：龍哥，沒那麼容易，學生我看多了，不愛念書的，勉強不來。

龍哥：我想要給他一個目標才叫他去考個技術士，還跟他說考上給他加薪

……他一直說他不行。

△ 龍哥看著阿標，語重心長地。

龍哥：他其實很善良，講義氣，可是很容易受人影響，強盜罪，進出好幾次。
　　　我答應他阿嬤要照顧他，才會讓他在這裡上班。

王翔：還是我來試試看，勸勸他？

△ 龍哥沒說話。

△ 王翔敲敲桌子。

王翔：阿標……阿標，下班了！……去吃飯？我請你吃飯！

△ 阿標眼睛張開，坐正了。

阿標：我聽到有人要請我吃飯？

△ 王翔露出微笑。

王翔：我請你吃飯！……下班了，東西收一收，我們走。

△ 阿標立刻清醒了。


| S26 | 時：夜 | 景：熱炒店 |
|---|---|---|
|  | 人：王翔、阿標、環境人物 | |


△ 桌上有炒麵、幾道菜和裝著啤酒的玻璃杯。

△ 阿標大快朵頤。

△ 王翔面帶笑容，感激地看著阿標。

王翔：謝謝你幫我分攤那麼多工作。

△ 阿標得到讚許很高興，他笑著搖頭。

阿標：沒有啦！我除了力氣大，其他什麼都沒有用。

王翔：你有你的優勢，不要妄自菲薄。

阿標：我不像你啦！你還會幫龍哥寫什麼企畫案。龍哥說你很會讀書，很
　　　聰明，超級會忍耐，龍哥說他想不透為什麼你會犯下殺人案……

△ 王翔的笑容消失，打斷他。

王翔：（低聲）阿標，不要提過去的事了。

△ 阿標趕緊點頭。

阿標：好好好！

△ 王翔低下頭看書，他看的是阿標的考試用書。

△ 阿標見他很專注的樣子，有了想法。

阿標：翔哥，你喜歡看喔？送你啦！

　　△ 王翔抬頭看著阿標。

王翔：送我你怎麼讀？龍哥說要幫你報名下一期的考試。

　　△ 阿標面露痛苦，發出哀號。

王翔：我陪你一起讀，幫忙你複習？

　　△ 阿標愣了一下，但想想又面露痛苦。

阿標：幫我複習？不是幫我考喔？

王翔：（笑）我怎麼能幫你考？這樣啦，我讀懂了教你。我會跟龍哥說不要那麼急，等你準備好再幫你報名考試？我跟你一起去考。

　　△ 阿標猶豫，沒那麼抗拒了。

王翔：你要是認真讀考上了，你阿嬤一定會很欣慰。

　　△ 阿標吞了口裡的菜，正要喝啤酒，聽到王翔的話，頓了一下，把杯裡的酒喝了，放下杯子，難過地低下頭。

阿標：我對不起阿嬤……（哽咽）我出來還不到半年她就死了……我沒有用，讓她很丟臉，是我把她氣死的！……

　　△ 阿標像個孩子一樣哭了起來。

　　△ 王翔沒想到會這樣，見隔壁桌有人看著他們，趕緊安慰他。

王翔：（低聲）別哭了，人家在看……

　　△ 阿標抬起頭望向隔壁桌。

阿標：靠北喔？沒看過人家哭？我阿嬤死了啦！

　　△ 阿標又低下頭，這下也不忍了，哭得更大聲。

王翔：歹勢……他喝多了，不好意思。

　　△ 王翔對隔壁桌的客人抱歉地點頭。

| S27 | 時：夜 | 景：鐵皮屋 |
|-----|--------|-----------|
|     | 人：王翔、阿標 | |

　　△ 鐵皮屋的門打開。

　　△ 王翔扶著喝醉的阿標進來，他在牆上摸了一下，沒找到燈的開關，只好攙著阿標往內走，但被地上的東西絆到，他和阿標兩人都摔倒。

　　△ 體重頗有分量的阿標，「碰」地一聲落地。

王翔：阿標？你沒事吧？

　　△ 王翔拿出手機，打開手電筒照著阿標，推推他。

王翔：阿標？

　　△ 阿標趴在地上，一動也不動，瞬間鼾聲大作。

　　△ 王翔起身，找到電燈開關，打開燈，愣住。

　　△ 屋子裡堆了好多回收的紙板、寶特瓶，還有一些撿來的雜物。桌
　　　椅都很舊，矮櫃上有一台舊電視。裡面搭起來的木板床上除了枕
　　　頭、被子，還有好多沒有折的衣服，靠著牆邊有個相框，裡面是
　　　阿標阿嬤的相片，阿嬤笑瞇瞇的彩色相片。

　　△ 王翔看到阿標身體下壓著一支球棒，他把球棒抽出來放在一旁。

| S28 | 時：夜 | 景：王翔房間 |
|-----|--------|-------------|
|     | 人：王翔、王杰 | |

　　△ 王杰跪在床邊，用手指輕輕敲著鳥籠，逗白文鳥。

　　△ 王翔洗好澡進來，看到王杰在逗鳥。

王翔：你把她吵醒了！

　　△ 王杰望向王翔，開玩笑地。

王杰：那我幫你把她哄睡？

　　△ 王翔揮揮手趕他走。

王翔：回你房間，我累了。

　　△ 王翔走到床邊坐下。

　　△ 王杰到他旁邊，也坐在地上。

王杰：我看你每天回來都很累，連跟你講幾句話的機會都沒有。你還習慣
　　　嗎？

　　△ 王翔點頭。

王杰：這個星期天我們早餐店休息。

　　△ 王翔點了一下頭，沒說話。

王杰：我答應怡安要帶她出去玩，媽也會去，我是想問你，你也休息，一
　　　起去吧？

　　△ 王翔轉頭看著他，搖頭。

王杰：媽也希望你一起出去走走。

王翔：我那天有事。

王杰：什麼事？

　　△ 王翔盯著他看，遲疑了一下才開口。

王翔：有重要的事。

　　△ 王杰看到王翔嚴肅的眼神，他點了一下頭。

王杰：好吧！那就下次再說。

　　△ 王杰站起來走向門口。

　　△ 王翔盯著他的背影。

王翔：那天是很重要的日子。

　　△ 王杰臉色沉下，轉頭看了他一眼。

王杰：我知道。

　　△ 王杰丟下話，出去，把門關上。

| S29 | 時：夜（12 年前） | 景：王家後門 |
|-----|----------------|-----------|
|     | 人：王翔 | |

　　△ 紅色的金鼎內冒著火焰。

　　△ 王翔把沾了血跡的制服襯衫放進金鼎內。

　　△ 襯衫燃燒著，漸漸化成灰燼。

　　△ 王翔再從口袋裡拿出那張寫著「王翔大哥親啟」的卡片，丟進金
　　　鼎裡。

　　△ 卡片瞬間被火焰吞噬。

　　△ 王翔抬起頭，發現屋內有個人影閃過。

| S30 | 時：夜（12 年前） | 景：王杰房間 |
|-----|----------------|-----------|
|     | 人：王翔、王杰 | |

　　△ 王杰側躺在床上，背對著門。

　　△ 王翔輕輕打開門進來，把門關好後，走到床邊，伸出手握住王杰
　　　的手臂，把他拉起來。

　　△ 王杰被王翔用力一拉，差一點從床上摔下來，他趕緊站穩。

王杰：哥……

△ 王翔看到他低著頭，托了一下他的下巴，讓他抬起頭。

　　△ 王杰顫抖起來，眼淚奪眶而出。

王翔：（壓低聲音）你哭什麼？

　　△ 王杰用手抹去眼淚。

王杰：沒有……

　　△ 王翔生氣地拍了一下他的臉。

王翔：不准哭！

　　△ 王杰忍著。

王翔：（質問）你看到什麼？

王杰：我……我……

　　△ 王翔又拍了一下他的臉，並抓住他的衣襟。

王翔：你看到什麼？

王杰：我沒有看到。

王翔：你再說一次。

王杰：我沒有看到，我不知道。

　　△ 王翔重重地吐了一口氣，鬆開手。

| S31 | 時：日 | 景：池塘邊 |
|---|---|---|
| | 人：王翔 | |

　　△ 萬里無雲的天氣，池塘的水面倒映著藍天和綠樹。

　　△ 戴著鴨舌帽的王翔拿著一束花走到池塘邊，往大樹下過去。

　　△ 樹下長了一些白色的小雛菊，在雜草叢生的樹下，雛菊顯得格格
　　　　不入。

　　△ 王翔看到那些小雛菊，覺得有點奇怪。他把手上的花放下。

　　△ 王翔摘下帽子，拿了一枝花，走到池塘邊，把花放在水上。

　　△ 白色的花在水面上漂浮著。

| S32 | 時：晨 | 景：王家二樓浴室 |
|---|---|---|
| | 人：王翔 | |

　　△ 王翔在洗手台前洗臉。

△ 他靜靜的看著鏡中自己，樓下突然傳來秀玉的聲音。

秀玉：(OS) 姊！妳快下來！快下來！

△ 王翔聽到阿姨的聲音，快步出去。

| S33 | 時：晨 | 景：王家早餐店外騎樓 |
|---|---|---|
| | 人：秀玉、王母、王翔、王杰 | |

△ 太陽還沒升起，天色晦暗。

△ 秀玉站在早餐店門口，錯愕地看著騎樓的梁柱。

△ 王母從裡面出來。

王母：什麼事啊？喊這麼大聲？

△ 王母話才說完，她往前一看，也愣住。

△ 早餐店前的梁柱上被人貼滿了印有王翔圖像（網路上影片的截圖）的紙張，上面還印了三個斗大的字「殺人犯」，鐵捲門上也有好多張。

△ 王母氣得發抖，她過去梁柱前，撕著紙。

△ 王翔從裡面出來，他皺起眉頭。

△ 秀玉看了王翔一眼，無奈地過去另一根梁柱前撕著紙。

王母：太過分了！……實在是太過份了……

△ 王翔過去媽媽身邊，拉住她發抖的手。

王翔：媽……

△ 王母氣得掉眼淚，不說話，繼續撕著紙。

王翔：（輕聲）妳不要弄了，我來……

王杰：（命令地）媽，妳跟阿姨都進去！

△ 王翔、王母和秀玉都回頭。

△ 王杰站在門口看著他們，臉上一股怒氣。

| S34 | 時：日 | 景：王杰房間 |
|---|---|---|
| | 人：王翔、王杰 | |

△ 窗外天色已亮。

△ 王杰已經換好上班的衣服，他拿著手機在講電話。

王杰：有，我都有拍下來……好，吳警官，那我等下就去派出所找你……
　　　好，謝謝，再見。

　　　△ 王翔走到門口。

王翔：小杰，算了！

　　　△ 王杰坐在床沿穿襪子。

王杰：外面有監視器，一定有拍到那個人，就交給警方處理吧！

王翔：你幹嘛浪費時間在這種事情上。

王杰：難道你不想要知道是誰對你做這麼惡劣的事？

王翔：不重要。

王杰：你就嚥得下這口氣？

王翔：可以。

王杰：你可以，但是我不行！

　　　△ 王翔無奈地嘆口氣。

王杰：我一定要找到那個人，而且我要揍他！哥，我知道你不能打人，你
　　　會被抓回去關，我可以。

王翔：你在講什麼啊！

　　　△ 王杰走到他面前。

王杰：他如果再來第二次、第三次呢？這裡我們還住得下去嗎？

　　　△ 王翔無詞以對。

王杰：哥！這幾年不只你被關，我跟媽也被關，我們也一樣都沒有自由！
　　　…我們搬到這裡來，還是怕會遇到以前認識的人，怕被人知道我們
　　　家曾經發生過……（想想打住話）

王翔：(黯然地) 怎麼樣？我們家怎麼樣？

　　　△ 王杰不知要如何解釋。

　　　△ 王翔轉身出去。

　　　△ 王杰懊惱。

| S35 | 時：黃昏 | 景：王家早餐店內 |
|---|---|---|
| | 人：王母、秀玉 | |

　　　△ 營業時間已過，早餐店的鐵門半關著。

　　　△ 秀玉坐在店內，做著蔥油餅麵團，不時望向旁邊的王母。

王母：你為什麼都不跟我們商量？……好了，我不想說了，先這樣吧！

　　△ 王母掛掉電話，臉色很難看。

秀玉：怎麼了？王翔不回來吃飯？

　　△ 王母不說話。

秀玉：只是不回來吃飯，妳不要臭著臉啦，他忙是好事。

王母：他要搬出去住。

　　△ 秀玉有些意外。

王母：他找到房子了，晚上跟房東簽約。

　　△ 秀玉輕嘆了一口氣。

秀玉：妳就讓他去吧！他不住在這裡說不定對大家都好。

王母：我兒子被關了十多年了，回來連自己家裡都不能待，被逼著要搬出
　　　去？這樣是對誰有好處？

　　△ 王母難過地紅了眼睛。

　　△ 秀玉不敢講話了。

| S36 | 時：夜 | 景：王翔房間 |
|-----|--------|--------------|
|     | 人：王翔、王杰、王母 | |

　　△ 王翔把裝著乾淨的水的盒子放進白文鳥的籠子裡，跟白文鳥講
　　　話。

王翔：我們要換地方住。沒辦法，我也很捨不得他們，不過只是暫時……

　　△ 王杰走到門口，看到王翔在餵鳥，他敲了一下門。

王杰：哥。

　　△ 王翔看了他一眼，沒說話，把鳥飼料裝好。

　　△ 王杰進來，把門鎖上。

王杰：媽跟我講了。……她很難過，她不希望你搬出去。

王翔：我已經跟觀護人報告過了，等我安頓好，會去那裡轄區的警察局報
　　　到，這裡的警察不會再過來我們家找我。你們可以比較安心。

　　△ 王杰試著勸他。

王杰：我報案以後，那個人這幾天都沒有再來，真的再有什麼，我們一起
　　　面對！這裡待不下去，我們搬到別地方，沒什麼大不了的。

　　△ 王翔把那包鳥飼料收起來，他心平氣和地。

王翔：我想得很清楚了，我應該去一個沒有人認識我的地方躲起來。要關，關我一個人就好，我不想連累你和媽。

王杰：⋯⋯哥，我那天不是那個意思⋯⋯對不起，我那天會講那種話⋯⋯

王翔：你講得一點也沒錯！是我自己反應太遲鈍。⋯⋯出獄之後⋯⋯我以為所有的事情都會一筆勾銷⋯⋯（搖頭）沒有，所有相關的人、事、物都會一個一個回來找我，逃都逃不掉⋯⋯而且我忽略了一件事⋯⋯（感慨地看著王杰）你已經長大了，我還一直把你當成小孩，其實你一直在提醒我。

　　△ 王翔的話讓王杰感到刺耳。

王杰：你曲解我的意思了！

王翔：以後你要出差的時候就打給我，我會回來陪媽。

　　△ 王杰見勸不動他，臉色沉下。

王杰：你還是要走就對了？

　　△ 王杰走到門前，用力地捶著門。

王翔：你在幹什麼？夠了！

　　△ 王杰不理會他，開始用頭撞門。

王翔：王杰，你發什麼神經？

　　△ 王翔過去阻止他。

　　△ 王母在外面想要開門進來，但打不開，她敲門。

王母：（OS）你們在做什麼？

　　△ 王翔拉住王杰，阻止他撞門。

王杰：你恨我對不對？我知道你恨我！你本來可以飛黃騰達的，你忌妒我，你恨我！恨我你就說出來，大聲說出來⋯⋯

　　△ 王杰又撞門。

　　△ 王翔抓住他，將他用力拉開。

　　△ 王杰摔在地上。

王翔：夠了！

王杰：你為什麼不說？坦白說出來，會舒服很多！

王翔：你閉嘴！

　　△ 王母在外面拼命敲門。

王母：（OS）王翔，你跟小杰在幹嘛？

王翔：（壓低聲音）媽在外面。

王母：(OS) 為什麼鎖門啊？快點開門……

　　△ 王翔把鎖上的門打開。

　　△ 王母進來。

王母：你們在幹嘛？幹嘛鎖門？怎麼那麼大聲？

王翔：沒事啦！

王母：你們是在打架嗎？

　　△ 王翔走到桌前，背對著他們，不作聲。

王杰：媽，我勸不了哥，他不聽我的。……我們沒有在打架，哥從來不會
　　　打我，難道妳不知道嗎？

　　△ 王杰出去。

　　△ 王母看了王翔一眼，跟著王杰出去。

　　△ 房間內安靜下來，剩下王翔一人。王翔眼眶紅了，他深深吸了一
　　　口氣，讓自己平靜下來。

| S37 | 時：黃昏（22 年前） | 景：公園 |
|---|---|---|
| | 人：王翔 (15 歲 )、王杰 (7 歲 ) | |

　　△ 王翔坐在樹下，手上拿著筆記本，他背著本子上的英文單字，不
　　　時抬頭注意在玩耍的王杰。

　　△ 王杰一頭汗，他蹲在地上撿石頭。突然他的鼻子裡有東西流出
　　　來，用手擦了一下。他看到手上的血，又抹了一下鼻子。

王杰：（害怕地大叫）哥！哥！

　　△ 王翔把筆記本捲起來塞進褲子裡，跑過去。

王杰：我流血了……

　　△ 王翔看到他流鼻血，伸手替他擦著。

王翔：沒關係，只是流鼻血，頭抬起來。

　　△ 王杰搖頭，鼻血滴到地上。

王杰：（害怕地）好多……流好多……

王翔：不會啦！一下就不流了……來，哥哥背你，很快就到家了。

　　△ 王翔背起他，快步走著。

王杰：（害怕）哥，我是不是要死了？

王翔：亂講！不會啦！（哄他）你看，你看我們的影子，像不像長兩個頭

的怪獸？

△ 王杰看著地上的影子，真的是兩個頭。王杰舉起兩隻手，做出爪子的形狀，他看著影子，做出怪聲，破涕為笑。

王翔：你要抱好哥哥……這樣會掉下來……

△ 王杰又做怪聲，自得其樂。

| S38 | 時：黃昏（22年前） | 景：王家早餐店內連門口騎樓 |
|---|---|---|
| | 人：王母、王翔(15歲)、王杰(7歲) | |

△ 王母站在店內向外張望。

△ 王翔揹著王杰跑回來。

△ 王母看到孩子回來了，她震驚地抬起手遮住嘴巴。

△ 王杰的鼻血流在王翔身上，王翔的衣服上有一大片血跡。

△ 王翔看到媽媽的表情，不敢動。他喘著氣，揹著王杰，就站在門口。

△ 王杰的雙手緊緊地勾著王翔，他看到媽媽震驚的樣子。

王翔：媽……小杰流鼻血……

△ 王母氣得到店門口拿起掃把就往王翔腿上打。

王母：你怎麼帶他的？……怎麼弄成這樣？

△ 王翔不敢出聲，閃躲著。

△ 王杰從王翔身上跳下來，他推著媽媽，不讓她打王翔。

王杰：妳不要打哥哥……

△ 王母氣得也打王杰，王杰大叫。

△ 王翔趕緊過去護著他。

△ 王母氣得控制不住，仍然揮著掃把，每一下都打在王翔身上。

| S39 | 時：夜 | 景：王翔房間 |
|---|---|---|
| | 人：王翔 | |

△ 王翔走到書櫃前，他看著玻璃門裡的相片，決定把相片拿下來。他捏住相片的邊緣往外拉，相片卻仍然黏在玻璃上。王翔一點一點把相片撕離玻璃。

△ 相片被撕裂，表面一層仍然黏在玻璃上。

△ 王翔立刻停住，他把相片按回原處，將兩扇玻璃門推至同樣的地方，夾住那張相片。

△ 王翔站在那裡，一動也不動的看著那張相片。

| S40 | 時：日 | 景：王家門口 |
|---|---|---|
| | 人：王翔、阿標、王母 | |

△ 清潔公司的車子開到王家門口停下。

△ 王翔拿著兩袋行李出來。

△ 阿標下車，走到門口，接過王翔的行李。

阿標：翔哥，給我、給我。

△ 王母提了鳥籠出來。

阿標：伯母好！我是阿標。

△ 王母對阿標點頭，客氣地笑。

王母：阿標你好！

△ 王翔接過鳥籠。

△ 阿標把兩袋行李拿上車。

△ 王母對王翔的離開還是很不情願。

王翔：（安撫她）我會常回來的……有時間就回來，妳不要擔心。

△ 王母難過，不說話。

王翔：媽，妳別這樣，我會天天打電話給妳，讓妳安心。

△ 王母還是不語。

△ 王翔摟了她一下。

王翔：走嘍！妳要保重。

△ 王翔提著鳥籠上車。

王翔：進去吧！

△ 王翔對她揮揮手。

△ 王母沒有進屋，看著車子開走。

| S41 | 時：日 | 景：沈雯青住處 |
|------|--------|------------------|
|      | 人：沈雯青、宋克帆 | |

　　△ 沈雯青憂慮的看著窗外。

　　△ 桌上的電腦螢幕上是她寫的王翔專訪，標題是「英雄哥的救贖之
　　　路」。

　　△ 宋克帆打開門進來。

　　△ 沈雯青一聽到他進門，立刻過去。

雯青：總編改了我的標題！王翔不喜歡英雄哥這個稱呼，他覺得很難堪
　　　……

克帆：總編也會改我的標題，不是光改妳的。

雯青：（生氣）他連內容都改了！我有問過他，是因為你給的照片。

　　　△ 沈雯青走到桌前，把電腦上的文章往下拉。下面有幾張在池塘邊
　　　　拍的照片。池塘遠景、樹下的小雛菊。底下還有文字說明，沈雯
　　　　青念著上面的字。

雯青：如果時間可以重來，我會盡我所能保護她，而不是傷害她！這是什
　　　麼？這不是他說的，也不是我寫的！是你編的？你這些照片從哪裡
　　　來的？

克帆：是我拍的。

　　　△ 沈雯青愣住。

克帆：總編不喜歡那張鳥的相片，要我想辦法再去拍王翔，我知道他一定
　　　不肯，所以我就去當年的案發現場……

　　　△ 沈雯青一臉的訝異。

| S42 | 時：黃昏 | 景：池塘邊 |
|------|----------|------------|
|      | 人：宋克帆 | |

　　△ 黃昏的池塘顯得昏暗。

　　△ 宋克帆走到池塘邊，他拿起相機拍了幾張照片。

　　△ 池邊樹下有好多被踩爛的花。

　　△ 宋克帆看到花，不解。

克帆：（OS）我不知道那裡發生什麼事，我猜他有去，就是李曉君命案周

年那天，他有去池塘那裡。

△ 宋克帆拿起相機拍照。

| S43 | 時：日 | 景：沈雯青住處 |
|-----|--------|----------------|
|     | 人：沈雯青、宋克帆 | |

△ 沈雯青聽著宋克帆的說法。

克帆：我覺得他心懷怨恨，才做出這樣的事。他根本沒有悔改，讓他假釋
　　　出來是錯的。他有很嚴重的反社會人格，妳不要再接近他了。

△ 沈雯青不說話，望向電腦螢幕，看著那篇報導。

— 本 集 終 —

皮

囊

EP7

# 第七集　皮囊

| S1 | 時：日（12 年前） | 景：解剖室內 |
|---|---|---|
| | 人：李春生、張致遠、工作人員、李曉君 | |

△ 冰冷的解剖室推床上放了一個裝著遺體的屍袋。

△ 電動門打開，40 多歲的李春生在張致遠的陪同下進到解剖室。

△ 他一臉的憔悴，硬撐著，甚至還抱著希望。

△ 穿著工作服，戴著口罩的工作人員走到推床旁，慢慢拉開屍袋的拉鍊。

△ 李春生看到屍體，心痛、激動地全身顫抖。

△ 屍體已經腫脹變形。

| S2 | 時：日（12 年前） | 景：解剖中心外 |
|---|---|---|
| | 人：李春生 | |

△ 李春生從解剖中心內出來，走到門口他就站不住了。他無力地坐在地上，痛哭失聲。

| S3 | 時：日（12 年前） | 景：解剖室內 |
|---|---|---|
| | 人：工作人員、李曉君 | |

△ 李曉君浮腫的手上拴著串珠手鍊，手鍊緊緊勒著她變形的手腕。

△ 工作人員拿著相機拍攝她手上的串珠手鍊，閃光燈不停的亮著。

△ 工作人員小心地剪斷手鍊的線，一顆顆透明、色彩亮麗的珠子彈開來，往地上墜落。

△ 字幕：第七集，皮囊

| S4 | 時：日 | 景：李春生辦公室內 |
|---|---|---|
| | 人：李春生、環境人物 | |

△ 頭髮花白，50 多歲的李春生坐在辦公桌前看著他的電腦螢幕。

△ 李春生的辦公桌很整齊，所有的物品分門別類，他的面前有一些財務報表和單據待檢查和簽名，但他的眼睛盯著電腦螢幕。

△ 電腦螢幕上是王翔被拍的影片停格畫面。

△ 會計小姐過來。

會計：主任……主任？

春生：放著就好。

　　　△ 會計手上根本沒有拿東西，她仍然站著沒走。

　　　△ 李春生轉頭望向她。

會計：我是要跟你拿報表。

　　　△ 李春生要找報表，突然回神過來。

春生：我還沒看完……看完再告訴妳。

　　　△ 會計點點頭，走開。

　　　△ 李春生又盯著電腦。

| S5 | 時：日 | 景：分局偵查隊長辦公室 |
|---|---|---|
| | 人：李春生、張致遠 | |

　　　△ 穿著制服的張致遠露出笑容，上前伸出手。

致遠：李先生，好久不見。

　　　△ 李春生跟他握了一下手，點點頭。

春生：謝謝你抽空見我。

致遠：不要這樣說，請坐。

　　　△ 張致遠請他到沙發前坐下。

致遠：最近好嗎？

春生：他出來了對不對？

　　　△ 張致遠對李春生單刀直入有些訝異，他遲疑，沒立刻回答。

春生：電視上報的那個人是他？

　　　△ 張致遠猶豫一下，點頭。

致遠：是的。

　　　△ 李春生深深吸了一口氣，點點頭，他壓抑著憤怒。

春生：我女兒活不過 16 歲，他才坐幾年牢？不到 12 年！

致遠：（解釋）他申請假釋四次才通過，幾乎到三分之二的刑期……

春生：那又怎麼樣？那是他該得的懲罰嗎？

　　△ 張致遠知道李春生很不滿，他口氣更軟了。

致遠：我知道你認為判決不公……

春生：你認為公平嗎？

致遠：我怎麼看不重要。我是執法者，必須依法行事，尊重司法的判決。

　　△ 李春生不以為然地笑。

春生：坐牢出來搖身一變，成了英雄哥？……他們叫他英雄哥？

　　△ 張致遠嘆了一口氣。

致遠：現在的媒體就是這樣，抓到一個點就會大肆渲染。你不要看那些新聞，也叫你太太不要看，越看會越生氣……

春生：我太太已經走了。

　　△ 張致遠有些錯愕。

春生：（黯然）走了五年了。

　　△ 李春生站起來。

春生：不好意思，耽誤你的時間。

致遠：別這麼說。有什麼事你可以打電話給我，聊聊也好。

春生：謝謝你。

　　△ 李春生走向門口。

致遠：李先生，你還住在老地方嗎？

　　△ 李春生點頭。

致遠：他如果有去找你，你告訴我。

　　△ 李春生沒有說話。

致遠：他的假釋條件之一是不能接近你和你的家人，對你們造成威脅，他要是敢違反，我就會把他送回去！

　　△ 李春生覺得張致遠安慰他的成分較多，應付地點了一下頭，絕望取代了憤怒的情緒。

| S6 | 時：日 | 景：小吃店 |
|----|--------|-----------|
|    | 人：李春生、環境人物 | |

　　△ 小吃店的電視上播著新聞。

記者：受到大家關注的英雄哥到目前為止還是不願意現身，不願意接受任

何採訪……

　　△ 客人們一邊吃飯一邊看電視。

女甲：他好像很帥，應該可以弄個直播，做網紅……

　　△ 另一名女客人笑著。

　　△ 吃著乾麵的李春生看了一眼說話的客人。

記者：（OS）不知道英雄哥不想曝光的原因，是為善不欲人知，還是另有
　　　隱情……

女乙：說不定人家就是故意製造神祕感，那會吸引更多人注意。

春生：他是殺人犯。

　　△ 在李春生隔壁桌的兩名女客人望向他，一臉狐疑。

春生：我告訴妳們，他不是英雄，他是殺人犯。

　　△ 兩名上班族女生互相看了看，對李春生投以異樣的眼光。

　　△ 李春生起身，要準備去付錢，經過另一桌桌旁，又忍不住開口。

春生：他是殺人犯！你們都被騙了。

　　△ 客人們面面相覷，都覺得他異於常人。

　　△ 李春生走向老闆，一面掏出皮夾，嘴裡喃喃念著。

春生：他不是好人……他是殺人犯……

　　△ 李春生把一百塊交給老闆，也不等找錢就出去了。

| S7 | 時：黃昏 | 景：李春生辦公室內 |
|---|---|---|
| | 人：李春生 | |

　　△ 李春生桌上有張紙，上面寫了好幾個電話號碼。

春生：他叫王翔，他 12 年前殺了一個女孩子……

　　△ 李春生劃掉一個電話號碼，撥另外一個電話號碼，他壓低了聲音
　　　講話。

春生：他殺人，還棄屍……這樣的人你們叫他英雄？

　　△ 李春生再畫掉一個電話號碼。

春生：英雄這兩個字是用在人身上，他不配……

　　△ 李春生執拗地繼續打著電話。

| S8 | 時：夜 | 景：李家客廳 |
|---|---|---|
| | 人：李春生、李柏皓 | |

△ 餐桌上方的吊燈燈泡舊了，白色燈泡的光顯得黯淡。

△ 桌子上放了一盤餃子。

△ 李春生和年約 30 歲的李柏皓各自坐在餐桌的一端，兩人面對面吃晚餐。李春生夾了 5、6 個餃子放進他的碗中，把桌上的盤子推到柏皓面前。

△ 李柏皓看著盤子裡的眾多餃子。

柏皓：你吃這麼少？

春生：我不餓。

　　　△ 李柏皓見爸爸低下頭吃著餃子，他猶豫了一下，小心翼翼地開口。

柏皓：明天還是一樣 8 點出門？

春生：嗯。

柏皓：看完曉君，要不要去其他地方走走？

春生：我要去池塘那裡看曉君。

柏皓：爸……不要這樣折磨自己。

春生：我一直沒有再去那個地方，我應該要去的，今年一定要去，給曉君送一束花……

柏皓：她早就不在那裡了。

春生：那她在哪裡？你不要跟我說她關在靈骨塔裡，那只是她的軀殼……（難過）我知道她還在。

柏皓：爸……

春生：我沒有要你去，我自己去。

　　　△ 李春生站起來，轉身回房間關上門。

　　　△ 李柏皓沒有叫他，看著他面前的盤子，拿起筷子夾了一個餃子放進嘴裡。他心情低落，咀嚼著餃子，費了一點工夫才把口中的餃子吞下去。

| S9 | 時：日 | 景：小路 |
|---|---|---|
| | 人：李春生 | |

△ 李春生開著車前往池塘。

| S10 | 時：日 | 景：李春生車內 |
|---|---|---|
| | 人：李春生、王翔 | |

△ 李春生的車停在路邊。

△ 坐在駕駛座上的李春生拿著那束他要給曉君的花，眼眶泛紅，猶豫著，沒有下車。曉君的聲音在他耳邊響起。

曉君：(OS) 爸爸不要哭。

△ 李春生放下那束花。

曉君：（OS）爸爸，沒有關係。

△ 車內的照後鏡上掛著曉君做的串珠吊飾。

△ 李春生坐在車裡，不知該何去何從。

曉君：（OS）爸爸回家……我們回家。

△ 李春生決定要走了，他發動車子，準備離去，忽然他睜大眼睛瞪著前方，原本傷感和自責的情緒不見了。

△ 戴著鴨舌帽的王翔走到路邊停放機車的地方，拿下鴨舌帽，戴上安全帽，牽出其中一輛機車。

△ 李春生盯著王翔，看著他的一舉一動。

| S11 | 時：日 | 景：王家早餐店門口 |
|---|---|---|
| | 人：王翔、李春生 | |

△ 午後，早餐店的鐵門是關著的。鐵門上貼著一張紙條，上片寫著「今日休息」。

△ 王翔騎著機車回到家門口。

△ 李春生的車子跟在他後面。

△ 王翔停好機車，打開鐵捲門，進去裡面。

△ 早餐店斜對面停著李春生的車，他在車裡看著王翔。

| S12 | 時：日 | 景：池塘邊 |
|---|---|---|
| | 人：李春生 | |

△ 池塘邊樹下有一束白色的花，那是王翔帶去的。

△ 李春生走到樹下，拿起那束花，把花束拆開，丟在地上，他憤怒地把那些花踩爛。

| S13 | 時：夜 | 景：王家早餐店外 |
|-----|--------|------------------|
|     | 人：李春生 | |

△ 夜深人靜。

△ 戴著帽子和口罩的李春生拿著一疊紙和一桶漿糊走到王家早餐店門口。他向四處看了一下，拿起刷子在店外的梁柱和鐵捲門上塗漿糊。

| S14 | 時：日 | 景：李家院子 |
|-----|--------|--------------|
|     | 人：李春生、李柏皓 | |

△ 李家院子外傳來鳥鳴聲。

△ 李柏皓在院子裡澆花。

△ 李家的房子是老式的透天厝，房子不大。

△ 李春生打開門進來，他一臉精疲力盡的樣子。

△ 李柏皓看到他，十分訝異。

柏皓：我以為你還在睡。

春生：睡不著。……我今天不去上班了。

△ 李春生往屋裡走。

△ 李柏皓擔心地看著他。

| S15 | 時：夜 | 景：街景 |
|-----|--------|----------|
|     | 人：王翔、沈雯青 | |

△ 沈雯青站在路邊等候著，她向四處看了看，拿起手機傳訊息。

△ 雯青訊息：我在你公司附近路口，你慢慢來沒關係。

△ 王翔從公司出來，他看到沈雯青，跟她招了一下手，然後走向她。

△ 突然一輛車從王翔身後開過來，就要擦撞到王翔。

△ 沈雯青趕緊將王翔拉向自己。

雯青：小心！

　　　△ 車子開走。

　　　△ 王翔轉頭看了一下。

王翔：怎麼開車的？

雯青：你沒事吧？

王翔：沒事……謝謝。

　　　△ 王翔指指公司。

王翔：我們公司就在前面，不過不好意思，還有幾位同事在忙，可能不方
　　　便……

　　　△ 沈雯青沒說話。

王翔：還是……我住的地方就在這附近，如果妳不介意……

雯青：沒關係，那就去你住的地方聊好了。

　　　△ 王翔點頭。

| S16 | 時：夜 | 景：李春生車內 |
|-----|--------|----------------|
|     | 人：李春生 | |

　　　△ 李春生把車開到路邊停下，他懊惱地拍了一下方向盤。

| S17 | 時：夜 | 景：王翔住處 |
|-----|--------|--------------|
|     | 人：王翔、沈雯青 | |

　　　△ 王翔的新住處是間頂樓加蓋的舊套房，擺設很簡單，一張沙發，
　　　　地上一個床墊，還有一張桌子和簡單的書櫃。王翔睡的床墊前有
　　　　個櫃子，櫃子上放著鳥籠。王翔替白文鳥換了一個大籠子，之前
　　　　的小籠子就放在旁邊。

　　　△ 沈雯青臉上掛著微笑，看著籠子裡的白文鳥。

　　　△ 王翔倒了一杯水放在桌上給沈雯青。

雯青：你怎麼沒有再買一隻跟牠作伴？牠看起來好孤單。

王翔：（脫口而出）那我怎麼辦？

　　　△ 沈雯青愣住，但隨即露出微笑。她過去桌前坐下，拿起杯子喝一
　　　　口水。

△ 王翔也坐下，看到她手腕上的刺青，盯著看。

　　△ 沈雯青注意到王翔看著她的手，她有點不安，右手握住左手的手腕。

雯青：我的錶壞了。

　　△ 王翔對她的話有點摸不到頭緒。

　　△ 沈雯青看到他的反應，轉開話題。

雯青：我是要拿照片給你看。（從背包裡拿出手機，找著照片，一面說著）對不起，我寫的那篇報導，被總編改了，跟我傳給你看的不一樣，我有跟總編爭取，可是……我可以先問你一個問題嗎？……曉君……曉君忌日那天，你是不是有去池塘？

　　△ 王翔遲疑了一下。

王翔：我以為採訪已經結束了。

雯青：可以請你告訴我嗎？

　　△ 王翔考慮了一下。

王翔：我是有帶一束花去。我知道對她來說沒有任何意義，可是我不知道我還能做什麼。

　　△ 沈雯青把手機螢幕按開，遞到他面前。

雯青：你送的那束花，變成這樣了。

　　△ 王翔看到被踩爛的花，沒說話。

雯青：這張照片是宋克帆拍的，他還認為是你故意弄的。

　　△ 王翔依舊很平靜。

王翔：無所謂，他怎麼想我不在乎。

雯青：我知道你不會做這樣的事。

王翔：那妳何必特地來跟我求證？

　　△ 沈雯青看著他，掙扎後決定開口。

雯青：我是想要聽你親口回答我。這麼多年，你知道我心裡有多少疑問嗎？

　　△ 王翔不說話。

雯青：那個時候報紙都寫你是因為感情糾紛殺人。你不願意回我的信，也不願意跟我做任何解釋……

　　△ 王翔不忍她自責，打斷她。

王翔：那件事跟妳一點關係都沒有，犯錯的人是我。

雯青：那你為什麼不告訴我？為什麼什麼都不告訴我？

△ 王翔不想面對她的質問，起身走到一旁去倒水喝。

雯青：你那個時候為什麼突然變了，而且還那麼莽撞，斷送自己的前程？

王翔：12 年前我們都還 20 多歲，真的了解彼此嗎？（見她又要開口）而且妳答應我不會再問的。

　　　△ 沈雯青見他提到過去態度改變，沉著臉，一副堅決、沒得商量的樣子，她停頓，沒繼續追問。

王翔：都結束了吧？

雯青：什麼？

王翔：我是說報導，既然已經都登出來，應該沒有後續了吧？

　　　△ 沈雯青的眼眶有些泛紅。

雯青：對，不會有後續了，謝謝你接受採訪。

　　　△ 沈雯青收起她的手機。

雯青：我不會再來煩你。

　　　△ 沈雯青拿起皮包要出去。

王翔：我送妳去搭車？

雯青：不用。

王翔：他會來接妳嗎？

　　　△ 沈雯青不回答，打開門出去。

　　　△ 王翔沒再喊她，見她走了，心裡很惆悵。

| S18 | 時：夜 | 景：沈雯青住處 |
|---|---|---|
| | 人：沈雯青、宋克帆 | |

　　　△ 宋克帆坐在桌前打電腦，電腦旁放了一個小盒子。他聽到開門的聲音，起身走向門口。

　　　△ 沈雯青關上門，脫了鞋進來，她的心情很鬱悶，臉色不太好看。

克帆：妳怎麼這麼晚回來？也不接我的電話……

　　　△ 沈雯青沒有說話，走到桌旁，把背包放在椅子上。

　　　△ 宋克帆趕緊拿起桌上的小盒子。

克帆：我買了一支錶給妳……

　　　△ 宋克帆打開盒子，裡面的錶跟沈雯青原來的錶類似。

　　　△ 沈雯青看著他，對他的心思有著感動，但高興不起來。

克帆：我找了好多天，找不到一樣的，就只買到類似的……

雯青：我不想要，可以退嗎？

　　△ 宋克帆有些意外，猜測著她的想法，沒有回答。

　　△ 沈雯青看著手錶，臉上沒什麼表情。

雯青：如果你可以不在意我的過去，我也不想遮遮掩掩的……

　　△ 宋克帆把錶盒放下，拉起她的手。

克帆：我最在意的只是現在！是我太不會講話，太討人厭，不懂得看臉色，
　　　想到什麼說什麼……以後……我惹妳不高興妳就叫我宋很煩！叫我
　　　宋很煩，我就知道要煞車……

　　△ 沈雯青知道他的心意，但鬱悶仍未解開。

雯青：(淡淡地)我先去洗澡。

　　△ 沈雯青走向浴室。

　　△ 宋克帆看著她，沮喪。

| S19 | 時：夜 | 景：飯店房間 |
|---|---|---|
| | 人：王杰、唐娟 | |

　　△ 王杰的手輕輕摸著唐娟的背。

　　△ 唐娟趴在他胸口，抱著他。

唐娟：你知道今天老太太跟我說什麼嗎？

王杰：什麼？

唐娟：她問我你哥在做什麼？找到工作沒？

　　△ 王杰沒有說話。

　　△ 唐娟抬起頭，下巴壓在王杰身上。

唐娟：她好像覺得我跟你哥有曖昧。

　　△ 唐娟說著，笑了起來。

　　△ 王杰不以為然的笑笑，輕輕把她推到旁邊，下床，開始穿衣服。

唐娟：你要去哪？

王杰：我要回家了。

　　△ 唐娟坐起來，有點意外地看著他。

唐娟：好，我就自己在這裡過一個孤獨的夜晚。

　　△ 王杰一面穿衣服一面說。

王杰：我哥剛搬出走，我答應他要回去陪我媽。

唐娟：你這麼聽你哥的話？

　　　△ 王杰穿上褲子。

王杰：我答應他的事情要做到。

唐娟：你哥知道我們的事，他有沒有說什麼？（不等王杰回答）算了，I don't care.

　　　△ 王杰看著她，沒說話。

唐娟：（溫柔地試探）我只想要每天早上醒來可以看到你。

　　　△ 王杰順著她的話。

王杰：好，那我跟她分手，妳跟他離婚。

唐娟：好。

　　　△ 唐娟笑瞇瞇地看著他。

　　　△ 王杰坐下來，假裝很認真地跟她對話。

王杰：那妳每天早上要四點起來，做三明治、煎蛋，然後全身都是油煙味。

　　　△ 唐娟臉上的笑容消失，不說話。

　　　△ 王杰的手機有訊息聲，他拿起來看。

唐娟：盯那麼緊？

王杰：同事啦！

　　　△ 王杰把手錶戴好。

王杰：其實我也想天天早上看到妳，可是我們之間的阻礙太多了。我們應該要好好想一想……

唐娟：想什麼？分手？那以後你不要打給我，我也不接你的電話。

　　　△ 王杰的手機又有訊息聲。

　　　△ 王杰拿起手機看了一眼，他放下手機，注意到床邊櫃上的鑽石戒指。他想想，拿起戒指，拉起唐娟的手，替她戴上。

王杰：這個很貴重，不要弄掉了。……他能給妳的，我不一定給得了。

　　　△ 王杰拿起外套和背包，走向門口。

　　　△ 唐娟看著戒指，不說話。

| S20 | 時：夜 | 景：飯店走廊 |
|-----|--------|-------------|
|     | 人：王杰 |            |

△ 王杰從房間出來，走向電梯。

△ 他的手機很快又有訊息進來。

△ 王杰看到訊息，停下腳步。

△ 訊息內容：我知道你跟她的事，你小心一點。

△ 王杰看著訊息，想了一下，決定不回覆，把手機收起來。

| S21 | 時：日 | 景：汽車營業所內 |
|---|---|---|
| | 人：王杰、經理、環境人物 | |

△ 營業所內的展示車輛擦得閃閃發亮。

△ 王杰拿著雞毛撣子和抹布在車旁清潔。

△ 經理從裡面出來，他看到王杰，走向王杰。

經理：王杰！……老朱最近怎麼搞的？

△ 王杰露出不太明白的樣子。

經理：他好像很忙，來匆匆去匆匆，今天也沒有進來。

王杰：朱大哥應該去跑業務吧！

經理：他最近也就才那一台。我要跟他聊聊他都說他很忙，他有跟你說什麼嗎？

△ 王杰搖頭。

王杰：沒有。

經理：前幾天他老婆有來，兩個人好像談得很不愉快，他什麼都沒有跟你講嗎？

王杰：沒有欸。

△ 經理傷腦筋地搖搖頭。

經理：好吧！下個禮拜的活動你要提醒他，他要上台做分享，一定要準備好。不要給我們營業所丟臉啊！

王杰：好。

△ 經理點了一下頭，轉身往辦公室走。

| S22 | 時：黃昏 | 景：早餐店外巷子 |
|---|---|---|
| | 人：王杰、老朱、王翔 | |

△ 王杰下班回家，他走向早餐店，一面看著手機。

老朱：王杰！

　　△ 王杰抬頭，看到老朱過來，感到意外。

王杰：朱大哥？你怎麼會在這？

　　△ 老朱走到王杰面前，他難掩焦慮。

老朱：你在躲我？

王杰：（解釋）我躲你做什麼？我在找你，經理也在找你。

老朱：（低聲下氣）再20萬就好，我下個月就可以還你⋯⋯

王杰：（小聲）你那個洞20萬補得起來的嗎？

　　△ 老朱一時語塞。

王杰：上次你跟我調的還沒還我。我真的沒辦法，我有我的壓力。

老朱：你不要忘了當初你進公司的時候是誰在帶你⋯⋯

王杰：我知道！這種話你說過好多遍了，每次你有求於我，你就會搬出來
　　　說，我覺得你應該適可而止。

　　△ 老朱看到王杰心平氣和的樣子，更是焦躁、不滿。

老朱：你教訓我？

　　△ 王杰搖頭。

王杰：我不敢。⋯⋯朱大哥，你那天傳訊息給我，要我小心一點，是要我
　　　提防誰嗎？

　　△ 老朱瞪著他。

老朱：那個張太太，你說你不是故意從我這裡挖走她⋯⋯你跟她⋯⋯有一
　　　腿對不對？

　　△ 王杰正視著老朱，臉上的表情沒有任何變化。

老朱：你不要以為我不知道，打電話說我性騷擾的就是她，你叫她打電話
　　　的對不對？我如果告訴經理⋯⋯

　　△ 王杰抬起手，要他不要再說。

王杰：我沒有料到你會為了要借錢來威脅我。朱大哥，你怎麼了？你怎麼
　　　會變成這樣？

　　△ 老朱被他一說，十分懊惱。

王杰：我建議你不要把你的猜測跟上面的人說，他們要是去求證，會出問
　　　題的人不會是我，會是你。

　　△ 老朱說不出話來。

王杰：我哥今天要回家吃飯，我要先回去了，我們明天再聊。

　　△ 王杰拍拍他，向前走。

老朱：等一下！（跟著他）你幫我最後一次……

　　△ 王杰沒理他，逕自往前走，拉開跟他的距離。

老朱：王杰……朱大哥拜託你……你別走！

　　△ 老朱伸手要拉住王杰，卻抓到王杰的背包，背包被他扯下來，掉
　　　在地上，有的東西從裡面掉出來。

　　△ 王翔騎著機車過來，他看到老朱和王杰的拉扯。

王翔：小杰，怎麼了？

王杰：哥……這是我同事，我們在討論一些事情。

　　△ 老朱識趣地要走。

老朱：那我們明天再聊！

　　△ 老朱轉身離去。

　　△ 王杰蹲下，撿起東西。

　　△ 王翔看到地上的名片夾、鑰匙、香菸、打火機，還有一包塑膠袋
　　　裝著像碎葉子一樣的東西。

| S23 | 時：黃昏 | 景：王杰房間 |
|-----|---------|------------|
|     | 人：王杰、王翔 | |

　　△ 王杰進來房間，走到床前坐下，吐了一口氣。

　　△ 王翔走到房間門口看著他。

王翔：還好吧？

王杰：真的沒事。

　　△ 王翔點頭，但他接著問。

王翔：你包包裡那個塑膠袋裝的是什麼東西？

王杰：（猶豫了一下）……種子

王翔：樹下面的花……是你種的？

　　△ 王杰低著頭沒看王翔，他點了一下頭。

王翔：你什麼時候去的？

王杰：……你回來之後我才開始去的。

王翔：有其他人知道嗎？

△ 王杰搖頭。

王杰：沒有。

王翔：你暫時不要再去了。

王杰：為什麼？

　　　△ 王翔進來，拉了椅子在他面前坐下。

王翔：我上次去悼念曉君的時候，被記者跟了，我怕會影響到你。

王杰：記者為什麼會跟你？

　　　△ 王翔皺起眉頭。

王翔：可能跟之前報導有關，反正小心一點。

　　　△ 王杰點頭。他看著身邊的背包，拿出那包種子。

王杰：這是曉君最喜歡的花，我本來種在花盆裡，放在辦公室。但是都一直死掉……後來我就拿去那邊灑，現在花都開了。

　　　△ 王杰低著頭，看著手上的那包種子。

| S24 | 時：日（12 年前 / 現在） | 景：池塘邊 |
|---|---|---|
| | 人：李曉君（16）、王杰（29） | |

　　　△ 李曉君坐在樹下，她的手上掛著串珠手鍊。她抬起頭，一臉的驚訝。

曉君：這是你做的嗎？

　　　△ 王杰走到樹下，看到樹下雜草叢生。

　　　△ 李曉君笑，露出果不其然的樣子。

曉君：原來是買的，你為什麼要送我東西？

　　　△ 王杰踩著樹下的雜草，把草給踩扁了。

　　　△ 李曉君又看了一眼手上的手鍊，再抬起頭。

曉君：我迷上串珠是因為你哥教我們做的那個碳 60 啦！你哥好強喔，不用看圖就可以直接做，空間感真好……

　　　△ 王杰打開手掌，手心裡都是種子，他繞著大樹，隨意地撒著種子。

　　　△ 李曉君站起來走動，她像是跟在王杰後面。

曉君：你挑的手鍊很漂亮，我很喜歡。多少錢？我給你啦！

　　　△ 王杰灑完了手上的種子，他停下腳步，抬起頭。李曉君到了他眼前。

△ 李曉君臉上掛著笑容。

曉君：那等你生日我再送你禮物。你喜歡什麼？……你不要敷衍我喔，快點說。

△ 李曉君的笑容不見了，臉上有些尷尬，也有些難為情。

△ 王杰的眼眶紅了。

△ 李曉君的影像漸漸消失。

△ 池塘邊只有王杰一個人，他一臉黯然。

| S25 | 時：日 | 景：李春生辦公室 |
|-----|--------|------------------|
|     | 人：李春生、環境人物 | |

△ 李春生桌上有個紙箱，紙箱裡裝了筆記本、桌曆等東西。

△ 李春生垮著臉把桌上和抽屜的私人物品一樣樣放進紙箱裡。

△ 李春生提他的公事包，抱著紙箱，經過同事身邊，對他們點點頭，走出辦公室。

| S26 | 時：夜（現在／12年前） | 景：李曉君房間 |
|-----|------------------------|----------------|
|     | 人：李春生、李曉君 | |

△ 李曉君房間門上掛著一個娃娃吊飾。

△ 李春生打開房間門進來，他拿著雞毛撢子和抹布，清理房間的灰塵。

△ 李春生拿起桌上的相框，用抹布擦著。

△ 相框裡的相片是戴著串珠手鍊的曉君，她比著一個勝利的手勢，臉上掛著甜美的笑容。

△ 李春生的思緒回到12年前。


春生：(OS) 曉君？

△ 李曉君坐在桌前做串珠。

春生：(OS) 曉君！

△ 李曉君沒有回應，專心的做串珠。

△ 李春生走進房間。

春生：曉君？

　　△ 李春生走到書桌旁。

春生：爸爸在樓下叫妳好幾次了，妳怎麼都不回我？

曉君：我在做東西啦！……好了。

　　△ 李曉君拿著碳 60 串珠站起來，把串珠舉到李春生眼前。

曉君：爸爸，這個送你。這是我做的碳 60 串珠，你可以把它掛在車上。

春生：什麼碳 60？

曉君：唉呦，很難解釋啦！反正這是我做的，你一定要把它掛起來。

春生：好！（把串珠收進口袋裡）我們下去幫妳媽的忙，馬上就要吃飯了。

曉君：好！（撒嬌）我好餓喔！

　　△ 李曉君抱了一下爸爸，父女倆親暱地往外走。

曉君：爸爸，你的肚子怎麼越來越大了？

春生：哪有啊？

　　△ 李春生否認。


　　△ 李春生想到過去，清晰的影像還在眼前。他看到他和曉君兩人走
　　　出房間，一起下樓。

曉君：你這樣不行啦！你要多運動身體才會健康啊！

　　△ 兩人的身影消失。

曉君：(OS) 下禮拜放假，我們一起去運動吧！

春生：(OS) 好啊！

　　△ 李春生看著門口，彷彿仍然聽得到女兒的聲音。


| S27 | 時：夜 | 景：王杰房間 |
|-----|--------|-------------|
|     | 人：王杰 | |


　　△ 手機螢幕上是曉君相片。（同 26 場李曉君的照片）

　　△ 王杰坐在床沿，看著他的手機裡的曉君。他輕輕摸著手機螢幕上
　　　曉君的臉頰，快碰到曉君的嘴角時，他停住，縮回手，把螢幕關
　　　掉。

　　△ 手機的螢幕全黑，倒映著王杰憂傷的臉孔。

| S28 | 時：夜 | 景：李家客廳 |
|------|--------|--------------|
| | 人：李春生、李柏皓 | |

△ 客廳沒有開燈，電視機開著，但沒有聲音。

△ 李春生躺在沙發上，閉著眼睛，一動也不動。電視機發出的亮光在李春生的臉上閃動著。他的手垂在椅子邊快接近地上，遙控器在地上。

△ 李柏皓回來，他一進來便打開燈。

△ 李春生沒有醒來。

△ 李柏皓走到他旁邊，看到遙控器在地上，撿起遙控器把電視關掉。

柏皓：爸！

△ 李春生沒有回應。

△ 李柏皓看著他，有些擔心，輕輕搖了他一下。

柏皓：爸？

△ 李春生還是沒有醒。

△ 李柏皓注意到茶几上的藥袋，他拿起藥袋看。

△ 診所的藥袋上印著安眠藥的英文名字以及副作用等字樣。

△ 李柏皓拿起掉在地上的薄毯，替他蓋上。


| S29 | 時：日 | 景：唐娟車上 |
|------|--------|--------------|
| | 人：唐娟、潘天愛 | |

△ 唐娟的車在車陣中，前方的車子一輛接著一輛。

△ 唐娟坐在駕駛座上，看著前方車子很多，耐著性子。

△ 潘天愛坐在後座，悶悶不樂地看著窗外。

唐娟：芷玲怎麼最近怎麼都沒有來我們家？

天愛：快期末考了，我要讀書。

唐娟：（意外）這麼用功？回去我跟妳爸講，他一定會很高興……

△ 潘天愛轉頭看著唐娟。

天愛：我跟陳芷玲吵架了啦！

△ 唐娟看了潘天愛一眼，望向前方。

天愛：都是因為她要我傳那個影片，要不然王翔現在還會在我們家做。

△唐娟不以為然地搖頭。

唐娟：妳怎麼把責任推到人家身上？

　　　△潘天愛不吭氣。

唐娟：（看著前面，不耐）今天車子怎麼這麼多？

天愛：王翔都不走這裡，他也不會抱怨。

　　　△唐娟看了她一眼。

唐娟：他領妳爸的薪水，怎麼會在妳面前抱怨？

天愛：付錢的人最大喔？……動不動就把錢搬出來講。

　　　△唐娟故作驚訝。

唐娟：大小姐，這種話會從妳嘴巴裡講出來我還真沒想到！妳吃的、用的
　　　哪一樣是你自己賺來的？……

　　　△唐娟的手機響，她把車靠邊停下。

　　　△潘天愛見她停車，把安全帶解開。

　　　△唐娟接聽電話。

唐娟：劉太太……我今天沒辦法……

　　　△潘天愛突然抓起車鑰匙，打開車門，拿著書包就往外跑。

唐娟：小愛？……小愛？

　　　△唐娟打開車門下車。

| S30 | 時：日 | 景：街景 |
|-----|--------|----------|
|     | 人：唐娟 |         |

　　　△唐娟跑到路邊，向四處看。

　　　△已不見潘天愛的蹤影。

　　　△唐娟氣急敗壞。

| S31 | 時：黃昏 | 景：潘家院子 |
|-----|---------|-------------|
|     | 人：唐娟、潘奶奶 |     |

　　　△潘奶奶在院子裡張望著。

　　　△唐娟走到門口，推開門進來。

奶奶：怎麼就妳一個人？小愛呢？

△ 唐娟不講話，冷著一張臉。

奶奶：我問妳話妳怎麼不回答？小愛呢？

唐娟：我不知道！

　　△ 唐娟進去客廳。

| S32 | 時：黃昏 | 景：潘家客廳 |
|-----|---------|------------|
|     | 人：唐娟、潘奶奶 | |

　　△ 潘奶奶不高興地跟進客廳。

奶奶：什麼叫妳不知道？妳不是去接她嗎？她人呢？她到底在哪兒？

　　△ 唐娟停步，看著潘奶奶。

唐娟：我說了我不知道。妳為什麼不自己打電話給她呢？

奶奶：妳用這種口氣跟我說話？妳把孩子弄不見了，還這種態度？

　　△ 唐娟轉開臉不看她。

奶奶：我要妳跟正修去大陸妳不肯，說要留在這裡陪小愛，要接送她？才
　　　做幾天啊？妳連孩子去哪裡都說不出來？妳不要以為妳想什麼我不
　　　知道……

　　△ 唐娟望向潘奶奶。

唐娟：我想什麼？……妳覺得我在外面有男人對不對？

　　△ 潘奶奶瞪著她。

唐娟：我告訴妳，我在外面有好多男人，我見一個搞一個，妳信不信？

　　△ 潘奶奶錯愕。

奶奶：妳……

唐娟：妳從來沒有把我當作是自己人。我只是妳兒子的附屬品，妳孫女
　　　也不喜歡我，我不知道我在這裡幹什麼？……我唯一對不起的是正
　　　修，妳可以叫他跟我離婚。

　　△ 唐娟轉身往樓上走

　　△ 潘奶奶詫異的看著她。

| S33 | 時：夜 | 景：河堤 |
|-----|--------|---------|
|     | 人：王翔、潘天愛、李春生 | |

△ 遠處橋上的燈光閃閃發亮，但河堤四周有點暗。

　　△ 潘天愛坐在河堤上，書包和手提袋放在旁邊，手上拿著之前掛在
　　　車上的絨毛吊飾在玩。

　　△ 王翔看到潘天愛，走向她。

　　△ 潘天愛看到王翔來，鬆了一口氣。

天愛：這麼久才來？

　　△ 王翔沒講話，走到她旁邊坐下。

天愛：（看著他身上的衣服）這是你的制服喔？

　　△ 王翔吐了一口氣，還是沒講話。

天愛：怎樣啦？都不講話……生氣嘍？……生氣你還來找我？

王翔：我每天累得跟條狗一樣，沒有力氣跟妳生氣。

天愛：誰叫你不留在我家？在我家工作不是很輕鬆嗎？

　　△ 王翔搖搖頭。

王翔：妳不會懂的。

天愛：我又不是小孩子，我怎麼會不懂？

王翔：長大的人不會拿走人家的車鑰匙！……妳阿姨跟我講的時候，我還
　　　不敢相信。把妳阿姨的船弄翻了？

　　△ 潘天愛笑了出來。

天愛：不會用就不要亂用。

　　△ 王翔看了她一眼，露出無奈。

王翔：妳不回家，都不怕妳奶奶和妳阿姨會著急嗎？妳奶奶年紀那麼大了，
　　　妳還讓她擔心？

天愛：她們對你那麼壞你還理她們幹嘛？你應該把她們都封鎖。

王翔：我應該第一個封鎖妳。

天愛：欸！不可以！

王翔：回家了好不好？妳奶奶急得都頭暈了……

天愛：她騙人的，每次我惹她生氣她就說她頭暈，我看她還不是好好的
　　　……

王翔：妳真的希望她生病？

　　△ 潘天愛不講話。

王翔：她真的很疼妳。我都沒在妳家做了，她還拉下臉打電話給我，要我
　　　來找妳。讓一個老人家這樣，我實在很過意不去妳知道嗎？妳讓我

們兩個都很為難，尤其是我。

　　△ 潘天愛抿著嘴，遲疑了一下。

天愛：知道了啦！我以後不會這樣……

王翔：妳說的喔！

　　△ 潘天愛點頭。

王翔：如果妳再這個樣子，我就跟妳翻船！

　　△ 潘天愛笑看著他。

天愛：這次用對了。

　　△ 王翔這才露出笑容。

王翔：走吧！我陪妳回去。

　　△ 王翔很順手的拿了她的書包和手提袋站起來，想想，把書包遞到她面前。

天愛：(耍賴) 揹不動。

　　△ 王翔沒說話，把她的書包掛在自己肩上。

　　△ 潘天愛把手上的絨毛吊飾給王翔。

天愛：送你。

王翔：這什麼？

天愛：你忘啦？我家車上的吊飾啊！

王翔：妳為什麼把它拆下來？

天愛：我以後不想要有新司機了，給你做紀念。

王翔：我不要。

　　△ 王翔背著書包往前走，潘天愛跟著他。

天愛：為什麼？

王翔：我又不是小孩子……

　　△ 李春生的車停在暗處，他在車裡看著王翔和潘天愛。

　　△ 兩人看起來有說有笑。潘天愛拉著書包上垂下來的一條帶子握著，跟在王翔身後。

　　△ 李春生看著王翔，恨意不斷湧上心頭。

| S34 | 時：夜 | 景：潘家客廳 |
| | 人：潘奶奶、潘天愛、唐娟 | |

△ 潘天愛打開客廳門進來。

　　△ 潘奶奶立刻迎上前。

天愛：奶奶！

　　△ 唐娟也從樓上下來。

　　△ 潘奶奶故意板起臉。

天愛：奶奶對不起。

奶奶：以後不可以再這樣，多讓人擔心啊！（對她耳語）去跟妳阿姨道歉。

　　△ 潘天愛望向站在奶奶身後有一段距離，冷著臉的唐娟。

天愛：阿姨，對不起。

奶奶：王翔他人呢？妳怎麼沒請他進來，奶奶要謝謝他。

天愛：他走了啦！

奶奶：妳坐他的摩托車回來的啊？

　　△ 潘天愛搖頭。

天愛：沒有啦！他幫我叫計程車，他騎摩托車跟著我回來的。

　　△ 潘奶奶這才放心。

　　△ 唐娟轉身往內走。

天愛：阿姨！以後……放學我可以自己回家。

　　△ 唐娟轉頭看著她，不動聲色。

天愛：早上……我也可以自己去上學，如果我起不來，妳再載我。

　　△ 唐娟沒有回應，走向樓梯口。

奶奶：（忍不住念）奇怪了，孩子跟妳認錯，妳怎麼還……

　　△ 唐娟沒理會她，上樓。

| S35 | 時：夜 | 景：飯店房間 / 唐娟房間 對跳 |
| --- | --- | --- |
| | 人：王杰、唐娟、潘奶奶 | |

　　△ 夜空星光閃閃。

　　△ 王杰站在飯店房間的陽台上，看著星空，一面抽菸，一面拿著手機講電話。

王杰：妳打給我的時候我正忙呢！……忙到現在，明天還有一整天活動……怎麼樣？妳都還好吧？

　　△ 唐娟坐在房間的沙發椅上，拿著手機跟王杰講話。

唐娟：我跟你講，我今天不知道哪裡來的膽子，我把老的小的都教訓了一頓！真痛快！

　　　△ 王杰一臉的意外。

王杰：妳這麼猛？老的妳也敢教訓？

　　　△ 王杰露出不敢相信的笑容。

　　　△ 唐娟看著手上的鑽石戒指。

唐娟：我問你，你那天說我們之間的阻礙太多，要是那些阻礙都不見了，我們就可以光明正大的在一起，你說的是真心的嗎？

　　　△ 王杰故意裝傻。

王杰：我有那麼說嗎？妳腦補的成分太多了吧！

　　　△ 有人打開門進來。

　　　△ 唐娟沉下臉。

唐娟：你老人癡呆是不是？

王杰：(OS) 好啦，別氣、別氣，早點休息。我還要工作，我明天要負責放投影片，不能出錯⋯⋯

奶奶：(OS) 娟娟？⋯⋯娟娟啊！

　　　△ 唐娟聽到潘奶奶的聲音。

王杰：(OS) 不跟妳講了。

唐娟：好，掰掰。

　　　△ 唐娟掛了電話，走向房間門口。

奶奶：(OS) 娟娟⋯⋯我頭暈⋯⋯

　　　△ 唐娟走到門口，打開房門。

| S36 | 時：夜 | 景：潘家屋內樓梯間 |
|---|---|---|
| | 人：唐娟、潘奶奶 | |

　　　△ 潘奶奶在二樓房間門外，她扶著牆，搖搖晃晃的走到樓梯口，不敢張開眼睛。

奶奶：小愛⋯⋯

　　　△ 潘天愛沒有回應，房間裡傳出重低音的樂聲。

　　　△ 唐娟從三樓悄悄地下來，她看到潘奶奶，停步。

　　　△ 潘奶奶在樓梯口，伸出一隻腳往前，知道要下樓梯了，但她又害

怕地縮回腳。

△ 唐娟猶豫了一下，慢慢往下走。

| S37 | 時：夜 | 景：飯店房間 |
|-----|-------|------------|
|     | 人：王杰、老朱 | |

△ 房間的門被人打開。

△ 進來的人是老朱，他手上拿著一瓶酒。

△ 王杰仍然在陽台上抽菸，不知道老朱進來了。

△ 老朱走向陽台，他走到王杰身後，舉起酒瓶。

| S38 | 時：夜 | 景：潘家屋內樓梯間 |
|-----|-------|------------------|
|     | 人：潘奶奶、唐娟 | |

△ 站在樓梯口的潘奶奶搖搖欲墜。

△ 唐娟下定決心，她快步過去樓梯口，一把抱住潘奶奶。

| S39 | 時：夜 | 景：飯店房間 |
|-----|-------|------------|
|     | 人：王杰、老朱 | |

△ 王杰轉身，看到滿臉通紅的老朱對他舉著酒瓶，嚇了一跳。

王杰：朱大哥？

老朱：來，喝酒！

△ 老朱醉醺醺地對王杰笑。

| S40 | 時：夜 | 景：潘奶奶房間 |
|-----|-------|--------------|
|     | 人：潘奶奶、唐娟 | |

△ 潘奶奶躺在床上，側著臉，用吸管喝了一口水，把口中的藥吞下
　　去。

△ 唐娟把杯子放在床邊櫃上，把潘奶奶的手機放在杯子旁邊。

唐娟：妳的手機就放在旁邊。妳喊我我沒聽到，就打給我，不要起來亂走。

奶奶：好。

唐娟：我回房間了，妳睡吧！睡一覺起來就好了。

奶奶：嗯。

△ 潘奶奶拉住唐娟的手。

奶奶：謝謝妳。

△ 唐娟搖搖頭，輕輕握住她的手，對她露出微笑。

| S41 | 時：夜 | 景：飯店房間 |
|---|---|---|
| | 人：王杰、老朱 | |

△ 床邊櫃上已經有兩個空酒瓶。

△ 躺在床上的老朱手上還抱著一瓶酒。

△ 王杰拿過老朱手上的酒瓶。

王杰：不要喝了，明天你要上台，你再喝下去明天會很不舒服，而且還會有酒味，不太好吧！

老朱：拿來啦！拿來！

△ 王杰無奈，把酒瓶給他。

老朱：我老婆想跟我離婚，她要把兩個孩子帶走……

△ 王杰靜靜地聽著他說。

老朱：我是為了他們才想多賺一點錢……（懇求王杰）你要幫我，不管怎麼樣，你一定要幫我！

△ 王杰安撫他。

王杰：朱大哥，我會幫你，我一直都在幫你……(拿過他的酒瓶) 沒事的啦！

△ 老朱從襯衫口袋裡拿出一個隨身碟。

老朱：這個東西很重要，裡面是我的客戶資料，有很多都沒有登記在公司的檔案裡……( 塞到王杰手上 ) 你收好……

△ 王杰拒絕他。

王杰：朱大哥，這麼重要的東西，你自己收好……你喝多了啦！

老朱：我欠你的錢……不知道什麼時候才能還清，就用這個抵。

△ 老朱把隨身碟放進王杰襯衫口袋。

老朱：小老弟……( 哽咽 ) 我靠你了！

王杰：朱大哥，你喝醉了……( 拍拍他 ) 休息了……

△ 老朱往床上躺下。

△ 王杰拿他沒轍。

| S42 | 時：夜 | 景：飯店房間浴室 |
|-----|-------|----------------|
|     | 人：王杰 | |

△ 強力地熱水沖進浴缸裡，浴缸裡的泡泡越來越多，浴室裡也瀰漫
　著白色的霧氣。

△ 整個人埋在泡泡水裡的王杰從水中坐起來，大口吸著氣。

| S43 | 時：夜 | 景：飯店房間 |
|-----|-------|------------|
|     | 人：老朱、王杰 | |

△ 房間床上放著老朱的西裝外套，床邊還有他的鞋子和襪子。

△ 打著赤腳的老朱拿著酒瓶走到陽台。

△ 王杰圍著浴巾出來，他看到床上的衣服，但沒看到老朱，他走向
　陽台。王杰走到落地窗前，看到在陽台的老朱。

王杰：朱大哥？

△ 拿著酒瓶的老朱把酒瓶裡的酒全部喝完，他對王杰笑，一鬆手，
　手上的酒瓶掉在地上。

△ 王杰不解。

△ 一陣風灌進來，窗簾飛起來，遮住王杰的視線。

△ 王杰撥開窗簾上前，老朱不見了。

△ 外面傳來一聲巨響。

△ 王杰震驚。


— 本 集 終 —

失格

EP8

# 第八集　失格

| S1 | 時：夜 | 景：旅館走廊連房間 |
|---|---|---|
| | 人：王杰、警察、環境人物 | |

△ 房間的門是開著的，裡面有警察和蒐證警員在陽台上，其中一名拿著相機，拍著陽台地上碎掉的酒瓶。

△ 閃光燈閃了好幾下。

△ 王杰站在房間門外的走廊上回答警察的問題。

王杰：(難過地) 他今天跟一些老同事和長官喝得很 high，回來以後還一直說要再喝⋯⋯

警察：所以他是一個人在陽台上喝酒？

△ 王杰點頭。

王杰：我去洗澡了。本來我們說好等我洗完澡還要討論明天的分享活動，朱大哥要我再修改一下簡報的內容⋯⋯

警察：你都沒有聽到聲音？

△ 王杰搖頭。

王杰：我洗好澡出來，事情就已經發生了。

△ 王杰自責不已。

王杰：我那個時候真的應該在陽台陪他的⋯⋯

△ 警察把筆錄遞到他面前。

警察：你看一下，如果沒什麼問題就簽名。

△ 王杰接過筆錄，看了一眼，簽名。

△ 警察拿回筆錄，拍拍王杰的肩膀，回去房間裡。

△ 王杰臉上的表情有了變化，他悄悄望向房間內，關注著警察是否有找到蛛絲馬跡。

△ 字幕：第八集，失格

| S2 | 時：日 | 景：王家早餐店 |
|---|---|---|
| | 人：王翔、洪怡安 | |

△ 王翔打開門進來。

　　△ 洪怡安在店內收拾，她看到王翔，有些意外。

怡安：大哥。

　　△ 王翔對她點了一下頭。

怡安：你今天不是要上班？

王翔：老闆讓我回來。小杰呢？

怡安：他在房間。他回來就說要睡覺，睡了好久，我們不敢吵他。我們看
　　　到新聞都嚇壞了！我問他，他就應付兩句，王媽媽問他他也不講，
　　　王媽媽有點不高興。

　　△ 王翔有些憂慮。

怡安：王媽媽去買要拜拜的東西了。

　　△ 王翔點頭。

| S3 | 時：日 | 景：王杰房間 |
|---|---|---|
| | 人：王杰、王翔 | |

　　△ 王杰房間很暗，窗簾遮住光線。

　　△ 床邊櫃上的手機發出亮光，震動一下，有訊息進來。

　　△ 躺在床上的王杰拿起手機看了一下。

　　△ 唐娟訊息：我在等你電話。

　　△ 王杰把手機放回床邊櫃子上，沒理會。

　　△ 敲門聲。

王杰：（不耐）不要吵我，我還要睡！

　　△ 王翔打開門。

王翔：小杰，你餓了嗎？怡安弄了吃的給你。

　　△ 王杰仍然躺著不動，不說話。

　　△ 王翔走到窗前，把窗簾拉開，讓光線進來。

王翔：你沒事吧？

王杰：我沒事。

　　△ 王杰望向王翔，但沒有起來。

王翔：你有沒有打算告訴我昨天晚上發生什麼事？

　　△ 王杰沒說話。

王翔：沒關係，不勉強，你想要跟哥說的時候你在再告訴我。那你再睡一
　　　會。

　　　△ 王杰坐起來。

王杰：我不睡了。

王翔：那你趕快下樓吃點東西。現在還早，吃完跟媽去廟裡拜拜……

　　　△ 王杰搖頭。

王杰：我不要去，我誰都不要拜。

　　　△ 王翔有些無奈，沒說話。

王杰：以前你被收押的時候，媽每天跑去拜，好像拜了，你就會放出來。

王翔：你小時候檢查出白血病，她也是每天去拜，後來你就好了。

王杰：（不以為然）你真的相信？你相信那些神法力無邊？

　　　△ 王翔搖頭笑。

王翔：我相信媽這樣做她心裡會平靜一點，她只是想為我們做些什麼。

　　　△ 王杰低下頭，不講話。

　　　△ 王翔轉身出去。

王杰：我騙了警察。

　　　△ 王翔聽到他的話，錯愕，回頭看著他。

王杰：（低聲）他是在我面前跳下去的。

　　　△ 王翔皺起眉頭。

王杰：我來不及救他……我只能用另外一種方式幫他。

　　　△ 王翔關上門，拉了椅子在王杰面前坐下。

王翔：什麼意思？

王杰：他故意做得像是意外，我想他一定有所安排，應該是有投保意外險，
　　　想留一點錢給家人。他之前就一直要我幫他，我唯一能做的，就是
　　　讓大家覺得他不是自殺。

　　　△ 王翔擔心地看著他。

| S4 | 時：前夜 | 景：飯店浴室 |
|---|---|---|
|  | 人：王杰 |  |

　　　△ 王杰回到浴室，把老朱放進他襯衫口袋裡的隨身碟拿出來，打開
　　　　　裝衣物的小袋裡的夾層拉鍊，把隨身碟放進去。然後解開浴巾，

回到浴缸裡坐下。他伸出微顫的手，把熱水打開，讓熱水沖進浴缸裡。他深深吸了一口氣後，把頭埋進水裡。

| S5 | 時：日 | 景：王杰房間 |
|---|---|---|
| | 人：王杰、王翔 | |

△ 王翔憂慮地吐了一口氣。

王翔：你會不會給自己惹上麻煩？

　　△ 王杰搖頭。

王杰：不會。我只是把我認為的真相說出來，不會有麻煩的。

　　△ 王杰一臉的篤定。

| S6 | 時：日 | 景：汽車營業所辦公室 |
|---|---|---|
| | 人：王杰、經理、男女同事數名 | |

△ 辦公室內有三名業務員聚在一起，他們在老朱的座位旁。

女同事：（感傷）少了朱大哥，辦公室變得好空……

　　△ 男同事看著老朱的桌子，桌子上有很多個人用品以及檔案夾，還有老朱全家福的照片，夫妻倆和兩個讀小學的孩子。

男一：他的東西，誰要幫他整理？

男二：（小聲）你說的是他的客戶資料嗎？

男一：輪不到我們啦！

女同事：朱大哥才走，你們就想要他的客戶？

男一：妳不想要嗎？

　　△ 男二對兩人使眼色，要他們不要再說話。

　　△ 男一和女同事同時望向門口。

　　△ 王杰剛進來辦公室，他站在那裡看著他們，臉上沒有笑容。王杰見三人都望向他，對他們點了一下頭，走到他們面前。

王杰：經理要我整理朱大哥的東西，然後送去給朱大嫂。

　　△ 三人點頭。

王杰：經理還要我把朱大哥的客戶資料分配給大家，有的客戶跟朱大哥交情很深，我們要通知他們朱大哥過世的消息。經理有特別說，千萬

不要讓客戶認為我們急著要賺錢，那很不尊重朱大哥……

　　△ 經理從外面進來。

經理：王杰！

　　△ 王杰轉身。

王杰：經理，什麼事？

經理：外面有兩位警察說要找你。

　　△ 王杰訝異。

經理：之前不是問過了嗎？

王杰：對啊！

　　△ 王杰也不太明白。

| S7 | 時：日 | 景：汽車營業所內會客室 |
|----|--------|---------------------|
|    | 人：王杰、警察兩名 | |

　　△ 兩名警察面對著王杰坐著，其中一名手上拿著本子在記錄。

警察：你知道朱先生有一些債務嗎？

　　△ 王杰從容地應對。

王杰：我知道他前一陣子周轉不靈，他有跟我調過錢。

警察：有還你嗎？

王杰：前兩次有還，最後一次沒有還，所以他後來又跟我調錢，我沒答應。

警察：他什麼時候開始跟你調錢？

王杰：我要查一下，我有記下來……（拿出手機打開看）大概有三個月了吧！……對，三個半月前跟我調第一次。

警察：他還有跟公司其他同事調嗎？

　　△ 王杰猶豫了一下。

王杰：嗯……我不知道，他沒有跟我講。

警察：你知不知道他三個月前有加保意外險。

　　△ 王杰一臉意外。他搖搖頭，但又突然想起什麼。

王杰：你說三個月以前嗎？

警察：對。

王杰：我有印象……朱大哥之前去台中，他有一個老客戶在那裡，他去那天下很大的雨，回來的時候有聽他說在高速公路上差一點出車

禍，他說意外險應該要保高一點，他叫我也要保。

　　△ 警察點點頭。

警察：這個保險公司會查，也會找你問，因為當天晚上你跟他住同一個房
　　　間。如果他不是自殺，意外也有疑點，那我們就要找出真正的原因。

　　△ 王杰點頭，心中有了疑惑，但沒表現在臉上。

　　△ 警察從包包裡拿出一個資料夾，他打開資料夾，看著裡面的文
　　　件。

警察：這是他傳給你的訊息。我知道你跟她的事，你小心一點。

　　△ 警察把紀錄給王杰看。

　　△ 王杰一聽，神色一凜，但隨即他故作輕鬆。

王杰：那是誤會。

警察：是嗎？感覺他在威脅你。

王杰：（極力否認）沒有。朱大哥是提醒我……而且他說的那個事……（搖
　　　頭）是他誤解了，真的！（苦惱）這要怎麼說，他人已經不在了，
　　　有的事，跟他的名譽有關，我不能講。

警察：你還是應該要說清楚，你不講，我們也會問你其他同事。現在這個
　　　狀況，你最好是先保好你自己。

　　△ 王杰皺起眉頭。

| S8 | 時：黃昏 | 景：咖啡廳內 |
|----|---------|------------|
|    | 人：唐娟、王杰、環境人物 | |

　　△ 夕陽西下。

　　△ 唐娟坐在咖啡廳裡看著時尚雜誌。

　　△ 王杰進來，走到她旁邊坐下，一坐下就看手機。

王杰：找我什麼事？

　　△ 唐娟沉下臉，不太高興。

唐娟：你不回我電話幾天了你自己說！我看新聞才知道，你不知道我會擔
　　　心嗎？

　　△ 王杰仍然看著手機，沒有抬頭。

王杰：我這幾天真的很忙，而且那件事情我已經講了 N 遍了，拜託妳現在
　　　不要問我。

△ 唐娟看到他一副很煩的樣子，沒再問。

王杰：妳這個時候怎麼可以出來？高中生呢？不用去接？

唐娟：她自己回家了。那天給我闖禍，你哥把她送回家以後，這個小孩好
　　　像變懂事了，老太太也是……對我的態度完全不一樣。

　　△ 王杰沒說話，他有點心不在焉。

唐娟：你知道為什麼嗎？

王杰：為什麼？

唐娟：那天晚上她頭暈，差點摔下樓梯，我拉了她一把。（壓低聲音）我
　　　本來想把她推下去的！

　　△ 王杰本來沒在意她說什麼，聽到最後一句，他錯愕。

王杰：啊？

唐娟：這樣我們之間的阻礙就少一個。

王杰：妳別開這種玩笑。

唐娟：我看起來像在開玩笑嗎？

　　△ 王杰看著她，一時說不出話來。

　　△ 唐娟笑了出來。

唐娟：看你緊張的樣子！我沒那麼蠢好不好？她如果死了就算了，萬一她
　　　沒死，那我不是累到自己嗎？

　　△ 王杰吐了一口氣，往後靠在椅子上。

唐娟：很累是不是？我們去按摩，去泡溫泉？

王杰：我還要回去聯絡朱大哥的客戶。

　　△ 王杰說著就要站起來。

唐娟：有那麼急嗎？

　　△ 王杰猶豫了一下開口，他一臉嚴肅。

王杰：（低聲）警方還在查朱大哥的死因，剛剛才來找我……他們甚至懷
　　　疑是我推他下去的。

　　△ 唐娟驚訝。

王杰：（困擾）他們問了我兩次，保險公司的也來找我，同事都在七嘴八舌。
　　　我們等這個事情告一段落再連絡？

　　△ 唐娟不講話了。

王杰：我先走了。

　　△ 王杰起身，匆忙出去。

△ 唐娟默默地看著他離開。

| S9 | 時：黃昏 | 景：李家門口 |
|---|---|---|
| | 人：李春生、張致遠 | |

　　△ 電鈴響。

　　△ 張致遠穿著便服，提著一袋禮盒站在李家門口等著。

　　△ 李春生打開門，一臉詫異。

春生：張隊長？

　　△ 張致遠對李春生點頭微笑。

致遠：我打去你公司想跟你聊聊，公司的人說你離職了，我就過來看看你。

　　△ 李春生客氣地對他笑。

| S10 | 時：黃昏 | 景：李家客廳 |
|---|---|---|
| | 人：李春生、張致遠、李柏皓 | |

　　△ 張致遠看著屋內的陳設。

致遠：家裡沒什麼變。

　　△ 李春生拿了一杯茶過來。

致遠：謝謝。

春生：一直都沒時間重新整理，現在退休了，可以慢慢弄。

致遠：做些改變也好，可以轉換心情。

　　△ 李春生點頭。

春生：女兒不在，早就是事實，我生氣只是跟自己過不去。而且別人的小
　　　孩不關我的事。

　　△ 張致遠面帶疑惑看著他。

致遠：別人的小孩？你說的是誰？

春生：他不是在做司機，接送一個高中女孩子？

致遠：他已經沒有做了。

　　△ 李春生故做驚訝。

春生：哦？

致遠：他換工作，也搬家了。

春生：他這種假釋犯，可以愛住哪裡就住哪裡？

致遠：他有報備，而且他有充分的理由，他和他的家人被騷擾，他們家的早餐店被貼了惡意海報。

　　△ 李春生沒說話，一副與他無關的樣子。

　　△ 張致遠盯著李春生看，語重心長地。

致遠：去他家騷擾的那個人有被拍到，不過看不清楚他的長相。希望這種事情不要再發生，要不然我們警方也有壓力，不把他找出來也不行……

　　△ 李春生點頭。

春生：對、對，我知道你們有你們的立場……

　　△ 李春生聽到聲音，望向外面。

　　△ 李柏皓進來。

柏皓：爸。

　　△ 李柏皓看到張致遠，愣了一下。

　　△ 張致遠看到李柏皓，對他點頭微笑。

　　△ 李春生見李柏皓臉上沒有笑容。

春生：柏皓，你不認得了？張小隊長。他現在是分局偵查隊隊長了。

　　△ 李柏皓對張致遠點了一下頭，一句話也不說，進去裡面。

　　△ 李春生看到李柏皓的反應冷淡。

| S11 | 時：黃昏 ( 現在 /12 年前 ) | 景：李家樓梯間連二樓曉君房間 |
|-----|----------------------------|------------------------------|
|     | 人：李柏皓、李曉君          |                              |

　　△ 李柏皓走上樓梯，他快走到二樓時停步。

　　△ 二樓樓梯一上去就可以看到李曉君的房間。

　　△ 李柏皓看著她的房間，想到以前。

　　△ **李曉君的房間門開著，她穿了一件新的洋裝在照鏡子。她轉頭，對著李柏皓笑。**

曉君：**哥，你看，這是我新買的衣服，很可愛吧！**

　　△ 李柏皓傷感地看著李曉君的房間。

△ 李曉君房間門上仍然掛著 12 年前那個娃娃吊飾。

△ 李柏皓轉身走到自己房間門口，打開門進去。

| | | |
|---|---|---|
| **S12** | 時：日（12 年前） | 景：學校操場邊 |
| | 人：李柏皓、張致遠、環境人物 | |

△ 大三的李柏皓在操場邊拉單槓，他咬著牙，使勁地把身體往上拉。忽然他的身邊站著一個人。

△ 張致遠對他微笑。

致遠：下課了？

△ 李柏皓點頭。

致遠：我送你回家。

柏皓：不用，謝謝。

致遠：沒有關係。（拍他肩膀）走，那我陪你走一段，順路聊聊。

△ 李柏皓猶豫了一下，不是很情願，但還是跟著他走。

| | | |
|---|---|---|
| **S13** | 時：黃昏（12 年前） | 景：街景 |
| | 人：張致遠、李柏皓、環境人物 | |

△ 張致遠與李柏皓併肩走著。

致遠：我知道你們一家人都很難過。我希望盡早破案，把那個人送進牢裡，好讓你妹妹安息……有的問題我問過，我再問一次、兩次，希望你忍耐一下，多多包涵？

△ 李柏皓點頭。

致遠：你說你那天有去你妹同學王杰家附近？

柏皓：對。

致遠：你有看到像是你妹妹的人，可是你跟掉了，沒找到她？

柏皓：對。

致遠：你那天在找你妹妹的時候，有沒有看到之前有送過你妹妹回家的那個人？

柏皓：沒有。

致遠：你確定？

△ 李柏皓遲疑了一下。

柏皓：我……沒有看到。

致遠：他騎著摩托車，你再想一下。

　　△ 李柏皓猶豫，沒說話。

致遠：你看過他送你妹回家，對他的摩托車有印象吧？

　　△ 李柏皓還是沒說話。

致遠：我很肯定他是 7 點左右回到他家，然後去案發現場。你爸爸說你那天快 8 點才到家。你真的沒看到他？

柏皓：我……不知道。那附近……有很多人騎摩托車……

致遠：那你有可能看到他！

　　△ 李柏皓又沉默。

致遠：我需要你幫我指認他。

　　△ 張致遠很認真地看了李柏皓一眼。

　　△ 李柏皓沒說話。

致遠：能不能讓他認罪，要靠你了！你會幫我吧？應該說……是幫你妹妹。

　　△ 李柏皓看到張致遠一副不得不的樣子。

| S14 | 時：夜 | 景：李柏皓房間 |
|---|---|---|
| | 人：李春生、李柏皓 | |

　　△ 敲門聲。

　　△ 李柏皓打開門。

　　△ 李春生站在門口。

春生：張隊長走了，你也不出來跟人家打個招呼。

柏皓：他來做什麼？

春生：就是關心我們，過來看看，沒什麼。

柏皓：……為什麼現在突然關心我們？……是跟那個人出獄有關嗎？

春生：你對張隊長有意見嗎？

　　△ 李柏皓沒說話。

春生：他是個好警察，他盡力在幫我們。

柏皓：我只知道……他一直想盡辦法破案。

　　△ 李春生一臉不以為然。

春生：那有什麼不對？

柏皓：他要我指認那個人，可是曉君失蹤那天我根本沒有看到他。

　　△ 李春生沉下臉。

春生：你在說什麼？你的口氣好像他被冤枉的？他親口承認是他害死曉君，沒有人冤枉他！

柏皓：我不是在替他說話……

　　△ 李春生搖頭，不能接受他的說法。

春生：受害的是你妹妹，是我們一家人！你怎麼會顛倒過來？

　　△ 李柏皓不想跟他爭論。

柏皓：我們不要為了那個人爭執好不好？事情已經過了，他也出獄了……

　　△ 李春生露出怨恨的眼神。

春生：他出獄是另一個開始！

　　△ 李柏皓一臉不明白的樣子。

春生：他已經沒有在那個有錢人家做司機，還跟那個女孩子有聯繫，我親眼看見的！

柏皓：（驚訝）爸……你在跟蹤他？……你退休，就是為了要跟蹤他？

春生：（懊惱）我是因為他才被逼退的！

　　△ 李柏皓為他感到難過，欲言又止。

柏皓：你跟蹤他要做什麼？

春生：你別管。

柏皓：爸……

春生：這是我的事，不用你管。

　　△ 李春生轉身走開。

　　△ 李柏皓擔心，不知所措。

| S15 | 時：日 | 景：飯店游泳池畔 |
|-----|--------|----------------|
|     | 人：唐娟、年輕情侶、環境人物 | |

　　△ 藍天下的泳池，舒爽宜人。

　　△ 唐娟游到池邊起來，她走到池畔的陽傘下，穿上浴袍，

　　△ 唐娟環視著泳池裡的人，一對年輕的情侶親暱的打鬧。

　　△ 唐娟拿起桌上的手機看，失望。她想想，打開通訊錄，尋找。

| S16 | 時：黃昏 | 景：咖啡廳 / 游泳池裡 |
|---|---|---|
| | 人：唐娟、洪怡安、環境人物 | |

△ 唐娟看著坐在她對面的人。

唐娟：王杰他同事那件事怎麼樣了？還好嗎？

　　　△ 洪怡安搖頭。

怡安：我沒有多問他。

　　　△ 唐娟有點意外。

怡安：過兩天他要是沒說，我再問他大哥。

　　　△ 唐娟點點頭。

唐娟：唉，對他大哥……我真的覺得很不好意思，之前還想要去他們家一
　　　趟，送個禮，可是又怕尷尬。

怡安：妳不用在意啦，不要那麼客氣。

　　　△ 唐娟露出微笑，好奇地看著洪怡安。

唐娟：妳是天天去他家吃飯啊？

怡安：沒有每天啦，我有時候要加班。不過小杰要是要值班，我就過去陪
　　　他媽媽一起吃飯，他不喜歡讓他媽媽一個人孤孤單單的。

唐娟：妳好乖喔！你是不是什麼事都聽他的？

怡安：……沒有啦……（想想，不好意思地笑）好像是欸！

　　　△ 洪怡安拿起杯子喝了一口咖啡，她的手上掛著一個很簡單的戒
　　　　　指。

唐娟：我看一下妳的婚戒。

　　　△ 洪怡安伸出手到唐娟面前。

　　　△ 唐娟拉起她的手，看她手上的戒指，是個素雅，沒有鑲任何鑽的
　　　　　白金戒指。

唐娟：他挑的喔？

　　　△ 洪怡安點點頭。

怡安：比不上妳的啦！

　　　△ 唐娟抬起手，把手上的鑽石戒指正對著洪怡安。

唐娟：喜歡就叫他買給妳，如果他真的愛妳，就會買給妳。

　　　△ 洪怡安搖頭。

怡安：我…沒有喜歡。戒指只是象徵，不戴也沒關係，我們知道彼此有對
　　　方就好了。

△ 唐娟忌妒起來。

唐娟：好吧，是我雞婆，你們倆心有靈犀一點通。……可是我跟妳講，妳真的不能都聽他的，有時候要有自己的生活，做自己想做的事……妳哪天休息，跟我去游泳，做 SPA，喝下午茶……

怡安：我不會游泳。

唐娟：妳不會？

　　△ 唐娟看著她，突然腦中閃過一個畫面。


　　**△ 游泳池裡，唐娟把洪怡安按進水裡，洪怡安掙扎著。**

怡安：**（OS）是啊，我不會。小杰說他要教我，可是他都沒有時間……**


　　△ 洪怡安見唐娟盯著她不說話。

怡安：唐小姐？……唐小姐？

　　△ 唐娟回神過來。

怡安：我臉上有什麼東西嗎？

唐娟：我剛才是不是又恍神了？我常這樣，不知道魂飛到哪裡去了。

　　△ 唐娟自我解嘲地笑，她看著洪怡安。

唐娟：我好忌妒妳。

　　△ 洪怡安愣住，不解。

唐娟：年輕真好，妳皮膚好漂亮，都不用化妝，也不用打扮。

　　△ 洪怡安笑了出來。

怡安：沒有啦！……小杰不喜歡我化粧，連擦口紅他都不喜歡。他也不希望我燙頭髮，染頭髮更不用說了。他希望我留到這裡（比到背後），綁個馬尾就好。（洪怡安說的形象跟李曉君一樣）

　　△ 唐娟聽著她說，點著頭。


| S17 | 時：夜 | 景：王翔住處樓下巷子 |
|-----|--------|----------------------|
|     | 人：王翔、李春生 | |


　　△ 王翔騎著機車回來，他停好車，拿下安全帽。他站在機車旁，沒有走向他的公寓，他想想，轉身看著巷子口。

　　△ 巷子裡沒有車輛進出，但巷口有車子停著，車頭燈亮著。

△ 王翔看著那輛車，他把安全帽放在機車上，走向巷子口。

△ 巷子口的車輛仍然停在那裡，車窗只開了一條縫。

△ 王翔看著那輛車，快步走向巷子口。

△ 就在他接近巷口時，車裡的李春生把車窗整個關上，把車開走。

△ 王翔看不到那輛車了，他停下腳步。

| S18 | 時：日 | 景：鐵皮屋外 |
|-----|--------|-------------|
|     | 人：王翔、阿標 | |

△ 陽光燦爛。

△ 王翔在鐵皮屋門口用力拍了兩下門。

王翔：阿標！……阿標！

△ 無人回應。

王翔：阿標開門！

△ 王翔又拍了兩下門，還是無人回應。王翔走到屋側窗前向內看，窗戶打開著，但外面有鐵欄杆。透過鐵欄杆，他看到阿標在睡覺。

王翔：阿標！……阿標，起來開門！

△ 王翔看到阿標睡得很熟，抓起窗內櫃子上的紙盒泡麵丟向阿標。

△ 阿標被砸醒。

| S19 | 時：日 | 景：鐵皮屋內 |
|-----|--------|-------------|
|     | 人：王翔、阿標 | |

△ 阿標住處一團亂，吃剩的東西、酒瓶、菸蒂到處都是。

△ 王翔收拾著，一面念。

王翔：我跟龍哥說你昨天跟我吃完晚飯肚子痛，上吐下瀉，急性腸胃炎，所以今天幫你請病假。

△ 阿標慚愧地低著頭。

△ 王翔注意到阿嬤的相片面壁，他望向阿標。

王翔：你為什麼讓阿嬤對著牆壁？你是不是做什麼壞事不想讓阿嬤看到？

△ 阿標趕緊過去，把阿嬤的相片翻過來。

阿標：不是、不是！對不起阿嬤，對不起……我沒有做壞事……

△ 王翔走向桌前，走了兩步，發現踩到東西，他停下來，抬起腳，

　　　彎身撿起好幾顆像子彈一樣的金屬，還看到桌上有把玩具槍。

王翔：這是什麼？你拿這些回來幹什麼？

　　　△ 阿標趕緊搖頭。

阿標：不是我的，是我朋友的啦，玩具手槍。

　　　△ 王翔又看到桌上像是吸毒用的工具，又急又氣。

王翔：這些呢？

阿標：那也是我朋友留下來的啦！

王翔：你還在跟以前那些朋友聯絡？

阿標：他們就有時候會過來找我啊！

王翔：(質問) 你自己有沒有在用？

阿標：沒有啦！

王翔：龍哥叫你不要跟以前那些朋友聯絡，你為什麼都不聽？

阿標：你不要跟龍哥講啦！其實我也沒有想跟他們在一起，可是他們有時

　　　候就會過來找我，我沒有辦法拒絕啊！……翔哥不要生氣啦！

王翔：我再問你一次！(指著吸毒的工具) 你有沒有在用？

阿標：真的沒有，翔哥你相信我好不好？

　　　△ 王翔讓自己平靜下來。

王翔：好，我就信你一次！(考慮了一下) 你要不要搬來我那裡？

　　　△ 阿標感到意外，也很感動，突然哭了出來，上前抱住王翔。

阿標：翔哥謝謝！

王翔：放手、放手……

　　　△ 王翔拉開他的手。

阿標：那阿嬤可以一起去嗎？

王翔：廢話，那還要問？

　　　△ 阿標破涕為笑。

| S20 | 時：日 | 景：沈雯青住處 |
|---|---|---|
| | 人：沈雯青、宋克帆 | |

　　　△ 宋克帆拿著手機在講電話，並在屋裡來回走著。

克帆：……龍哥，真的不用招待我們……你不要這麼客氣，你願意跟我們

分享，我們已經很開心了！……

　　△ 沈雯青拿了兩杯咖啡放在桌上，在她的筆電前坐下，眼睛看著宋
　　　克帆。

克帆：好好好，那就這樣說定了……謝謝你，龍哥……再見。

　　△ 宋克帆掛了電話，走到桌前。

克帆：跟龍哥講好了，我們一起去採訪他。

雯青：你去就好了，為什麼要兩個人去？

克帆：有始有終嘛！這個專題第一篇是妳寫的，最後一篇也要有妳，我們
　　　兩雙掛。

　　△ 沈雯青不置可否，看著她的電腦，喝了一口咖啡。

克帆：要是妳肯叫王翔直接去問龍哥，我也不用麻煩找人牽線，早就可以
　　　訪問到他了。

　　△ 沈雯青不說話。

克帆：我寫了一些問題，等下傳給妳，妳看一下，看看要不要補充什麼。
　　　我要先去追那個汽車業代墜樓的新聞。

雯青：那不是意外嗎？你要追什麼？

克帆：我有聽到消息，有可能是自殺……或是他殺。

雯青：（平淡地）喔。

克帆：我要直接去找那晚跟死者同房的業代，他叫王杰。

雯青：（驚訝）王杰？

克帆：嗯……妳認識他？

　　△ 沈雯青猶豫了一下，點頭。

| S21 | 時：日 | 景：汽車營業所內 |
|-----|--------|------------------|
|     | 人：王杰、宋克帆、同事 | |

　　△ 王杰從辦公室裡出來。

　　△ 他的同事迎上前，拿了一張名片給王杰。

同事：有記者找你。

　　△ 王杰接過名片看著。

克帆：王先生，您好，我是讀聚力新聞網的宋克帆，我有一些問題想請教
　　　你。

王杰：( 客氣地 ) 宋先生想了解車子方面的問題嗎？

克帆：不是，我是想了解朱先生的事情。

　　　△ 王杰鎮定地面對。

王杰：朱先生的事我沒有什麼好說的。

　　　△ 王杰向外走，臉色微沉。

| S22 | 時：日 | 景：汽車營業所外 |
|-----|--------|------------------|
|     | 人：王杰、宋克帆、同事兩名 | |

　　　△ 宋克帆快步從裡面跟出來。

克帆：王先生，我只是想從你這裡了解當天晚上發生的事情，我知道警方
　　　還在調查……

　　　△ 王杰停步，耐著性子看著他。

王杰：警方還在查，我不可能跟你說什麼，而且新聞常常會亂報……

克帆：你放心，我不會亂發新聞。

王杰：我為什麼要相信你？

　　　△ 王杰轉身又要走。

克帆：我是沈雯青的朋友，我也認識你哥。

　　　△ 王杰望向他，敵意稍減，但是臉上還是沒有笑容。

克帆：雯青跟我講了很多你跟你哥的事。

王杰：哦？她講什麼？

　　　△ 宋克帆露出笑容。

克帆：我們要不要找個地方坐下來聊？

　　　△ 王杰看到營業所內的同事們盯著他和宋克帆看。

王杰：我跟客戶有約，現在不方便。

克帆：我不會耽誤你很多時間……

　　　△ 王杰看了一下裡面同事。

王杰：我跟你講，我的同事都很關心朱大哥，而且他們想像力很豐富，你
　　　可以跟他們聊聊。我真的要走了，要不然會遲到。麻煩你幫我跟雯
　　　青姊問好。

　　　△ 王杰轉身快步離去。

　　　△ 宋克帆看著他走遠，無可奈何。

| S23 | 時：夜 | 景：王家浴室 |
|------|--------|--------------|
|      | 人：王杰 | |

　　△ 王杰洗好澡，換了乾淨的褲子，走到鏡子前，拿著毛巾擦頭髮。

　　△ 鏡子下方的置物架上放著廟裡求的平安符。

　　△ 王杰看了那個平安符一眼，悶悶不樂地望向鏡子。

　　△ 鏡子上有霧氣，無法反射出他清楚的樣貌。

　　△ 王翔的聲音在他邊響起。

王翔：（OS）你確定你要這樣做嗎？

| S24 | 時：日 ( 接第 5 場 ) | 景：王杰房間 |
|------|--------------------|--------------|
|      | 人：王翔、王杰 | |

　　△ 王翔像看個孩子一樣看著他。

王翔：你說的真相，要守一輩子，不能改的，你做得到嗎？

王杰：你是覺得我不如你？

王翔：我沒有。

王杰：是啊！我確實不如你。爸爸的不健康基因，沒有遺傳給你，是到我身上。

　　△ 王翔皺起眉頭。

王翔：你在講什麼？

王杰：跟你比起來，我一直都是一個瑕疵品……

　　△ 王翔不高興地打斷他。

王翔：沒有人這樣講哦！

王杰：不然為什麼從小你就那麼保護我，處處讓著我？我現在長大了，我可以做決定。

　　△ 王翔看著他，不說話。

| S25 | 時：夜 | 景：王家浴室內外 |
|------|--------|------------------|
|      | 人：王杰 | |

　　△ 王杰抬起頭看著鏡子。

王杰：(OS) 我自己知道該怎麼做，不用你幫我下指導棋。

　　△ 王杰看著鏡子裡的自己，老朱的事其實還是困擾著他。

　　△ 敲門聲。

怡安：（OS）小杰？

王杰：什麼事？

怡安：（OS）沒有啦，你在裡面好久了……我問問看……

　　△ 王杰拿起 T 恤套上，打開浴室門。

　　△ 洪怡安看到他，露出笑容。

怡安：吃飯了。

　　△ 王杰沒說話，走出浴室。

　　△ 洪怡安看到置物架上的平安符。

怡安：等一下！

　　△ 洪怡安進去浴室，拿了平安符。

　　△ 王杰回到浴室門口。

怡安：戴起來啦！（輕聲）不然等下你媽看到會不高興。

　　△ 王杰沒說話，有些無奈。

　　△ 洪怡安替他戴上平安符，把平安符放進他的衣服裡，輕輕在他胸
　　　口拍了兩下，對他再次露出笑容。

　　△ 王杰看到她體貼的樣子，強迫自己擠出微笑。

| S26 | 時：夜 | 景：王翔住處 |
|---|---|---|
| | 人：王翔 | |

　　△ 王翔的手機傳出訊息聲。

　　△ 正準備就寢的王翔拿起手機看。

　　△ 王杰的訊息：今天雯青姊的同事來找我。

　　△ 王翔看到訊息，皺起眉頭。

| S27 | 時：日 | 景：工地 ( 此場為錄影的畫面 ) |
|---|---|---|
| | 人：王翔、阿標、環境人物 | |

　　△ 三名工人扛著工地的廢棄物走向出口。

△ 攝影機在他們身後跟拍，只看到他們的背影。

　　△ 工人的衣服濕透，扛著重物，呼吸的聲音很重。

　　△ 阿標和另外兩名工人把廢棄物裝進麻袋裡，阿標望向鏡頭，傻
　　　笑，對著鏡頭招手，然後突然握拳打著自己胸膛，像是泰山一樣。

阿標：我是阿標！

　　△ 王翔在一旁工作。

王翔：阿標，（台語）你中猴喔？

　　△ 阿標指著王翔。

阿標：翔哥！他是翔哥……（過去王翔旁邊）翔哥看鏡頭！

　　△ 王翔沒理會，繼續做他的事。

　　△ 鏡跳三人扛著重物的背影。

阿標：（OS）那個拿最重的就是我……


| S28 | 時：日 | | 景：清潔公司內 |
|-----|--------|---|----------------|
| | 人：沈雯青、宋克帆、龍哥、阿標、王翔 | | |


　　△ 阿標指著電視螢幕上的影片。

　　△ 龍哥笑著。

龍哥：大家都知道那個是你啦，最大隻的那個！

　　△ 宋克帆看著電腦上的影片，笑著。

　　△ 沈雯青看著電腦螢幕上王翔汗流浹背的背影，如坐針氈。

　　△ 宋克帆看到沈雯青的不自在，他望向龍哥。

克帆：龍哥，這個影片可以給我嗎？

　　△ 龍哥把影片關掉。

龍哥：當然不行。我拍這個是因為有的更生人跟家人的關係不是那麼好，
　　　家人不相信他們改過，所以我才會拍這些，可以讓他們跟家人證明，
　　　他們是有在好好工作。

　　△ 宋克帆點頭。

　　△ 沈雯青低著頭在筆記本上寫字。

克帆：現在公司裡有幾位更生人？

龍哥：目前固定的更生人員工就是阿標跟王翔。其他都是點工，點工裡面
　　　也有幾位是更生人。……我是希望能夠做起來、做大一點，就可以

幫助更多更生人，讓他們有固定的收入，不要再走回頭路，不要變
成社會的負擔。這是我的理想啦！

　　△ 宋克帆點著頭。

　　△ 龍哥見沈雯青很安靜的坐在那裡。

龍哥：沈小姐，都沒聽到妳講話？妳來是要採訪我的，怎麼那麼安靜？

　　△ 沈雯青對龍哥露出微笑。

雯青：龍哥很會講，我就負責聽，記下來就可以了。

龍哥：妳寫王翔的那篇我有看，寫得很好。

　　△ 沈雯青不自然地笑笑。

　　△ 阿標看到外面有車子開進來。

阿標：翔哥回來了，我去幫忙。

　　△ 阿標起身，出去幫忙。

　　△ 宋克帆和沈雯青都透過窗戶，看到廂型車開進來。

龍哥：（指著外面）他真的很可惜！我在裡面拿到高中學歷他幫了我很多
忙。他本來應該會有很好的前途，結果現在跟我做這行……

　　△ 龍哥想想，笑著搖頭。

龍哥：我修正一下，職業不分貴賤！任何人只要肯努力，都不應該被看輕。

克帆：（附和）龍哥說得沒錯！

龍哥：他現在在幫我督促阿標念書考證照，他自己也想考。他對考證照很
有興趣，還想考吊籠操作人員。

　　△ 王翔進來。

　　△ 沈雯青看著他，臉上沒有笑容。

龍哥：我問他你不怕高嗎？他說不怕，他只怕他媽媽知道……

　　△ 王翔走到龍哥旁邊。

王翔：龍哥。

龍哥：坐、坐，我們正在說你。

王翔：我的事哪有什麼好講的。

　　△ 王翔對沈雯青點了一下頭，望向宋克帆。

王翔：宋先生，可以請你抽根菸嗎？

　　△ 宋克帆有點意外，他點頭，看了沈雯青一眼。

克帆：好啊！

　　△ 宋克帆跟著王翔出去。

△ 沈雯青看著他們背影。

龍哥：沈小姐，喝茶啦！

雯青：好。

　　△ 沈雯青拿起杯子，但還是看著外面。

龍哥：他不是一直都那麼強悍。我看過他偷偷哭，他愛的女孩子要出國，
　　　他認為這一輩子再也看不到她了！

　　△ 沈雯青喝了一口茶，放下杯子。

龍哥：那個女孩寫了兩年的信給他，他都沒有回信，他說不想耽誤人家。

　　△ 沈雯青沉默。

| S29 | 時：日 | 景：清潔公司外 |
|---|---|---|
| | 人：王翔、宋克帆 | |

　　△ 王翔替宋克帆點燃香菸。

克帆：謝謝。

　　△ 王翔點了一下頭，也點了一根菸。

克帆：你真的不怕高？掛在大樓外面，颳起強風，那晃得可厲害。

　　△ 王翔把菸吐出來，沒說話。

克帆：那是賣命的工作……

王翔：做記者也是。

克帆：（笑）差得遠呢！

王翔：記者什麼樣的人都要接觸，也有危險性。

克帆：沒有啦，沒那麼誇張……

王翔：不要再去找我弟弟。

　　△ 宋克帆看到王翔臉色沉了下來。

王翔：他同事死了，心情很差。你不考慮他的感受，還想去挖新聞？

克帆：我只是想要知道那天到底發生什麼事情，沒有別的意思……

王翔：你都不怕他的變態哥哥生氣，找人揍你一頓嗎？

　　△ 宋克帆見王翔很認真的樣子。

克帆：其實跟你弟弟沒關係，是因為雯青對不對？

　　△ 王翔不客氣地一把抓住他的衣襟。

　　△ 宋克帆嚇了一跳。

王翔：不要扯到她身上。

　　△ 宋克帆看著王翔，不敢動。

　　△ 王翔把菸舉到他臉前。

王翔：還有，我警告你，你如果敢欺負她……（輕聲）我會殺了你。

　　△ 宋克帆一臉不敢置信。

　　△ 王翔吸了一口菸，把菸吐在他臉上後才鬆開手退後一步。

　　△ 阿標從裡面出來。

阿標：翔哥！……（過去王翔旁邊，低聲）龍哥說晚上要請記者吃飯，沈
　　　小姐說還有事，他要你問一下……（指指宋，然後對宋笑著點頭）

王翔：宋先生很忙，不用問了。

　　△ 宋克帆把菸丟進菸灰缸，進去裡面。

| S30 | 時：黃昏 | 景：清潔公司門口 |
|---|---|---|
| | 人：王翔、沈雯青、宋克帆、龍哥 | |

　　△ 龍哥在門口招呼宋克帆與沈雯青離開。

　　△ 王翔在清潔公司內，隔著玻璃窗看著沈雯青被宋克帆載走。

| S31 | 時：日 | 景：李曉君房間 |
|---|---|---|
| | 人：李春生 | |

　　△ 李曉君桌上的東西還未收拾，她的相片也還在原處。

　　△ 李春生汗流浹背地往椅子上坐，他重重地吐了一口氣。

　　△ 房間地上擺了兩個紙箱，一箱裝著曉君的衣服，每件都折得很整
　　　齊疊在一起。另一箱裝了一些雜物和書，最上面是絨毛布偶。

　　△ 李春生看著紙箱，流露出不捨。他轉頭看著曉君的書桌，看到桌
　　　上的東西，嘆了一口氣。他打開書桌抽屜，看到一個裝著很多沒
　　　有用過的鉛筆的紙盒。他把紙盒拿出來，再把裡面的鉛筆拿出來
　　　放在桌上。

　　△ 紙盒下套著紙盒的蓋子。

　　△ 李春生發現紙盒裡凸起來，他把紙盒從蓋子裡拿起來，裡面有一
　　　張紙包著一小疊東西。

△ 那紙是王家早餐店的點餐單，裡面是曉君在王翔房間偷偷拍下的照片：王翔在書桌前幫她看功課、為吉他調音、做碳 60 串珠的照片，以及一張手繪的碳 60 串珠的步驟圖。李春生看著那些照片和紙張，情緒又翻騰起來。他撕碎那些照片和紙，用力把它們擠壓成紙團。

| S32 | 時：黃昏 | 景：清潔公司外 |
|---|---|---|
| | 人：王翔、李春生 | |

△ 王翔走出清潔公司，發動機車，戴上安全帽。
△ 李春生的車停在斜對面的停車格裡，他坐在車上看著王翔的行動。

| S33 | 時：黃昏 | 景：街景 |
|---|---|---|
| | 人：王翔、李春生、環境人物 | |

△ 夕陽西下，街道上很熱鬧，返家、外出的人們錯身而過。
△ 王翔騎著機車要回家。
△ 王翔的機車後面不遠處的快車道上，跟著李春生的車。王翔從照後鏡中看到那輛熟悉的車。他往前騎到路口向右轉。
△ 李春生看到王翔的機車右轉，他換入慢車道，也跟著右轉。
△ 王翔右轉後往前騎，他看到那輛車又跟過來，王翔靠邊停下機車。
△ 李春生的車在他身後五、六公尺的地方停下來，李春生看著王翔，看到王翔坐在機車上沒動。
△ 王翔下車，轉身走向那輛車，一面拿下安全帽。他走到車頭，但車窗反光，他看不清車裡的人。王翔用力往拍了一下車子，憤怒地瞪著車裡的人。

王翔：你到底想怎麼樣？你跟了我好幾次了，你到底是誰？(走到車門旁) 你下來！

△ 王翔看清楚是李春生，錯愕，方才的氣焰完全消失。他縮回手，退了一步。

王翔：李伯伯……

　　△ 李春生斜睨著王翔。

春生：人家都叫你英雄哥？……感覺怎麼樣？。

王翔：李伯伯，對不起……

　　△ 李春生搖頭。

春生：不是說那三個字就可以一筆勾銷！

　　△ 王翔沒説話。

　　△ 一輛車從他身後呼嘯而過。

春生：小心一點！你媽媽在等你回家吧？你要是出事，回不去，她會很難
　　　過的。

　　△ 王翔往右看了一下，注意著來車。

王翔：李伯伯，做錯事的人是我，跟我家人一點關係都沒有，我現在已經
　　　沒有跟他們住在一起，拜託你不要打擾他們。

　　△ 李春生不回應他的話。

春生：你走吧！既然我們常常走同一條路，以後會有很多機會見面。

　　△ 李春生把車窗往上升，望向前方，不看王翔。

　　△ 王翔心裡十分忐忑，他向前走了幾步，回頭看了一下李春生。

　　△ 李春生的手緊緊握著方向盤，他憤怒地盯著王翔。

　　△ 王翔往走了幾步，覺得不安，他又回頭，看到李春生的車子停著
　　　不動。

　　△ 李春生踩下油門。

　　△ 王翔戴上安全帽，從照後鏡裡看到李春生的車突然加速開過來。

　　△ 李春生的車子從王翔身邊經過，照後鏡打到王翔。

　　△ 王翔按著左手手肘，面露痛苦。

| S34 | 時：黃昏 | 景：李曉君房間／李春生車上對跳 |
| | 人：李柏皓、李春生 | |

　　△ 李柏皓走到李曉君房間門口，看到地上的紙團和紙張碎片，愣
　　　住。

　　△ **李春生把車開到路邊停下，想讓自己平靜下來。**

△ 李柏皓撿起地上的紙團打開看後，趕快拿出手機撥號。

**△ 李春生的手機響，他接聽電話。**

春生：什麼事？

△ 李柏皓聽到他的聲音，稍鬆一口氣。

柏皓：爸，你要回來了嗎？我有買你喜歡吃的叉燒……

春生：我不餓。

柏皓：你回來，我們吃完飯，我跟你一起整理曉君的東西？

春生：不要動她的東西！

△ 李柏皓難過。

柏皓：你是不是還在怪我？

春生：你說什麼？

△ 李柏皓看到桌上妹妹的相片，哽咽。

柏皓：如果那天我有找到曉君，把她帶回來，那她現在還活得好好的。

春生：我沒有怪你。

柏皓：這十幾年我都在怪我自己，你怎麼可能不怪我？

**△ 李春生掛掉電話，難過地趴在方向盤上。**

△ 李柏皓拿起曉君的照片，坐下，感傷地看著照片。

| | 時：夜 | 景：清潔公司內 |
|---|---|---|
| **S35** | 人：王翔、龍哥、王杰 | |

△ 龍哥拿著冰敷袋過來交給王翔。

王翔：龍哥謝謝。

　　　△ 王翔接過冰敷袋按在手上被撞到的地方。

　　　△ 龍哥走到他的座位前坐下。

龍哥：怎麼不把車牌號碼記下來？

王翔：他不是故意的。

龍哥：他有下車跟你道歉嗎？

　　　△ 王翔沒說話。

　　　△ 龍哥搖頭。

龍哥：我跟你說要低調，要會彎腰，可是保護自己還是很重要。以後遇到
　　　這種事，不能當作沒事，該記下來的要記下來。

王翔：（應付他）好啦！……不會每次都那麼倒楣的。

　　　△ 公司的門是開著的，王杰走到門口。

王杰：哥！

　　　△ 王翔看到他，訝異。

王翔：你怎麼來了？

　　　△ 龍哥看到王杰，過去。

龍哥：你是小杰？我是龍哥！

　　　△ 王杰上前跟龍哥握手。

王杰：龍哥你好。

龍哥：我聽你的名字聽了好多年，你哥常常說你的事。

　　　△ 王杰點頭笑。

王翔：你為什麼突然過來？

王杰：媽說你本來說好要回家吃飯又臨時說不回去，我就過來看看。

龍哥：你哥被車撞受傷了，不敢回去，怕你媽知道。

　　　△ 王杰驚訝地走到王翔面前。

王杰：你受傷了？

王翔：沒事啦！小傷。走，去我那裡。

　　　△ 王杰點頭。

| **S36** | 時：夜 | 景：巷子 |
| --- | --- | --- |
| | 人：王翔、王杰 | |

△ 僻靜的巷子裡，一段距離就有一盞路燈。

　　△ 王翔走在前面，他的影子隨著他的前進而有變化。

　　△ 王杰跟在他後面走著，看著他的影子。

　　△ 王翔回頭看了他一眼。

王翔：就在前面，快到了。（見王杰低著頭）你看什麼？走路不看路？

王杰：我在看你的影子。

　　△ 王翔低下頭看著地上。

王杰：小時候我很喜歡走在你後面，踩你的影子玩……（抬起頭，走近他）你每次都不讓我踩，讓我追到筋疲力盡……（露出一絲笑容）

　　△ 王翔看著他，不明白他在想什麼。

王杰：哥，朱大哥的事告一個段落，他們認定是意外墜樓，跟我一點關係都沒有。

　　△ 王翔點頭。

王翔：那就好。

王杰：要守住秘密好累喔，還好事情一下就過了。

　　△ 王翔點點頭，安心了。

　　△ 王杰把掛在脖子上的平安符拿下來，套在王翔的脖子上。

王杰：這是媽從廟裡求來的，給你，不要再受傷了。

　　△ 王翔把平安符塞進衣服裡。

王杰：哥，你真的有守住嗎？

　　△ 王翔皺起眉頭。

王杰：你有沒有告訴過任何人？雯青姊或龍哥？

王翔：（壓低聲音）你在說什麼？

王杰：你有沒有告訴過他們……曉君是我殺的？

　　△ 王翔沉下臉看著他。


— 本 集 終 —

負
罪
EP9

# 第九集　負罪

| S1 | 時：夜（12年前） | 景：王家二樓走道 |
|----|------------------|------------------|
|    | 人：王母、王翔、王杰 | |

　　△ 王母站在浴室門口，著急地敲門。

王母：小杰？……你怎麼了？

　　△ 浴室裡傳出嘔吐的聲音。

王母：小杰？

　　△ 王母在門口，既焦急又心疼，不知道該如何是好。

　　△ 王翔上樓，他過去。

王翔：媽！

王母：（責怪）你怎麼到現在才回來？我打了兩次電話你都沒接！小杰不
　　　舒服，我要帶他去看醫生他不要……

　　△ 王杰打開浴室門，他面色蒼白，虛弱地看著媽媽。

王杰：我沒事了……

王翔：我帶你去看醫生。

　　△ 王杰不說話。

王母：快點、快點！……（拍拍王翔的背，發現不對）你怎麼衣服濕了？

　　△ 王杰睜大了眼睛看著王翔。

王翔：……我回來的時候……不小心弄到……

王母：你褲子也濕了？快去換掉……

　　△ 王母催促著王翔，兩人往房間走。

　　△ 王杰從浴室出來，不安地看著王翔的背影。

王母：你要跟醫生講小杰又流鼻血了……

　　△ 王翔又回頭，不放心地看了王杰一下，進去房間。

　　△ 王母跟著他念著。

王母：（OS）他制服上都是血，我好擔心啊！要不要請醫生先幫他檢查？
　　　他還有三個月才回診，會不會有問題？……他要是復發怎麼辦？
　　　……

　　△ 王杰往前走了幾步，聽著他們的對話。

王翔：（OS）不會啦，小杰不會有事的……媽，妳別哭啦！

王母：（OS）我沒有辦法再看到他生病……我會受不了……

△ 王杰臉上浮現恐慌和罪惡感，他無力地靠著牆坐下。他背後的牆上是他和王翔的身高圖，還有他孩童時的純真塗鴉。

△ 字幕：第九集，負罪

| S2 | 時：夜 | 景：柏皓房間 |
|----|--------|-------------|
|    | 人：李春生杰 | |

△ 房間內一片漆黑。

△ 李春生打開房間門，打開燈。房間裡沒有人。

△ 李柏皓的房間東西不多，書櫃裡有幾套很舊的漫畫。折好的幾件衣服沒有收進衣櫥，放在矮櫃上。桌上有電腦、搖桿，一些廣告單和帳單。

△ 李春生走到床邊，看到床上有換下來的衣服，遲疑了一下，沒伸手拿。但他看到枕頭下有東西，他掀起枕頭，看到一本聖經。他拿起聖經，看到好幾個地方貼了標籤紙，他隨手翻了一下，最後看到前面的空白頁上寫了字。

△ 「感謝主讓我做到饒恕，感謝主讓曉君回到你的懷抱裡。」下面的簽名是「美慧」還有數字 2012。

△ 李春生沉著臉，把聖經合起來。他把聖經塞回枕頭下，情緒波動起來。

| S3 | 時：日 | 景：教會門口 |
|----|--------|-------------|
|    | 人：李春生、李柏皓、環境人物 | |

△ 教會內牧師禱告的聲音透過麥克風傳到外面。

牧師：主啊，我感謝你，你能體恤我的軟弱，你卸去我一切的重擔。你是我的力量，你能使我的軟弱變成剛強……

△ 李春生站在教會門口看著裡面，他看到牧師站在講台前低著頭，跟隨著牧師禱告的會眾也都低著頭。

牧師：主啊，我讚美你，你是公義的神，你按公義審判世界，你按正直審

判萬民，人種的是什麼，你讓人收的也是什麼……

　　△ 李春生不想再聽下去，他退後，轉身要走，看到過來的人，停步。

　　△ 李柏皓看到爸爸，十分詫異，他上前。

柏皓：爸。

春生：你昨晚沒有回家。

柏皓：同事臨時有事，我替他值夜班。

春生：（責怪）電話也不通！

柏皓：……沒電了。

　　△ 李春生關心兒子，但口氣和情緒都讓人感受不到。李柏皓習以為
　　　　常。

春生：你不回家休息？

柏皓：今天主日第二堂我要服事。

　　△ 李春生不講話，遲疑了一下，跨出腳步要走。

柏皓：爸，你要不要進來？

　　△ 李春生猶豫。

柏皓：……媽要是知道會很高興。

　　△ 李春生搖頭。

　　△ 李柏皓看到他沉下臉，沒再勸說。

　　△ 李春生離去。

　　△ 李柏皓猶豫了一下，跟過去。

柏皓：爸……

　　△ 李春生回頭。

柏皓：……不要把你……（想想改口）不要把我們的人生，跟他綁在一起。

　　△ 李春生看著他，沉著臉不說話。

　　△ 李柏皓見他不高興，不再多說，轉身走進教會。

| S4 | 時：日 | 景：王家早餐店 / 門口 |
|---|---|---|
| | 人：王杰、王母、李春生、洪怡安、環境人物、李春生 | |

　　△ 王母在煎爐前煎著蛋餅，她的餘光看到有人走到店外，她抬起
　　　　頭。

王母：（客氣地）請進來坐。

△ 客人點點頭進來。

△ 王母對客人點頭微笑後注意到街道對面騎樓裡的人，她愣住，仔細再看，臉色開始發白。

△ 在外面的人是李春生。

王母：小杰……

△ 洪怡安替客人送餐回到料理台前。

△ 王母轉頭望向怡安。

王母：小杰呢？

怡安：他在後面。

△ 洪怡安見王母神色有異。

怡安：怎麼了嗎？

△ 王母不講話。

△ 洪怡安走到廚房門口向內喊。

怡安：小杰。

△ 王母又望向外面，剛才在騎樓裡的李春生不見了。王母放下手上的煎鏟，急忙從料理台裡出來走向門口。

△ 王杰從廚房出來，他收起手機，跟過去。

王杰：媽，妳怎麼了？

王母：剛才……剛才我看到一個人……好像是曉君她爸爸。

△ 洪怡安在煎爐前，聽到王母的話，她望向他們母子。

△ 王杰錯愕，出去。

| S5 | 時：日 | 景：窄巷 |
|----|-------|---------|
|    | 人：王杰、李春生、環境人物 | |

△ 窄巷裡沒有人。

△ 王杰走進窄巷。

△ 李春生突然出現在巷口。

△ 王杰看到他，停步。

△ 李春生走近王杰。

春生：你是王杰？

△ 王杰鎮定地上前一步。

王杰：李伯伯。

△ 李春生仔細地看著他。

春生：曉君要是還在……就跟你一樣大……

△ 王杰看到他眼中的哀傷，仍然維持著客氣的態度。

王杰：李伯伯，您怎麼知道我們搬來這裡？

春生：你哥的手好一點了嗎？

△ 王杰神情凝住，沒說話。

春生：回去告訴你哥，我會一直盯著他的，我不會讓他的日子過得那麼舒服。

△ 王杰無言以對。

| S6 | 時：黃昏 | 景：王家早餐店 |
|----|---------|--------------|
|    | 人：王母、洪怡安 | |

△ 早餐店的鐵門關著。

△ 王母坐在早餐店的桌子前，悶悶不樂的。

△ 洪怡安從廚房出來。

怡安：王媽媽！

△ 王母看到她，趕緊擠出笑容。

△ 洪怡安進來，走到她面前。

怡安：我已經把米下鍋了。（露出笑容）大哥說，等下他跟小杰負責炒菜。

△ 王母一聽，笑容又不見了。

王母：他手都受傷了，還要炒菜？

△ 洪怡安在她旁邊坐下，安撫她。

怡安：大哥說沒事啦，一點小傷。

王母：他就只會逞強！……那個時候他也說沒事，結果被關了那麼久……

△ 洪怡安握住王母的手。

怡安：以前的事不要再想了啦！大哥現在工作穩定下來，以後會越來越好的。

△ 王母嘆了一口氣。

王母：希望是這樣……（想想又憂心）小杰說我看錯了，我覺得我沒有看錯，我認得曉君的爸爸。他不要我們賠錢，他……他要法官判王翔

死刑。

　　△ 洪怡安有些驚訝，也能理解王母的憂慮。

王母：要是他真的找來⋯⋯

怡安：（安撫她）他要是來騷擾我們，我們就走法律途徑，一定有辦法可以解決的。

　　△ 王母無奈不語。

　　△ 洪怡安摟著她的肩膀。

怡安：不要擔心啦！我們去黃昏市場逛一逛好不好？今天妳喜歡吃的那家手工饅頭有出來擺。

　　△ 王母見她極力安慰和討好，拍拍她的手，點了一下頭。

| S7 | 時：黃昏 | 景：王家頂樓 |
|----|---------|-----------|
|    | 人：王翔、王杰 | |

　　△ 夕陽西下。

　　△ 兄弟倆站在圍牆邊抽菸。

王杰：哥，你要是沒有動作他就會繼續找你麻煩。

　　△ 王翔不講話。

王杰：他是在哪裡撞你的？現在到處都有監視器，可以跟你的觀護人或是警察講⋯⋯

王翔：我不想把事情越弄越複雜。

王杰：他都開車撞你了！現在還找到早餐店來⋯⋯

王翔：他要是想撞死我他動手的機會多的是，他只是發洩一下。

　　△ 王杰露出不可思議的樣子。

王杰：哥？

王翔：那是我跟他的事，你不要插手。

王杰：如果是我呢？如果坐牢的人是我，我出來他找我麻煩，你會不管嗎？

　　△ 王翔沒說話。

王杰：不會嘛！你一定會盡全力要保護我。

　　△ 王翔還是沉默。

王杰：哥，讓我們一起面對。

　　△ 王翔又抽了一口菸，然後把菸熄掉。

王翔：好！那你就聽我的。……那是我們欠他的，你只要記住這個就好，
其他的事你不要管。

△ 王翔下樓。

△ 王杰說不動他，很氣餒。

| S8 | 時：夜 | 景：社區街景 |
|---|---|---|
| | 人：王杰、洪怡安 | |

△ 天黑了，社區的路燈一盞一盞都亮著。

△ 洪怡安提著皮包往住處走。

△ 王杰距離她前方兩步，心事重重地逕自往前走。

△ 洪怡安加快腳步跟過去，勾住他的手臂。

怡安：走慢一點啦！

△ 王杰稍微放慢腳步。

怡安：我們是不是約下個禮拜天去？

王杰：去哪裡？

△ 洪怡安感到失望。

怡安：婚紗店啊！你本來說今天要去的……

△ 王杰停步，拉開她的手，不高興地看著她。

王杰：今天我哥回來。

怡安：我知道啊，所以我今天也都沒問。

王杰：（應付）下禮拜天我要值班，再找時間。

△ 王杰轉身繼續往前走。

△ 洪怡安跟著他，鼓起勇氣開口。

怡安：我知道你跟你媽都很擔心大哥，但是你還是有你自己的人生啊！

△ 王杰沒有回答她。

△ 洪怡安猶豫了一下，決定開口問他。

怡安：你是不是不想結婚了？

△ 王杰又停下腳步，他耐著性子。

王杰：我有說我不想結婚嗎？妳怎麼突然講到那裡去？

怡安：好幾次說好要去，結果都跟今天一樣沒有去，其實你根本不想跟我
拍婚紗照吧！

△ 王杰見她一臉委屈，解釋。

王杰：我不喜歡做魁儡，不喜歡人家要我穿什麼就穿什麼，不喜歡照人家
　　　的意思擺 pose……（看到她難過，逼著自己說）我沒有不想結婚。

　　△ 洪怡安雖然有些不情願，但還是退讓。

怡安：……你不喜歡，那就不要拍了。

　　△ 王杰對她的體貼感到自責。

怡安：其實你可以早跟我說，我一點都不在意（拉著他的手）我們之間還
　　　有什麼事是不能說的嗎？

　　△ 王杰看著她的手，看著她手上的戒指。

王杰：（帶著內疚）家裡發生這麼多事……謝謝妳一直都在我身邊。

怡安：我們一開始就說好的呀！不管發生什麼事，我們都要陪伴在彼此身
　　　邊啊！

　　△ 洪怡安抱住他。

　　△ 王杰一臉心事重重的樣子。

| S9 | 時：夜 | 景：洪怡安住處 |
|---|---|---|
| | 人：洪怡安 | |

　　△ 洪怡安剛洗完澡，頭髮還包著毛巾。她看到手機有提示的閃光，
　　　拿起手機坐到床上，打開螢幕看訊息。

　　△ 唐娟訊息：問他了嗎？

　　△ 洪怡安看到訊息，回覆她。微笑著打字。

　　△ 手機螢幕上跳出來洪怡安打的字。

　　△ 怡安訊息：他沒有不想結婚，我想是因為大哥的事讓他壓力很大。

　　△ 唐娟訊息：那就好。男人有壓力不一定會說出口，記住，不能讓
　　　他把氣出在妳身上。

　　△ 怡安打字。

　　△ 怡安訊息：謝謝娟娟姊，下次換我請妳喝咖啡。

| S10 | 時：日 | 景：沈雯青住處 |
|---|---|---|
| | 人：沈雯青、宋克帆 | |

△ 宋克帆放在桌上的手機響。

△ 他走到桌前，看了看坐在他電腦對面的沈雯青，沒接電話。

△ 沈雯青戴著耳機在打字。

克帆：雯青！

△ 宋克帆見她沒有反應，伸手到她面前揮了一下。

△ 沈雯青抬起頭，拿下耳機看著他。

△ 宋克帆指指他的手機，他的手機鈴響停止。

克帆：龍哥打來，一定又是要約我們吃飯。

△ 沈雯青猶豫了一下。

雯青：真的拒絕不了，你就自己去，我不想去。

△ 沈雯青說完，又戴上耳機，低下頭看著她的電腦。

△ 宋克帆看到她臉上沒什麼表情，沒再多問。

| S11 | 時：夜 | 景：清潔公司內 |
|---|---|---|
| | 人：龍哥、王翔、阿標 | |

△ 龍哥放下手機，臉色微沉。

龍哥：連電話都不接，用傳訊息的。

△ 王翔聽到龍哥的話，他拿著兩張單子過來龍哥旁邊。

王翔：龍哥，你要的兩份估價單，看一下吧！

△ 龍哥沒看，把估價單放在一旁的資料夾中，望向王翔。

龍哥：他不給我面子，是瞧不起我！

王翔：可能真的忙，抽不出時間……

龍哥：忙還是要吃飯，就兩個小時也沒有？還用社慶做藉口。我最不喜歡
人家找藉口，不想跟我這種人來往就直說！

△ 阿標從後面過來，看到龍哥不高興，站在一旁不敢講話。

王翔：龍哥，你平常不是都教阿標要沉得住氣？……你這種脾氣誰敢跟你
說真話？

△ 龍哥放低了音量。

龍哥：你說現在要怎麼處理？他們的報導替我們打了知名度，我是真心想
謝謝他們，這件事我一定要做。

△ 王翔想了一下。

王翔：要不然送個禮表達你的謝意，這樣就夠了。

　　△ 龍哥點頭。

龍哥：那買瓶好酒送過去。

王翔：好，我來送。

　　△ 阿標靠近。

阿標：我跟翔哥一起去！（信心滿滿地）翔哥又沒在喝酒，我可以幫他挑。

　　△ 龍哥盯著阿標看。

龍哥：聽到酒你精神就來了？

　　△ 阿標趕緊替自己辯解。

阿標：我最近都沒喝。

　　△ 龍哥不說話了。

| S12 | 時：日 | 景：清潔公司外街道 |
|-----|--------|------------------|
|     | 人：王翔、阿標、李春生 | |

　　△ 王翔和阿標從清潔公司裡出來。

　　△ 阿標跟王翔抱怨，充滿自卑。

阿標：龍哥不喜歡我愛吃、不喜歡我喝酒、不喜歡我看書就愛睡覺，反正
　　　他就是不喜歡我……

王翔：他是對你期望很高。

阿標：我這種人有什麼好期望的？

王翔：怎麼可以瞧不起自己？

　　△ 王翔突然停步，看著街道對面。

阿標：翔哥？

　　△ 王翔猶豫後，做了決定。

王翔：你等我一下。

　　△ 王翔走向對街。

　　△ 對街車裡的李春生看到王翔過來，有些訝異。

王翔：李伯伯你吃了嗎？

　　△ 李春生沒想到王翔會跟他寒暄，他沒看王翔，也不回答。

王翔：不好意思，天氣這麼熱，還讓你等那麼久。

　　△ 李春生還是沒說話。

王翔：我跟我朋友要去買點東西，今天就不會再進公司了，您看……今天
要不要早點回去休息？

　　△ 李春生轉頭看了王翔一眼。

　　△ 王翔對他點了一下頭，轉身過馬路走回阿標面前。

阿標：翔哥，他是誰？

王翔：我朋友。

　　△ 李春生看著王翔跟阿標走遠，他發動車子，第一次沒發動，他再
試。

| S13 | 時：夜 | 景：李家客廳 |
|-----|-------|------------|
| | 人：李春生、李柏皓 | |

　　△ 李春生獨自一人坐在餐桌前，他吃完最後一口麵，把筷子放下。
他疲憊地靠著椅背，愣愣地看著前方。

　　△ 李柏皓回來。

　　△ 李春生聽到外面關門的聲音，他的眼睛一亮，望向客廳門口。

　　△ 李柏皓打開門進來，他看到爸爸坐在餐桌前，訝異。過去餐桌旁。

柏皓：這麼晚還沒睡？

春生：剛回來。……車子有點問題，很難發動。

　　△ 李柏皓欲言又止，但還是開口問。

柏皓：你……去哪裡？

　　△ 李春生看著柏皓，毫不考慮，直接回應他。

春生：我去跟他。

　　△ 李柏皓無奈，不知道該跟他說什麼。

春生：他現在都跟那些前科犯在一起，他一定還會做什麼壞事，我等著看，
我要看他再被關回去。

　　△ 李春生一臉的篤定。

| S14 | 時：日 | 景：沈雯青住處 |
|-----|-------|------------|
| | 人：沈雯青、宋克帆 | |

　　△ 沈雯青穿上洋裝，伸手到背後拉著拉鍊。

△ 宋克帆走到她身後。

克帆：我來。

　　△ 宋克帆替她把拉鍊拉上後，在她身後抱著她。

克帆：我喜歡妳穿這樣。

　　△ 宋克帆在她臉上親了一下。

　　△ 沈雯青的臉上沒有笑容。

克帆：（討好她）我們出國度假好不好？

雯青：快要放暑假了，什麼都變貴，不要挑現在啦！

　　△ 沈雯青拉開他的手，坐到鏡子前梳頭。

　　△ 宋克帆坐在床沿，認真地看著她。

克帆：我只是想要轉換心情，放鬆一下，重溫我們戀愛的溫度……

　　△ 沈雯青對著鏡子戴上耳環。

雯青：都幾歲了？還說這種話。

克帆：就是到這個年齡我才怕！我已經找到想要一起過一輩子的人，萬一
　　　妳不愛我了……（無奈地笑）我該怎麼辦？單戀妳到末日？

　　△ 沈雯青轉頭看著他，對他擠出一絲笑容，轉移話題。

雯青：龍哥約吃飯的事處理的怎麼樣了？

　　△ 沈雯青走到他面前。

克帆：都處理好了。

　　△ 沈雯青溫柔地看著他。

雯青：你不要得罪他。

克帆：不會，妳放心

　　△ 宋克帆握住她的手。

　　△ 沈雯青摸摸他的頭髮。

雯青：你的頭髮又長了……

克帆：（想逗她笑）頭髮長總比禿頭要好。

　　△ 沈雯青沒有笑容，反而跟他再度拉開距離，回到梳妝台前。

　　△ 宋克帆充滿愛戀地看著她。

| S15 | 時：夜 | 景：餐廳外 |
|---|---|---|
| | 人：王翔、環境人物 | |

△ 王翔提著禮盒在餐廳外等著。

△ 陸續有客人從樓上下來。

△ 王翔他看了一下手錶，走到門口，看著通往樓上餐廳的樓梯。

| S16 | 時：夜 | 景：餐廳內 |
| --- | --- | --- |
| | 人：王翔、宋克帆、沈雯青 | |

△ 沈雯青拿著皮包走向廁所。

△ 王翔提著禮盒從樓下上來。

△ 兩人看到對方，都愣了一下。

△ 王翔隨即恢復平靜的神色，走到她面前，對她微笑。

王翔：我是拿東西上來給……妳男朋友。我跟他約好的，但是他一直沒下來，我就自己拿上來，不好意思。

△ 沈雯青點點頭，她避開王翔的眼光。

△ 王翔舉起手上的禮盒。

王翔：這是龍哥要給他的……給你們的。

雯青：龍哥太客氣了。

王翔：龍哥一直約不到你們吃飯，他耿耿於懷，他還覺得是不是你們不願意跟我們這種人交朋友……

△ 沈雯青搖頭。

雯青：不是……是我……（欲言又止）

王翔：我知道，妳不喜歡應酬。

雯青：不是！（遲疑了一下）是我怕看到你。……會讓我想到一些以前的事。

△ 沈雯青又把視線轉開。

王翔：好，我以後盡量不出現在妳面前。……這個交給妳好嗎？麻煩妳請他打個電話給龍哥……

△ 宋克帆過來，他的臉色有些紅，看起來喝了不少酒，他笑嘻嘻地走到王翔旁邊。

克帆：你真的上來了？謝謝、謝謝！（拿過禮盒）我以為你會在樓下等到我們活動結束呢！

△ 王翔望向沈雯青。

王翔：我先走了。

△ 宋克帆拉住王翔。

克帆：等一下、等一下！你既然上來了，我來介紹我們總經理、總編給你
　　　認識，還有幾位大老板都在裡面……

　　△ 王翔搖頭。

王翔：不用了。

　　△ 宋克帆望向沈雯青，又繼續說。

克帆：我本來就請他上來，讓他替龍哥做公關，可是他超固執，一定要樓
　　　下等。（望向王翔）現在就讓我來補償你，介紹一些有頭有臉的人
　　　……

　　△ 沈雯青拉了一下宋克帆，勸阻。

雯青：好了，可以了啦！

王翔：謝謝你的好意。

　　△ 王翔轉身要走。

　　△ 宋克帆還是拉著他不放。

克帆：你知道我是好意你還拒絕我？

　　△ 沈雯青忍不住給他臉色。

雯青：宋克帆，你可以不要一直勉強別人嗎？

克帆：（質疑）妳現在是跟他在同一陣線？

　　△ 王翔沉下臉看著宋克帆。

王翔：可以請你放手嗎？

　　△ 宋克帆也沉下臉了。

克帆：我要是不放手呢？你要殺了我嗎？你上次就威脅要殺我……

　　△ 沈雯青看著王翔，不相信的樣子。

　　△ 王翔不說話，用力抓住他手腕向後拗。

　　△ 宋克帆面露痛苦。

　　△ 沈雯青有些錯愕。

　　△ 王翔放開宋克帆，看了沈雯青一眼，轉身離去。

克帆：真是莫名其妙！……妳看到了啊！

　　△ 沈雯青的臉色很不好看，她不說話，走去洗手間。

| S17 | 時：夜 | 景：計程車上 |
|-----|--------|-------------|
|     | 人：沈雯青、宋克帆、司機 | |

△ 窗外的景物移動著。

△ 沈雯青看著窗外。

△ 宋克帆看她冷著臉，伸手握住她的手。

△ 沈雯青拉開他的手。

△ 宋克帆又試了一次。

雯青：（輕聲）你要我下車嗎？

△ 宋克帆不吭聲，放開她的手。

△ 沈雯青鬱悶地看著窗外。

△ 七彩繽紛的都市景一直往後退。

| S18 | 時：日 | 景：李柏皓房間 |
|---|---|---|
| | 人：李柏皓 | |

△ 坐在桌前的李柏皓閉著眼睛，輕聲禱告。

柏皓：親愛的天父，想到媽媽還有曉君，她們已經在天上和祢在一起，我
的心裡就會好過一點，可是像我這樣的罪人，有一天也會和她們在
天上相聚嗎？主啊！求祢賜給我力量，讓我可以放下仇恨，真正的
原諒他，讓我可以用祢的眼光看他，也請祢引導爸爸……

△ 電鈴響。

△ 李柏皓張開眼睛。

| S19 | 時：日／黃昏（現在／ 12 年前） | 景：李家門口連社區道路 |
|---|---|---|
| | 人：王杰、李曉君、李柏皓、李春生 | |

△ 王杰站在李家對面的樹後，看著李家門口。

△ 王家門口出現兩個年輕男女的身影。

△ 李曉君牽著腳踏車走向門口。

△ 王杰背了兩個書包，陪著她走。

△ 李曉君走到門口停下，王杰把她的書包給她。

曉君：謝啦！

王杰：明天放學來我家吧！我哥會早回來，他可以幫我們看功課。

曉君：……可是……常常這樣，我會很不好意思。

王杰：不會啦！我哥本來就很熱心，他很喜歡教人家……（有點難為情）
  等我滿 18 歲，有機車駕照，我就可以騎車載妳回來。我現在就會
  騎了啊，可是我哥就不讓我騎……

  △ 李曉君對王杰的表現覺得溫暖，也有些迷惘，她笑看著王杰。

  △ 王杰看到她的笑容，不想把視線移開。

  △ 李家的大門打開，李曉君望向門口。

曉君：哥！

  △ 現在的王杰退後一步。

  △ 李柏皓開門了，他向外看，沒看到按電鈴的人，他走出來。

春生：誰啊？

  △ 李春生也從裡面出來。

柏皓：不知道，沒有看到人。

  △ 父子兩張望著。

| S20 | 時：日 | 景：李家社區道路 |
| --- | --- | --- |
| | 人：王杰 | |

  △ 王杰走向社區出口。他走著，看到路邊停著的車輛，停步。

  △ 有輛車子的大燈沒關。

  △ 王杰看著那輛車，注意到車內的照後鏡上掛著碳 60 串珠吊飾。
  王杰凝視著那個串珠吊飾，一動也不動的站在車旁。

| S21 | 時：夜 | 景：王翔住處 |
| --- | --- | --- |
| | 人：王翔、王杰、阿標 | |

  △ 阿標側躺在沙發床上很努力地在擦他的球棒。

  △ 在餵鳥的王翔聽到他發出怪聲，轉頭，看著他的背影，看到他的
  手上下動著。

王翔：阿標，你好歹也遮一下。

  △ 阿標坐起來，笑看著王翔。

阿標：翔哥，我在擦球棒啦！你想歪了喔！

  △ 王翔笑。

王翔：你也很奇怪，從來沒看過你打棒球，你那根球棒走到哪帶到哪，還
　　　想打架啊？

阿標：沒有啦！這個球棒是阿嬤買給我的，我很珍惜它。

王翔：真的是阿嬤送你的？

阿標：對啊！我以前有打過棒球……

　　　△王杰走到門口。

王杰：哥！

　　　△王翔過去開門。

王翔：進來、進來。

　　　△王杰提了兩袋東西，裡面有水果和幾個裝著食物的保鮮盒。向阿
　　　　標打招呼後，王杰把袋子放在桌上。

王杰：媽要我把這些帶來。

王翔：我過兩天就回家去了……

　　　△阿標湊過來，睜大眼睛看著那些保鮮盒裡的食物。

阿標：翔哥，你回家沒關係，這些交給我，一點都不會剩。

　　　△兄弟倆同時笑了出來。

王杰：阿標，你喜歡吃什麼？

阿標、王翔：（同聲）滷肉。

王杰：好，我回去跟我媽講，叫她煮一大鍋，我再拿過來！

　　　△阿標看著王杰，興奮極了，上前抱了一下王杰。

阿標：你要幫我謝謝她……跟王媽媽說謝謝……

　　　△王杰笑著點頭。

王杰：好。

王翔：阿標，去整理一下，想吃什麼就吃，其他的收冰箱。

　　　△阿標放開王杰。

阿標：好、好！交給我就沒錯，這個我最在行！

　　　△阿標把袋子裡的東西一一拿出來。

| S22 | 時：夜 | 景：王翔住處陽台 |
|-----|--------|------------------|
|     | 人：王翔、王杰、阿標 | |

　　　△王翔和王杰兄弟倆在陽台抽菸。

王翔：媽還好吧？

王杰：很好啊！你不是天天都有打給她？

　　△ 王翔被他一堵，沒說話。

王杰：你怕她不開心，又一定要搬出來？…你放心啦，我會幫你把她照顧好。

　　△ 王翔點頭，露出微笑。

王翔：嗯。

　　△ 王杰沉默了一下。

王杰：曉君他爸爸還是住在老地方……

　　△ 王翔有些錯愕。

王翔：△（壓低聲音）你跑去他家？

王杰：△ 我想替你出口氣啊！我看到他的車，我想把他的輪胎放氣、窗子打破，煞車油管剪掉！

　　△ 王翔盯著他看，不說話。

王杰：結果他大燈沒有關，我就試著把他的車門打開，想讓警報器響，讓他自己發現，結果那台老車連警報器都沒有，所以我就什麼都沒有做。……有符合你的期待吧？

　　△ 王翔看了一下屋內，阿標坐在桌前吃得很愉快，沒有關注他們兄弟。

王杰：我那天在她家附近走了一圈，有一瞬間，我真的以為曉君還在……

　　△ 王杰黯然。

| S23 | 時：黃昏（12年前） | 景：池塘邊 |
|-----|------------------|-----------|
|     | 人：王杰、李曉君 | |

　　△ 池塘的水面泛起陣陣漣漪。

　　△ 李曉君的手上掛著串珠手鍊，她拿著小小的英文單字本，和王杰坐在樹下，她的頭靠在王杰肩上，口中念念有詞在背單字。

曉君：community……

　　△ 王杰也拿著單字本，但他心不在焉。

　　△ 李曉君看到他的單字本都沒翻頁，輕輕在他的本子上拍了一下。

曉君：（笑著說）這麼久還在同一頁？

　　△ 王杰轉頭，在她的額頭上親了一下。

曉君：欸，你怎麼可以偷親我？

　　△ 李曉君抗議地看著他，但並沒有生氣，也沒跟他拉開距離。

　　△ 王杰看著李曉君，情不自禁的靠近，想要吻她。

　　△ 李曉君轉開臉躲開，站起來看著他。

曉君：你作業還沒寫完欸……你哥就要回家了。

　　△ 王杰失望，不講話。

　　△ 李曉君握住王杰的手，拉他起來。

曉君：走吧！回家寫功課，快點啦！

　　△ 王杰一臉的不情願，他慢吞吞地拿起地上的兩個書包背起來。

曉君：你是牛喔？……王小牛快點走！……再不走你哥要罵人了。

　　△ 王杰雙手放在頭上裝成是牛角，彎下身跑起來，像是牛要撞人。

　　△ 李曉君笑了起來，躲著他。

　　△ 兩人玩了起來。

| S24 | 時：夜 | 景：池塘外馬路 / 王杰車上 |
|---|---|---|
| | 人：王杰 | |

　　△ 王杰的車停在池塘外的馬路上。

　　△ 王杰在駕駛座上看著前方池塘的入口發呆，耳邊還聽到曉君的笑聲。

曉君：(OS) 走開啦！

　　△ 手機訊息聲。

　　△ 怡安訊息：幾點會回來？要不要等你吃消夜？

　　△ 又一通唐娟的訊息：人咧？又不回我訊息。

　　△ 王杰皺了一下眉頭，意興闌珊地把手機螢幕關掉。

| S25 | 時：夜 | 景：潘家 |
|---|---|---|
| | 人： | |

　　△ 安靜的別墅區。

　　△ 潘家屋內亮著燈。

| S26 | 時：夜 | 景：潘天愛房間 |
|------|--------|----------------|
|      | 人：潘天愛、陳芷玲 | |

　　△ 陳芷玲拿起一件 T 恤比在身上，臉上有著期待。

芷玲：小愛，我要穿這件。

　　△ 坐在床上看手機的潘天愛一把拿過那件衣服。

天愛：這件很貴欸！（隨手拿了另一件給她）妳穿這件。

　　△ 陳芷玲接過她遞來的衣服，臉上沒了笑容。

芷玲：妳以前不會這樣。

　　△ 潘天愛不作聲。

芷玲：現在是怎樣？他是妳的朋友，就不能是我的朋友？我不能跟他聯絡
　　　嗎？

天愛：可以啊，可是妳跟他聯絡應該要告訴我吧！

芷玲：我為什麼要告訴妳？

天愛：妳動不動就來我家住，又常用我的東西，而且如果不是因為他是我
　　　的司機妳根本不會認識他，所以妳跟他聯絡妳當然要告訴我啊！

　　△ 陳芷玲把手上的衣服丟在床上，拿起她的包包背上，一句話也不
　　　　說就開門出去。

　　△ 潘天愛有些後悔，但沒有開口喊她。

| S27 | 時：夜 | 景：潘家門口、巷弄裡（潘天愛家附近） |
|------|--------|----------------|
|      | 人：陳芷玲、陳國雄 | |

　　△ 陳芷玲生氣的走出潘家門口。

　　△ 陳芷玲背著一個後背包穿梭在小巷，不時回頭看，不安地快步走
　　　　著。

　　△ 前方垂直的巷子右邊突然冒出來一個人，一把抓住陳芷玲的背
　　　　包，她的背包自肩上滑落。

芷玲：啊！

　　△ 陳芷玲轉身看著那個人，他是將近 50 歲的陳國雄。

| S28 | 時：夜 | 景：便利商店內 |
|------|--------|----------------|
|      | 人：陳芷玲、王翔 | |

△ 陳芷玲坐在便利商店窗邊的座位上，她看著手機裡的訊息。

△ 天愛：（訊息）對不起啦！不要生氣。

△ 陳芷玲賭氣地關掉手機，轉頭望向外面。

△ 王翔騎機車到店外停下。

△ 陳芷玲看到他，轉開臉，低下頭。

△ 王翔進來，走到她旁邊。

王翔：芷玲。

芷玲：對不起，這麼晚把你叫出來，我悠遊卡裡的錢是負的，身上也沒有
　　　零錢，我不敢打電話回去給我媽。

王翔：沒有關係。……那妳證件呢？證件也不見了？

△ 陳芷玲搖頭，落淚。

王翔：妳先不要哭啦！……我再帶妳去找找看。

△ 陳芷玲擦著眼淚。

芷玲：找不到了，一定是白天跟小愛逛街的時候就弄丟了。

王翔：那妳怎麼不跟小愛借錢搭車回去？

△ 陳芷玲看了王翔一眼又低下頭。

芷玲：我們又吵架了。

△ 王翔不知該說什麼。

芷玲：她很霸道，她知道我有跟你聯絡就不高興。明明就是她要我去她家
　　　陪她的，她還擺臉色給我看，我才不要跟她借錢！

△ 王翔有些無奈，不作評論。

王翔：我先送妳回去。

△ 陳芷玲點頭。

| S29 | 時：夜 | 景：陳家門口 |
|-----|--------|-------------|
|     | 人：王翔、陳芷玲 | |

△ 王翔騎著機車在陳家門口停下。

△ 陳芷玲下車，把安全帽拿下來還給王翔。

芷玲：謝謝王大哥。

△ 王翔搖頭，露出微笑。

王翔：不客氣。

　　△ 陳芷玲拿出鑰匙，但猶豫著沒有開門。

王翔：芷玲，怎麼不進去？

　　△ 陳芷玲轉身看著王翔，欲言又止。

| S30 | 時：夜 | 景：陳家附近小公園 |
| --- | --- | --- |
| | 人：王翔、陳芷玲 | |

　　△ 王翔和陳芷玲坐在小公園裡。

芷玲：我……不能跟我媽說補習費不見了，她工作很辛苦。

王翔：那妳爸呢？

　　△ 陳芷玲神色一黯。

芷玲：他沒有錢。

　　△ 王翔想了一下。

王翔：補習費要多少？

　　△ 陳芷玲趕緊搖頭。

芷玲：我不是要跟你借錢。我是想……如果你可以教我，我等下一期再去
　　　補。

　　△ 王翔搖頭。

芷玲：你不願意？

王翔：不是，我離教學很遠了……

芷玲：可是我之前我只要有問題，傳訊息問你，你都會告訴我，而且答案
　　　都對。

王翔：那跟妳去補習班還是有差。

　　△ 陳芷玲露出難過的樣子。

芷玲：今天如果換成是小愛，你早就答應她了。

王翔：妳在講什麼……

　　△ 陳芷玲低下頭，不看他。

芷玲：算了，我還是去打工賺錢比較實際，我也不要去補了。

　　△ 陳芷玲站起來轉身要走。

王翔：……現在教到哪裡了？

　　△ 陳芷玲轉身看著他，嘴角有了笑容。

| S31 | 時：日 | 景：路邊 |
|------|--------|---------|
|      | 人：王翔、阿標、李春生 | |

△ 夏日，太陽炙熱。

△ 王翔和阿標從超商裡出來，兩人手上提了一些飲料，走向停在路邊的車子。王翔看到不遠處的人，他停下腳步。

△ 李春生站在他的車前，打開車蓋架起，檢查電瓶。

王翔：阿標，你先上車，等我一下。

阿標：喔！

△ 王翔拿了一瓶水，走向李春生。

△ 阿標沒上車，看著王翔。

△ 李春生走到車旁，手伸進車窗內，試著發動，但還是發不起來。他急急地打開後車廂，拿出工具，走回車前，用工具鎖著電瓶正負極上的樁頭。

△ 王翔走到李春生車旁。

王翔：李伯伯，需要幫忙嗎？

△ 李春生轉頭看到王翔，壓抑著怒氣，他不說話，走回車邊，又再發動，但還是發不了。他到車後，翻著他的工具箱。

△ 王翔把手上的礦泉水放在車上，轉身走向他們的車。

△ 李春生走到車旁，看到那瓶礦泉水，把水拿出來。

春生：站住！

△ 王翔轉身看著他，沒上前。

△ 李春生拿起那瓶水走到王翔面前。

春生：站住！你以為你搞這些小動作我就會感謝你嗎？我車子才修的，是不是你把我的車子弄壞的？

△ 王翔搖頭，看到他汗流浹背，又急又氣的樣子，反而同情他。

春生：我告訴你，我不會原諒你的！

△ 李春生舉起水瓶往地上砸。

△ 水瓶裂開，水噴了出來。

△ 阿標快步上前。

阿標：你幹什麼你？

△ 阿標推李春生一下，王翔趕緊拉住他。

王翔：阿標！不可以！

阿標：他太過分，他欺負你！你為什麼說他是你的朋友？（指著李春生）
　　　我警告你，你再碰翔哥你試試看……

　　△ 王翔把阿標拉走。

王翔：阿標，走了啦！……走！

　　△ 王翔拉著阿標走開。

　　△ 李春生氣呼呼地看著他們。


| S32 | 時：夜 | 景：王翔住處陽台 |
| --- | --- | --- |
| | 人：王杰、阿標 | |


　　△ 阿標一臉恍然大悟。

阿標：難怪喔！翔哥之前還跟我說那個人是他的朋友！我問他他也不講，
　　　害我想好久想不通……

王杰：我哥就是這樣，他不願意講的事，你怎麼逼他他都不會說的。

　　△ 阿標點著頭。

阿標：還好你跟我講了！原來那個人是翔哥的仇人，好，我記住了！

　　△ 王杰有所顧忌。

王杰：你別跟他說我告訴你，他會不高興。

　　△ 阿標在嘴上比了一個拉拉鍊的手勢。

　　△ 王杰面露無奈。

王杰：我叫他要採取行動，他不聽我的！我真怕哪天會出什麼事。

　　△ 阿標拍胸脯。

阿標：放心啦！我會保護翔哥的。

　　△ 王杰訝異地看著他。

王杰：真的？

　　△ 阿標用力地點頭。

阿標：翔哥那麼照顧我，你們一家人都對我那麼好，我不會讓人傷害翔哥
　　　的。

　　△ 王杰點頭。

王杰：謝謝你，阿標。我哥有你這種朋友真好！

△ 阿標得意地拍了一下王杰的手臂。

| S33 | 時：日 | 景：清潔公司内 |
|-----|--------|----------------|
|     | 人：陳芷玲、阿標、龍嫂、龍哥 ||

△ 陳芷玲坐在桌前，她把寫好的數學參考書合起來，打開抽屜，拿出一本素描本，打開素描本，畫著一隻尚未完成的熊貓。

△ 突然一隻很可愛的小絨毛玩偶出現在她面前。

阿標：猜猜我是誰？

　　　△ 陳芷玲抬頭看到阿標手上拿著玩偶吊飾，她開心地笑，接過來。

芷玲：謝謝阿標哥，好可愛。

　　　△ 阿標也高興地笑。

　　　△ 坐在桌前的龍哥看到阿標和陳芷玲打成一片，他有所顧慮。

　　　△ 龍嫂從後面出來。

龍嫂：芷玲，有空嗎？來幫我一下。

芷玲：好！馬上來。

　　　△ 陳芷玲把素描本合起來，起身對龍哥點一下頭，往後面走。

　　　△ 龍哥見阿標看著陳芷玲的背影，走到他旁邊。

龍哥：現在幾點了？你幾點該回來？

阿標：不是啦……我就……（指一下芷玲的位子）

龍哥：（壓低聲音）她還很小，她還在讀書……

阿標：我知道啊！

龍哥：我答應王翔放暑假讓她在這裡唸書，順便幫我做一點事，她也算我的員工。你把你的事情做好，不要讓她分心。

阿標：好、好！我知道。

　　　△ 阿標點頭，不高興地走開。

| S34 | 時：夜 | 景：陳家門口 |
|-----|--------|---------------|
|     | 人：王翔、陳芷玲、陳國雄 ||

△ 陳芷玲站在門口。

芷玲：王大哥掰掰。

王翔：今天教的都要複習喔。

芷玲：好。

　　△ 王翔騎機車離去。

　　△ 陳芷玲在門口看著他的背影，露出微笑。她要關門時，門被推開。

國雄：送妳回來的人是誰？

　　△ 陳芷玲被他的聲音嚇了一跳。

芷玲：爸！

　　△ 陳芷玲出來，不讓他進去。

國雄：我問你那個男的是誰？

芷玲：……是我朋友。

國雄：什麼朋友？他大妳那麼多……（突然想起來）我想起來了，就是那
　　　個司機，殺人犯，妳怎麼可以跟他混在一起？

　　△ 陳芷玲板起臉。

芷玲：我要進去了。

　　△ 陳國雄拉住她。

國雄：等一下……

芷玲：我沒有錢啦！

國雄：那妳幫我跟妳媽拿一點……

　　△ 陳芷玲搖頭。

　　△ 陳國雄使出哀兵政策。

國雄：我這幾天都有在工作喔，錢一到手就被拿走了，還被揍……

　　△ 陳芷玲看到他臉上有傷，又氣又不捨。

| | 時：黃昏 | 景：清潔公司內 |
|---|---|---|
| **S35** | 人：王翔、龍哥、陳芷玲、阿標 | |

　　△ 王翔剛洗完手臉從洗手間出來。

　　△ 龍哥掛掉電話，望向王翔。

龍哥：王翔，林老闆要你明天去跟他簽約。

王翔：好。

　　△ 陳芷玲在另外一張桌前，她收拾好東西，背起背包。

芷玲：龍哥，王大哥，我先走了！

　　　　△ 陳芷玲對他們點頭，要出去。

龍哥：芷玲，等一下，來、來。

　　　　△ 陳芷玲過去龍哥面前。

龍哥：妳在這裡幫忙接電話，還替我打了好多單據，我先算給妳基本的時
　　　薪。

芷玲：不用啦，龍哥……

王翔：沒關係，芷玲，龍哥要算給妳，妳就收下，就當作打工的薪水。

　　　　△ 龍哥笑著點頭，他打開抽屜要拿鑰匙，但沒找到。

龍哥：我的鑰匙呢？

　　　　△ 王翔打開自己的桌子抽屜，拿出鑰匙給龍哥。

　　　　△ 陳芷玲緊張。

　　　　△ 龍哥打開抽屜拿錢，他愣了一下，不動聲色。

　　　　△ 阿標提著飲料回來。

阿標：來了、來了，涼的來了！

　　　　△ 阿標看到芷玲，先把抓到的吊飾給她。

阿標：這個給妳。

芷玲：……謝謝。

　　　　△ 陳芷玲接過吊飾，對阿標擠出笑容。

阿標：(得意的) 花30塊就抓到了！……對了，發票。

　　　　△ 阿標拉開身上側肩包的拉鍊，伸手進去掏東西，他抓出幾張發票
　　　　　放在桌上，還有一支鑰匙。

阿標：咦？這支鑰匙怎麼會在我這邊？

　　　　△ 王翔看到桌上的鑰匙，意外。

　　　　△ 陳芷玲心虛，緊張起來。

　　　　△ 龍哥拿了幾張千元鈔票給芷玲。

龍哥：芷玲，這個給妳，妳先回去。

芷玲：謝謝龍哥。

　　　　△ 陳芷玲望向王翔，對他點了一下頭，出去。

　　　　△ 龍哥過去把鑰匙拿起來。

龍哥：我這支鑰匙為什麼會在你這裡？

阿標：我不知道……

龍哥：我抽屜裡少了一個紙袋，裡面有兩萬塊，是要付今天的工資。

　　　△ 阿標錯愕，隨即覺得自己被冤枉，瞪大了眼睛。

阿標：（大聲地為自己辯解）我沒有拿！我沒有拿你的錢！

　　　△ 阿標望向王翔，希望他的認同。

王翔：阿標你不要急，慢慢講。

龍哥：我只是問你鑰匙為什麼會在你身上，我沒有說你拿錢。

阿標：我不知道，我什麼都不知道啊！

王翔：阿標，你仔細想一想……

阿標：要我想什麼？我不知道！你們不相信我！（氣憤地）我已經改了，
　　　你們都不相信我！

　　　△ 阿標氣呼呼地出去。

王翔：阿標！……阿標等一下。

　　　△ 王翔起身跟到門口。

龍哥：讓他去！讓他冷靜一下，晚上再跟他說。

　　　△ 王翔看著外面。

| S36 | 時：夜 | 景：街景 |
|-----|--------|---------|
| | 人： | |

　　　△ 入夜，街燈都亮起來。

| S37 | 時：夜 | 景：清潔公司內 |
|-----|--------|-------------|
| | 人：王翔、龍哥 | |

　　　△ 王翔撥了兩通電話給阿標，卻無人回應。

　　　△ 龍哥走到王翔面前。

　　　△ 王翔對他搖頭，十分擔心。

| S38 | 時：夜 | 景：鐵皮屋 |
|-----|--------|---------|
| | 人：王翔 | |

　　　△ 鐵皮屋附近漆黑一片。

　　　△ 王翔跑到鐵皮屋外拍著門。

王翔：阿標！

　　△ 王翔沒聽到回應，過去窗邊，推開窗子。他拿出手機，打開手電
　　　 筒照著屋內，裡面沒有人，亂得像廢墟。

| S39 | 時：日 | 景：停車場 |
|---|---|---|
| | 人：王翔、阿標、李春生 | |

　　△ 王翔把清潔工具一一收上車。

　　△ 李春生的車也在停車場內，他坐在車裡看著王翔。

　　△ 王翔拿起很重的洗地機，這時阿標過來，幫他將洗地機抬上車。
　　　 王翔關上車門，看著他。

王翔：你跑到哪裡去了？我跟龍哥一直在找你，你知道嗎？

　　△ 阿標身上揹著他的肩包，他打開背包，拿出一個紙袋。

阿標：幫我給龍哥。

　　△ 王翔拿過紙袋，打開看了一眼。

王翔：你不是說你沒拿？

阿標：（大聲地）我是沒拿！是龍哥冤枉我！既然他想要，我就給他，我
　　　以後不欠他了！我什麼都不好，連夾娃娃給芷玲也不對，你們每個
　　　人都比我有用啦！

　　△ 在另一輛車裡的李春生看著他們。

王翔：阿標！……你又喝酒了對不對？

　　△ 阿標不說話。

| S40 | 時：日 | 景：清潔公司車上 |
|---|---|---|
| | 人：王翔、阿標、李春生、環境人物 | |

　　△ 王翔開著車，不時看看坐在旁邊一臉沮喪的阿標。

阿標：翔哥，你相信我沒偷錢嗎？

王翔：我當然相信你。

阿標：可是龍哥不相信！……你聰明，你比我有用，我連那支鑰匙怎麼會
　　　到我身上我都不知道！還考什麼廢棄物證照？我就是廢物啦！

　　△ 阿標說著哭了起來。

△ 王翔拿起面紙盒交給阿標。

王翔：你盡量哭，哭完重新開始，回去洗個澡，睡個覺，明天跟我回去工作。

△ 阿標拿著面紙把眼淚鼻涕擦乾淨。

阿標：翔哥，前面賣場停一下。

王翔：你要做什麼？

阿標：我哭太多，口渴，補充一下水分啦！

△ 王翔又氣又好笑，他將車子慢慢停在路邊。

△ 阿標打開門要下車，想想又望向王翔。

阿標：翔哥，我很久沒看到阿嬤了。

王翔：我有跟阿嬤說，你表現得很好，去員工旅遊了。

阿標：⋯⋯好，那就好。

△ 王翔拍拍他。

△ 阿標下車。走到賣場入口，下樓梯。

△ 王翔嘆了口氣，無奈地搖搖頭。

△ 有人陸續從賣場裡跑出來，每個人都驚慌失措。

△ 王翔看到，趕緊下車跑過去。

| S41 | 時：日 | 景：賣場內 |
|---|---|---|
| | 人：王翔、阿標、李春生、店員 | |

△ 阿標在櫃檯前，手拿著槍指著店員。

△ 店員緊張得發抖，從收銀機裡把錢拿出來放在櫃檯上。

阿標：慢慢來，不要急。

△ 王翔快步進來。

王翔：阿標？你在幹什麼？

△ 阿標把槍指著王翔。

阿標：翔哥你不要過來⋯⋯翔哥你走！

△ 王翔搖頭。

王翔：阿標你不要衝動，你把槍放下來⋯⋯放下！

阿標：你不要管我，我要回去關啦！

王翔：阿標你聽我說⋯⋯

△ 王翔上前。

△ 阿標拉起擊錘，舉起槍朝天花板開槍。

　　△ 碰的一聲把王翔和店員都嚇了一跳。

王翔：阿標……槍給我，你不聽我的話了嗎？……槍給我！

　　△ 李春生也進來賣場。

　　△ 阿標看到李春生，更生氣。

阿標：又是你這個傢伙？……為什麼要撞翔哥？為什麼要跟蹤翔哥？啊？

　　我先斃了你！

　　△ 阿標把槍指向李春生。

　　△ 王翔過去阻攔。

王翔：阿標？

　　△ 阿標開槍。

— 本 集 終 —

褪
色

EP10

# 第十集　褪色

| S1 | 時：日 | 景：賣場內 |
|---|---|---|
| | 人：王翔、阿標、李春生、店員、警察兩名 | |

　　△ 阿標的子彈打偏，打到貨架上的東西。

　　△ 王翔轉頭看著李春生。

王翔：李伯伯快走！……快！

　　△ 李春生並不相信王翔。

春生：你別裝了，你是故意要他殺掉我對不對？

　　△ 阿標生氣地上前。

阿標：你在胡說八道什麼！

　　△ 王翔攔住阿標。

王翔：阿標不可以……

　　△ 王翔抱住阿標，不讓他接近李春生。

阿標：翔哥你不要攔我……

　　△ 阿標要掙脫王翔，但王翔不肯放手，兩人拉扯起來。

　　△ 阿標舉起槍打了一下王翔的頭。

　　△ 王翔被他打倒在地上，痛苦地按著額頭。

　　△ 阿標再度舉槍指著李春生。

　　△ 兩名警察進來賣場了，他們都拿著槍指著阿標。

警察：不要動！……把槍放下。

　　△ 李春生在兩名警察身後。

　　△ 阿標沒有再上前，猶豫著。

　　△ 王翔看到自己手上的血，他望向阿標。

王翔：阿標，你要是傷害他的話，我不會原諒你的。

　　△ 阿標絕望地看著王翔。

阿標：翔哥，你保重！

　　△ 阿標舉起槍，朝著李春生開槍。

　　△ 畫面全黑。賣場裡接著兩聲槍響。

| S2 | 時：日 | 景：賣場外 |
|---|---|---|
| | 人：**警察、環境人物** | |

△ 支援的警力紛紛趕到。

△ 路邊開始有人圍觀、聚集。

| S3 | 時：日 | 景：賣場內 |
|---|---|---|
| | 人：**王翔、阿標、李春生、警察兩名** | |

△ 抱頭蹲在地上的李春生慢慢地將手放下。

△ 他身後手推車裡的桶裝洗衣精被打破，洗衣精流到地上。

△ 王翔過去阿標身邊跪下。

△ 阿標身上的傷口鮮血直冒。

△ 李春生看到阿標倒地不動，震驚。

△ 警察快速地撿起阿標的槍，另一名警察扶起李春生走開，還有一
　名警察拿起對講機叫救護車。

△ 王翔驚慌地按著阿標身上的傷口。

王翔：阿標……阿標……

△ 阿標抬起手，要抓王翔的手臂。

王翔：救護車馬上就來了……你不會有事的……阿標……

△ 阿標抓不住王翔，無力地垂下手。

王翔：阿標……阿標……( 轉頭望向警察 ) 救護車快一點……

△ 王翔難過地哭了出來。

△ 字幕，第十集，褪色

| S4 | 時：日 | 景：賣場外 |
|---|---|---|
| | 人：環境人物 | |

△ 賣場入口拉起封鎖線。路邊停了一輛救護車。

△ 附近聚集了許多拿著攝影機和相機的記者。

記者：(OS) 接下來關心的是稍早在大型連鎖超市的持槍搶劫和挾持人質事
　　　件。

△ 路邊停了一輛救護車。

記者：(OS) 根據了解，嫌犯是一間清潔公司的員工，這間清潔公司雇用了兩名更生人……

　　　△ 清潔公司的車子車門打開著，一名刑警正在檢查車內的東西，他頻頻抬手，要靠過來的採訪記者走開。

記者：(OS) 據目擊者提供的最新消息，警方已經救出了人質……

　　　△ 醫護人員從賣場裡推出蓋著白布的阿標。

記者：(OS) 而兩名持槍搶劫的更生人則是一死一傷……

| S5 | 時：日 | 景：商店外街景 |
|---|---|---|
| | 人：王杰、環境人物 | |

　　　△ 電器行內的電視機播放著新聞。

　　　△ 王杰站在店外，盯著電視上的新聞看。

　　　△ 醫療推車上躺著蓋著白布的人。

　　　△ 王杰鎮定地看著新聞報導。

記者：傷者目前已經送往保生醫院進行搶救，除了兩名嫌犯之外，並沒有其他人員傷亡，據目擊民眾表示，這名被挾持的人與嫌犯有些過節……

　　　△ 王杰快步離開。

| S6 | 時：日 | 景：急診室 |
|---|---|---|
| | 人：沈雯青、王翔、警察兩名、環境人物 | |

　　　△ 沈雯青匆忙進來急診室，她走到櫃檯前。

雯青：不好意思，請問有位叫王翔的是不是送來這裡？

　　　△ 護士點了一下頭，指向裡面。

　　　△ 沈雯青這才注意到裡面有一病床附近站著兩位警察，病床被布簾遮住了。沈雯青過去，擔心地微微顫抖著。

雯青：不好意思，請問……王翔……

警一：（指著布簾）醫生在替他處理傷口。

雯青：我現在可以進去看他嗎？

警一：妳是他的什麼人？

　　△ 沈雯青猶豫了一下。

雯青：……我是他的女朋友。

　　△ 警察點了一下頭。

　　△ 醫生從布簾裡出來，過來警察面前說明情況。

醫生：頭部傷口處理好了，還是要做進一步的檢查，看有沒有腦震盪……

　　△ 警察跟著醫生走到一旁。

　　△ 沈雯青過去，輕輕拉開布簾。

　　△ 王翔頭上貼著紗布，失魂落魄地坐在床沿。

雯青：王翔……

　　△ 王翔抬起頭看著她，沒有說話。

　　△ 沈雯青看到他的樣子，揪心。

雯青：我看到新聞了，你沒有事吧？

　　△ 王翔低下頭，看著自己的手。

　　△ 他的手上都是阿標的血。

王翔：手上都是血……好多血……

　　△ 王翔哽咽，難過地掉下眼淚。

| S7 | 時：黃昏 | 景：急診室外 |
|----|---------|------------|
|    | 人：王杰 | |

　　△ 王杰走到醫院急診室外，他有些緊張，停下腳步，調整好自己的
　　　情緒，進去。

| S8 | 時：黃昏 | 景：急診室 |
|----|---------|----------|
|    | 人：沈雯青、王杰、王翔、警察 | |

　　△ 沈雯青坐在等候區。

　　△ 王杰進來急診室，他看到沈雯青，過去。

王杰：雯青姊。

　　△ 沈雯青看到他，愣了一下，隨即回神過來。

雯青：王杰！

△ 王杰點頭。他已經做了最壞的打算，心情十分沉重。

王杰：我哥他⋯⋯

雯青：你哥在做筆錄，他沒事。

　　△ 王杰愣了一下，但他隨即露出一絲笑容，鬆了一口氣。

王杰：那就好。

雯青：他有受傷，不過不用擔心。

　　△ 王杰點頭。

　　△ 做完筆錄的警察拉開床邊的布簾走到一旁。

　　△ 王杰看到警察走開。

王杰：我過去看他。

　　△ 王杰快步過去，他看到在布簾後的王翔，走到他面前。

王杰：哥，你還好吧？

　　△ 沈雯青也過來。

王翔：（壓低聲音）你為什麼不聽我的？

　　△ 王杰不明白他說什麼。

王杰：什麼意思？

　　△ 王翔站起來瞪著他。

王翔：阿標死了！是你跟他講李伯伯的事對不對？

　　△ 王杰正視著他，不講話。

　　△ 王翔生氣地推了他一下。

王翔：我不是叫你不要管嗎？

　　△ 王杰還是不說話，完全不跟他對抗。

　　△ 沈雯青看到王翔對王杰的態度，感到意外，在一旁沒說話。

　　△ 警察過來兄弟倆旁邊。

警察：什麼事？

　　△ 王翔不作聲，讓自己平靜下來。

警察：（指王杰）他是誰？

王杰：我是他弟⋯⋯沒事。

　　△ 王翔坐下，不講話。

警察：確定沒事喔？

王杰：沒事，不好意思。

△ 警察走開。

△ 王翔低下頭，沉默。

| S9 | 時：夜 | 景：李家門口連院子 |
|----|--------|----------------------|
|    | 人：宋克帆、李柏皓 | |

△ 入夜，李家社區亮起燈。

△ 宋克帆走向李家，拿著手機等著電話接通。電話被轉進語音信箱，宋克帆留言。

克帆：雯青，妳到家了嗎？到家打電話給我。我知道今天被挾持的人是誰了，我現在要去找他談談，他是李曉君的爸爸。

△ 宋克帆走到李家門口，他收起手機，按電鈴。

△ 無人回應。

△ 宋克帆退後幾步向內看，看到屋內的燈是亮著的，他再按電鈴

△ 門被打開，李柏皓站在門內。

克帆：你好，請問李春生先生在嗎？

柏皓：有什麼事嗎？

克帆：(對他客氣地笑) 我姓宋。（拿出名片給他）這是我的名片。

△ 李柏皓接過名片看了一眼。

柏皓：我爸不會接受訪問的。

△ 李柏皓要關上門，宋克帆趕緊用手擋住。

克帆：你知道今天發生的事嗎？你爸爸被挾持！我想了解事情的經過，因為現在聽到不同的說法，想請他證實一下……

△ 李柏皓不講話，他推開宋克帆的手要關門卻關不起來，低頭一看，門縫夾著宋克帆的腳。

克帆：聽說是王翔策畫搶超市，還有挾持你爸對不對？

柏皓：請你把腳拿開。

克帆：還有一種說法是你爸爸一直在跟蹤王翔，想報復他，結果王翔還幫他擋子彈？這是真的嗎？

柏皓：我不知道！我不會回答這些問題。

△ 李柏皓把宋克帆的腳踢開，關上門。

△ 宋克帆拍著門。

克帆：李先生？……李先生？

　　△ 李柏皓沒有再開門。

| S10 | 時：夜 | 景：李曉君房間 |
| --- | --- | --- |
| | 人：李柏皓、李春生 | |

　　△ 李曉君的房間沒有開燈，李春生坐在曉君的床上。

　　△ 李柏皓走到房間門口。

柏皓：是記者，我叫他走了。

　　△ 李春生沒說話。

柏皓：爸，到底是什麼情況？

　　△ 李春生還是沉默。

柏皓：（沮喪）你連我都不講？

　　△ 李春生連頭都沒抬。

　　△ 李柏皓見他拒絕開口，也不說了，轉身要走。

春生：我沒有想到是那種結局。

　　△ 李柏皓回到門口。

春生：我認為他是搶劫的共犯，他們會把他抓回去。我沒有想到……那個人會被打死。

　　△ 李柏皓聽著他說，沒有插嘴。

春生：我一直在想，要是警察打死的是他……我應該會很高興，心裡就不會不舒服了。

　　△ 李春生又沉默下來。

| S11 | 時：夜 | 景：王翔住處 |
| --- | --- | --- |
| | 人：王翔、沈雯青 | |

　　△ 王翔已經換了乾淨的衣服，他蹲在沙發床前，收拾阿標的東西。

　　△ 小桌子上放著一疊影印的題目。

　　△ 王翔看到那疊紙，拿起來，看到紙上寫的字，他又難過地低下頭。

　　△ 沈雯青過來，看到他的樣子，握住他的手臂，拉他起來。

雯青：先吃點東西……麵涼了不好吃。

△ 王翔走到桌前坐下，拿起筷子吃了兩口，但還是忍不住心裡的悲痛，他哭了起來。

王翔：我以為他只是發幾天脾氣，自己想通就會回來……我想等他回來，罵他一頓，叫他自己去整理……結果他不會回來了！……我一直在逼他，逼他要減肥，逼他不能吃零食，逼他要念書……要他考試……憑什麼？我自己的人生都一團糟了，憑什麼我以為我可以翻轉別人的人生？

△ 沈雯青看到王翔難過，她也掉下眼淚。

王翔：（懊惱）事情怎麼會變成這樣……（自責）我為什麼會讓事情這麼失控？

雯青：（安撫）不是你的錯……不要這樣怪自己。

△ 沈雯青過去他身邊，輕輕拍著他的背。

△ 王翔站起來，緊緊地抱住她。

△ 沈雯青對王翔的突然動作有些不知所措，她沒有推開王翔，慢慢地也抱著他，拍著他的背，安慰著他。

△ 王翔漸漸停止哭泣，但他沒有放開沈雯青，忍不住親吻她。

△ 沈雯青沒有拒絕，但當王翔更進一步時，她被動，而且有些抗拒。

△ 王翔察覺，停下來。

王翔：對不起。

△ 王翔放開她，尷尬地轉開臉不看她。

△ 沈雯青沒有離開，她看著王翔，猶豫了一下。

雯青：我……要想一想。

△ 王翔沉默。

△ 沈雯青輕輕握住他的手。

△ 沈雯青放在桌上的手機震動一下，有訊息進來。

△ 克帆訊息：妳在哪裡？怎麼還沒回來？

| S12 | 時：夜 | 景：沈雯青住處 |
|-----|--------|----------------|
|     | 人：宋克帆 | |

△ 宋克帆坐在桌前打字，但他心神不寧。

△ 宋克帆的手機接收到訊息，他聽到聲音，趕緊拿起手機打開來

看。

△ 雯青訊息：對不起，我現在不能離開他。

△ 宋克帆看到訊息，心思大亂。

| S13 | 時：日 | 景：王翔住處 |
|-----|--------|-------------|
|     | 人：王翔、沈雯青 | |

△ 陽光灑入房間內

△ 籠子裡的白文鳥發出清脆地叫聲。

△ 王翔張開眼睛，他躺在地上的床墊上。

△ 沈雯青躺在他旁邊，但是是另一張單人床墊。

△ 王翔伸出手，輕輕摸著沈雯青手上的刺青。

△ 沈雯青熟睡著。

△ 王翔坐起來，溫柔地看著她。

| S14 | 時：日 | 景：王翔住處外巷子 |
|-----|--------|-------------------|
|     | 人：王母 | |

△ 王母拿著手提袋，一臉憂心地走向王翔住處。

| S15 | 時：日 | 景：王翔住處 |
|-----|--------|-------------|
|     | 人：沈雯青、王母 | |

△ 桌上放了一個三明治和一杯果汁。

△ 沈雯青走到桌前，看著桌上的早餐，她拿起果汁喝了一口。

△ 外面傳來聲音。

王母：（OS）王翔？……王翔？

△ 沈雯青聽到聲音，趕緊去開門，看到門口的人，驚訝。

雯青：阿姨！

△ 王母看到沈雯青並不訝異，但她掛心著王翔，臉上沒有笑容。

雯青：阿姨好。

△ 王母對她點了一下頭，進來。她看到籠子裡的白文鳥，走到落地
窗前打開窗子向外看了一下。

王母：王翔不在？

雯青：對，他出去了。

王母：小杰跟我說他沒事，可是他都沒接電話……

雯青：因為他的手機不在身上，今天就可以拿回來。

　　　△ 王母這才稍微安心。

王母：小杰說妳昨天在醫院就陪著王翔，謝謝妳。

　　　△ 沈雯青搖頭，客氣地。

雯青：不會、不會，阿姨不要這樣講。

　　　△ 王母對沈雯青擠出笑容，說出她的請求。

王母：妳可以多陪王翔一點時間嗎？他現在應該很需要妳。

　　　△ 沈雯青一時不知該說什麼。

| S16 | 時：日 | 景：清潔公司 |
|-----|--------|------------|
|     | 人：王翔、龍哥 | |

　　　△ 龍哥面色沉重地坐在桌前。

　　　△ 王翔走到龍哥桌旁，把阿標給他的信封袋放在龍哥面前。

王翔：這是阿標要還給你的。

　　　△ 龍哥轉開臉，不說話。

王翔：你還是不相信他嗎？

　　　△ 龍哥不講話。

王翔：為什麼都沒有人為這件事負責？

　　　△ 龍哥抬起頭看著王翔。

龍哥：你以為我都沒有動作嗎？

　　　△ 王翔看著龍哥，沒有說話。

龍哥：人要是找到，你要怎麼處理？

　　　△ 王翔皺起眉頭，沒回答。

　　　△ 龍哥站起來。

龍哥：他今天要解剖，我去陪他。

　　　△ 龍哥出去。

　　　△ 王翔站在那裡，哀傷又浮現心頭。

| S17 | 時：日 | 景：陳家門口 |
|---|---|---|
| | 人：陳芷玲 | |

△ 陳芷玲背著包包從公寓內出來。

△ 她的手機響。

△ 陳芷玲趕緊拿出手機，她看到來電的人來，立刻接聽。

芷玲：你在哪裡？

△ 陳芷玲快步離開。

| S18 | 時：日 | 景：教會外 |
|---|---|---|
| | 人：陳芷玲、陳國雄、李柏皓、環境人物 | |

△ 陳國雄穿著乾淨整齊，臉上也沒有鬍渣，他拿著掃把在教會外掃地。

△ 陳芷玲看到爸爸，快步過去。

芷玲：爸！……你怎麼又換一個新的教會？

△ 陳國雄壓低聲音。

國雄：在同一個地方待久了，很容易被人發現！這裡的人都不錯，妳有空就跟我過來……

芷玲：我傳訊息給你都不回！錢呢？你不是說借兩天就要還……

國雄：噓！（小聲）不要在這裡說這個。

芷玲：出了那麼大的事……（難過）都是因為那筆錢……

國雄：妳現在把錢還回去，人家會懷疑妳啦！

△ 陳芷玲不說話。

國雄：妳不要再去那裡了，那些人都有前科……

芷玲：不行！我不能突然不去，那更會被懷疑。而且他們都對我很好……

△ 李柏皓過來，親切地跟陳國雄打招呼。

柏皓：陳大哥！早。

國雄：柏皓弟兄，早！

柏皓：今天這麼早來？

國雄：是啊，是啊！這裡的弟兄姊妹都對我那麼好，我都幫不上什麼忙……我跟你介紹，這是我的女兒，要升高三，我叫她以後跟我們一

起聚會。

柏皓：好啊、好啊！歡迎妳。

△ 陳芷玲對李柏皓微笑點頭。

| S19 | 時：日 | 景：沈雯青住處 |
|-----|--------|----------------|
|     | 人：沈雯青、宋克帆 | |

△ 宋克帆沮喪地坐在桌前，等待著。忽然他聽到聲音，抬頭望向門口。

△ 沈雯青開門進來。她看到宋克帆，脫了鞋子，走到他面前。對他心存內疚，沈雯青一時開不了口。

△ 兩人看著彼此，都在等對方先開口。沈雯青決定要說話了，宋克帆看到，趕緊先講。

克帆：阿標找不到工作，想回去吃牢飯，所以弄了一把槍去搶劫，正好遇到之前有摩擦的人，他就想殺人洩憤。他先開槍，警方不得已只好反擊，有絕對的正當性。這是最簡單，最不會引起爭議和話題的說法。今天各家早報都是這麼寫的，跟妳的前男友沒有關係。

△ 沈雯青看著他，不講話。

克帆：妳不在乎？……就算妳前男友的名字被報出來妳也不在乎？

△ 沈雯青決定開口。

雯青：對不起。

克帆：妳為什麼要跟我說對不起？

△ 沈雯青怕傷害他，欲言又止。

克帆：我可以不在乎昨天晚上的事情，只要妳以後不要再見他……

△ 沈雯青哽咽，掉下眼淚。

雯青：這 12 年來……我沒有忘記他。

△ 宋克帆難過地也紅了眼睛。

克帆：那我算什麼？替代品嗎？

△ 沈雯青擦去眼淚，搖頭。

克帆：還是我連做替代品的資格都沒有？

△ 宋克帆激動起來。

克帆：我到底哪一點不如他？妳告訴我，妳告訴我啊！妳希望我是什麼樣

子我都可以做到！還是妳要我去殺個人，去坐牢？妳告訴我妳討厭

誰，我現在就去殺他……

　　△ 沈雯青見他分寸大亂、胡言亂語，內疚的搖頭。

克帆：妳到底知不知道妳要的是什麼？

　　△ 沈雯青不說話。

克帆：雯青……

　　△ 宋克帆上前抱住她。

克帆：我可以為妳做任何事……真的，我願意為妳做任何事，只要妳開口！

　　△ 沈雯青還是不說話，她拉開宋克帆的手，輕輕推開他。

　　△ 宋克帆知道無法挽回，噤聲。

| S20 | 時：日 | 景：宋克帆車內 |
|---|---|---|
|  | 人：宋克帆 | |

　　△ 車子被遙控鎖打開，發出聲響。

　　△ 宋克帆拉著行李箱走到車後，他打開後車廂，把行李箱放進去，

　　　關上後車廂，上車。

　　△ 宋克帆的心情難以平靜，生氣地拍著方向盤。

| S21 | 時：夜 | 景：王家早餐店內 |
|---|---|---|
|  | 人：王母、王杰、洪怡安 | |

　　△ 廚房裡抽油煙機開著，**轟轟作響**。

　　△ 王母和洪怡安在廚房裡，洪怡安穿著圍裙在煮菜。

　　△ 王杰回來，他走到廚房門口。

王母：再加一點點鹽……

怡安：（笑著）王媽媽妳吃太鹹了啦！

　　△ 王母抿嘴微笑。

王母：又叫我王媽媽？這麼難改口？

怡安：對不起、對不起……我一定會改……

　　△ 王杰看到她們倆在講話，慢慢走過去。

　　△ 王母轉頭看到王杰。

王母：小杰，等下拿一點菜和水果去給哥哥。

王杰：不用啦！妳前兩天不是才去的？

　　　△ 洪怡安蓋了鍋蓋，關小火，也望向王杰。

怡安：我跟你一起去看大哥。

王杰：（不耐）我都說不用了！我今天有跟他通電話，他很忙，不要去吵他。

　　　△ 王杰說完就轉身走開。

　　　△ 王母看到怡安有些黯然，她拍拍怡安的手臂。

王母：我去跟他講。

　　　△ 王母出去。

| S22 | 時：夜 | 景：王杰房間 |
| --- | --- | --- |
| | 人：王杰、王母 | |

　　　△ 王杰放下了背包，把領帶從西裝褲裡拿出來扔在床上，解開襯衫
　　　　扣子。

　　　△ 王母進來房間，把房門關小。

王母：你怎麼跟怡安講話那種口氣？

　　　△ 王杰看了她一眼，把襯衫脫下來。

王杰：哪種口氣？我講話就是那樣。

　　　△ 王母從他手上拿過襯衫，檢查一下襯衫的領子，然後聞一下襯
　　　　衫。

王杰：（不解，覺得莫名其妙）媽妳幹嘛？

　　　△ 王母走到門口向外看一下，再走回王杰面前，壓低聲音。

王母：最近沒有香水味，知道該收斂了？

　　　△ 王杰愣住，隨即裝傻。

王杰：我不知道妳在說什麼！

　　　△ 王母一臉煩惱的樣子。

王母：你哥的事已經讓我夠煩了，你不要再讓我擔心好不好？

王杰：我是做業務的，在外面接觸很多人……

王母：你接觸的女人都擦同一種香水？我還看過衣服上有口紅印。

　　　△ 王杰有點意外，他深呼吸，按捺著，不說話。

王母：（語重心長）怡安是個好女孩，也會是個好媳婦，媽媽的眼光不會

錯的。

　　△ 王杰看著媽媽，還是不說話。

　　△ 王母輕輕拍了兩下他的臉。

王母：聽到沒？把心收回來。……你哥……會不會結婚，能不能有自己的
　　　家，我都不知道……你可以，你會有幸福的家，你要好好對她。

　　△ 王杰心中五味雜陳，但看到她擔憂的樣子，應付地點頭。

| S23 | 時：日 | 景：咖啡廳 |
|-----|--------|-----------|
|     | 人：唐娟、洪怡安 | |

　　△ 洪怡安坐在咖啡廳裡，臉上掛著笑容，她把手機遞到對面。

怡安：娟娟姊，妳看。

　　△ 手機螢幕上洪怡安試婚紗的照片。

　　△ 唐娟拿過她的手機，滑著螢幕，用笑容掩飾著心裡真正的感覺。

唐娟：他還是妥協嘍？

怡安：對呀！我沒有逼他，是他自己願意的，不過他不要拍太多張，他說
　　　只要留個紀念就好。

　　△ 唐娟把洪怡安的手機放回她面前。

怡安：妳覺得哪件好看？

唐娟：很難決定，每件都很好看。

　　△ 洪怡安拿起手機看著。

怡安：小杰說拍照穿什麼都可以，但是結婚的時候，婚紗一定要是新的。
　　　（睜大了眼睛）他說要訂做我喜歡的樣子，不要我穿別人穿過的。

　　△ 唐娟面露驚訝。

唐娟：他真的對妳很好。

怡安：但是我覺得他有點反常呢！我跟他說不要那麼浪費。他那麼拚，好
　　　辛苦才存了我們倆的結婚基金，還是用我的名字存的，可是他就堅
　　　持要我訂做……

唐娟：妳要注意，有的時候男人突然做出超乎妳想像的事，很可能是他做
　　　了什麼，心虛。

　　△ 洪怡安愣住。

唐娟：我看妳還是小心一點比較好。妳會去翻他的東西嗎？手機、背包、

電腦？

　　△ 洪怡安搖頭。

怡安：我不敢，他不喜歡我動他的東西。

　　△ 唐娟笑看著她。

唐娟：我老公都會讓我看，他說他沒有什麼不能讓我知道的。妳覺得他反
　　　常，要想辦法弄清楚，婚前知道總比婚後知道好。

　　△ 洪怡安被她說得心裡七上八下的。

| S24 | 時：夜 | 景：王翔住處 / 清潔公司內 |
|-----|-------|----------------------|
|     | 人：王翔、阿標、陳芷玲 | |

　　△ 阿標的房間已經收拾整齊，東西分別裝了兩個箱子。

　　△ 王翔拿起阿嬤的相片。

王翔：……阿嬤對不起，我沒有好好照顧阿標……對不起。

　　△ 王翔把相片放進箱子裡。

　　△ 桌上擺著裝著阿標遺物的袋子。

　　△ 王翔從袋子裡拿出阿標沾了血的背包和手機。王翔看到那個背包，
　　　又有些無法自拔，他移開視線，看著阿標的手機。

　　△ 他拿起阿標的手機打開，看到裡面有好多張阿標和陳芷玲的相片，
　　　還有影片。


　　△ **鏡跳影片畫面：清潔公司內，夜。**

　　△ 陳芷玲坐在桌前，一旁的王翔在檢查她的作業。

　　△ 陳芷玲抬起頭，看到阿標在拍她，拿起一個吊飾丟向阿標。

芷玲：拍什麼拍啦！

　　△ 王翔望向阿標。

王翔：下班了還不趕快回去整理房間？你小心我等下跟龍哥告狀，禁止你
　　　上班吃零食！

　　△ 王翔指著阿標，笑著。


　　△ 王翔傷感地看著阿標的手機，他滑了一下螢幕，是阿標拍陳芷玲開
　　　心地拿著幾個不同小絨毛吊飾的相片。他再滑，是另一段影片。

阿標：（OS）妳的眼睛？……妳的眼睛好像外星人喔！

△ 影片內容，清潔公司內，日。

△ 陳芷玲張牙舞爪地擺了一個姿勢，然後笑了出來。

芷玲：對呀，我是外星人，這個粉紅色隱形眼鏡是我爸買給我的……

△ 陳芷玲往前靠近鏡頭，睜大了雙眼，她戴著粉紅色的隱形眼鏡，露出得意的樣子。

芷玲：漂不漂亮？

阿標：（OS）漂亮！妳爸對妳好好喔！

芷玲：對呀！我爸還說等他領了獎金，他要買英國的 Faith 吉他給我。

△ 王翔看到影片，皺起眉頭，起疑。他放下手機，拿起一個透明袋子，裡面裝的是阿標的背包，背包上都是已經凝固的血。

| S25 | 時：夜 | 景：王翔住處陽台 |
|-----|--------|------------------|
|     | 人：王翔 |                 |

△ 王翔坐在陽台的小凳子上。

△ 阿標的背包泡在盆子裡。

△ 王翔拿著刷子刷著背包。

| S26 | 時：日 | 景：唐娟房間浴室 |
|-----|--------|------------------|
|     | 人：唐娟 |                 |

△ 唐娟站在鏡子前，她的臉色有些蒼白。她拿起驗孕棒看著。

△ 驗孕棒顯示著陽性。

△ 唐娟心裡有點亂，她思索著該怎麼辦。

| S27 | 時：日 | 景：咖啡廳 |
|-----|--------|-----------|
|     | 人：王杰、唐娟 |       |

△ 唐娟坐在咖啡廳裡等候著。

△ 王杰進來坐下。

△ 唐娟立刻嶄露笑容。

唐娟：怎麼汗流成這樣啦！

　　△ 唐娟拿起面紙替他擦汗。

　　△ 王杰拿過面紙擦汗。

王杰：我自己來。

　　△ 唐娟伸手拿過張面紙。

唐娟：給我、給我，上面有你的 DNA，我要留起來。

　　△ 唐娟把紙巾折好，收進皮包裡。

　　△ 王杰覺得唐娟很好笑，但不想多問，轉移話題。

王杰：妳什麼時候要過去？

唐娟：快了。……我要去跟他離婚。

王杰：（沒當一回事）離婚？

唐娟：對呀！是你叫我跟他離婚的啊，你不記得啊？

　　△ 唐娟笑瞇瞇地。

王杰：很好笑！

唐娟：還是你希望我們就這樣下去？你結婚了，我們還是繼續約會？

　　△ 唐娟臉上的笑容不見了。

　　△ 王杰找藉口要離開。

王杰：我們下次再聊吧！最近我家裡事情真的很多……

　　△ 唐娟不說話，臉色有些憂鬱。

　　△ 王杰收起輕率的態度，拉起她的手。

王杰：不然我們等妳回來，等妳回來再好聊一聊？

　　△ 唐娟猶豫了一下。

唐娟：好。……我想喝檸檬汁，你去幫我點。

　　△ 王杰站起來，走向櫃台。

　　△ 唐娟從皮包裡拿出像紙捲的東西，放進王杰的背包裡。

| S28 | 時：黃昏 | 景：王杰房間 |
|---|---|---|
| | 人：洪怡安、王杰 | |

　　△ 窗外的天色稍暗。

　　△ 洪怡安把幾件衣服放在床上後走到桌前，她向門口看了一下，打開

王杰的背包，翻著裡面，不時望向門口。忽然，她看到那個紙捲，好奇地拿出來。

△ 紙捲上纏著橡皮筋。

△ 洪怡安把橡皮筋拆下來，紙捲打開，是個已經皺巴巴的紙袋。她打開紙袋，看到裡面東西，拿出來。

△ 王杰洗好澡，換了衣服回到房間，他看到洪怡安站在他的桌前，過去。

王杰：妳在幹嘛？

△ 洪怡安手上拿著驗孕棒。

怡安：這是什麼？你為什麼有這個？

△ 王杰看到驗孕棒，愣了一下，但他很快地做出恍然大悟的樣子。

王杰：吼！是小張放的啦！今天看到他鬼鬼祟祟的樣子，他真的很誇張，我打電話去罵他⋯⋯

△ 王杰拿起手機，走到窗邊，背對著洪怡安打電話。

王杰：小張！你很誇張乁⋯⋯你還笑？有什麼好笑的？今天又不是愚人節⋯⋯

△ 洪怡安聽著他講電話。

王杰：你放那個東西在我包包裡幹嘛？⋯⋯你看我明天去公司怎麼整你！

△ 王杰回頭看了洪怡安一眼。

| S29 | 時：黃昏 | 景：早餐店廚房 |
|---|---|---|
| | 人：洪怡安 | |

△ 洪怡安站在廚房流理台前，水龍頭開著，水一直沖在洗碗槽裡的青菜上。

△ 她深呼吸，仰起頭，不讓眼淚流下來。

| S30 | 時：夜 | 景：陳家門口 |
|---|---|---|
| | 人：王翔、陳芷玲 | |

△ 王翔騎著機車停在陳芷玲家門口。

△ 後座的陳芷玲下車，把安全帽拿下來交給王翔。

芷玲：謝謝王大哥。

　　　△ 王翔搖頭，接過安全帽。

　　　△ 陳芷玲沒有進門。

芷玲：我今天要去買東西。

王翔：我可以送妳過去。

芷玲：不用啦！我媽在等我，掰掰。

　　　△ 陳芷玲對他點頭微笑，然後快步離去。

　　　△ 王翔看著她的背影，思忖。

| S31 | 時：夜 | 景：陳家附近小公園 / 潘家外 |
|---|---|---|
| | 人：陳芷玲、陳國雄、王翔 | |

　　　△ 照明設備不足的小公園，陰暗、髒亂。

　　　△ 陳芷玲走到公園外向內看。

　　　△ 陳國雄看到她，從裡面出來。

芷玲：我找你你都不理我，你找我這麼急，什麼事？

　　　△ 陳國雄嗯嗯啊啊地沒說出讓人聽懂的話。

　　　△ 陳芷玲看到他的樣子，很失望。

芷玲：你又把錢賭光了？

　　　△ 陳國雄內疚地點點頭。

　　　△ 陳芷玲激動起來。

芷玲：你不是答應我你不會再去賭了……

國雄：我是想……趕快把妳的補習費贏回來啊！我本來贏了，可是……

芷玲：我再也不會相信你了。

國雄：好啦！我明天就去做舉牌工！五點就去排隊，一天也有 8、9 百塊……

　　　△ 陳芷玲很不忍心，沒講話。

國雄：要是排不到，我就去等人家發便當……很沒有尊嚴……

　　　△ 陳芷玲拿下背包，從裡面拿出錢包，掏出三百塊給他。

　　　△ 陳國雄拿過錢。

國雄：只有這麼一點？

芷玲：這些夠你明天吃飯吧？

國雄：妳不是說妳還有薪水可以領？什麼時候領？

王翔：芷玲！

　　△ 陳芷玲聽到王翔的聲音，錯愕，轉頭看到王翔走過來。

芷玲：王大哥……

王翔：我還是不放心，所以就跟過來看，妳怎麼會在這裡？他是……

國雄：我是她爸爸！王先生，芷玲跟我說過你，你很照顧她，謝謝。

　　△ 陳國雄過去王翔面前，笑嘻嘻地拉起王翔的手握了一下。

國雄：我是拿錢來給芷玲的！

　　△ 陳國雄把剛才陳芷玲給他的錢掏出來塞還給她。

國雄：來來來，收好啊！我還有事要忙，先走了。

　　△ 陳國雄對王翔點了一下頭，離去。

　　△ 王翔看著他，看到他走路一跛一跛的。

　　△ 畫面閃回新拍：潘家外，夜。

　　△ 王翔走到路邊，戴上安全帽，坐上機車，他看到前方有個穿著連帽
　　　夾克的人站在路邊向潘家張望。王翔發動機車，那個人聽到機車的
　　　聲音，看了王翔一眼，轉身走開。他走起路來一跛一跛的。


　　△ 王翔望向陳芷玲，她手上的錢包已經收起來，雙手空空的。

王翔：妳不是要去買東西嗎？

　　△ 陳芷玲低下頭。

芷玲：對不起，其實是我爸找我，我沒有講實話。

　　△ 陳芷玲說著，眼睛一紅，掉下眼淚。她低頭擦著眼淚，不敢抬頭。

　　△ 王翔對她的話有著質疑。

王翔：這有什麼好不能講的？啊？……妳怎麼哭了？……怎麼了？為什麼
　　　哭？

　　△ 陳芷玲邊哭邊說。

芷玲：……我媽……把家裡的鎖都換了，不讓我爸回去……他們……要離
　　　婚了……我只是想要跟大家一樣，有正常的家庭……

　　△ 王翔看著她，對她的說法存疑，但沒再問。

| S32 | 時：夜 | 景：郊外偏僻處 |
|------|--------|----------------|
|      | 人：王杰、唐娟 | |

△ 王杰一臉的不耐煩，他抽菸，張望著。

△ 唐娟的車開過來。

△ 王杰又吸了一口菸，把菸丟在地上踩熄。地上已經有好幾個菸蒂。

△ 唐娟停下車，沒立刻下來，她把車窗降下來。

△ 王杰走到車邊。

王杰：妳怎麼現在才來？

△ 唐娟在車內看著他，沒有立刻下來。

王杰：婦產科應該關了吧！

△ 唐娟轉開臉不看他。

王杰：妳又不是要生了，人家會讓妳急診嗎？

△ 唐娟不說話。

△ 王杰見她不回應，又繼續說。

王杰：妳把那個東西放在我包裡，不是就要我陪妳去拿掉？

△ 唐娟轉頭看著他。

唐娟：我肚子裡的是你的小孩。

△ 王杰不吭氣了。

△ 唐娟打開車門出來，她用力關上車門。

唐娟：這就是你想對我說的話？……這是你該對我說的話嗎？

△ 唐娟生氣地推了一下他。

△ 王杰也提高了音量。

王杰：我要對妳說什麼？……請問我要對妳說什麼？妳希望我說「唐娟妳
為什麼要騙我？妳為什麼要騙我妳有吃藥嗎？」

唐娟：你現在是要甩掉我嗎？

王杰：我現在不是要跟你討論這個事情，我要煩的事情已經夠多了！

唐娟：你就是要甩掉我！

△ 王杰無奈地嘆了口氣。

唐娟：你要甩掉我？你不如殺死我好了……

王杰：我有那樣說嗎？

△ 唐娟拉起他的手放在自己的脖子上。

王杰：妳這是……

　　△ 唐娟抓著他的手腕。

唐娟：你就殺死我……快點……

王杰：(煩躁地)妳不要鬧了好不好？

唐娟：你不敢殺啊？

　　△ 王杰生氣地把手抽回來。

王杰：妳幹什麼啦！

　　△ 唐娟瞪著他，紅了眼眶。

王杰：唐娟妳不要逼我好不好？

　　△ 唐娟眼中閃著淚光。

　　△ 王杰轉身走到一旁，讓自己冷靜下來。

唐娟：(哽咽)我想要完整的你……

　　△ 王杰不轉身，仍然背對著她。

唐娟：我愛上你了，我不相信你會笨到不知道！

　　△ 王杰還是沒轉身，他很困擾。

唐娟：我以為我永遠都不需要愛情，所以我把我自己嫁給錢……(擦著眼
　　　淚)我好蠢，為什麼每次都選錯……

　　△ 王杰轉身走向她。

　　△ 唐娟掩住臉。

唐娟：我要窒息了，要窒息了！

　　△ 王杰按捺住心裡的不快。

王杰：……對不起，我明年就要結婚了……妳現在跟我講這些，跟我們當
　　　初講的不一樣……

　　△ 唐娟不跟他說了，打開車門上車。

　　△ 王杰看著她把車開走，站在那裡，不知所措。

| S33 | 時：日 | 景：清潔公司內 |
|---|---|---|
| | 人：王翔、龍哥、陳芷玲、兩名點工 | |

　　△ 玻璃窗十分潔淨，可以很清楚的看到外面。

　　△ 陳芷玲站在窗前，拿著抹布，檢查還有哪裡不乾淨。

　　△ 龍哥把工資算給兩名點工，點工拿了薪水後離開。

△ 陳芷玲看到點工離開後走過去龍哥旁邊。

芷玲：龍哥，下個禮拜開始我要暑期輔導了，要上到五點，我下課之後再過來。

　　△ 王翔在一旁置物架前整理用品，聽到陳芷玲的話，他轉頭看了一下。

龍哥：這樣啊！好，我知道了。少了妳幫忙，我看要裝監視器了啦，才不會有不必要的誤會。

　　△ 陳芷玲看著龍哥，心裡有些緊張。

　　△ 王翔過來。

王翔：裝監視器也好，不然芷玲壓力太大了。

龍哥：會嗎？（望向芷玲）芷玲，會嗎？

芷玲：（有些心虛）不會啦！我很喜歡來這裡，你們可以把我能做的事情留給我，我下課再過來幫忙。

　　△ 龍哥的手機響，龍哥接聽手機。

龍哥：林桑！……（向外走）我馬上到，等我五分鐘！

　　△ 龍哥跟王翔點了一下頭後出去。

　　△ 陳芷玲回到座位前。

　　△ 王翔走向她。

王翔：芷玲！

　　△ 陳芷玲轉頭看著王翔。

王翔：妳可以幫我一個忙嗎？最近我的手機怪怪的，打也打不出去，接也接不起來……

　　△ 王翔走到她旁邊。

王翔：妳可以打給我看看嗎？

芷玲：好啊！

　　△ 陳芷玲拿起她放在桌上的手機。她打開手機螢幕，按下解鎖的密碼，然後找出王翔的電話號碼，撥號。

　　△ 王翔拿出手機站在她的旁邊，看著她的動作。

　　△ 王翔的手機響。

王翔：好了，謝謝。

芷玲：不客氣。

　　△ 陳芷玲按下結束通話，不疑有他，又對王翔露出笑容。

　　△ 王翔也回了一個微笑給她，轉身走開後，王翔的笑容消失了。

| S34 | 時：夜 | 景：清潔公司外 |
|------|--------|----------------|
|      | 人：    |                |

△ 入夜，街燈都亮了起來。

△ 清潔公司裡的燈也還亮著。

| S35 | 時：夜 | 景：清潔公司內 |
|------|--------|----------------|
|      | 人：王翔、陳芷玲 |        |

△ 陳芷玲解出來題目，她抬頭，開心地望向王翔。

芷玲：我解出來了！

△ 王翔站在桌旁，對她露出微笑。

王翔：今天差不多了，收一收，我送妳回去。

芷玲：好。

△ 陳芷玲把書本合起來。

芷玲：我先去上廁所。

△ 王翔點頭。

△ 陳芷玲起身走向裡面。

△ 王翔見她進去洗手間，過去洗手間門口，拿了拖把抵住門上的門把，
然後回到桌前，拿起陳芷玲的手機打開，按了密碼，找著通訊紀錄。
他看到陳芷玲和陳國雄的訊息。

陳國雄：薪水拿到沒？

陳芷玲：還沒有。

陳國雄：催一下。

陳芷玲：時間還沒到，一個禮拜才發一次啦！

△ 王翔往前看訊息。

陳芷玲：你在哪裡啦？他們在找偷錢的人，你不要過來這附近。

△ 王翔往上滑看之前的訊息，臉色越來越難看。

| S36 | 時：夜 | 景：清潔公司洗手間 |
|------|--------|------------------|
|      | 人：陳芷玲 | |

　　△ 陳芷玲洗好手，卻打不開門。她著急，開始拍門。

芷玲：王大哥！……王大哥，門開不開！

　　△ 沒有人回應她。

芷玲：（驚慌）王大哥？……王大哥……門打不開，你快點來幫我開門！
……王大哥？……我出不去了！

　　△ 陳芷玲沒聽到王翔的回應，越來越著急。

| S37 | 時：夜 | 景：清潔公司內 |
|------|--------|------------------|
|      | 人：王翔 | |

　　△ 王翔走到洗手間外。

芷玲：（OS）王大哥……洗手間的門有問題……（快哭了）我出不去了！

　　△ 王翔沉著臉站在洗手間外，聽到她在呼喊，但沒有動作。

－本集終－

甦

醒

EP11

# 第十一集　甦醒

| S01 | 時：夜／日 | 景：清潔公司內 |
|---|---|---|
| | 人：王翔、陳芷玲 | |

　　△ 王翔打開洗手間的門。

　　△ 陳芷玲看到他，鬆了一口氣。

王翔：門卡住了。……要是阿標在，他可以輕而易舉的打開。

　　△ 王翔說完，轉身走向辦公區。

　　△ 陳芷玲跟在他身後，面露警覺。

　　△ 王翔走到一張桌前，看著桌上的電腦主機。

王翔：我記得那天中午我回來的時候……我沒有看到他……

　　△ 王翔看著門口，當日的情景在他眼前重現。


　　△ **當日的王翔還沒進來就喊了。**

王翔：阿標？……阿標？

　　△ **王翔看到陳芷玲站在桌旁。**

　　△ **陳芷玲轉身望向王翔，緊繃的臉上做出笑容。**

芷玲：王大哥。

　　△ **王翔看到電腦主機上面放著阿標的背包。**

王翔：阿標回來了喔？

芷玲：他肚子痛，去上廁所。

　　△ **王翔向內看了一下。**

王翔：我需要他支援兩個小時。

　　△ **王翔走到一旁的貨架前，他向內看。**

王翔：阿標，快一點啦！

　　△ **王翔拿了兩樣清潔用品。**

王翔：妳跟他說我先過去了。

芷玲：好。

　　△ **王翔出去。**

△ 現在的王翔轉頭看著陳芷玲。

王翔：為什麼？

　　△ 陳芷玲看著王翔，一臉的不明白，沒有出聲。

王翔：我想不通，如果阿標偷了錢，為什麼沒有把鑰匙放回去？

　　△ 陳芷玲沒有回應。

　　△ 王翔盯著她看。

王翔：太傻了！……他有沒有告訴妳他遇到什麼困難？

　　△ 陳芷玲搖頭。

王翔：有困難我能理解，龍哥也是。只要告訴我們，我們都會幫忙，怎麼不懂呢？

　　△ 王翔這番話是說給陳芷玲聽的，但她還是一副無辜的樣子。

王翔：我們也把妳當成是自己人妳知道嗎？

　　△ 陳芷玲點頭。

芷玲：我知道。你們都對我很好，尤其是你。（低下頭）還有阿標哥。

　　△ 王翔見她不願吐實，他不再說下去。

王翔：回家吧！

　　△ 陳芷玲點頭。

| S02 | 時：夜 | 景：王翔住處 |
| --- | --- | --- |
| | 人：王翔 | |

　　△ 王翔打開門進來，他走到阿標睡的沙發床前，看到阿標的球棒。他拿起那根球棒。

阿標：(OS) 翔哥，那是阿嬤給我的，我很珍惜它……

| S03 | 時：夜 | 景：王翔住處陽台 |
| --- | --- | --- |
| | 人：王翔 | |

　　△ 陽台的曬衣繩上掛著阿標的背包，背包被王翔清洗過，變色了。

　　△ 窗內的王翔坐在沙發床上，手上拿著阿標的球棒，沉思著。

　　△ 字幕：第十一集，甦醒

| S04 | 時：日 | 景：陳芷玲房間 |
|------|--------|--------------|
|      | 人：陳芷玲、陳母 | |

△ 躺在床上的陳芷玲熟睡著。

△ 窗簾拉開，房間亮了起來。

△ 陳芷玲聽到房間內的動靜，醒過來。她張開眼睛，看到眼前的人，又把眼睛閉起來。

△ 40出頭的陳母拿著拖把進來拖地。

陳母：起來了！早餐給妳弄好了。妳今天不是要去圖書館念書？

△ 陳芷玲張開眼睛，拿起枕頭旁邊的手機，打開看。

陳母：眼睛張開就看手機。

△ 陳芷玲坐起來。

芷玲：手機都跑不動，常常就自己關機。媽，我想換一支新的。

陳母：可以啊！等妳上大學就給妳買，國立的才有。

△ 陳芷玲露出不高興的樣子。

△ 陳母耐著性子跟她說話。

陳母：奇怪，一大早就要我看妳臉色？

芷玲：算了！我自己存錢。……爸爸也會給我。

△ 陳母一聽，有些意外，但不太相信。

陳母：他什麼時候有給妳錢？……他給妳錢，就是他賭贏了，過不久他又會跟妳要回去。

芷玲：他跟我說他不會再賭了。

△ 陳母很不屑。

陳母：他的鬼話要是可以相信，我就可以中樂透了。

芷玲：我想要相信他！就算他變了，妳討厭他，他還是我爸爸，我永遠都記得他對我有多好。

△ 陳母一時語塞。

△ 陳芷玲下床往房間外走。

陳母：他跟妳要錢妳不要給他喔！不准妳把我辛辛苦苦賺的錢拿去給他賭！

△ 陳芷玲沒回應，走進浴室碰一聲關上門。

△ 陳母搖頭，嘆了一口氣。

| S05 | 時：黃昏 | 景：清潔公司內 |
|---|---|---|
| | 人：王翔、陳芷玲、沈雯青 | |

　　△ 陳芷玲坐在桌前，低著頭在寫題目，一面自己解說。

芷玲：5 階除以 5，等於 4 階……等於 24，所以是 24 種。

　　△ 陳芷玲望向王翔。

　　△ 心事重重的王翔回神過來。

王翔：做好了？

　　△ 陳芷玲笑著點頭。

王翔：有件事我一直想問妳，妳爸爸是做什麼的？

　　△ 陳芷玲愣了一下。

芷玲：他……在……建設公司，他是蓋房子的……

王翔：我那天看到他，他的腳……好像有點不方便？……他受過傷？

　　△ 陳芷玲沒講話。

王翔：我沒有別的意思，我只是想……公司這邊要是有適合的工作，可以
　　　介紹給他。

芷玲：我爸他……以前是做工地的監工，他就是在工地受傷的……他已經
　　　有一 段時間沒有工作了，他跟我說沒有人要他，可是我媽說爸爸是
　　　拉不下臉做比較"低下"的工作，（不滿）她自己也沒多高尚，還
　　　要那樣說爸爸。

　　△ 王翔覺得她說的是真話，遲疑了一下。

王翔：要不要我去跟他說說看？

　　△ 陳芷玲看著王翔，有些困惑。

王翔：他如果有一份穩定的工作，有收入，他就可以照顧妳。

　　△ 王翔認真又嚴肅的樣子讓陳芷玲相信了他的好意。

　　△ 敲門聲。

　　△ 王翔過去開門。

　　△ 沈雯青站在門口，她看到王翔，露出笑容。

雯青：我提早結束採訪了。

王翔：先進來坐一下。

　　△ 陳芷玲起來對沈雯青點頭。

芷玲：妳好！……妳要喝茶還是喝水？

雯青：都不用，謝謝。

△ 沈雯青放下背包，她看到王翔進去裡面倒水，她跟過去。

△ 陳芷玲看著他們。

| S06 | 時：夜 | 景：王翔住處 |
|-----|-------|------------|
|     | 人：王翔、沈雯青 ||

△ 王翔站在流理檯前，面無表情，慢條斯理地切著蘋果皮。

雯青：王翔，你別切太多。

△ 王翔沒有回應，仍然低著頭。

雯青：王翔？

△ 沈雯青走到他旁邊，看到他的動作，輕輕拍了一下他的肩膀。

△ 王翔這才抬起頭。

王翔：嗯？

雯青：你在想什麼？

王翔：沒事啊！

△ 王翔說完，又低下頭。

雯青：(好奇) 那個女孩子是龍哥請的？

王翔：芷玲啊？

雯青：嗯。

王翔：她是潘小姐的同學，在公司幫忙。

△ 王翔說完又低下頭繼續切蘋果。

△ 沈雯青拿起一片蘋果，咬了一口。

王翔：對了，我媽要我問妳，等我這一陣子忙完，約妳到家裡吃飯，可以嗎？

△ 沈雯青看著他，沒有立刻回答。

王翔：不勉強，沒關係。

雯青：可以呀！

△ 王翔點了一下頭，臉上的表情幾乎沒有變化。

| S07 | 時：夜 | 景：王翔住處陽台 |
|-----|-------|----------------|
|     | 人：王翔、沈雯青 ||

△ 陽台上仍然掛著阿標的背包。

△ 陽台燈打亮。

△ 王翔從屋內出來，他看了一下阿標的背包，把背包拿下來，重新再洗一遍。

△ 沈雯青走到落地窗前，看著坐在矮凳上的王翔，看到他在刷那個背包，沒有打擾他，但心裡有些擔心。

| S08 | 時：日 | 景：王翔住處 |
|---|---|---|
| | 人：沈雯青 | |

△ 陽光照進屋內。

△ 沈雯青躺在床墊上，尚未醒來。

△ 門口傳來關門的聲音。

△ 沈雯青張開眼睛，看到身邊沒有人，她坐起來看著屋內，王翔不在，只有她一個人。

| S09 | 時：日 | 景：巷弄裡 |
|---|---|---|
| | 人：陳國雄 | |

△ 陳國雄從一間公寓裡出來，他一臉的高興，還吹著口哨。他走了幾步，忍不住把皮夾拿出來打開看了一下。

△ 他的皮夾裡有一疊鈔票。

△ 陳國雄很樂，把皮夾收回口袋，拿出手機。他看到手機有未接來電，猶豫了一下，回撥。

國雄：……你哪位？你有打這支電話……喔！王先生……你好、你好……芷玲有告訴我……我現在在我朋友那裡工作啦……

| S10 | 時：夜 | 景：清潔公司內 |
|---|---|---|
| | 人：王翔 | |

△ 王翔放下百葉窗。

王翔：（OS）……我原本是想你要是過來我們公司坐坐，就可以順便把芷玲的薪水領走……

△ 王翔撥開百葉窗看了一下外面後把百葉窗全部闔上。

國雄：（OS）（心喜）她還有薪水可以領？

王翔：（OS）對。她去暑期輔導了，這幾天不一定會過來。沒關係，我再
　　　跟她連絡，我拿去給她……

　　　△ 王翔把裡面的燈關掉。

國雄：（OS）不用麻煩你，我過去，我九點半過去……

　　　△ 王翔走到桌前坐下。

　　　△ **畫面閃回超市內，他按著阿標的傷口，冒出來的血染紅他的雙手。**

　　　△ 王翔的神情嚴肅而且凝重。

　　　△ **畫面閃回超市內，阿標想要抓住王翔，但無力，手垂下。**

　　　△ 王翔的手機響。

　　　△ 來電的是沈雯青。

　　　△ 王翔看著手機，沒有接聽。

　　　△ 手機的鈴聲停了。

　　　△ 王翔把手機翻面，螢幕朝下。


| S11 | 時：夜 | 景：街景 |
| --- | --- | --- |
| | 人：陳國雄 | |

△ 陳國雄走在前往清潔公司的路上。


| S12 | 時：夜 | 景：清潔公司內 |
| --- | --- | --- |
| | 人：王翔 | |

△ 王翔站起來，他拿著球棒，走到門口。他緊握著球棒，舉起來。

△ 敲門聲。

△ 王翔用力的握著球棒，等著。

△ 門打開。

△ 王翔就要揮球棒。

△ 門外的沈雯青害怕驚呼。

△ 王翔退後，丟下球棒。

雯青：你在幹什麼？

△ 王翔對自己差一點犯下大錯感到懊惱，他說不出話來。

| S13 | 時：夜 | 景：街景 |
|---|---|---|
| | 人：陳國雄、男子三名 | |

△ 突然冒出三名黑衣男子，對陳國雄一陣拳打腳踢。

△ 陳國雄被打倒在地。

△ 兩人將他的身體壓在地上，並把他的右手拉直，踩在腳下。

△ 另一人舉起棒子敲下去。

△ 陳國雄慘叫。

| S14 | 時：夜 | 景：王翔住處 |
|---|---|---|
| | 人：王翔、沈雯青 | |

△ 王翔坐在沙發床上，低著頭。

△ 沈雯青坐在他的對面。

王翔：潘家不見的三萬塊，公司的兩萬塊都是他拿走的。他要他女兒幫他
　　　偷錢，結果我被當作是小偷，阿標也變成是小偷。

雯青：所以你……故意找他去公司，想教訓他？

△ 王翔毫不猶豫的點頭。

王翔：對！我要聽他親口承認是他做的，然後我要打斷他的手。

△ 沈雯青難過，沉默不語。

王翔：我知道妳一定對我很失望，會覺得我不是妳認識的那個人。我也知
　　　道我真的動手的話，會再被抓回去關，可是我不在乎。

△ 沈雯青驚訝的看著他。

王翔：這幾天我一直想到阿標中槍的樣子，他被誤解，很無助的樣子……
　　　為什麼？為什麼那麼不公平？為什麼那個混帳活得好好的，為什麼
　　　死的人是 阿標？為什麼？

△ 沈雯青站起來看著他。

雯青：那你沒有想過你媽媽、你弟弟，沒有想過我嗎？

△ 王翔低著頭不看她。

△ 沈雯青哽咽。

雯青：什麼叫做不在乎？你忘記你以前就是這樣丟下我嗎？……你知道我
　　　有多害怕嗎？

　　　△ 王翔知道自己讓她傷心，自責。

　　　△ 沈雯青哭了出來。

雯青：我不想失去你，你知不知道？

　　　△ 王翔過去，抱住她。

王翔：對不起……對不起。我以後不會再這樣……對不起。

　　　△ 沈雯青緊緊抱著他。

| S15 | 時：日 | 景：王翔住處陽台 |
|---|---|---|
| | 人：王翔 | |

　　　△ 阿標的背包顏色又更淺了。

　　　△ 王翔走到曬衣架前，把背包拿下來，進去屋裡。

| S16 | 時：日 | 景：王翔住處 |
|---|---|---|
| | 人：王翔、沈雯青 | |

　　　△ 阿標阿嬤的相片在紙箱裡。

　　　△ 王翔把阿標的背包放進紙箱跟阿嬤的相片放在一起，他拿起膠帶封
　　　　起紙箱。

　　　△ 沈雯青坐在桌前看著他。

　　　△ 王翔封好紙箱，他轉頭望向沈雯青。

　　　△ 沈雯青對他露出微笑。

| S17 | 時：黃昏 | 景：清潔公司內 |
|---|---|---|
| | 人：王翔、環境人物 | |

　　　△ 王翔坐在桌前整理單據。

　　　△ 王翔的手機響。

　　　△ 王翔看了一下手機，接聽電話。

王翔：喂？……妳先不要急，慢慢講……妳人在哪裡？

△ 王翔皺起眉頭。

| S18 | 時：黃昏 | 景：急診室 |
|-----|---------|-----------|
|     | 人：王翔、陳芷玲、陳國雄 | |

△ 陳國雄坐在床上，他頭上有傷，右手打了石膏。

△ 陳芷玲拉開布簾。

芷玲：爸！

△ 陳國雄看到她，意外。

國雄：怎麼是妳來呢？我叫護士打給妳媽……

△ 陳國雄看到芷玲身後的人，神色一凜，閉嘴了。

△ 王翔看到他受傷的樣子，心裡一驚，慶幸自己沒有傷害他。

王翔：發生什麼事了？……車禍？

國雄：我……我摔到水溝裡。

△ 王翔並不相信他的話。

芷玲：（不解）怎麼會摔得那麼嚴重？

國雄：一點傷，很快就好了！爸爸口渴，妳去幫我倒杯水。

芷玲：好啦！

△ 陳芷玲走開。

△ 王翔納悶地看著陳國雄。

王翔：真的是摔傷的嗎？

△ 陳國雄視王翔為威脅，對他懼怕。

國雄：真的……（壓低聲音）我跟警察說我是摔傷的，我沒有亂說。

△ 王翔聽他提到警察，皺了一下眉頭。

國雄：你們已經打斷我的手，不要傷害我的家人，尤其是芷玲。

△ 王翔凝神看著他，沒有說話。

國雄：拜託你，請你放過我們。

△ 王翔心裡有數，他遲疑了一下才開口。

王翔：我昨天在公司等你等很久，你沒有來，我真的不知道你發生什麼事。

△ 陳國雄欲言又止。

△ 王翔上前一步，嚴肅地看著他。

王翔：但是我必須告訴你，我同事因為你的關係，他死了。……照顧好芷

玲，不要再拖累別人。

△ 陳芷玲拿著水過來。

△ 王翔看到她，轉身走出急診室。

△ 陳國雄鬆了一口氣。

| S19 | 時：夜 | 景：清潔公司外 |
|---|---|---|
| | 人：王翔、龍哥 | |

△ 王翔騎車機車回來，他騎到公司外停下。

△ 龍哥從裡面出來，他關了鐵捲門，走向王翔。

△ 王翔看了他一眼，拿下安全帽。

△ 龍哥走到王翔旁邊，看到他悶悶地不說話。

龍哥：有話要說嗎？

△ 王翔沒說話。

龍哥：你要記得，這件事，跟你、跟我、跟阿標，一點關係都沒有。

△ 王翔看了看龍哥，他皺起眉頭，但還是點了一下頭。

龍哥：叫芷玲不要再過來了。

王翔：嗯。

△ 王翔又點頭。

△ 龍哥離去。

△ 王翔看著龍哥走遠。

| S20 | 時：夜 | 景：陳家客廳 |
|---|---|---|
| | 人：陳芷玲、陳母 | |

△ 陳家客廳開著燈。

△ 陳母打開門進來，她手上提了一堆東西，一臉的疲憊。

△ 陳芷玲從房間出來。

△ 陳母看到她，習慣性的碎念。

陳母：人不在客廳，開那麼多燈做什麼？浪費電。

△ 陳芷玲有求於媽媽，低聲下氣的。

芷玲：妳為什麼不接電話？

△ 陳母把手上的東西放在桌上，有水果和超市買的菜。

陳母：我在上班！

芷玲：醫院的人打給妳說爸爸在醫院妳也不理？

　　△ 陳母沉下臉看著她。

陳母：關我什麼事？我跟他已經離婚了，他還叫醫院的人打給我？

芷玲：他手摔斷了。

陳母：（冷淡地）手摔斷接起來就好了，有那麼嚴重嗎？

　　△ 陳芷玲忍不住提高音量。

芷玲：妳怎麼那麼無情？

　　△ 陳母一面說一面把菜放進冰箱裡。

陳母：我無情？他不但沒養家還拖累我們，妳覺得我應該要怎麼樣？妳繼續說，沒關係，我已經習慣了！

　　△ 陳母瞪了她一眼，拿了兩顆蓮霧放在桌上。

陳母：自己去洗！……就會跟我頂嘴！

　　△ 陳母把裝著蓮霧的袋子放進冰箱。

　　△ 陳芷玲看著那兩顆蓮霧，態度又軟下來。

芷玲：對不起……

　　△ 陳母看著她，覺得她另有企圖。

芷玲：……爸爸出院以後……可不可以讓他……回來住幾天？

　　△ 陳母一股氣又冒上來，她深深吸了一口氣，讓自己不發脾氣。

陳母：妳叫他自己來跟我講。

　　△ 陳芷玲以為有希望。

陳母：沒出息的男人！居然要女兒來求我？妳跟他說我不答應！妳要是再幫他說話，妳也不要回來了！

　　△ 陳母轉身進去房間。

　　△ 陳芷玲很懊惱。

| S21 | 時：黃昏 | 景：王杰房間 |
|-----|---------|------------|
|     | 人：王杰、洪怡安、王母 | |

　　△ 傍晚時分，窗外的天色偏橘黃。

　　△ 洪怡安在王杰的房間收著衣服。

△ 王杰放下背包，依他的習慣，把領帶從褲子口袋裡拿出來要往床上扔。

△ 在他旁邊的洪怡安接過他的領帶，把領帶掛好。

△ 王杰看了她一眼，低下頭看著他的背包，把背包拉鍊拉開。

王杰：（故意地）咦？我是不是有東西沒帶回來？

△ 洪怡安拿著換洗衣服走到他旁邊，見他在翻背包。

怡安：什麼東西？

△ 王杰接過洪怡安手上的衣服放在桌上。

王杰：一個小盒子……

△ 洪怡安看著他的背包。

王杰：妳幫我找，我去洗澡。

怡安：我又不知道是什麼東西，你自己找。

王杰：（逗她）妳不是對我包裡放什麼很好奇嗎？我現在讓妳翻，我沒有不能讓妳知道的事。

△ 洪怡安不太高興，她不說話，向外走。

△ 王杰拉住她的手，把她拉回來。

王杰：來啦！我給妳看我包裡有什麼東西。

△ 王杰一手抓著她，一手把背包裡的東西一樣一樣拿出來。平板、行動電源、名片夾、鑰匙、面紙等東西，最後他拿出一個小盒子。

王杰：啊！你在這裡！

△ 洪怡安看著那個綁著一條紅色緞帶的盒子。

△ 王杰看著她，想討好他，露出笑容。

王杰：打開看看？

△ 洪怡安解開緞帶，打開盒子。裡面是一條樣式簡單的銀製項鍊。

王杰：喜不喜歡？

△ 洪怡安沒有露出開心的樣子。

怡安：為什麼要花錢買這個？

王杰：我最近太忙了，都沒有時間陪妳。今天從客戶那裡出來，經過這家店，看到這條鍊子，覺得很適合妳，就想買回來給妳，這樣妳看到它就會想到我。

怡安：我沒有戴鍊子的習慣……

王杰：不戴妳就好好收著，不要讓它變色。愛情就跟銀飾一樣需要用心對

待、好好保養，這樣就可以長長久久，永保如新。

△ 王杰討好她，在她額頭上親了一下。

△ 洪怡安看著項鍊，沒有拿出來。

△ 王杰又要親她，看到媽媽出現在門口。

王杰：媽？

△ 王母露出笑容。

王母：沒事、沒事，我看看你是不是去洗澡了，我炒兩個菜就可以吃飯。

△ 洪怡安立刻把盒子的蓋子蓋好，把盒子放在桌上，走向門口。

怡安：我來炒菜。

王母：不用啦！

怡安：我來。

△ 洪怡安還是堅持，王母看了王杰一眼，跟著她下樓。

△ 王杰看著那個盒子，沒達到他想要的效果，他意興闌珊。

| S22 | 時：黃昏 | 景：王家早餐店 |
|---|---|---|
| | 人：王母、洪怡安 | |

△ 洪怡安把炒好的菜放在桌上。

△ 王母拿著碗筷從廚房跟著出來。

怡安：我先裝飯給妳？

王母：不急，等小杰。妳坐下來，我有事跟妳講。

△ 王母拉著她坐下。

王母：妳先搬過來好不好？

△ 洪怡安有些意外。

王母：本來想明年初你們結婚前再把房子整理一下，我這幾天想想，我的房間比較大，就先給妳和小杰，我去睡他房間。

怡安：（搖頭）不要啦……

王母：他常常忙到很晚才回來，你們好幾天才見一次面，這樣哪裡像夫妻？（拉住她的手）妳比小杰貼心，我很喜歡妳跟我作伴。妳過來住吧？

△ 洪怡安難以拒絕王母，她微笑，點點頭。

| S23 | 時：日 | 景：教會內 |
|---|---|---|
| | 人：陳芷玲、李柏皓 | |

　　△ 李柏皓把一本本聖經放在椅子上。

　　△ 陳芷玲走到門口，著急地向內張望。

　　△ 李柏皓在裡面看到她，過去。

柏皓：芷玲？

芷玲：李大哥……你有看到我爸嗎？

柏皓：今天沒看到他……他最近好像都沒有來。

　　△ 陳芷玲露出焦急的樣子。

柏皓：怎麼了？

芷玲：……我找不到他，我剛才去醫院看他，他已經出院了。他出車禍住院，我媽不讓他回家休養，他也不在他住的地方，我很擔心……（哽咽）他手機不通，我不知道他跑去哪裡了，我不知道該怎麼辦？

　　△ 李柏皓同情地看著她。

| S24 | 時：日 | 景：李家客廳 |
|---|---|---|
| | 人：李春生、李柏皓 | |

　　△ 李家客廳的電視機開著，只有畫面，沒有聲音。

　　△ 李柏皓打開門進來。

　　△ 躺在沙發上睡著的李春生聽到關門聲，醒過來。

柏皓：爸！

　　△ 李春生坐起來搓搓臉。他頭髮凌亂，穿著汗衫，很頹廢的樣子。

春生：我又睡著了……

　　△ 李春生拿起遙控器把電視關掉。

柏皓：我打給你，你沒接電話，我以為你去爬山了。你吃了嗎？

　　△ 李春生搖頭。

春生：我不餓。……你怎麼現在才回來？

柏皓：陪一個女孩子去幾個地方。

　　△ 李春生有些意外，這才正視著他。

春生：女朋友？

柏皓：不是啦！是去教會的一個女孩子……小孩子，才要升高三。

　　△ 李春生眼神一黯，站了起來。

柏皓：她家裡出了一點事，所以我就陪她一下。她爸之前有去我們教會，
　　　還想要受洗……

　　△ 李春生沒什麼興趣聽，往樓上走。

　　△ 李柏皓跟了幾步，見他完全提不起勁，停步，看著他上樓。

| S25 | 時：夜 | 景：沈雯青住處 |
|-----|--------|----------------|
|     | 人：王翔、沈雯青 | |

　　△ 沈雯青開門進來，打開燈。

　　△ 王翔提了兩袋日用品跟著她進來。

雯青：東西放這裡就好。

　　△ 王翔放下手上的袋子，他看著屋裡的裝潢。

　　△ 沈雯青過去他面前，面帶微笑看著他。

雯青：要不要喝水？還是咖啡？

　　△ 王翔搖頭。

王翔：再給我一點時間。我可能給不了妳這麼好的居住環境，可是我一定
　　　會盡力……

　　△ 沈雯青拉住他的手。

雯青：不要講這種話。

　　△ 王翔沉默。

雯青：跟你在一起，住哪裡都一樣。

　　△ 王翔對她的深情為之動容。

雯青：你要去流浪我也跟你去。

　　△ 王翔笑了出來。

王翔：我沒有要去流浪……

雯青：如果我想去呢？……你會放手嗎？

　　△ 王翔摟住她。

王翔：我不會再放手的。

　　△ 沈雯青露出幸福的笑容。

王翔：我還要去公司一趟，芷玲要過去拿東西。

雯青：好。

　　△ 王翔放開她。

王翔：先走了。

　　△ 沈雯青點頭。

| S26 | 時：夜 | 景：清潔公司內 |
|---|---|---|
| | 人：王翔、陳芷玲 | |

　　△ 清潔公司的門打開。

　　△ 王翔進來，打開燈。

　　△ 陳芷玲跟在王翔身後進來，她走到平常坐著的那張桌子前，把桌上
　　　的幾隻小絨毛吊飾收進背包裡，再打開抽屜，把裡面筆、修正帶、
　　　一盒素描鉛筆等屬於她的文具拿出來，她一面收東西，一面試探地
　　　問王翔。

芷玲：暑期輔導結束我還可以再過來嗎？

王翔：妳待在家好好念書吧！

芷玲：（失望）那……我有問題還可以問你嗎？

　　△ 王翔遲疑了一下，點頭。

　　△ 陳芷玲見王翔臉上都沒有笑容，黯然。

　　△ 陳芷玲的手機響，她從背包裡拿出手機，看到來電，她立刻接聽。

芷玲：爸！你在哪裡？……我跟王大哥在公司……

國雄：(OS) 妳還跟那個前科犯在一起？我的手就是被他們打斷的，妳趕快
　　　離開那裡，出來再講。

　　△ 陳芷玲錯愕地望向王翔，但她很快按捺住，不過隨著她從爸爸那聽
　　　到的消息，她難掩緊張和恐懼。

　　△ 王翔看到她表情的變化，沒有靠近，和她保持著距離。

芷玲：喂？……爸？……

　　△ 陳芷玲掛了電話。她握著手機，把背包拉鍊拉起來，拿起背包背著。

芷玲：……我要走了。

王翔：妳爸跟妳說什麼？

　　△ 陳芷玲緊張地搖頭。

　　△ 王翔沉著臉。

王翔：妳怕什麼？……妳覺得我會傷害妳？

　　△ 陳芷玲還是沒動，緊張地有點發抖。

芷玲：我……我不是故意要……要陷害阿標哥。是因為你……你正好回來，我不敢把鑰匙放回去……剛好阿標哥的背包就在旁邊，所以……

王翔：（忍不住提高音量）所以妳到現在還在找藉口？妳會不會太誇張啊？

　　△ 陳芷玲不敢講話。

王翔：所以我也有責任就對了？……對，我沒有把妳帶來這裡，阿標現在還活得好好的！事情變成這樣，妳不覺得都是妳開頭的嗎？兩萬塊，因為妳偷了兩萬塊，阿標死了！

　　△ 陳芷玲哭了出來。

芷玲：對不起，我不知道事情會變成這樣……

　　△ 王翔走到門口，把門打開。

王翔：出去！走！

　　△ 陳芷玲擦著眼淚往外走。

　　△ 王翔慢慢冷靜下來。

| S27 | 時：夜 | 景：清潔公司附近巷子 |
|---|---|---|
| | 人：陳芷玲 | |

　　△ 陳芷玲走在巷子裡，還是忍不住掉眼淚。

| S28 | 時：黃昏 | 景：王杰房間 |
|---|---|---|
| | 人：洪怡安、王母 | |

　　△ 洪怡安打開衣櫃的抽屜，把折好的衣服放進去。

　　△ 王母進來。

王母：怡安，小杰打電話說不回來吃飯，還說要去台中，明天才回來。

怡安：喔。

王母：臨時才說不回來吃，我飯煮了一堆……

　　△ 洪怡安過去她面前，和顏悅色地。

怡安：沒關係啦，飯就留著明天吃，不要煮菜了，我們出去吃？

　　△ 王母對她露出笑容，點點頭。

王母：小杰有沒有跟妳說好什麼時候要把妳的東西搬過來？

怡安：他說等他有空。

王母：（念著）等他？要等到什麼時候？唉！……我去把菜收起來。

　　△ 洪怡安點頭。

　　△ 王母出去。

　　△ 洪怡安見她下樓，把房門輕輕合上，過去桌前拿起手機打開。她翻
　　　出電話簿，找出名為「杰公司」的聯絡人。

| S29 | 時：夜 | 景：飯店房間 |
|-----|--------|-------------|
|     | 人：王杰、唐娟 | |

　　△ 王杰坐在床沿，手上拿著紅色的緞帶，在自己的手指上纏著，眼睛
　　　看著浴室。

　　△ 浴室的門關著，裡面傳出沖馬桶的聲音。

　　△ 王杰聽到聲音，把纏在指頭上的緞帶解開放進背包裡，過去浴室門
　　　口。

王杰：（擔心地）好一點沒？

　　△ 唐娟打開浴室門出來。

　　△ 王杰扶著她到床前坐下。

唐娟：……他是來折磨我的。

　　△ 王杰看著她，不知該怎麼做才能減輕她的不適。

唐娟：如果你是來勸我拿掉小孩，就不要費力氣，你現在就給我走。

　　△ 王杰起身走到他的背包前。

　　△ 唐娟看著他的背影，看不到他在做什麼。

　　△ 王杰轉身看著她，走到她面前。

王杰：眼睛閉起來。

　　△ 唐娟不順從，看著他。

　　△ 王杰把握在手掌裡的鍊子掛在她脖子上，替她扣上。那條銀鍊子跟
　　　王杰買給怡安的是同一個牌子，墜子的樣式類似，唐娟這條線條稍
　　　微複雜。

唐娟：這是什麼？……分手禮？

　　△ 王杰看著她，遲疑了一下，還是說不出要分手，他搖頭。

王杰：這條鍊子是我前幾天買的。上次對妳說的那些話，太過分了……

　　△ 唐娟不說話。

王杰：妳要不要吃點東西？

　　△ 唐娟無力地躺在床上，還是沒說話。

王杰：那妳睡一下，我去找妳喜歡吃的。

　　△ 王杰打開房間門出去。

　　△ 唐娟的手機傳來訊息聲。

　　△ 唐娟坐起來，拿起手機看。

　　△ 怡安訊息：姊我好難過，小杰騙我，他一定有外遇。

　　△ 唐娟看到訊息，心情複雜起來。

| S30 | 時：日 | 景：咖啡廳 |
|-----|--------|-----------|
|     | 人：唐娟、洪怡安 | |

　　△ 洪怡安難過地說著她的委屈。

怡安：我打去他公司，根本就沒有姓張的業務，就是上次那個我跟妳說的驗孕棒，小杰說是小張惡作劇，結果沒有那個人，是他編的……

　　△ 坐在洪怡安對面的唐娟同情地看著她。

唐娟：妳問他了嗎？

　　△ 洪怡安搖頭。

怡安：我不想問他，問他他也不會承認……昨天他同事說他回家了，可是他跟媽媽說他出差，我現在懷疑他每次說出差都是假的，都是去找別人。

　　△ 洪怡安紅了眼睛。

怡安：我覺得……他媽媽好像知道，說不定……說不定連大哥都知道……

　　△ 洪怡安忍不住落淚。

　　△ 唐娟安慰她。

唐娟：這種男人，你不要為他哭，妳應該要跟他分手。

怡安：可是我……（小聲地）很愛他……

唐娟：找到一個愛妳的男人比較重要。

　　△ 洪怡安疑惑地看唐娟一眼，又低下頭。

怡安：我們已經要一起過一輩子了……

唐娟：妳要想清楚，這種男人怎麼會安分地跟過妳一輩子呢？

　　△ 洪怡安無言以對，她注意到唐娟衣服裡的項鍊，跟王杰給她的很像。

　　△ 唐娟看到洪怡安盯著她的胸前。

唐娟：妳看我的鍊子？

　　△ 洪怡安點頭。

唐娟：我男人給我的。他上個禮拜回來發神經買了一條這種鍊子給我，害我沒有耳環可以配。他說他沒時間陪我，希望我看到這條鍊子就會想到他。還說什麼愛情就跟銀飾一樣需要保養、用心對待，才能永保如新。

　　△ 洪怡安聽到她的話，臉色有點僵。

唐娟：（笑著搖頭）他好像突然小了二十歲，連長長久久這種話都說出來了。

　　△ 唐娟注意到洪怡安的臉色不對，猜想到洪怡安懷疑她跟王杰的關係，她故意繼續說。

唐娟：（試探）我本來不想戴的，他還在項鍊後面刻了 love you forever，所以我戴了就拿不下來了。

　　△ 洪怡安擦去眼淚。

怡安：我要走了。

　　△ 洪怡安沒有看唐娟，她拿起皮包出去。

　　△ 唐娟看著她出去，手放在胸口，按著那條鍊子。

| S31 | 時：日 | 景：咖啡廳外街景 |
|-----|--------|----------------|
|     | 人：洪怡安、環境人物 | |

　　△ 洪怡安快步走著，她揮不去唐娟說的那些話，臉色越來越難看，再也忍受不了委屈，一路走一路掉眼淚。

| S32 | 時：日 | 景：陳家客廳 |
|-----|--------|------------|
|     | 人：陳母、陳國雄 | |

　　△ 一陣急促的電鈴聲響起。

　　△ 陳母過去打開門。

△ 陳國雄站在外面，他手上還打著石膏。兩人中間隔了一個鐵門。

國雄：芷玲呢？

　　△ 陳母雙手交在胸前。

陳母：我還要問你！她昨天沒去上輔導課，學校打電話來問我，我才知道她翹課跑去找你。

國雄：她沒有去找我。

陳母：她沒去找你她去哪裡？我前天晚上回來發現我放在抽屜裡的買菜錢不見了，8千塊！是你叫她偷我的錢？

國雄：（極力否認）我沒有叫她偷妳的錢！

　　△ 陳母上前一步，靠近鐵門，瞪著他。

陳母：我不相信你的話。

　　△ 陳母要關門。

國雄：（著急）我擔心芷玲可能出事了！

　　△ 陳母關門關了一半停住。

陳母：她會出什麼事？她不會出事的！她機靈的很！

國雄：她都跟什麼人混在一起妳知道嗎？她跟……

陳母：她常常住她同學家，一個姓潘的，家裡很有錢，住山上的別墅……

國雄：我知道，姓潘的住哪裡我都知道。我告訴妳，她這一陣子都跟一些前科犯在一起，我前天晚上才跟她講要她離他們遠一點，她就沒有消息了！

　　△ 陳母半信半疑地看著他。

| S33 | 時：黃昏 | 景：王家早餐店外 |
|-----|---------|----------------|
|     | 人：王翔、沈雯青 | |

　　△ 王翔騎著機車載沈雯青回來。

| S34 | 時：黃昏 | 景：王家早餐店內 |
|-----|---------|----------------|
|     | 人：王翔、沈雯青、洪怡安、王母 | |

　　△ 王家早餐店的門打開著，王翔帶著沈雯青進來。

　　△ 在廚房裡的王母立刻出來，她開心地迎上前去。

王翔：媽！

　　△ 王母先看了一下王翔的額頭，他受傷的地方已經拆線，但還貼著膠帶。

王母：拆線了？

王翔：對。沒事了。（舉起手上的禮盒）這是雯青買的，她一定要買。

雯青：王媽媽。

王母：妳怎麼這麼客氣啦？來、來，進來坐。

　　△ 王母笑瞇瞇地拉著沈雯青進去裡面。

　　△ 洪怡安從廚房裡出來，她身上穿著圍裙。看到沈雯青，她客氣地招呼。

怡安：妳好，我是怡安。

雯青：我知道，王翔有跟我講過。我是雯青，妳在廚房忙嗎？我可以幫忙……

王母：不用啦，妳是客人，怡安也只是幫忙備料，等下煮菜的事交給他們兄弟。

　　△ 沈雯青笑看著王翔。

　　△ 王母望向洪怡安。

王母：小杰呢？

怡安：他在樓上講電話。

　　△ 王母笑看著沈雯青。

王母：一天到晚講電話！

雯青：小杰是業務嘛，做業務都這樣。

　　△ 王母拉出椅子給沈雯青坐。

| S35 | 時：黃昏 | 景：王家早餐店廚房 |
| --- | 人：王翔、洪怡安、王杰 | |

　　△ 王翔進去廚房，往樓上喊。

王翔：小杰……小杰，雯青來了。

　　△ 洪怡安跟進廚房。

　　△ 王翔看到好幾盤備好的料，望向怡安。

王翔：怡安，妳去外面吧！雯青說想多認識妳，這裡我來弄就好了。

△ 洪怡安沒說話，也沒出去，站在那裡不動。

△ 王翔洗好手，轉頭看到她還沒出去。

王翔：……妳有事要跟我說？

△ 洪怡安低頭不語。

王翔：怎麼了？

△ 洪怡安的眼淚湧出眼眶。

王翔：（低聲）怡安，妳沒有說出來我不會知道。……是不是小杰欺負妳？

△ 洪怡安還是低著頭。

王翔：妳告訴我，我會講他。

怡安：……你知道小杰跟那個女人的事嗎？

△ 洪怡安說著，盯著王翔看。

△ 王翔沒說話，但他臉上的表情透露出他的無奈。

△ 王杰從樓上下來。

王杰：我來了、我來了！

△ 洪怡安聽到王杰的聲音，趕緊走到洗水槽前。

△ 王杰下來，走到王翔面前。

王杰：雯青姊來了？

王翔：嗯。

△ 王杰看了一眼在洗水槽前洗東西的怡安，向外走。

△ 王翔見洪怡安低著頭在做事，他很愧疚，不知道該跟她說什麼。

| S36 | 時：黃昏 | 景：王家早餐店內 |
|-----|---------|----------------|
|     | 人：王杰、王翔、沈雯青、王母、警察兩名 ||

△ 王杰走向沈雯青。

王杰：雯青姊！不好意思，我剛才在講電話，明天要交車，要聯絡事情。

△ 沈雯青搖頭，對他客氣地笑。

雯青：沒有關係啦……

△ 兩名警察進來早餐店。

警察：王翔在嗎？

△ 眾人一臉意外。

△ 王杰上前。

王杰：請問有什麼事嗎？

　　　△ 兩名警察進來。

警察：剛才我們有同仁去他住的地方找他，沒找到，所以我們過來看看。

　　　△ 王母緊張地走向廚房。

王母：王翔！

　　　△ 王翔從廚房出來，他看到警察，拍拍媽媽的手，對她搖頭要她別擔
　　　　心。

　　　△ 沈雯青也睜大了眼睛，不明白地看著王翔。

　　　△ 王翔走向警察。

王翔：我是王翔。

警察：你認識陳芷玲嗎？

王翔：認識。

警察：她失蹤了，我們想要請你協助調查。

　　　△ 王翔皺起眉頭。

　　　△ 其他人聽到，都不解和意外。

| S37 | 時：夜 | 景：李家客廳 |
|-----|--------|-------------|
|     | 人：李春生、李柏皓 | |

　　　△ 電視上報著關於陳芷玲的新聞。

記者：新北市一名暑假過後就要升高三的陳姓女同學在 15 號離家後，已
　　　經有 48 小時沒有返家⋯⋯

　　　△ 李春生盯著電視看。

記者：(OS) 根據她爸爸的說法，兩天前跟她通最後一通電話的時候，女兒
　　　是與一名王姓男子在一起，這名男子有殺人前科⋯⋯

　　　△ 李柏皓從廚房出來到客廳。

　　　△ 李春生望向柏皓。

春生：我見過這個女孩子！

　　　△ 李柏皓驚訝地看著他。

柏皓：你怎麼會見過？

春生：她有去那個人工作的地方。

　　　△ 李柏皓看著爸爸沒說話。

春生：姓王的前科犯！就是他！他一定又殺人了！

　　△ 李春生盯著電視，隱藏在心裡的怒火又一點點燃起。

柏皓：爸！……你不要鑽牛角尖，搞不好跟他一點關係都沒有。

　　△ 李春生不高興。

春生：你不要替他說話！

　　△ 李柏皓正視著他。

柏皓：爸！這麼多年，媽也走了，你一直活在過去裡，好像你只有曉君這個女兒，你失去她你什麼都沒有。你有沒有關心過陪在你身邊的人？你有關心過我嗎？

　　△ 李春生看著他，不說話。

柏皓：你都沒有覺得我們已經快沒有話可以講了嗎？我真的不想再過這種生活！

　　△ 李柏皓轉身上樓。

　　△ 李春生獨自一人坐在客廳裡，神色頹然。

| S38 | 時：日 | 景：旅館房間 |
|---|---|---|
| | 人：陳芷玲、李柏皓 | |

　　△ 素描本上是一個跪在地上，長了一雙翅膀的人，他的背上插了一支箭，一隻翅膀斷了，掉在地上。

　　△ 陳芷玲拿著鉛筆，畫著地上的斷翅。

　　△ 敲門聲。

　　△ 陳芷玲把素描本合起來，快步過去門口，她從門孔向外看。看到外面的人，她露出笑容，把門打開。

　　△ 李柏皓提著兩個袋子站在門口。

芷玲：李大哥！

柏皓：餓了嗎？我買吃的了。

　　△ 李柏皓對她露出微笑。

—本集終—

困
獸

EP12

# 第十二集　困獸

| S1 | 時：日 | 景：潘家、王家 |
|---|---|---|
| | 人：潘奶奶、唐娟、潘天愛、王母、洪怡安、王杰 | |

　　△ 此場問話的警察不出現，只有回答的人。

警察：(OS) 請問你認識陳芷玲嗎？

　　△ 潘家：潘奶奶說著她對陳芷玲的看法。

奶奶：芷玲之前常常來我們家住，那個女孩子很乖、很懂事！（聲音沉下來）電視上說的那個人是不是王翔？

警察：(OS) 我們懷疑陳芷玲的失蹤跟妳兒子有關。

　　△ 王家：王母的臉色很不好看，也不太客氣。

王母：不是我兒子，跟我兒子一點關係都沒有！你不要亂說！

　　△ 潘家：潘奶奶忍不住抱怨。

奶奶：他在我們家做的時候，我們家還掉錢……

　　△ 唐娟入鏡。

唐娟：媽，妳怎麼又提這個？（望向警察）那是誤會，不關王翔的事。

　　△ 王家：洪怡安回答警察的問題。

怡安：他人很好，對媽媽、他弟弟和我都很好……

　　△ 潘家：潘奶奶一臉的慶幸。

奶奶：還好他不在我們家做了，要不然可能不見的是我孫女……

　　△ 潘天愛擠到奶奶旁邊。

天愛：（不以為然）才不會呢！是陳芷玲一直纏著他……（覺得不對，打住話）

　　△ 王家：王杰皺著眉頭，難得露出嚴肅的樣子。

王杰：你們有證據證明我哥跟她的失蹤有關嗎？一定沒有。

　　△ 潘家：唐娟看著潘天愛。

唐娟：小愛妳是不是知道什麼？

　　△ 潘天愛搖頭。

天愛：我不知道啦！……她只有跟我說……我不相信啦！她說……她說王翔……想殺她。

△ 王家：王杰為王翔抱不平。

王杰：我哥不可能傷害那個女孩子，絕對不可能！我哥他……他已經悔改
了，他不是以前那個人！（搖頭）他不會再犯錯。

△ 王杰篤定地看著警察。

| S2 | 時：日 | 景：偵訊室內 |
|----|--------|--------------|
|    | 人：王翔、張致遠、警察 | |

△ 王翔坐在偵訊室內，平靜地等待著。

△ 一名警察打開偵訊室的門。

△ 王翔看到進來的人，仍然不動聲色。

△ 張致遠走到桌前。

致遠：謝謝你來協助調查。

△ 張致遠對王翔客氣地微笑，伸出手要跟王翔握手。

△ 王翔站起來握住他的手。

王翔：應該的。

△ 王翔對他點頭。

△ 兩人坐下，都直視著對方。

△ 字幕：第十二集，困獸

| S3 | 時：日 | 景：旅館房間 |
|----|--------|--------------|
|    | 人：陳芷玲、李柏皓 | |

△ 床上放了一個小行李袋，裡面裝了幾件衣服。

△ 陳芷玲從浴室出來，她身上穿著李曉君的粉紅色洋裝。

△ 李柏皓看著她，心裡一陣刺痛。

芷玲：你看，剛剛好耶！

△ 李柏皓點了一下頭。

芷玲：幫我謝謝你妹妹，等我回家以後，洗乾淨再還給她。

柏皓：妳要是喜歡，妳就留著，不用還了。

△ 陳芷玲驚訝，她搖搖頭。

芷玲：不行啦！我不能拿她的東西。

柏皓：真的沒關係。

　　　△ 李柏皓勉強擠出一點笑容，把話題轉開。

柏皓：妳有看到新聞嗎？妳媽媽報警了，她好像真的很擔心，妳還是回家
　　　吧？

　　　△ 陳芷玲臉色一黯，搖頭。

芷玲：是她自己叫我不要回去的。

柏皓：她只是說氣話……

芷玲：我還不想回去。……你不會跟別人講吧？你答應我不講的。

　　　△ 李柏皓猶豫。

芷玲：你不幫我，那我現在就走，我去別的地方躲起來。

　　　△ 陳芷玲開始收拾她的東西。

柏皓：好，我答應妳不跟其他人講。

　　　△ 陳芷玲走到他面前，伸出手指要跟他打勾勾。

　　　△ 李柏皓伸出手指，勾住她的小拇指。

　　　△ 陳芷玲露出笑容。

| S4 | 時：日 | 景：分局外 |
|----|--------|-----------|
|    | 人：沈雯青 | |

　　　△ 沈雯青在分局外等候，不時望向分局裡。

| S5 | 時：日 | 景：偵訊室內 |
|----|--------|-------------|
|    | 人：王翔、張致遠 | |

　　　△ 王翔看了一眼桌上的資料夾，又將視線移至張致遠臉上。

　　　△ 張致遠的手按在那個資料夾上。

致遠：陳芷玲從你們公司離開之後你就沒有看到她了？

王翔：對。她將近 8 點半走的。

致遠：她走了以後，你就直接回你住的地方？

王翔：對。

　　　△ 張致遠打開資料夾，拿出一張相片，他還沒開口，王翔先說話。

王翔：我有去買東西，然後才回去。

△ 張致遠聽到王翔的話，拿著相片的手停頓了一下。他點了一下頭，
　　　把相片放在王翔面前。

致遠：我知道。超商的監視器有拍到你。

　　△ 照片是王翔走到超商門口。

　　△ 王翔看了一眼照片，望向張致遠，仍心平氣和地。

王翔：這是離我住的地方最近的一家，我常去那裡買東西。

　　△ 張致遠又拿了一張照片放在他面前。

　　△ 照片上是陳芷玲在超商門口，驚惶地向內看。

　　△ 王翔看到照片，有些意外。

王翔：這是芷玲。

致遠：她在你走出超商前 30 秒出來，她很緊張，因為她看到你了。

　　△ 王翔有欲加之罪的感覺，他沒有動氣，無奈地笑了一下。

王翔：我沒有看到她。

　　△ 張致遠繼續拿了兩張相片出來，他指著相片上的陳芷玲。

致遠：她出了超商往左邊走。（拿下一張相片，指著照片上的王翔）你出
　　　來以後，跟她走的是同一個方向，可是你住的地方是另一個方向。
　　　你看到她了，你跟著她對不對？

　　△ 王翔沒有立刻回答，他從褲子口袋掏出皮夾。他打開皮夾，翻了一
　　　下，拿出兩張發票放在桌上，指著發票。

王翔：這張是我那天晚上在超商買菸的發票，菸癮犯了，就在最近的超商
　　　買。這張是我出了超商以後去的另一家量販店，我去買日用品，那
　　　裡的比較便宜。那家量販店就在你說我走的那個方向，大概走十分
　　　鐘的路程。發票上有我買東西的時間，量販店裡也有監視器，我不
　　　會隱形，一定有被拍到。

　　△ 張致遠見他有備而來，拿起他的發票看著。

王翔：如果你沒有別的問題的話，我還有事情要忙……

致遠：不急。

　　△ 張致遠把發票還給王翔。

　　△ 王翔把發票收進皮夾裡。

　　△ 張致遠又拿了幾張訂在一起的影印紙，放在王翔面前。

　　△ 王翔看到紙上的字，皺起眉頭。

王翔：這很多都不是事實。

致遠：那有的是事實嘍？是哪些？

　　△ 王翔不講話，他的臉色沒有方才那麼平靜了，但克制著。

| S6 | 時：日 | 景：分局外 |
|---|---|---|
| | 人：沈雯青、宋克帆、環境人物 | |

　　△ 沈雯青仍然在分局外等著。

克帆：雯青？

　　△ 沈雯青聽到宋克帆的聲音，驚訝，轉頭看到他。

　　△ 宋克帆走到沈雯青面前。

克帆：妳怎麼會在這裡？

雯青：你又怎麼會來這裡？

克帆：我聽說張隊長在偵訊失蹤女孩涉案的嫌疑犯，真的是王翔？

雯青：他不是嫌疑犯！

克帆：尋找失蹤人口會出動偵查隊隊長，表示他們認為涉及刑事案件……

雯青：我剛才已經說了，他不是嫌疑犯，跟他沒有關係。

　　△ 沈雯青堅定地看著宋克帆。

| S7 | 時：日 | 景：分局外 |
|---|---|---|
| | 人：沈雯青、宋克帆、環境人物 | |

　　△ 張致遠拿起那疊紙，看著上面的字念出來。

致遠：他今天帶我去夜市吃冰，還抓娃娃給我……

　　△ 王翔搖頭。

王翔：沒有，我都直接送她回家。

　　△ 張致遠翻了一頁，繼續念。

致遠：今天他牽我的手。

　　△ 王翔搖頭不說話。

致遠：他今天親我，但我沒讓他親。

　　△ 王翔皺眉，還是搖頭。

王翔：那都不是真的。

△ 張致遠又念。

致遠：他女朋友討厭我！……她恨不得我消失。

　　△ 王翔的臉色更難看了。

王翔：沒有這樣的事，那是她編的。

致遠：所以你知道了以後很生氣，威脅她，她才傳了最後一通訊息。（念訊息）他想殺我。

　　△ 王翔立刻搖頭，他隨即鎮定下來。

王翔：張隊長，我相信您是因為職責所在才約談我，而不是想把我送回牢裡，如果是的話，您恐怕會失望。我沒有做錯事，我問心無愧。

　　△ 張致遠看著王翔，沉默。

| S8 | 時：日 | 景：分局外 |
|---|---|---|
| | 人：沈雯青、宋克帆、王翔 | |

　　△ 宋克帆心平氣和地向沈雯青解釋。

克帆：妳放心，沒有查證，我不會隨便亂報的。

　　△ 沈雯青點頭。

　　△ 宋克帆看著她，遲疑了一下又開口。

克帆：上次開會，妳遲到早退，總編有問我。我沒跟他說我們倆的事，如果妳覺得跟我一起工作妳會尷尬的話，我可以去別的地方上班。

　　△ 沈雯青對他有些抱歉，沒說話。

　　△ 王翔從分局出來，他看到沈雯青和宋克帆在一起，停下腳步。

　　△ 宋克帆看到王翔，對他點了一下頭。

　　△ 沈雯青轉身才看到王翔，她立刻過去。

　　△ 王翔見她過來，也走上前。

雯青：怎麼樣？沒事了吧？

　　△ 王翔點了一下頭。

王翔：應該沒事了，該說的我都說清楚了。

　　△ 王翔對走到他面前的宋克帆點了一下頭。

克帆：我是來跑新聞的。……我有聽說你的事，我想張隊長一定有他合理的懷疑才會找你問話，但是我很捨不得看到雯青這樣擔心害怕，所以如果你有需要什麼幫忙，可以直接打給我。

王翔：不用了，謝謝。

　　△ 宋克帆對他們點點頭，走向分局。

　　△ 王翔握住沈雯青的手，往相反的方向走。

王翔：走吧！妳如果還有事，先去忙沒關係，我今天會回家一趟，我怕我
　　　媽擔心。

　　△ 宋克帆走到分局門口，轉頭看著他們，看到兩人牽著手，他難掩失
　　　落。

| S9 | 時：黃昏 | 景：王家早餐店廚房 |
|----|---------|------------------|
|    | 人：王翔、王母、王杰 | |

　　△ 王翔在廚房水槽前刷著燒焦的鍋子。

　　△ 王母在他旁邊念著。

王母：你怎會惹上這種麻煩？

　　△ 王翔沒有說話，低著頭，認真的刷鍋子，他的手上都是黑色的泡沫。

王母：警察來的時候，鄰居看到了。今天早上好多人都在問，被你阿姨念
　　　了好久……

　　△ 王翔轉頭，愧疚地看著她。

王翔：媽……對不起啦！

王母：你到底跟那個女孩子是什麼關係？

　　△ 王翔不講話。

王母：你告訴我啊！為什麼她不見了，人家要懷疑你？

　　△ 王翔聽到媽媽的質疑，心裡有些難受。

　　△ 王杰回來，走進廚房。

王杰：媽我回來了。……( 看到王翔臉色不太好看 ) 哥。

　　△ 王翔轉身面對洗水槽，打開水洗鍋子。

　　△ 王母一肚子氣，對王杰的口氣也不好。

王母：你什麼時候要幫怡安把東西搬過來啊？

王杰：我晚點過去看一下。

王母：不要拖拖拉拉的。

王杰：我知道啦！

　　△ 王母板著臉走開。

| S10 | 時：黃昏 | 景：王家頂樓 |
|-----|---------|-------------|
|     | 人：王翔、王杰 ||

　　△ 王杰按下打火機，火焰冒出來。

　　△ 王翔把菸點燃，深深吸了一口，吐出白煙。

王翔：我今天回來的時候，整間房子都是燒焦味。媽忘了關火，把整個鍋
　　　子都燒乾了。她一定是在煩惱我的事……從我出獄以後，她的煩惱
　　　就沒有斷過。

　　△ 王杰安慰他。

王杰：不會再有事了啦，說不定過兩天那個女生就找到了。

　　△ 王翔很無奈，也很困擾。

王翔：真的沒想到那個小孩腦子裡裝了那麼多奇怪的事情！真的是……（搖
　　　搖頭說不下去）……現在人在哪裡也不知道。

王杰：她失蹤根本不關你的事……都是因為我……

　　△ 王翔看著他，沒說話。

王杰：因為我讓你有前科，要不然警察也不會找上你。

王翔：現在扯這個幹什麼？

　　△ 兄弟倆沉默。

　　△ 王杰轉頭看著他。

王杰：哥……你有後悔過嗎？

　　△ 王翔吸了一口菸。

王翔：我後悔兩件事。

　　△ 王杰看著他，等著他說。

王翔：我後悔那天沒有早一點回家，要不然你不會出事。……我後悔把曉
　　　君丟在池塘裡，我應該要去自首，把她還給李伯伯。

　　△ 王杰聽到他的話，自責不已。

王翔：現在說這些都多餘的，那是我自己做的決定，我就要去承擔後果，
　　　沒有什麼好抱怨的。只是那個時候太年輕，很多事情都想得很簡單，
　　　還讓你跟媽日子不好過。

　　△ 王杰搖頭。

王杰：你幹嘛這樣講？這是我該扛的，是我沒有負起責任。

　　△ 王翔正視著他。

王翔：你是應該開始學習負責任了。唐娟的事，怡安知道了。

　　△ 王杰愣住。

| S11 | 時：黃昏 | 景：洪怡安住處 |
|-----|---------|----------------|
|     | 人：洪怡安 | |

　　△ 洪怡安拿出行李箱打開，準備要收拾衣物。

　　△ 手機響。

　　△ 洪怡安拿起手機打開。

　　△ 唐娟訊息：下班了嗎？這兩天還好嗎？

　　△ 洪怡安看著訊息，心情一陣起伏，她打著訊息。

　　△ 怡安訊息：還好。在準備搬去他家。

　　△ 洪怡安按下傳送後，盯著手機螢幕看。果真很快地唐娟傳了訊息過
　　　來。

　　△ 唐娟訊息：為什麼要答應呢？何必困住自己？

　　△ 洪怡安不想再回她，把手機往沙發上一放。

　　△ 她的手機螢幕上是她和王杰的合照。

| S12 | 時：黃昏 | 景：唐娟房間 |
|-----|---------|--------------|
|     | 人：唐娟、潘奶奶 | |

　　△ 敲門聲。

　　△ 唐娟打開房門。

唐娟：媽。

　　△ 潘奶奶在門口。

奶奶：妳睡夠了嗎？要不要下來吃飯？

唐娟：我還想再睡一下，你們先吃。

　　△ 唐娟要關門，潘奶奶伸手擋了一下，關切地看著她。

奶奶：妳人是怎麼了？

　　△ 唐娟沒說話，無力的過去床前躺下。

　　△ 潘奶奶走到床邊。

奶奶：妳是不是懷孕了？

△ 唐娟沒說話，坐起來看著她。

△ 潘奶奶在床沿坐下。

奶奶：多久了？

唐娟：（謹慎地）四個禮拜。

奶奶：妳怎麼沒跟我說呢？妳告訴正修了嗎？

△ 唐娟搖頭。

唐娟：我想等穩一點再告訴你們，這兩天……有一點不太舒服。

奶奶：（緊張）我陪妳去看醫生？

唐娟：我看了。醫生說我就是太緊張，多休息就可以。

奶奶：好，那妳就不要亂動，就好好躺著。我給妳端飯菜上來。

唐娟：不用啦，媽……

奶奶：一定要吃，我再給妳燉個湯。妳好好休息！

△ 潘奶奶向外走，走到門口，又忍不住回頭對她笑，然後才出去。

△ 唐娟心思混亂。

| S13 | 時：夜 | 景：洪怡安住處 |
|-----|--------|---------------|
|     | 人：王杰、洪怡安 | |

△ 洪怡安打開門。

△ 王杰站在門口，見她沒有笑容，對她露出微笑。

王杰：妳東西整理好了嗎？

△ 洪怡安不說話，轉身進去。

△ 王杰進來，關上門，跟著她。

王杰：我先拿一些過去。

△ 王杰看到行李箱是空的。

怡安：我不搬過去了。

王杰：怡安……妳怎麼了？

△ 王杰上前靠近她。

△ 洪怡安走到陽台，跟他拉開距離。

王杰：哥有跟我說妳心情不好……他今天才去警局的，還不知道那件事
　　　會發展成什麼樣子，等那件事過了我們再好好談談？……我媽在催
　　　……

怡安：你是因為你媽的要求才要跟我結婚？

王杰：不是，妳不要胡思亂想……

怡安：你一直到你哥出獄才告訴我你有一個哥哥。你媽催著你結婚，你才說要結婚。今天又是你哥跟你說了什麼，你才要跟我坦白……（搖頭）你還沒有打算要坦白。

王杰：事情不是妳想的那樣啦……

怡安：我都知道了，你不要再騙我了好不好？我不是笨蛋。你覺得我是笨蛋嗎？

王杰：( 愧疚地 ) 對不起啦……

　　△ 洪怡安委屈地落淚。

怡安：我明天就去把你存的那個結婚基金轉回你自己的戶頭。

王杰：怡安，別這樣……

　　△ 王杰上前要拉她的手，洪怡安拒絕。

怡安：我哪裡不夠好？還是我做錯了什麼，你跟我講啊！

王杰：沒有，妳沒有做錯什麼。

怡安：還是……我沒有辦法滿足你？

王杰：不是妳說的這樣啦！

怡安：是一個，還是有很多個？

王杰：……只有一個。

怡安：那表示你不是只有玩玩，你是真的喜歡她……

　　△ 王杰趕緊否認。

王杰：不是！……我跟她是……常常在一家餐廳遇到，有一次她的車子壞了，我幫忙她處理。……後來她心情不好，或是寂寞的時候，我們才會約出來……就這樣而已。

　　△ 洪怡安擦去眼淚，看著他。

怡安：她寂寞，你就陪她？還是你也寂寞？你有我了還是寂寞嗎？

王杰：不是……

怡安：你走吧，我想要一個人靜一靜。

　　△ 洪怡安轉頭不看他。

　　△ 王杰想要握她的手。

怡安：不要碰我。

　　△ 王杰沮喪地出去。

△ 洪怡安傷心地又掉下眼淚。

| S14 | 時：夜 | 景：洪怡安住處門口 |
|---|---|---|
| | 人：王杰 | |

△ 王杰從裡面出來，關上門。他重重地吐了一口氣，聽到手機訊息聲，
　他拿出手機打開看。
△ 唐娟訊息：我不能出門了。要臥床休息。想你。
△ 王杰看到訊息，苦惱地皺起眉頭。

| S15 | 時：夜 | 景：唐娟房間 |
|---|---|---|
| | 人：唐娟 | |

△ 唐娟的手機接收到訊息。
△ 躺在床上的唐娟立刻拿起手機打開。
△ 怡安訊息：他道歉了。他答應我以後不會再亂搞。
△ 唐娟看著訊息，臉色變得很難看。

| S16 | 時：日到夜 | 景：街景 |
|---|---|---|
| | 人： | |

△ 街道上車水馬龍。
△ 天色漸漸暗下來，路燈和商家的招牌燈都亮了。

| S17 | 時：夜 | 景：旅館房間 |
|---|---|---|
| | 人：李柏皓、陳芷玲 | |

△ 李柏皓收拾著吃完的便當盒和飲料盒。
△ 陳芷玲拿著素描本在畫圖，她不時看看李柏皓。
△ 李柏皓一面收著東西，一面跟陳芷玲講話。

柏皓：妳好幾天沒去學校上輔導課，會不會跟不上？
芷玲：不會，現在學校排的進度都在複習舊的，那些我都會了，而且之前
　　　王大哥還有教我新的。

△ 李柏皓停下動作，站定，看著她。

柏皓：王大哥？……是新聞上說的那個王姓前科犯？

　　△ 陳芷玲停筆，望向他，點頭。

柏皓：妳知道他有前科，還跟他在一起？

　　△ 陳芷玲看到李柏皓有點嚴肅，她合起素描本。

芷玲：其實他人很好。（看著他的反應）他本來對我很好的，後來突然
　　　跑出來一個女的，說是他的女朋友，他對我的態度就越來越冷淡了
　　　……

柏皓：我先回去，妳有什麼需要再跟我講。

芷玲：好。

　　△ 陳芷玲看著李柏皓臉上笑容都不見了，有點不解。

| S18 | 時：夜 | 景：李家門口 |
|---|---|---|
| | 人：李柏皓 | |

　　△ 李柏皓走向家門口，他的腳步越來越慢，走到家門口，他停步。想
　　　到要面對父親，李柏皓的心情又沉下來。

| S19 | 時：夜 | 景：李家客廳 |
|---|---|---|
| | 人：李春生、李柏皓 | |

　　△ 李春生愣愣地一個人坐在客廳，他聽到開門的聲音，知道李柏皓回
　　　來了，他起身，望向外面。

　　△ 李柏皓打開門進來。

春生：你吃過了嗎？

　　△ 李柏皓沒出聲，點了一下頭。

春生：我買了好幾樣水果，在冰箱裡。你看看要吃什麼，我來切。

柏皓：我自己會弄。

　　△ 李柏皓往裡面走。

　　△ 李春生看到柏皓冷淡的樣子，黯然。

春生：你體會不到我的心情，我希望你永遠體會不到！

　　△ 李柏皓轉身看著他。

春生：你以後會替我送終，黑髮人送白髮人，那是應該的，你的人生就是
　　　要那樣走才對！（搖頭）我的歪了，走不回去了，那個傷有多痛，
　　　只有我自己知道……

　　　△ 李春生要上樓，他走到樓梯口，看了李柏皓一眼。

春生：誰都沒有權利要我放掉過去。

　　　△ 李春生上樓。

　　　△ 李柏皓沉默，心裡也很難受。

| S20 | 時：日 | 景：清潔公司外 |
|-----|--------|----------------|
|     | 人：王翔、龍哥、陳母、李春生、環境人物 ||

　　　△ 王翔拿著水管，沖洗著地面。

　　　△ 龍哥從裡面出來，過去他旁邊。

龍哥：我出去了。

　　　△ 王翔對他點了一下頭。

龍哥：我忙完還要去一趟警局，張隊長很想我，還要跟我聊聊。我今天不
　　　會再過來，公司交給你了。

　　　△ 王翔關掉水，過去龍哥面前。

王翔：不好意思，又給你添麻煩……

　　　△ 龍哥搖頭。

龍哥：芷玲的事，我也有責任，處理得太草率，才會搞成這樣。

　　　△ 王翔沉默。

龍哥：希望張隊長能快一點發現跟我們沒有關係，不要再來找我們麻煩。

　　　△ 陳母走到清潔公司外。

陳母：我找王翔！……（走向他）你是王翔嗎？

　　　△ 王翔上前。

陳母：你就是王翔？

王翔：您是？

陳母：我是芷玲的媽媽。她爸爸跟我說她之前在這裡打工！……她人呢？
　　　她在哪裡？

　　　△ 王翔搖頭。

王翔：我不知道。

△ 龍哥在一旁看著。

陳母：你一定知道！芷玲那天晚上跟你在一起，你把她藏起來了對不對？

王翔：我真的不知道陳芷玲現在人在哪裡，但是我們要是有進一步的消息，（上前）我一定會……

陳母：你不要過來喔！（指著王翔）我警告你喔，你不要碰我……（向內喊）陳芷玲……（上前用手上的皮包要推開王翔）陳芷玲妳在裡面對不對？

△ 龍哥生氣地過去推開她。

龍哥：妳做什麼？妳不要在那裡無理取鬧！妳進去找要是找不到呢？

△ 王翔拉住龍哥。

王翔：龍哥！

△ 龍哥瞪著她，沒再上前。

△ 王翔對陳母點了一下頭致歉。

陳母：你們要是有傷害芷玲，我絕對不會放過你們！

△ 陳母轉身走開。

△ 李春生的車停在對面，坐在車裡的李春生看著對面發生的一切。

| S21 | 時：日 | 景：街景 |
|-----|--------|---------|
|     | 人：李春生、陳母 | |

△ 陳母六神無主地走在路上。

△ 李春生開著車靠近，並按了一下喇叭。

△ 陳母沒有注意到，一直往前走。

△ 李春生又按了一下喇叭。

△ 陳母轉頭望向他的車。

△ 李春生停下車，從車裡看著她。

春生：我是李曉君的爸爸。

△ 陳母覺得他莫名其妙，不理他，繼續往前走。

△ 李春生開車跟著。

春生：王翔殺了我女兒。

△ 陳母愣住，她停步，又望向李春生。

春生：我可以告訴妳他對我女兒做了什麼。

△ 陳母看著他，錯愕。

| S22 | 時：黃昏 | 景：王家早餐店廚房 |
|-----|---------|-------------------|
|     | 人：王杰、洪怡安 | |

　　△ 抽油煙機的扇葉旋轉著，將鍋裡冒出的油煙吸進去。

　　△ 洪怡安穿著圍裙站在爐前炒菜。

　　△ 王杰走到廚房門口。

王杰：我回來了。

　　△ 洪怡安看了他一眼，轉開臉，繼續翻動鍋子裡的菜。

王杰：我晚上本來跟客戶有約，媽說妳會過來，我就跟他們取消了。

怡安：她手痛。

　　△ 王杰放下背包，走到她身後碰了一下她的肩膀。

王杰：不要生氣了啦！

怡安：（低聲）走開啦！

王杰：我不要。

　　△ 王杰上前，在她身後抱住她。

王杰：對不起啦！……妳不接我的電話，我都沒有心思工作。

　　△ 洪怡安心軟了，但還是沒有給他好臉色。

怡安：出去啦，廚房裡油油的。

　　△ 王杰耍賴，還是抱著她不放。

王杰：沒關係。

怡安：你這樣我沒辦法炒菜啊！

王杰：那我先上去換衣服，等一下下來陪妳？

怡安：嗯。

　　△ 王杰在她頭上親了一下才放開她。

　　△ 洪怡安沒有轉頭看他，尚未釋懷。

　　△ 王杰又看了她一眼，拿了背包走開。

| S23 | 時：黃昏 | 景：唐娟房間 |
|------|---------|-------------|
|      | 人：唐娟、潘天愛 | |

△ 唐娟看著手機的訊息，臉色不好看。

△ 王杰訊息：這兩天忙，走不開，改天再去看妳。

△ 穿著制服的潘天愛走到門口，她一手提著書包，一手藏在身後。

天愛：阿姨！

△ 唐娟把手機關掉，放在枕頭下。

唐娟：回來了。

△ 潘天愛把書包扔在地上，走到床前，拿出一隻絨毛小熊遞到唐娟面前。

天愛：可不可愛？

△ 坐在床沿的唐娟看到她的樣子覺得很幼稚，才想說話，潘天愛先開口。

天愛：這是給我弟弟或妹妹的！

△ 唐娟意外，她對天愛露出微笑，拿過小熊。

△ 潘天愛坐到唐娟身邊。

天愛：妳希望是弟弟還是妹妹？

唐娟：……我不知道，我都喜歡。

天愛：我也是！我以後有伴了，有人可以跟我玩了。

△ 唐娟看到她孩子氣的樣子，笑著搖頭。

唐娟：都這麼大了，還想要有人跟妳玩？

天愛：我孤單很久耶！……妳也是吧？老爸很多時間都不在家，妳也很孤單啊！妳生了寶寶，他一定會常回來跟你們作伴。

△ 唐娟心裡有很多感觸，但不能說。

天愛：我真的好高興！謝謝阿姨讓我有機會做姊姊。

△ 潘天愛緊緊地抱住唐娟。

△ 唐娟被她的真情流露弄得有些難過，她拍拍潘天愛的手，擠出笑容。

唐娟：先去把書包放好，等下要吃晚飯了。

天愛：好！

△ 潘天愛走到門口撿起書包，又回頭對唐娟露出笑容才走開。

△ 唐娟看著那隻小熊，心裡紛亂，掙扎著。

| S24 | 時：夜 | 景：旅館房間 |
|------|--------|-------------|
|      | 人：陳芷玲、李柏皓 | |

△ 素描本上的唐娟身上披著高貴的動物皮毛，她的腳上穿著高跟鞋，一雙手卻是貂爪。

△ 李柏皓看著素描本，翻到下一頁。

△ 潘天愛被畫上狗的身體，脖子上有項圈。一旁站著的人像是陳芷玲，有著貓的造型，她拉著項圈上的繩子。接下來一頁是像公獅子的龍哥，再來是熊貓造型的阿標。

△ 李柏皓面帶笑容看著陳芷玲畫的圖，但他翻到下一頁，笑容不見了。

△ 低著頭的王翔背後有一對大翅膀。

△ 李柏皓再往下翻，還是王翔，是斷了翅膀的王翔。

△ 陳芷玲從浴室出來，她看到李柏皓在看她的素描本，過去拿過來。她看到李柏皓的表情，翻到下一頁，遞到他面前。

芷玲：像不像你？

△ 李柏皓看到他的圖像，一臉溫和，雙手提著東西，有一雙綿羊的腳。他把素描本翻到前一頁，望向陳芷玲。

柏皓：這個是王翔？

芷玲：怎麼了嗎？

柏皓：他殺了我妹妹。

△ 陳芷玲錯愕地看著他。

柏皓：妳覺得他像天使？妳知道他是怎麼對我妹妹的嗎？他把我妹妹活活悶死，然後丟在池塘裡面，妳覺得他像天使？妳不要被他騙了，他不是天使，他是魔鬼，連神都不能原諒的魔鬼。

△ 陳芷玲看到李柏皓激動的樣子，害怕地不敢出聲。

△ 李柏皓拿了背包出去，碰的一聲關上門。

| S25 | 時：日 | 景：分局偵查隊長辦公室 |
|------|--------|------------------------|
|      | 人：陳母、張致遠 | |

△ 張致遠打開辦公室的門。

致遠：芷玲媽媽，請坐。

△ 陳母一進來就說話，並沒有打算坐下。

陳母：我女兒還沒有消息嗎？

致遠：目前沒有新的發現。

陳母：怎麼會這樣？我看到報導說你們有約談一些人，什麼都沒問到嗎？

致遠：我們目前是還沒有查到。

陳母：你們有沒有查王翔？

致遠：跟芷玲接觸過的人我們都有問……

陳母：我去報案的時候就跟警察說了王翔以前殺過人，那個女孩子就跟芷玲差不多大，你應該要把他抓起來問……

致遠：目前沒有他涉案的證據，沒有證據我們不能隨便亂抓人。

△ 陳母又急又氣。

致遠：請妳相信我，我一定會盡力。我知道孩子不見，做父母一定非常焦慮，妳多久沒闔眼了？妳要讓自己放鬆一下，好好休息，要不然妳很快就會倒下去……

△ 張致遠安撫著她。

| S26 | 時：日 | 景：警局外 |
|-----|--------|-----------|
|     | 人：陳母、環境人物 | |

△ 陳母走出警局，她看著來往的車輛和行人，一臉茫然，不知道該怎麼辦。她走到路口，綠燈亮了，她卻沒走。看到身邊經過的人，才知道自己可以過馬路了。她走到對街後停步，想想，拿出手機打開。

| S27 | 時：黃昏 | 景：王翔房間連走道 |
|-----|----------|-------------------|
|     | 人：王杰、王母 | |

△ 王杰從樓下上來，他的手機發出訊息聲。他拿出手機看。

△ 唐娟訊息：你在躲我嗎？那以後我就永遠都不出現在你面前。

△ 王杰困擾著，不知道該如何是好。他收起手機，聽到王翔房間有聲音，過去。

△ 王母在王翔房間，蹲在衣櫥前翻著抽屜。

王杰：媽！……妳在哥房間找什麼？

△ 王杰進來，看到衣櫥門和抽屜都打開了，裡面還有一些王翔的衣服。

王杰：妳幹嘛要翻哥的東西？

王母：……我想知道他跟那個女孩失蹤到底有什麼關係？

　　△ 王杰不能接受。

王杰：媽，妳應該要相信哥啊！他是妳的兒子，妳應該最了解他。

　　△ 王母站起來，看著王杰。

王母：我以為我很了解他！……我從來都不相信他會殺人。

　　△ 王母看著王杰，說不下去了。

| S28 | 時：黃昏 | 景：王家早餐店 |
|-----|---------|---------------|
|     | 人：洪怡安 | |

　　△ 洪怡安下班，拿著幾袋東西進來。

怡安：王媽媽我來了喔！

　　△ 洪怡安把袋子放在桌上，往裡面走。

| S29 | 時：黃昏 | 景：王翔房間 |
|-----|---------|-------------|
|     | 人：王杰、王母、洪怡安 | |

　　△ 王杰看著媽媽，心沉了下來，輕描淡寫地問她。

王杰：那人是誰殺的？

　　△ 王母沒講話。

王杰：是我嗎？……妳是不是一直都覺得這件事情是我做的，只是妳沒有
　　　說？

　　△ 王母欲言又止。

　　△ 洪怡安上樓。

王杰：對，人是我殺的，妳就眼睜睜看著哥去坐牢，看著他為我頂罪？做
　　　錯事情的人是我，應該坐牢的也是我……

王母：不要說了！

　　△ 洪怡安走到王翔房間門口。

王杰：是我殺死李曉君的，是我殺死我最愛的那個女孩！

　　△ 洪怡安錯愕地看著他們母子。

△ 王母看到洪怡安。

王母：怡安……

　　　△ 王母過去。

　　　△ 王杰懊惱，他轉頭看著洪怡安。

　　　△ 王母走到洪怡安面前，拉住她的手，懇求她。

王母：怡安，妳不要講喔！妳要是講出去，小杰會被抓……他哥哥那 12
　　　年的牢就白坐了，妳千萬不要告訴任何人……

　　　△ 洪怡安點頭。

怡安：我知道，我不會講的。

王母：謝謝妳、謝謝妳！

　　　△ 王母抱住她。

　　　△ 洪怡安輕輕拍著她的背。

怡安：不要這樣說，我們是一家人。

　　　△ 洪怡安看著王杰。

| S30 | 時：夜 | 景：社區街景 |
|-----|--------|-------------|
|     | 人：王杰、洪怡安 | |

　　　△ 王杰頭低著，看著地面在走路。

　　　△ 洪怡安走在王杰的斜前方，她放慢腳步。

　　　△ 王杰知道她慢下來，走得更慢，跟她保持著距離，看著她的背影。

　　　△ 洪怡安轉身看著王杰。

| S31 | 時：夜 (12 年前 ) | 景：池塘邊 |
|-----|------------------|-----------|
|     | 人：李曉君、王杰 | |

　　　△ 在池邊樹下的李曉君轉身，看到前來的人，她愣住。

曉君：你怎麼在這？

　　　△ 穿著制服的王杰看著她，臉上沒有笑容。

| S32 | 時：夜 | 景：社區街景 |
|-----|--------|-------------|
|     | 人：王杰、洪怡安 | |

△ 洪怡安走到王杰面前。

△ 王杰想到過去，站在那裡不動。

△ 洪怡安伸出手，拉起他的手。

| S33 | 時：夜 | 景：洪怡安住處 |
|-----|--------|----------------|
|     | 人：王杰、洪怡安 | |

△ 王杰坐在陽台的藤椅上，手上拿著菸，低著頭。

王杰：她說的每一句話，我說的每一個字，我都還記得。我以為時間久了，
　　　我就會忘記……

△ 洪怡安在他旁邊陪伴著。

| S34 | 時：黃昏（12 年前） | 景：池塘邊 |
|-----|---------------------|-----------|
|     | 人：王杰、李曉君 | |

△ 天色已經暗了下來。

王杰：(OS) 結果過了這麼多年，我還記得很清楚……

△ 王杰走向大樹，他看到李曉君，停下腳步。

△ 穿著制服的李曉君在池邊的大樹下，緊張地念念有詞。

曉君：我可以……每個禮拜固定去找你嗎？……老師講的我都聽不懂，你
　　　一講我就懂……

△ 王杰走向她。

△ 李曉君察覺有人來，轉身，看到是王杰，臉上沒有笑容了。

曉君：你怎麼在這？

△ 王杰上前一步

王杰：妳找我哥要幹嘛？

曉君：……你怎麼知道？

王杰：我看到妳寫的卡片了。

曉君：（不悅）那是我寫給他的，你為什麼要偷看？

△ 王杰被她質疑，一時語塞。

曉君：我要回家了。

△ 李曉君拿起放在地上的書包和外套。

王杰：（不死心地追問）妳找他要幹嘛？

曉君：不關你的事！

　　　△李曉君要走，王杰拉住她的書包，書包到了他的手上。

王杰：我送妳回去。

曉君：你不要這樣！書包還我！

　　　△李曉君上前要拿過他手上的書包，王杰硬抓著，不給她。

王杰：妳下午的時候不是還好好的？為什麼對我那麼兇？……妳找我哥到
　　　底要幹嘛？

曉君：我不告訴你。

王杰：為什麼不告訴我？我是妳男朋友……

曉君：我有說你是我男朋友嗎？

　　　△王杰一時無法接受，愣愣地看著她。

曉君：你有跟同學講嗎？你有沒有到處亂講？你要是亂講，我就再也不理
　　　你了！

　　　△李曉君搶過書包要走，王杰又把書包搶回來。

王杰：妳剛才那個話是什麼意思？

曉君：你幹嘛啊？

　　　△王杰無法理解。

王杰：什麼叫我不是妳男朋友？妳明明就知道我喜歡妳，妳也喜歡我啊！

　　　△李曉君見王杰激動起來，試圖跟他講理。

曉君：……我不是那種喜歡！我只是把你當成是我的……好朋友。

　　　△王杰還是不能接受。

王杰：好朋友？妳會牽好朋友的手嗎？妳會靠在好朋友身上讀書嗎？妳會
　　　每天跟好朋友回家嗎？……還是妳有很多這樣的好朋友？

　　　△李曉君被他質疑，也忍不住生氣。

曉君：我沒有！……我以後不會再去你家了！

　　　△李曉君搶過書包要走，但是又被王杰拉回來。

王杰：妳去我家是不是因為我哥？

曉君：對！我就是喜歡你哥！你哥比你好太多了，你只是個長不大的小孩。

　　　△王杰很受傷。

曉君：以後在學校你都不要靠近我，我們連朋友都不要做了！你的手鍊我
　　　不要了！

△ 李曉君把手上的串珠手鍊拿下來扔在地上，轉身走了。

△ 王杰撿起手鍊。

王杰：李曉君！

△ 王杰憤怒地喊她。

| S35 | 時：夜 | 景：洪怡安住處 |
|---|---|---|
| | 人：王杰、洪怡安 | |

△ 王杰難過地低下頭，雙手遮住臉。

| S36 | 時：夜 (12 年前 ) | 景：池塘邊 |
|---|---|---|
| | 人：王杰、李曉君、王翔、環境人物 | |

△ 王杰上前拉住她，不讓她走。

王杰：曉君妳不要這樣……妳為什麼要對我這樣……妳怎麼可以喜歡上我
　　　哥，妳說清楚……妳好好跟我講……

　　　△ 李曉君想掙脫他，兩人拉扯著，不小心兩人都摔在地上，王杰壓在
　　　　她身上。

王杰：妳跟我說清楚……

曉君：你放開我！

　　　△ 李曉君拼命揮手打他。

王杰：不要打！……妳怎麼可以這樣對我？

　　　△ 王杰抓住她的手。

　　　△ 李曉君掙扎著。

曉君：你放開我！……

　　　△ 李曉君看到附近出現人影，開始大喊。

曉君：……救命啊！……救命啊！

　　　△ 王杰也看到有人快要過來，身體壓制住她的手，雙手按住她的口鼻，
　　　　不讓她叫。

王杰：妳不要叫！……不要叫！

　　　△ 王杰按著她，眼睛盯著那個慢跑的人。

　　　△ 慢跑的人戴著耳機，從池塘附近的小徑跑過去。

△ 李曉君漸漸不掙扎了。

△ 王杰發現不對，放開手。他擦了一下鼻子，看到手上的血。他的鼻血還滴在李曉君的制服上

△ 李曉君睜著眼睛，但已無氣息。

王杰：曉君……曉君妳不要嚇我……曉君……曉君對不起……曉君……

△ 王杰撿起地上的串珠手鍊，抓起她的手，替她戴上。

王杰：曉君，我剛才太兇了……對不起，妳不要不理我好不好？……曉君妳起來……

△ 王翔的聲音傳來。

王翔：曉君？……李曉君？

△ 王翔看到李曉君躺在地上，王杰跪在她身上，愣住，快步過去。

△ 王杰抬起頭看著王翔。

王杰：哥，曉君她……她不理我了……（又低下頭看著李曉君，哭了出來）曉君，起來好不好？

△ 王杰難過的哭著。

| S37 | 時：夜 | 景：洪怡安住處 |
|---|---|---|
| | 人：王杰、洪怡安 | |

△ 王杰的雙手仍然掩著臉，他無法把頭抬起來。

怡安：你不是故意的，我知道。

△ 王杰聽到她的話，放下手，但還是沒有抬頭。

怡安：你希望我像她對不對？

△ 王杰抬頭看著她。

怡安：對不起，我不是。

△ 王杰立刻搖頭。

王杰：是我對不起妳。如果妳要離開我，我完全可以理解。

怡安：我不會離開你的。

△ 王杰看到她一臉堅決的樣子，有點不太相信。

怡安：你一定要把過去都忘掉！……我們重新開始，好不好？

△ 王杰點頭。

△ 洪怡安抱住他。

怡安：沒事的。

　　△ 王杰也抱住她，但臉上沒有表情，並沒有因為把秘密說出來而感到
　　　輕鬆。

| S38 | 時：夜 | 景：旅館房間 |
|-----|--------|------------|
|     | 人：李柏皓 | |

　　△ 房間裡漆黑一片。

　　△ 李柏皓打開門，一面說著。

柏皓：芷玲，我開門嘍！

　　△ 李柏皓打開燈，看到房間裡沒有人。

柏皓：芷玲？

　　△ 他看到床上放著衣服，桌上也有便當盒，他走向浴室。

柏皓：芷玲？

　　△ 陳芷玲已經離開，背包也不在。

　　△ 李柏皓走到床前，看著床上折好的曉君的衣服。

| S39 | 時：夜 | 景：李家客廳 |
|-----|--------|------------|
|     | 人：李柏皓 | |

　　△ 李家客廳也是漆黑一片。

　　△ 李柏皓進來打開燈。

柏皓：爸？……爸你在家嗎？

　　△ 李柏皓上樓喊著，但沒有人回應，他快步下樓，拿出手機撥號。

| S40 | 時：夜 | 景：陳家客廳 / 廚房 |
|-----|--------|------------------|
|     | 人：王翔、陳母 | |

　　△ 陳母在廚房裡，她抖著手打開一包白色粉末倒進果汁裡。

　　△ 王翔坐在陳家客廳。

　　△ 陳母把果汁端出來，放在王翔面前。

陳母：不好意思，沒有什麼好招待的。

王翔：謝謝。

△ 陳母看著他，露出抱歉的樣子。

陳母：謝謝你不計較，還肯來我家一趟……真的很感謝你。

　　△ 王翔搖頭。

王翔：不要這樣說。

陳母：那天真的是不好意思，我太急了，所以講了一些很不好聽的話……(點頭致歉) 真對不起。

王翔：沒關係啦，我跟龍哥都可以理解。

陳母：你先喝啊！

王翔：喔，好。謝謝。

　　△ 王翔拿起杯子，喝了一口果汁，把杯子放下。

陳母：你可以跟我講一下芷玲在你們公司的狀況嗎？

王翔：她是暑假的時候才來的。芷玲很用功，工作的時候也很認真，大家都很喜歡她。

　　△ 陳母點點頭。

　　△ 王翔又拿起杯子。

　　△ 陳母看著他把果汁喝下去。

| S41 | 時：清晨 | 景：工寮內 |
|-----|---------|-----------|
|     | 人：王翔、陳母、李春生 | |

　　△ 兩個模糊的人影在窗前走動。

　　△ 王翔睜開眼睛看到人影，又無力地閉上。

陳母：你是不是放太多藥了？……他怎麼還沒醒？

　　△ 王翔聽到陳母的聲音。

陳母：他要是醒不過來怎麼辦？

　　△ 倒在地上的王翔掙扎著要張開眼睛，他看到有人靠近他，但人影模糊。

　　△ 李春生走到王翔面前蹲下，看著閉著眼，意識模糊的王翔。

— 本 集 終 —

重生
EP13

# 第十三集　重生

| S1 | 時：夜（12 年前） | 景：池塘邊 |
|---|---|---|
| | 人：王翔、王杰、李曉君 | |

　　△ 李曉君的肋骨在王翔為她做 CPR 時斷裂。

　　△ 王翔停下來，他見李曉君仍然毫無動靜，不知道該怎麼辦。

　　△ 王杰坐在樹旁，他愣愣地低著頭，鼻子下方還有鼻血。

　　△ 王翔轉頭看到王杰的樣子，他想了一下，趕緊過去。

王翔：小杰，走了……快回去……走了！

　　△ 王翔要拉他起來，王杰仍然無力地坐在地上，還哭了起來。

王杰：我不要……

　　△ 王翔氣急敗壞地要拉他起來。

王翔：你聽我講……

　　△ 王翔雙手握住他的脖子，讓他看著自己，還拍了一下他的臉。

王翔：你聽我講！……曉君從我們家離開之後，我們就再也沒有見過她
　　……剛剛的事都沒有發生，你聽到沒有？

　　△ 王杰愣愣地看著他，臉上又是眼淚又是鼻血。

王翔：聽到沒有？

　　△ 王杰害怕地又哭了起來，他低下頭靠在王翔身上。

　　△ 王翔抱著他。

王翔：你不要怕……哥會處理……哥會處理，你快點走。

　　△ 王翔把他扶起來。

王翔：你路上不要跟人講話，回去趕快進房間，不要跟媽講話。

　　△ 王杰看著他，心裡很慌亂。

王翔：走！

　　△ 王翔推了他一下。

　　△ 王杰轉身離去。

　　△ 王翔見他走遠，懊惱地一拳打在樹幹上。

　　△ 王翔解開李曉君的襯衫釦子，她的襯衫上有王杰的鼻血。

　　△ 王翔替李曉君將運動外套穿上。

△ 王翔在李曉君書包裡塞進石頭。

△ 月光下，王翔抱著李曉君的屍體，小心地一步步走進池塘裡。

△ 王翔走了幾步停下，看著李曉君。

王翔：對不起。

△ 王翔一臉的愧疚。

| S2 | 時：日 | 景：工寮內 |
|---|---|---|
| | 人：王翔、陳母、李春生 | |

△ 李春生拿了一瓶水，倒在王翔臉上。

△ 王翔被水潑醒，嗆到，咳了起來。

△ 李春生站在他旁邊，低頭看著他。

春生：眼睛張開！

△ 王翔張開眼睛，他稍微清醒，這時才發現雙手在身後被銬上還綁了鐵鍊，腳也被綁住。

△ 陳母著急地看著他。

陳母：我女兒呢？你告訴我芷玲到底在哪裡！

春生：你把她女兒丟在哪裡？

△ 王翔慢慢坐了起來，他沒有回應他們的話。

△ 陳母聽到李春生的話，緊張地望向王翔。

陳母：你沒有傷害芷玲吧？你到底把她藏在哪裡？

△ 王翔還是不說話，瞪著她。

陳母：你說話啊！

△ 王翔不語。

△ 李春生在他旁邊蹲下。

春生：沒關係，我什麼都沒有，只剩下時間，我可以跟你耗。

△ 李春生把手上的空瓶子一丟，站起來，轉身出去。

| S3 | 時：日 | 景：王杰房間 |
|---|---|---|
| | 人：王杰、洪怡安 | |

△ 窗外的艷陽光十分刺眼。

△　王杰拿著手機，不安地在講電話。

王杰：王翔，飛翔的翔……你們都查過了嗎？……都沒有？好，謝謝。

　　△　敲門聲響起，並伴隨著洪怡安的聲音。

怡安：（OS）小杰！

　　△　王杰掛了電話，皺起眉頭，過去打開房間門。

王杰：什麼事？

　　△　洪怡安穿著早餐店的圍裙，她看到王杰把手機收進口袋，猜疑著。

怡安：……你還在忙？

　　△　王杰點了一下頭，拿了一件襯衫穿。

王杰：我要出去一下。

　　△　洪怡安跟進來。

怡安：你……是要去找那個女的？

　　△　王杰向外看了一下。

王杰：（輕聲）我哥不見了！雯青姊說他昨天晚上沒有回去。

　　△　洪怡安意外。

怡安：他會不會去找朋友，或者是……

　　△　王杰搖頭。

王杰：不會！我哥他不會這樣，他不會讓家人擔心，他一定出事了。……
　　　　先不要跟我媽講。

怡安：她剛剛已經在念了。

王杰：（苦惱地）妳就當作什麼都不知道，她要是再說什麼，幫我安撫她。

　　△　洪怡安點頭。

　　△　王杰拿起背包要出去。

怡安：你要去哪裡？

王杰：我去找雯青姊商量一下。

　　△　王杰匆忙出去。

　　△　洪怡安半信半疑。

| S4 | 時：日 | 景：王翔住處門口 |
|---|---|---|
|  | 人：沈雯青、張致遠、警察 | |

　　△　張致遠帶著一名警察走到王翔住處門口按電鈴。

△　沈雯青過來開門，她看到張致遠，意外。

　　△　張致遠看到沈雯青，也頓了一下，這是多年後他第一次見到沈雯青。

致遠：沈小姐？

雯青：張隊長，有事嗎？

致遠：王翔在嗎？

雯青：不在。

致遠：方便進去說話嗎？

　　△　沈雯青猶豫。

| S5 | 時：日 | 景：王翔住處 |
|---|---|---|
| | 人：沈雯青、張致遠、警察 | |

　　△　張致遠在王翔住處四處看著。他看到書架上擺了一些甲級廢棄物處理用書，還有好幾本高中數學參考書。張致遠看到高中參考書，伸出手想要拿。

　　△　站在門口的沈雯青開口。

雯青：請你不要動他的東西。

　　△　張致遠縮回手。

雯青：我讓你們進來是給你們方便，要翻他的東西，拿搜索票來。

　　△　張致遠對沈雯青客氣地微笑。

致遠：沈小姐，沒有經過你們的同意，我不會動他的東西，謝謝妳的指正。（指著參考書）這些參考書，是他買給陳芷玲的？他會帶陳芷玲回來這裡？

雯青：陳芷玲沒有來過這裡。那些書，是他為了要教陳芷玲才買的，他會從裡面找題目給陳芷玲做。

　　△　張致遠點點頭。

致遠：謝謝妳，他回來，麻煩妳請他跟我聯絡，我還有一點事情想要請問他。

雯青：……還有什麼事？陳芷玲的事他該說的都說了。

致遠：目前調查進行到什麼階段，我不方便透露。我只能說，據我們了解，王翔是最後見到陳芷玲的人。

雯青：那是你們不知道還有什麼人跟陳芷玲接觸，不表示王翔就是最後見

到她的人。

　　△ 張致遠點了一下頭。

致遠：沒錯，監視器照不到的地方還是有很多，我們有考慮各種可能性，所以才想要跟王翔再談談。陳芷玲放暑假開始，接觸最頻繁的人就是王翔，我想多了解這個女孩子。王翔如果願意對我開誠布公，把他知道的所有事情告訴我，對他自己絕對有好處。當然，前提是……他是清白的。

　　△ 沈雯青遲疑了一下才開口。

雯青：我會轉達給他。

　　△ 張致遠客氣地對沈雯清點點頭。

致遠：謝謝。

　　△ 張致遠向外走。

雯青：他出來以後沒有做錯事，你能用看待一般人的方式看待他嗎？

　　△ 張致遠回頭看著沈雯青，沒有回答。

| S6 | 時：日 | 景：工寮內 |
|---|---|---|
| | 人：王翔、陳母 | |

　　△ 陳母焦慮地來回走著。

　　△ 王翔坐在地上看著陳母，他身上的衣服都濕透了。

　　△ 陳母走到門口向外看著。

王翔：可以給我一點水喝嗎？

　　△ 陳母拿了一瓶水，放在王翔旁邊，然後走開。

　　△ 王翔看著她，想動之以情。

王翔：芷玲跟我說她的補習費掉了，要我教她功課，我才帶她去公司，我是想幫她。

　　△ 陳母半信半疑，她不說話。

王翔：我知道她很想要一個真正愛她的爸爸，可是她沒有……

　　△ 陳母眼眶紅了，她轉開臉不看王翔。

王翔：後來我發現她不只一次幫她爸爸偷錢，我沒有跟我老闆講，也沒有告訴警察。

　　△ 陳母望向王翔，瞪著他。

陳母：那是你怕惹上麻煩才不說。

王翔：不是！在警察面前，我說什麼都有麻煩！我是不想傷害芷玲。……
我沒有理由傷害她！請妳相信我。

陳母：那你殺害那個李曉君就有理由嗎？有理由你就可以殺人？你要我怎
麼相信你？

　　　△ 王翔沉默。

| S7 | 時：日/日（12 年前） | 景：王翔住處樓下、巷子/學校附近 |
| | 人：王杰、張致遠、警察 | |

　　　△ 王杰進來巷子，走向王翔住處門口。

　　　△ 張致遠和便衣從公寓裡出來，走向巷口。

　　　△ 王杰向前走，他看到了張致遠，錯愕，全身緊繃起來。

致遠：（OS）今天你哥不來接你？

　　　△ 閃回 12 年前學校附近。

王杰：他沒空。

致遠：曉君很喜歡去你家？你哥有告訴我曉君常去你家讀書。

　　　**△ 王杰按捺著緊張，點頭，他不敢看張致遠。**

　　　△ 張致遠和王杰的距離拉近了，他看到王杰。

　　　△ 王杰把手機拿出來，低頭看著手機往前走，假裝他沒看到張致遠。

　　　△ 張致遠也只看了王杰一眼，眼光沒多做停留，他繼續往前走。

　　　△ 王杰抬起頭看著前方。

　　　**△ 閃回 12 年前。**

致遠：你知不知道你哥都對她做了什麼？

王杰：（錯愕）什麼？

致遠：你哥教她的時候，是不是都在關在房間裡？

　　　**△ 王杰點頭。**

致遠：所以你哥跟她到底在房間裡做什麼，你有看到嗎？

△　王杰走到王翔住處樓下，他抬起手按電鈴，轉頭望向張致遠。

　　△　張致遠走向巷子口。

王杰：（OS）我哥……我哥有女朋友了，他不會……不會對曉君做什麼。

致遠：（OS）那你呢？

王杰：（OS）我沒有！我沒有對她做什麼……我們是好朋友。

　　△　樓下大門打開。

　　△　張致遠快走到巷口了，他突然停下腳步，轉身望向王翔住處樓下。

　　△　王杰進去公寓內。


　　△　**閃回 12 年前。**

　　△　**張致遠盯著王杰。**

致遠：你跟曉君是好朋友，你更應該要幫我找出那個欺負她、傷害她的人才對，我想到她被人悶死，還藏在水裡那麼多天就很心疼，她爸爸說她很怕水……

　　△　**王杰難過地紅了眼眶。**

王杰：我不知道……我真的什麼都不知道。

　　△　**王杰壓抑著情緒，但快要哭出來了。**


　　△　王杰重重地吐了一口氣，他抬起頭，挺直了腰，想把看到張致遠時不舒服的感覺甩掉。他做了一個深呼吸，把公寓的門關起來。

| S8 | 時：夜（12年前） | 景：王家浴室 |
|---|---|---|
| | 人：王杰 | |

　　△　王家浴室裡，17歲，剛洗好澡的王杰憤怒地看著鏡子，他大喊一聲，握拳用力捶向鏡子。

　　△　鏡子裂開來。

王翔：（OS）小杰？……小杰？

　　△　裂開的鏡子裡的人是扭曲的。

| S9 | 時：夜（12年前） | 景：王家浴室外走道 |
|---|---|---|
| | 人：王翔、王杰 | |

△ 王杰打開浴室門，他用力地吸氣、吐氣。

　　△ 王翔看到他的樣子，錯愕。

王翔：發生什麼事？

　　△ 王翔向浴室內看，看到鏡子破了，再望向王杰的手。

　　△ 血從王杰的右手滴到地上。

　　△ 王翔握住他的手腕，抬起他的手，又急又氣。

王翔：你搞什麼啊？

　　△ 王杰再也按捺不住，他雙手掐住王翔的脖子，將他往走道的那一頭
　　　推去，一面喊著。

王杰：你對她做了什麼？……你怎麼可以那樣對她？

　　△ 王翔用力扯開王杰的手。

王翔：你瘋了你，你說什麼？

　　△ 王杰用身體衝撞王翔，王翔被他撞倒在地上。

王杰：（重複著同樣的話）你怎麼可以那樣對她？……你怎麼可以那樣對
　　　她？

　　△ 王翔力氣較大，他將王杰壓制在地上。

　　△ 王杰哭了起來，慢慢不掙扎了。

　　△ 王翔抱著他。

王翔：沒事了……沒事了……好了，別哭……

　　△ 王翔安慰著他。

王翔：（低聲）小杰……小杰你這樣不行，你這樣我們倆都會被抓，媽怎
　　　麼辦？……小杰，你有沒有聽到哥說的話？……你不可以再這樣。
　　　真的躲不掉，哥哥會去坐牢，你要照顧媽媽，知道嗎？你一定要堅
　　　強起來！

　　△ 王杰漸漸沒有出聲，靜靜地流著眼淚。

| S10 | 時：日 | 景：王翔住處 |
|---|---|---|
| | 人：沈雯青、王杰 | |

　　△ 沈雯青焦慮地看著王杰。

雯青：王杰！

　　△ 王杰似乎不在狀況內。

△ 沈雯青碰了一下他的手臂。

雯青：王杰？

△ 王杰回神過來，他看著沈雯青。

雯青：剛才那個張隊長有來。

王杰：妳有告訴他我哥不見了？

△ 沈雯青不語。

王杰：妳沒有說？

雯青：沒有。……我怕要是說見了，他就會認定你哥跟陳芷玲的失蹤有關，所以躲起來。

△ 沈雯青懊惱，心裡也有疑惑。

雯青：你哥昨天晚上接了一通電話，他說公司有事情要處理，今天早上我去了他公司，龍哥說他不知道你哥說的是什麼事……(難過)他沒有跟我說實話。我不知道要不要相信他……

△ 王杰詫異地看著她。

| S11 | 時：日 | 景：工寮內 |
|-----|--------|-----------|
|     | 人：王翔、陳母 | |

△ 王翔想要拿放在他身旁的水。

△ 陳母過去，拿過那瓶水，把蓋子打開，遞到他嘴邊。

△ 王翔喝了好幾口。

王翔：謝謝。

△ 陳母把瓶蓋蓋起來，把水放到一旁。

△ 王翔再試圖說服她。

王翔：芷玲媽媽！妳趕快離開這裡，警察一定會找到這裡來。萬一芷玲回家，妳被抓了，她就只能跟著她爸爸，這不是妳希望的，對吧？

△ 陳母猶豫著。

王翔：不管怎麼樣，他都一定會殺我，我欠他一條命。但是妳不一樣，他們會知道妳是情急之下才犯錯，如果妳現在放了我，我會跟警察……

陳母：你不要再說了！

△ 王翔看著她，期待她回心轉意。

陳母：他只有說要幫我找芷玲……並沒有說要殺你。

　　△ 王翔重重地吐了一口氣，氣餒地往後靠著牆，不說話了。

| S12 | 時：日 | 景：王翔住處 |
|---|---|---|
| | 人：沈雯青、王杰 | |

　　△ 王杰正視著沈雯青。

王杰：雯青姊，我說的話妳會相信嗎？

　　△ 沈雯青不太明白。

王杰：我哥他沒有殺人。

　　△ 沈雯青愣住。

王杰：曉君不是他殺的。

　　△ 沈雯青看著王杰，有些不敢置信。

王杰：這些話妳一輩子都不會從他口中聽到，因為那是他對我的承諾。請妳相信他，他一直都是妳當初認識的王翔。

　　△ 沈雯青驚訝地說不出話來。

王杰：我先去這裡的派出所報案，請他們幫忙協尋。如果有必要，我再去找張隊長……那是我該面對的。

　　△ 王杰一副下定決心的樣子。

| S13 | 時：日 | 景：工寮外小徑 |
|---|---|---|
| | 人：李春生、陳母 | |

　　△ 李春生的車停在工寮外的小徑上。

　　△ 陳母走向李春生的車，她聽到車裡收音機斷斷續續的聲音。

　　△ 李春生看到陳母過來，他關掉收音機，下車。

春生：我在聽新聞，還沒有聽到妳女兒的消息。

陳母：你是不是根本沒有想要幫我找女兒？你只是想報仇，對不對？

春生：對，我是想報仇！我本來打算放過他，因為妳女兒的事，我才知道我錯了。

陳母：他說他沒有傷害芷玲……

春生：妳走吧！

　　　　△ 陳母猶豫著。

春生：我問出來會告訴妳。

陳母：……要是跟他沒有關係……

春生：除了他不會有別人！

　　　　△ 陳母看到後座椅子前方有支鐮子。

陳母：你打算對他做什麼？

春生：我做的事跟妳沒有關係，我不會拖妳下水。

　　　　△ 陳母看著他沒說話。

春生：有消息我會通知妳，妳不要再跟我聯絡了。

　　　　△ 李春生轉身走向工寮。

　　　　△ 陳母心裡七上八下的。

| S14 | 時：日 | 景：工寮內外 |
|---|---|---|
| | 人：李春生、王翔 | |

　　　　△ 李春生拖著疲憊的腳步走向工寮，他走到門口，看到裡面的王翔。

　　　　△ 王翔靠著牆坐著，無力也無奈。

　　　　△ 李春生進去工寮，盯著他看，一句話也不說，等著王翔開口。

　　　　△ 王翔沒有出聲。

| S15 | 時：日 | 景：王家早餐店 |
|---|---|---|
| | 人：王杰、洪怡安 | |

　　　　△ 早餐店已經過了營業時間，也已經打掃乾淨。

　　　　△ 王杰回來。

　　　　△ 洪怡安快步迎上前去。

怡安：你怎麼去了那麼久？

　　　　△ 王杰沒講話，情緒很低落。

怡安：媽一直問，我就跟她講了。

　　　　△ 王杰點了一下頭。

王杰：她現在人呢？

怡安：她在大哥房間。

△　王杰往內走。

| S16 | 時：日 | 景：王翔房間 |
|-----|--------|-------------|
|     | 人：王母、王杰 | |

　　△　王母坐在桌前。

　　△　王杰走到房間門口，看到她落寞的身影，進去。

王杰：媽，我去報案了。

　　△　王母愁容滿面。

王母：他們真的會幫忙找你哥？

　　△　王杰沒有回應她的話。

王杰：……如果我去自首呢？

　　△　王母臉色變了。

王母：你說什麼？

王杰：我去承認當年的事是我做的，他們就不會懷疑哥畏罪潛逃……

王母：絕對不可以！你以為你去說幾句話你哥就清白了？他們就會找到你
　　　哥？你不可以做那種傻事，不可以！

　　△　王杰低頭不說話。

王母：小杰！小杰你看著我！

　　△　王杰把視線移至她臉上。

王母：我已經賠掉一個兒子了，你不可以再提以前那件事，絕對不可以。

　　△　王杰不說話。

王母：聽到沒？……答應我！

　　△　王杰點頭。

　　△　王母緊緊地抱住他。

| S17 | 時：黃昏 | 景：李家門口連院子 |
|-----|----------|---------------------|
|     | 人：王杰、李柏皓 | |

　　△　王杰走向李家，一面檢查著手機裡的訊息。

　　△　李柏皓下班回來，他走到門口，拿出鑰匙開門。

　　△　王杰注意到李柏皓，按了一下手機，放進口袋，快步過去。

王杰：你好，我是王杰。

　　△ 李柏皓的臉上沒有表情。

柏皓：我知道。

王杰：不好意思來打擾。請問……你爸爸在家嗎？

　　△ 李柏皓搖頭。

王杰：可以聯絡到他嗎？

柏皓：你要做什麼？

　　△ 王杰猶豫了一下。

王杰：我要請他放了我哥。

柏皓：我不知道你在說什麼。

　　△ 李柏皓臉一沉，進去裡面要關門。

　　△ 王杰擋住門，不讓他關。

王杰：我知道是他。是你爸把我哥帶走的……

柏皓：你不要亂說話。

　　△ 王杰遲疑了一下。

王杰：我知道他不肯原諒我哥，他一直在跟蹤我哥……

柏皓：（打斷他）那不表示我爸會綁架他。

王杰：你知道？你都知道你爸爸在做什麼？你爸爸從昨天晚上就沒有回來
　　　了對不對？你知道他現在在哪裡嗎？

　　△ 李柏皓仍然沉著臉，但他的語調降下來了。

柏皓：你手拿開，我要關門。

　　△ 王杰強硬地用兩隻手按著門，臉上是懇求的表情。

王杰：我拜託你！我哥已經付出慘痛的代價，拜託你們放過他！

柏皓：我爸去旅行，他沒開機，我聯絡不到他。

　　△ 李柏皓推開王杰，關上門。

　　△ 王杰站在門口沒走。

　　△ 李柏皓吐了一口氣，他拿出手機，不安地撥號。

柏皓：……爸，你在哪裡？快點回我電話……

　　△ 李柏皓一面往屋內走。

　　△ 站在門口的王杰聽著裡面的聲音，他拿出口袋裡的手機打開。手機
　　　還在錄音狀態中，王杰按下停止錄音。

| S18 | 時：夜 | 景：陳家客廳 |
|------|--------|-------------|
|      | 人：陳母、陳芷玲 | |

　　△ 陳母疲憊地坐在客廳的沙發上。

　　△ 外面傳來開門的聲音。

　　△ 陳母聽到聲音，睜大了眼睛。

　　△ 陳芷玲關了大門，從陽台進來。

　　△ 陳母看到她，立刻坐起來，上前，拉住她的手，關切地看著她。

陳母：妳沒事吧？

　　△ 陳芷玲看到她的樣子，心虛不敢說話。

　　△ 陳母氣得提高音量。

陳母：妳去哪裡了？妳不知道我在找妳，很多人在找妳？妳沒看新聞啊？手機也不通？

芷玲：……我手機壞了呀！我之前就跟妳講過了。

　　△ 陳母又從頭到腳看了她一遍。

陳母：(低聲)是那個王翔嗎？……是他把妳帶走的嗎？

芷玲：不是啦，跟他沒有關係。……我明天會回去上輔導課。

　　△ 陳芷玲說完，往自己房間走。

　　△ 陳母想到闖了大禍，她站不住了，腳一軟，坐在地上。

　　△ 陳芷玲回頭看到她的樣子，不解。

　　△ 陳母看到地上的東西，她撿起來，那是王翔的眼鏡，她趕緊把眼鏡收進抽屜裡。

陳母：妳知不知道妳闖了很大的禍！

　　△ 陳芷玲看著她，說不出話來。

　　△ 陳母坐在地上，哭了起來，不知道該怎麼辦。

| S19 | 時：夜 | 景：工寮內 |
|------|--------|-----------|
|      | 人：王翔、李春生 | |

　　△ 工寮內有一盞露營燈。

　　△ 王翔坐在地上，無力地低著頭，他仍然被銬著。

王翔：你到底還要問幾次？

△ 坐在椅子上的李春生拿起水瓶喝水。

王翔：你問幾次答案都是一樣的。你每天都跟著我，如果我有把芷玲藏起
　　　來的話，你會不知道她在哪裡嗎？

　　△ 王翔抬起頭望向李春生。

　　△ 李春生冷眼看著他，不說話。

王翔：我想上廁所。

　　△ 李春生看著王翔，不回應他的要求。

王翔：你明明知道我沒有碰她，你只是想要找一個藉口殺我。

春生：我殺你不需要藉口。

王翔：需要……因為你會良心不安。

　　△ 李春生露出一副不以為然的樣子。

王翔：曉君說你是好人。

春生：曉君是我給她取的名字，我不許你叫曉君的名字！

　　△ 李春生把手中的水瓶往牆上丟，怒視著王翔。

　　△ 王翔無奈地嘆了一口氣。

王翔：你不幫我把手銬打開，可以請你先出去嗎？我快憋不住了！

　　△ 李春生還是不理會他。

王翔：李伯伯，我不想對你無禮。

　　△ 李春生仍然無動於衷。

　　△ 王翔不說了，他低下頭。

　　△ 李春生看到地上有水，知道他尿了出來。

　　△ 王翔無奈地看了他一眼，又把臉轉開。

　　△ 李春生起身，走到一旁，他從袋子裡拿出一瓶水，搖晃著瓶子。

　　△ 瓶子裡的水顏色有些混著。

　　△ 李春生打開瓶蓋，過去王翔面前，把水灌進他嘴裡。

　　△ 空瓶被李春生扔在角落。

　　△ 李春生拿起他的露營燈出去。

　　△ 王翔看著工寮的門慢慢闔起來，他的世界陷入一片黑暗。

| S20 | 時：日 | 景：唐娟房間 |
|-----|--------|-------------|
|     | 人：唐娟 |             |

△ 窗外的天色有些灰暗。

△ 唐娟坐在窗前的沙發上，她看著手上的鑽石戒指，做了決定。她把戒指拿下來放在小桌子上。

△ 桌上有個盒子，裡面是王杰給她的那條項鍊。

| S21 | 時：日 | 景：王杰房間 |
|---|---|---|
| | 人：王杰、洪怡安 | |

△ 王杰打開衣櫥，拿了一件襯衫穿上。

△ 他的手機有訊息提示音。

△ 王杰過去拿起手機打開，看到唐娟有留言，他聽著留言。

唐娟：（OS）你不用再找藉口應付我，我不等你了，你不要干涉我做的決定。

△ 王杰嘆了一口氣，撥電話。

| S22 | 時：日 | 景：王家二樓走道 |
|---|---|---|
| | 人：洪怡安 | |

△ 洪怡安從樓下上來，她聽到王杰講話的聲音。

王杰：(OS) 我沒有在應付妳，我哥真的失蹤了。⋯⋯我騙妳幹嘛？

| S23 | 時：日 | 景：王杰房間 |
|---|---|---|
| | 人：王杰、洪怡安 | |

△ 王杰皺著眉頭講電話，心煩意亂。

王杰：他已經不見兩天了！

△ 洪怡安走到門外，她推開半掩的房間，站在門口看著王杰。

王杰：我們全家都很著急妳知道嗎？⋯⋯我拜託妳這個時候不要拿這種事跟我鬧啦！⋯⋯（轉身看到洪怡安）不跟妳說了。

△ 王杰掛了電話，走到洪怡安面前。

王杰：( 想解釋 ) 剛剛那個⋯⋯

怡安：我是來跟你說，媽剛剛才睡著。

△ 王杰點了一下頭。

王杰：剛剛那個電話是……

怡安：你不用跟我解釋，我相信你。

　　　△ 洪怡安轉身走開。

　　　△ 王杰並不覺得輕鬆，反而備感壓力。

| S24 | 時：日 | 景：分局偵查隊長辦公室 |
|---|---|---|
| | 人：王杰、張致遠、警察 | |

　　　△ 張致遠看著王杰的手機。

柏皓：（OS）我爸去旅行，他沒開機，我聯絡不到他。

　　　△ 接下來手機傳出關門聲，以及李柏皓不清晰的留言聲。

　　　△ 王杰拿起手機，把錄音檔關掉。

王杰：他留言給他爸爸，問他在哪裡，要他回電話。

致遠：這不能證明什麼。

　　　△ 王杰按捺住，他再度打開手機，找出記事本。

王杰：我有記下來每一次曉君她爸爸跟蹤我哥的時間，之前我問過我哥，
　　　也問過阿標……（把手機遞到他眼前）你看看有多少次！去我家門
　　　口亂貼東西的也是他，是他把我哥逼走的！

　　　△ 張致遠淡定地看著王杰。

致遠：你這點跟你哥很像，準備得很周全。你跟以前不一樣了。

　　　△ 王杰看著他，不說話，鎮定下來。

致遠：昨天我看到你，第一眼沒有認出來。你也沒認出我？

王杰：我沒看到你，是後來雯青姊告訴我的。

　　　△ 張致遠點頭。

王杰：你只要找到曉君的爸爸，一定就可以找到我哥。

致遠：我有在找你哥，我必須找到他！昨天沈小姐沒有在第一時間告訴我
　　　他不見了，這表示沈小姐心裡有鬼。你要我相信你哥不是心虛躲起
　　　來，你要拿出證據來說服我，不是把目標轉移到曉君爸爸身上……
　　　他是受害者家屬，他的痛你能理解嗎？

　　　△ 王杰看著他，心中天人交戰。

王杰：……我哥……不可能傷害那個女孩子……他也不會躲起來。……他
　　　是個負責任的人……他……（掙扎了一下）他可以為他的家人……

犧牲……

△ 張致遠盯著王杰看。

△ 一名警察敲門後，打開門。

警察：隊長！（對張致遠使了個眼色）

△ 張致遠起身過去，警察對他耳語。張致遠嚴肅起來。

致遠：（望向王杰）我有點事要處理

△ 張致遠要出去。

王杰：（緊張）是有我哥的消息嗎？

△ 張致遠對王翔搖頭。

| S25 | 時：日 | 景：李春生車內 |
|---|---|---|
| | 人：**李春生** | |

△ 林間蟲鳴聲不斷傳入車內。

△ 李春生坐在車裡，他剛醒，睡眼惺忪。

△ 車內照後鏡上掛著的碳 60 串珠吊飾微微晃動著。

△ 收音機發出雜訊。

△ 李春生轉著收音機。

記者：（OS）現在為您插播一則最新消息，新北市一名失蹤八天的陳姓女
高中生，已在昨天晚上平安回到家。

△ 李春生面無表情地聽著廣播。

記者：(OS) 目前警方正在釐清她失蹤這段期間發生的相關細節，是否有遭
人綁架、誘拐……

△ 李春生關掉收音機，他打開車門下車，打開後坐的車門，拿出那把
大鏈子，走向工寮。

| S26 | 時：日 | 景：工寮內 |
|---|---|---|
| | 人：**王翔、李春生** | |

△ 王翔躺在地上，藥效尚未退，他虛弱、意識不清。。

△ 李春生拿鏈子進來，他走近王翔。

春生：陳芷玲回家了。……曉君……卻永遠回不了家。

△ 王翔張開眼睛。

春生：……12 年了，我以為時間久了，我心裡面的痛會慢慢好一點……（
哽咽）看到你之後，我才知道……原來我心裡的傷口從來沒有癒合
過。

△ 王翔看著他，放棄了，不做任何掙扎。

王翔：李伯伯，動手吧！……用我的命賠給曉君。

△ 李春生震怒。

春生：不准你叫曉君的名字！

王翔：動手，我們就都解脫了。動手吧！

春生：你解脫？我呢？……我永遠失去我的女兒，把曉君還給我！

△ 李春生用力地踹著王翔，踹到自己都站不穩了。李春生哀痛地哭著，
他看著臉上都是血的王翔，高舉起鏟子，打下去。

| S27 | 時：日 | 景：王杰車上 |
| | 人：王杰 | |

△ 紅燈，王杰的車停在十字路口。

△ 王杰坐在駕駛坐上，失神的看著前方，號誌轉為綠燈，王杰仍沒有
反應。

△ 後方轎車的喇叭聲把王杰拉回現實，他把車往前開。

| S28 | 時：日 | 景：飯店房間 |
| | 人：唐娟、洪怡安 | |

△ 鈴聲響起。

△ 唐娟過去打開房間門，看到門外的人，她微微牽了一下嘴角。

唐娟：進來吧！

△ 洪怡安進來。

△ 唐娟走到一旁，拿起皮包。

唐娟：妳說要過來，我就幫妳預約了 SPA，他們這家做得還可以……（拿
出一張卡，遞給洪怡安）

△ 洪怡安沒有伸手拿。

怡安：妳在等小杰來嗎？

　　△　唐娟沒說話，看著洪怡安。

怡安：他不會過來的。

　　△　唐娟把那張卡收回皮包裡，轉身把皮包放到桌上的煙灰缸旁。

怡安：妳一直在騙我……妳接近我就是想要我離開小杰吧？

　　△　唐娟不講話，走到一旁坐下。

怡安：請妳不要再來騷擾我們。

唐娟：騷擾？

怡安：妳已經結婚有家庭了，可以不要來破壞我們嗎？

唐娟：看來他沒有告訴你，我要離婚了。

　　△　洪怡安愣住。

唐娟：我懷孕了，那個驗孕棒就是我的。

　　△　洪怡安不信。

怡安：妳騙人。

唐娟：我騙妳很多事，但這件事我沒有騙妳。

　　△　洪怡安搖頭。

怡安：不可能！小杰他都有……

唐娟：都有什麼？戴套嗎？

　　△　洪怡安氣得說不出話來。

　　△　唐娟的手機有訊息進來的聲音，她拿起手機看了一下。

唐娟：他說等等過來找我……（念訊息）一直找不到我哥，好煩！

　　△　唐娟把手機舉起來，螢幕向著洪怡安，給她看。

　　△　洪怡安不說話，眼中出現淚水。

唐娟：妳知道嗎，一個男人在他壓力大的時候，通常找的第一個人，就是
　　　他最需要的人。

　　△　唐娟摸了摸掛在胸前的那條王杰給她的項鍊。

　　△　洪怡安的眼淚奪眶而出。

唐娟：我真的覺得妳需要好好的想一想，跟一個不夠愛妳的人在一起，那
　　　種寂寞是一輩子的……寂寞是會殺死人的。

　　△　洪怡安壓抑著心裡的憤怒。

怡安：小杰不是這樣子的人……他不會這樣對我。

　　△　唐娟走到她面前。

唐娟：那妳就等吧！等到我們的小孩出生，再看妳跟他的感情有多堅定。

　　△ 唐娟走到鏡子前。

　　△ 洪怡安用力握著皮包，她的手顫抖起來，

　　△ 唐娟拿出護唇膏塗在嘴唇上。

唐娟：其實我滿喜歡妳的，我一直想要有一個妹妹……太可惜了。

　　△ 唐娟轉身看著她。

唐娟：我送妳下去吧，我肚子餓了，最近餓得很快。

　　△ 唐娟沒等她回應，走向門口。

　　△ 洪怡安扔下皮包，拿起桌上的煙灰缸，用力往唐娟的後腦勺敲下去。

　　△ 唐娟按著自己的頭，轉身，錯愕地看著她。

　　△ 洪怡安退了一步，全身顫抖著。

　　△ 唐娟不支倒地，發出呻吟。

　　△ 洪怡安看到她趴在地上，止不住心裡的憤怒，在唐娟身邊跪下，心
　　　一橫，繼續用菸灰缸敲著她的頭。

| S29 | 時：日 | 景：工寮內 |
|---|---|---|
| | 人：王翔 | |

　　△ 王翔的手機裡傳出聲音。

男聲：（OS）你好，這裡是110報案中心……喂？……請問有人要報案嗎？

　　△ 工寮內剩下王翔一個人，他躺在地上沒有意識。他的顴骨被踢的紅
　　　腫，眼角和嘴唇也破皮流血，手上的手銬已經解開了。

　　△ 他的手機放在他的耳朵旁邊。

| S30 | 時：日 | 景：李春生車內 |
|---|---|---|
| | 人：李春生 | |

　　△ 李春生坐在駕駛座上，他鐵青著臉看著前方，一動也不動。

　　△ 遠處傳來救護車鳴笛聲。

　　△ 李春生聽到救護車的聲音，像是被帶回現實，他崩潰決堤。

| S31 | 時：日 | 景：飯店房間 |
|---|---|---|
| | 人：王杰、洪怡安、唐娟 | |

△ 洪怡安坐在床沿，低著頭，愣愣地看著手上的項鍊墜子。

△ 她的手上都是血，裙子上也是血跡斑斑。

△ 洪怡安把項鍊墜子翻過來，上面是空白的，並沒有刻字。

△ 鈴聲響起，響了好幾聲。

王杰：(OS) 唐娟？

△ 洪怡安聽到王杰的聲音，回神過來。

△ 王杰在外面敲門，又喊。

王杰：(OS) 唐娟？

△ 洪怡安慢慢走到門口，打開門。

△ 王杰看到洪怡安臉上有血跡，錯愕。

△ 洪怡安帶著怨恨看了王杰一眼，回到床前，無力地坐下。

△ 王杰進來，看到唐娟倒在地上，她的頭下方有一灘血。王杰震驚不已，不知所措。

| | 時：日 | 景：李家院子 |
|---|---|---|
| S32 | 人：李春生、李柏皓 | |

△ 李春生打開門，拿著鏟子進來。

△ 李柏皓聽到關門聲，從屋內出來，他看到爸爸放下那把鏟子。

柏皓：爸，你去哪了？……到底發生什麼事了？

△ 李春生沒說話，他的身體有些搖晃。

△ 李柏皓趕緊扶住他。

柏皓：爸，你有沒有怎麼樣？

△ 李春生把手上在他的肩膀上，拍拍他，哽咽。

春生：我想休息了。

柏皓：好、好。

△ 李柏皓扶著他進去屋內。

| | 時：日 | 景：醫院走廊 |
|---|---|---|
| S33 | 人：王母、沈雯青 | |

△ 王母和沈雯青在走廊上徘徊，等待著。

雯青：阿姨妳要不要先回去休息，我在這裡等王翔就好。

　　△　王母不說話。

雯青：醫生說他不會有大問題，妳不要擔心啦！

王母：我還沒跟王翔講到話，我想知道是誰對他做的事。

雯青：不管是誰做的，警察都一定會抓到人。

　　△　王母還是很擔心。

王母：小杰不知道到哪裡去了？……怡安的電話也不通，到底怎麼搞的？

雯青：我剛剛有傳訊息跟王杰講了，他說不定等下就會回電話。

　　△　王母點頭。

雯青：阿姨妳先回去啦！他還有好多檢查要做，不知道要等到什麼時候。

　　△　沈雯青握著她的手，勸她。

| S34 | 時：日 | 景：偵訊室內 |
|-----|--------|-------------|
|     | 人：王杰、警察兩名 | |

　　△　王杰坐在偵訊室內，低著頭，面如死灰。

　　△　坐在他對面的警察看著螢幕上空白的筆錄檔案，無奈地吐了一口氣。

警察：王先生，你這樣一直不說話也不是辦法，這樣好了，我們先休息十分鐘，等一下再繼續？

　　△　王杰仍然低著頭，不出聲。

　　△　警察無奈地站起來，他要出去。

　　△　另一名警察打開門進來，對他耳語。

　　△　警察在王杰面前坐下。

警察：洪小姐都承認了，是她殺了唐小姐，與你無關。不過你在現場，我們還是需要你的筆錄，你最好配合一下，我們可以快一點結束。

　　△　王杰抬起頭看著警察，久久說不出話來。

警察：王先生？……王先生？

王杰：是我的錯……我害了她們，是我害了我哥……是我害了他們所有的……（把手伸到警察面前）你把我抓起來！

警察：王先生你冷靜一點。

王杰：是我的錯！……你不要聽她講的，是我的錯……你把我抓走……把

我抓走！

△ 王杰站起來，越講越激動，靠近警察，不斷地重覆要警察抓他。

△ 警察想要制止他。

△ 王杰和他們拉扯。

△ 警察把王杰壓制在桌上。

| S35 | 時：日 | 景：醫院病房 |
|---|---|---|
| | 人：王翔、沈雯青、張致遠、警察 | |

△ 陽光照亮了半間病房。

△ 沈雯青坐在床邊的椅子上，趴在王翔手邊睡覺。

△ 王翔張開眼睛看到她，摸摸她的頭。

△ 沈雯青醒過來。

雯青：你醒了！（握住他的手）你睡了好久。

王翔：小杰跟我媽呢？……他們還好吧？

△ 沈雯青遲疑一下。

雯青：他們……他們昨天晚上待到很晚才走的。我等下就打給你媽，跟她
　　　說你醒了。

王翔：好。

△ 王翔想要起來，但一陣痛楚讓他皺起眉頭。

雯青：你幹嘛，你不要亂動。

△ 王翔不敢再亂動。

雯青：發生什麼事了？你全身都是傷，連肋骨斷了。

王翔：沒事啦！

雯青：怎麼會沒事？……是李曉君她爸爸對不對？還是她哥哥？我記得李
　　　曉君有個哥哥。

△ 王翔看著她。

王翔：妳職業病啊，我都忘了妳是記者。

雯青：跟記者有什麼關係啦？

王翔：我拒絕受訪。

△ 沈雯青瞪著他。

△ 敲門聲。

△　王翔看到張致遠走到病房門口。

雯青：張隊長昨天晚上有來。

　　△　張致遠進來，後面跟著另一名警察。他對沈雯青點了一下頭，走到
　　　　床邊看著王翔。

致遠：醫生說你恢復的狀況很不錯！希望你很快好起來。

王翔：謝謝。

致遠：不耽誤你太多時間，我很快地問。是誰把你綁走？

　　△　王翔看了一下沈雯青，又望向張致遠。

王翔：我是……被人綁走的？

　　△　張致遠有些意外。

致遠：我們有在陳芷玲家附近找到你的摩托車，你不記得有騎去那裡？

　　△　王翔想了一下。

王翔：我是有到那附近沒錯，我想去看看能不能找到芷玲，但是沒有找到
　　　　她……那天我心情很差，就買了一點酒……

　　△　王翔自嘲地笑笑。

王翔：印象中好像我摔了好大一跤……醒來以後我就在這裡。

　　△　沈雯青靜靜地聽著，她看了張致遠一眼。

　　△　張致遠看著王翔，不作聲。

王翔：我如果還有想到什麼，再主動跟你說……我現在頭好痛，我可以休
　　　　息一下嗎？

　　△　張致遠看著王翔，沒有再追問，他點點頭。

致遠：保重。

王翔：謝謝。

　　△　張致遠對沈雯青點了一下頭，轉身出去。另一名警察也跟著離去。

　　△　王翔重重地吐了一口氣，放鬆了。

　　△　沈雯青替他把被子拉上去一點，也不再問他。

　　△　王翔看著窗子的方向，看著外面的陽光。

| S36 | 時：日 | 景：王家早餐店外 |
|-----|--------|------------------|
|     | 人：   |                  |

　　△　陽光普照。

△ 早餐店門上貼著「今日休息」的字條。

| S37 | 時：日 | 景：王杰房間連門口 |
|---|---|---|
| | 人：王翔、王杰 | |

　△ 王翔上樓。

王翔：小杰！……小杰？

　△ 王翔走到王杰房間門口，看到房門關著，他敲了一下門，打開門進去。

　△ 王杰還在床上睡覺，窗簾緊閉著。

　△ 王翔過去把窗簾拉開，讓陽光進來。他走到床邊看著王杰。

王翔：小杰！……小杰起來了！你昨天晚上又喝酒了？

　△ 王杰翻身，吃力地睜開眼睛。

王翔：應酬？

王杰：嗯。

　△ 王翔把他從床上拉起來。

王翔：來，起來……

　△ 王杰坐起來，但低著頭，還沒辦法清醒。

王翔：還好嗎？

王杰：還好。

　△ 王翔把他丟在地上的衣服撿起來，在他旁邊坐下。

王翔：媽要我問你……下禮拜是怡安生日，你要跟我們一起去看她嗎？

　△ 王杰低著頭，停頓了好一會才開口。

王杰：那天我公司有事，你們去就好……我會再找時間去看她。

　△ 王翔點了一下頭。

王翔：好。……心裡有事要跟哥說。

王杰：(低聲) 沒事啦！……( 轉頭望向他，打起精神 ) 我沒事。

　△ 王翔拍拍他的肩膀。

王翔：下來吃點東西。

王杰：嗯。

　△ 王翔起身，把他的衣服放下來，走出房間。

　△ 王杰又低下頭，提不起勁。

| S38 | 時：日 | 景：清潔公司內 |
| --- | --- | --- |
| | 人：王翔、龍哥、環境人物 | |

△ 王翔打開抽屜，拿出兩份資料。

△ 兩名穿著清潔公司制服的員工各自接過一份資料。

王翔：這裡有兩份簡章，你們先拿回去看。

甲　：翔哥，這個很困難，考不上啦！

王翔：怎麼會考不上？……我知道你們剛出來不到半年，高中也沒畢業，
　　　但是你們只要肯努力，在這裡好好做，做滿兩年，你們一樣可以去
　　　考證照。……先看吧！有困難再問我，我會盡量協助你們。

△ 龍哥過來。

龍哥：要是有心就不困難啦！我在裡面連高中學歷都拿到了。

△ 王翔對他們點點頭。

王翔：龍哥就是很好的例子啊！別人怎麼看我們不重要，重要的是我們怎
　　　麼看自己，加油！

△ 王翔為他們打氣。

| S39 | 時：日 | 景：女子監獄外 |
| --- | --- | --- |
| | 人： | |

△ 一輛車開到路邊停下。

△ 路旁是一棟很大的建築物「法務部矯正署桃園女子監獄」。

| S40 | 時：日 | 景：王杰車內 |
| --- | --- | --- |
| | 人：王杰 | |

△ 王杰坐在駕駛座上，看著外面的女子監獄。

△ 他旁邊座位上有個盒子，裡面裝了蛋糕。

△ 王杰打開盒子，把蛋糕拿出來，在蛋糕上點上蠟燭。他看著蠟燭，
　　唱起生日快樂歌。

△ 王杰哽咽著把歌唱完，用手把蠟燭捏熄。

| S41 | 時：日 | 景：李曉君房間 |
|------|--------|----------------|
|      | 人：李春生、李柏皓 | |

△ 李春生坐在曉君床邊，手上拿著原本掛在她門上的娃娃吊飾，眼裡有著不捨。

△ 李柏皓走進房間，看到他拿著吊飾。

柏皓：爸，要是捨不得就留著。

△ 李春生遲疑，他抬起頭看了柏皓一眼，把吊飾放進紙箱裡。

△ 在他面前的紙箱裡有好多曉君的東西。

△ 李春生把紙箱合起來。

△ 李柏皓走到紙箱前蹲下，拿起放在地上的膠帶要封箱。

△ 李春生拿過他手上的膠帶，自己把紙箱貼起來。

△ 李柏皓捧起紙箱，又看了爸爸一眼，抱著紙箱出去。

△ 李春生拿起曉君的照片站起來，他走到門口，回頭看著房間。

△ 房間裡李曉君的東西已經都清掉了。

| S42 | 時：日 | 景：池塘邊 |
|------|--------|------------|
|      | 人：王翔、沈雯青 | |

△ 微風徐徐。

△ 池塘邊的水黽跳動著，池水起了漣漪。

△ 王翔拿著一枝白色的花站在池邊，他默念了幾句話，把花放進池塘裡。

△ 花浮在水上。

△ 王翔轉身走開。。

△ 沈雯青在一旁等他。

△ 王翔過去沈雯青面前，牽起她的手，兩人離去。

△ 樹下放著一束王翔帶來的花，綻放地很美，生氣盎然。

△ 字幕：第十三集，重生

—— 全 劇 終 ——

# 工作人員表

| | |
|---|---|
| 監　　　製 | 於蓓華 |
| 製　作　人 | 唐在揚 |
| 督　　　導 | 林瓊芬　李淑屏 |
| 製　作　協　調 | 雷孝慈 |
| 企　　　劃 | 陳亭均　何瑞德　胡婷昀 |
| 導　　　演 | 張亨如　賴孟傑 |
| 編　　　劇 | 楊念純 |
| 田　野　調　查 | 畎畝耕耘影視專業田調合作社 |
| | 吳俊佑 |
| 製　　　片 | 林君達 |
| 攝　影　指　導 | 陳國隆 |
| 燈　光　指　導 | 孟培雄 |
| 演　員　指　導 | 陳靜媚 |
| 美　術　指　導 | 陳韋中 |

造 型 指 導　　璐尼・紹瑪・吉維力安
現 場 錄 音　　九號錄音製作工作室
剪 接 指 導　　高鳴晟
配　　　　樂　　陳惟君 黃乾育
後 期 製 片　　黃莉惟
後 期 製 作　　台北影業股份有限公司
視 覺 特 效 製 作　　沸騰了映像有限公司
後 期 聲 音 製 作　　聲境錄音室
主 視 覺 設 計　　吳政倫
片 頭 尾 製 作　　草口末影像工作室 徐廉傑
劇 照 師　　朱鵬蘋
側 拍 師　　林庭禾
製 作 公 司　　嘉揚電影有限公司

國家圖書館出版品預行編目（CIP）資料

噬罪者：創作劇本 / 楊念純, 公共電視文化事
業基金會作；嘉揚電影有限公司製作. -- 初版.
-- 臺北市：水靈文創, 2019.06
1 冊；16×23 公分. -- ( 公視文創書系；3)
ISBN 978-986-96674-7-0 ( 平裝 )

863.54　　　108009049

公視文創 書系 03

# 噬罪者 創作劇本

| | |
|---|---|
| 劇 本 作 者 | 楊念純　公共電視文化事業基金會 |
| 製　　　作 | 嘉揚電影有限公司 |
| 編　　　劇 | 楊念純 |
| 劇 照 攝 影 | 朱鵬蘋 |

| | |
|---|---|
| 總 編 輯 | 陳嵩壽 |
| 視 覺 設 計 | 珂蘿薇 |
| 行　　　銷 | 張毓芳 |
| 公 關 企 劃 | 陳以潔 |
| 出 版 社 | 水靈文創有限公司 |
| 郵　　　撥 | 台灣企銀 松南分行（050）11012059088 |
| 地　　　址 | 11444 台北市內湖區內湖路一段 387 巷 3 弄 2 號 1 樓 |
| 網　　　址 | www.fansapps.com.tw |
| 電　　　話 | 02-27996466 |
| 傳　　　真 | 02-27976366 |

| | |
|---|---|
| 總 經 銷 | 聯合發行 |
| 電　　　話 | 02-29178022 |
| 初　　　版 | 2019 年 6 月 |
| I S B N | 978-986-96674-7-0 |
| 定　　　價 | 新臺幣 480 元 |